Patrick Quentin

Puzzle für Söhnchen

Roman

Aus dem Amerikanischen von Uwe Anton

Diogenes

Titel der 1946 bei Simon and Schuster,
New York, erschienenen Originalausgabe:
›A Puzzle for Fiends‹

Die deutsche Erstausgabe erschien 1961
unter dem Titel
›Der Mann ohne Gedächtnis‹
Umschlagzeichnung von
Hans Traxler

Neuübersetzung

100/93/24/1
ISBN 3 257 22552 0

Prolog

Hinter uns dröhnten die Propeller des Bombers. Der Luftwaffenhorst Burbank dehnte sich schier endlos aus. Iris wirkte klein und ziemlich verängstigt. Es war dieser schreckliche Augenblick unmittelbar vor dem Abschied.

»Paß auf dich auf, Baby«, sagte ich betont flott. »Und grüß Tokio von mir.«

»Das ist doch verrückt, Peter. Hätte ich gewußt, daß die Navy dich so bald entläßt, hätte ich mich niemals verpflichtet.« Die Lippen meiner Frau zitterten. »So eine Verschwendung. Ich gehe weg – und du bleibst zu Hause.«

»Es sind doch nur drei Monate, Baby. Und denk daran, daß die Besatzungsarmee danach lechzt, ihr liebstes Hollywood-Schätzchen live zu sehen.«

»Ich will von niemandem außer dir live gesehen werden.«

Das Studio hatte Fotografen geschickt, um den Augenblick für die Nachwelt festzuhalten. Kameraauslöser klickten.

»Mußt du wirklich direkt nach San Diego zurückfahren?« fragte Iris besorgt.

»Leider. Hab den Jungs versprochen, ich würde zu einer letzten Runde durch die Kneipen zurückkommen. Sie wollen sehen, wie ich mich als Zivilist mache.«

»Du in deinem schicken Palm-Beach-Anzug und deinen Sachen aus dem Herrenmodengeschäft. Ich kann noch kaum glauben, daß du es bist.« Iris schob ihre Hand in die meine. »Fahr vorsichtig, Peter. Der ganze Sekt, den wir im Hotel getrunken haben. Du weißt, was Sekt mit dir anstellt.«

»Vergiß nicht deine Gummistiefel, und knöpf den Mantel schön zu«, zog ich sie auf, um mir einzureden, ich käme mir nicht verloren vor. »Baby, du hörst dich genauso an wie Mutter früher.«

»Ich wünschte, deine Mutter würde noch leben, damit ein vernünftiger Mensch auf dich aufpassen kann, wenn ich weg bin. Du bist so ein Idiot.« Iris umarmte mich. »Sei schön vorsichtig, Peter. Trink nicht zuviel. Pfeif keinen üppigen Brünetten hinterher.«

»Nicht einmal kleinen?«

»Nicht einmal kleinen. Oh, Peter, Darling, denk an mich.«

»An dich denken, Baby? An dich denken?«

Der Copilot kam aus der Maschine. »Tut mir leid, Mrs. Duluth, wir müssen jetzt starten.«

Ich legte die Arme um meine Frau und küßte sie. Es war ein langer Kuß. Ich mußte neunzig einsame Tage damit auskommen. Sie entwand sich mir und eilte ins Flugzeug, ohne sich noch einmal umzusehen.

Ich wollte nicht das Messer in der Wunde drehen, indem ich noch länger blieb. Ich kehrte durch die Öffnung im Drahtzaun zum Flughafengebäude zurück und suchte meinen Wagen. Als ich die Tür öffnete, fühlte ich eine Hand auf meinem Arm.

Ich drehte mich um und sah einen der Burschen, die mir aufgefallen waren, als sie am Flugzeug herumlungerten.

Einen ziemlich häßlichen Burschen mit einem langen, schmalen Gesicht, eng beieinanderliegenden Augen und einer ungepflegten schwarzen Mähne.

»Nach San Diego, Mister?«

»Ja.«

»Nehmen Sie mich mit?«

Der Sekt hatte mich großzügig gemacht. »Klar. Steigen Sie ein.«

Als wir losfuhren, erhaschte ich einen Blick auf Iris' Flugzeug, das über die Rollbahn sauste.

Der Junge musterte mich aus den Augenwinkeln. »Sagen Sie, sind Sie nicht der Mann des Filmstars, der gerade abgeflogen ist? Iris Duluth?«

»Ja«, sagte ich.

Er pfiff leise und wölfisch. »Glückspilz.«

»Das können Sie laut sagen«, meinte ich.

Glückspilz!

Das dachte ich ...

I

Ich war wach, aber irgend etwas war nicht in Ordnung. Das war der erste Gedanke, den ich hatte. Es war nicht richtig, so aufzuwachen. Meine unheilvollen Träume waren verblichen. Das Surren der Propeller war jetzt kaum lauter als das Rauschen in einer Muschel, die man an sein Ohr drückt. Aber nichts kam, um die Träume zu ersetzen – nichts bis auf ein Gefühl von Wärme, einen dumpfen Schmerz in meinem Kopf und das Wissen, daß ich die Augen öffnen könnte, wenn ich wollte.

Ich wollte die Augen nicht öffnen. Das Gefühl, daß mich meine geschlossenen Lider von allem abschirmten, was mich umgab, war tröstend. Ich war undeutlich davon überzeugt, daß ich schon mehrmals zuvor auf diese Art – leer – aufgewacht war. Ein paar schwache Erinnerungen rührten sich, die Erinnerung an Weiß, an Gänge, an den unangenehmen Geruch von Äther, an Tragbahren und einen dahinbrausenden Krankenwagen. Das Bild des Krankenwagens ließ die Propeller erneut dröhnen. Ich lag einfach da und wartete darauf, daß sie sich von selbst abschalteten.

Als sie zu einem leisen Summen wie von Moskitos verklungen waren, gelang mir eine gewaltige Willensanstrengung. Ich bildete im Geist einen Satz.

Ich liege in einem Bett.

Die Anstrengung erschöpfte mich. Ich lag still da und

nahm Eindrücke auf. Da war Sonnenlicht. Ich konnte es auf meinen Lidern fühlen, halb sehen. Und da war auch ein Geruch. Nicht Äther. Ein süßer Sommerduft. Der Geruch von Rosen.

Ich lag auf dem Rücken. Das wußte ich. Ich wußte auch, daß ich nicht bequem lag. Ich versuchte, mich auf die rechte Seite zu drehen. Ich konnte es nicht. Mein rechter Ellbogen kam mir groß und unnachgiebig wie ein Felsbrocken vor. Mit den Fingern der linken Hand tastete ich den rechten Unterarm ab. Ich fühlte keine Haut. Ich fühlte etwas Hartes, Kaltes, Rauhes. Ich war nicht fähig, es mir zu erklären. Ich vergaß es und versuchte, mich auf die linke Seite zu drehen. Wieder hatte ich keinen Erfolg. Diesmal war es mein linkes Bein, das mich daran hinderte. Es war doppelt so groß wie eine Kuh. Ich griff hinab, um es zu berühren. Auch dort keine Haut, nur Härte, Kühle, etwas Rauhes.

Ich war verärgert. Laut und deutlich sagte ich: »Doppelt so groß wie eine Kuh.«

Ein Rascheln erklang, ganz in meiner Nähe – ein trockenes Rascheln, als taste jemand im Kino in einer Schachtel Pralinen herum. Seine Nähe und der vage Eindruck von Gefahr, den es auslöste, ließen mich die Augen öffnen.

Ich sah direkt eine Frau an, und sie erwiderte den Blick gelassen. Sie saß neben meinem Bett in einer leuchtenden Lache aus Sonnenschein. Eine Vase mit rosa Rosen stand auf einem Tisch neben ihr. Eine große, mit einem Band geschmückte Schachtel Pralinen lag auf ihren Knien, und sie steckte gerade eine in den Mund.

»Was ist doppelt so groß wie eine Kuh, mein Lieber?« fragte sie. »Ich?«

Ich wußte genau, daß etwas doppelt so groß wie eine Kuh war, war mir aber fast sicher, daß es sich dabei nicht um sie handelte. Aber es hätte durchaus sein können. Ich betrachtete sie ernst. Sie war groß – eine große, gemütliche Frau mit schöner Haut und üppigem kastanienbraunem Haar, das im Versuch einer modischen Hochfrisur hastig hochgesteckt worden war. Sie war nicht jung. Sie mußte an die Fünfzig sein. Aber sie war auf eine volle, beinahe verblühte Art noch wunderschön – so, wie die rosa Rosen aussehen würden, bevor ihre Blätter abfielen. Sie trug ein eintöniges Trauerschwarz, das nicht zu ihrer reifen, herbstlichen Sinnlichkeit paßte. Meine verwirrten und unvorhersagbaren Gedankengänge kamen zum Schluß, daß sie sich als Witwe ausgab.

Natürlich, dachte ich. Das ist eine Frau, die sich als Witwe ausgibt.

Einen Augenblick lang schien diese Schlußfolgerung die gesamte Situation zu meiner völligen Zufriedenheit zu erklären.

Mit Unbehagen erinnerte ich mich jedoch daran, daß sie mir eine Frage gestellt hatte. Ich wußte, es war unhöflich, Fragen nicht zu beantworten. Aber ich hatte nicht mehr die geringste Ahnung, wie die Frage lautete. Hinter ihr öffneten sich breite Fenster, von üppigem cremefarbenem Brokat umrahmt, zu einem unbekannten, sonnigen Garten. Alles, was ich von dem Zimmer sehen konnte, war hell und luxuriös wie ein Baiser. Die Frau aß noch eine Praline. Hatte sie mir eine angeboten? Ja, natürlich, das war es.

»Nein, danke«, sagte ich.

»Nein, danke wofür, mein Lieber?« fragte sie besänftigend.

»Ich glaube, ich möchte keine Praline.«

Ihre glänzenden braunen Augen musterten mich. »Mein lieber Junge, ich habe nicht angenommen, daß du eine Praline wolltest – nicht bei all dem Äther und den Medikamenten und den Sachen in dir.« Sie streckte eine glatte, weiße Hand aus und liebkoste meine Wange. »Wie fühlst du dich? Schrecklich?«

»Schrecklich«, sagte ich schnell.

»Natürlich. Aber du mußt dir keine Sorgen machen. Du wirst wieder gesund werden.« Ihre Hand griff nach einer Praline und zögerte dann. »Dreht es dir den Magen um, wenn du mir beim Essen zusiehst? Ich höre auf, wenn du darauf bestehst, aber es sind so göttliche Pralinen. Selena hat sie für dich in diesem kleinen Süßwarenladen gekauft, der gerade auf dem Coast Boulevard eröffnet worden ist. Das ist typisch Selena, nicht wahr – zu glauben, daß du zu solch einer Zeit Pralinen möchtest.«

Das Gespräch war zu kompliziert für mich geworden. Ich lag einfach da und beobachtete die Frau, lauschte dem schwachen Surren der Propeller und wartete müde darauf, daß sie zurückkamen. Ich hatte keine Ahnung, wer die Frau war. Das wußte ich genau. Doch es gefiel mir, sie zu betrachten; mir gefielen das lose hochgesteckte, schimmernde kastanienbraune Haar und der volle, samtige Busen, der sich so schamlos aus dem eckigen Ausschnitt wölbte. Ich wollte den Kopf dagegenlehnen und wieder schlafen. Undeutlich fragte ich mich, wer sie sei. Ich überlegte, ob ich sie fragen sollte. Aber wäre das nicht unhöflich? Zusammenhanglose Bruchstücke ihrer Worte trieben im Dunst meiner Gedanken. *Äther, Medikamente.* Ich dachte lange über diese beiden Worte nach und entschloß mich schließlich zu einer Frage, die mir sowohl klug als auch feinfühlig vorkam.

»Äther«, sagte ich, »Medikamente. Was ist los mit mir?«

Die Frau stellte die Pralinenschachtel neben den Rosen ab, beugte sich zu mir und nahm meine Hand.

»Keine Angst, mein Lieber. Bald kommt alles wieder zurück.«

Ich war gereizt und frustriert. »Aber was ...?«

Sie seufzte, ein Seufzer aus tiefer Brust. »Schon in Ordnung, mein Lieber. Wenn du es wirklich wissen willst, faß dir an den Kopf.«

Ich hob die linke Hand und fühlte einen Verband.

»Ein Verband«, sagte ich.

»Braver Junge.« Sie lächelte und zeigte dabei strahlend weiße Zähne. »Und jetzt den rechten Arm.«

Ich griff mit der linken Hand hinüber und berührte den rechten Unterarm. Er war noch immer genauso wie vor einem Augenblick – hart, rauh, kalt. Ich drehte den Kopf, um ihn zu betrachten. Da war eine Armschlinge, und unter der Armschlinge ein Gipsverband.

»Ein Gipsverband«, sagte ich.

»Und jetzt genau in der Mitte, mein Lieber.« Sie beugte sich über das Bett und tätschelte einen Buckel, über dem sich die grau-goldene Bettdecke hob. »Da ist auch ein Gipsverband. An deinem linken Bein.« Sie drehte sich um. Ihr Gesicht, ernst und sanft, war ganz nah an meinem und ging über in einen weißen Hals, der etwas gedrungen war. Sie trug ein exotisches, gar nicht witwenhaftes Parfum. Seine berauschende Wirkung und ihre Nähe verwirrten mich. »Wofür ist ein Gipsverband da?«

Ich dachte nach und kam mir plötzlich ganz brillant vor. »Wenn man sich etwas gebrochen hat.«

»Genau.«

»Dann habe ich mir etwas gebrochen.« Ich war mit mir zufrieden. Und ich war ihr dankbar, weil sie es mir ermöglicht hatte, meine Intelligenz unter Beweis zu stellen.

»Ja, mein Lieber. Du hast dir den rechten Arm und das linke Bein gebrochen. Und du hast einen Schlag auf deinen armen, alten Kopf bekommen. Ein Unfall.«

»Ein Unfall?«

»Ein Autounfall. Du bist allein mit dem Buick ausgefahren. Du bist frontal in ein Eukalyptuswäldchen gerast.« Ein Lächeln umspielte die frisch geschminkten Lippen. »Wirklich, mein Lieber, du bist ein sehr ungezogener Junge. Du weißt doch, wie gefährlich das Autofahren ist, wenn man getrunken hat.«

Ich kämpfte hart darum, ihr zu folgen. Ein Autounfall. Ich hatte in einem Wagen gesessen. Ich war gegen einen Baum gefahren. Ich hatte mir das Bein und den Arm gebrochen. Diese Tatsachen hätte ich im Geiste selbst abklären können müssen. Hatte ich vielleicht eine Erinnerung, so schwach wie das Prägedatum auf einem abgegriffenen Dime, an einen Wagen, der, außer Kontrolle geraten, vorwärts schießt?

Sie saß jetzt ganz ruhig neben der Vase mit den rosa Rosen und beobachtete mich mit geduldiger Neugier.

»Unfälle und Krankenhäuser«, sagte ich. »Ich bin nicht in einem Krankenhaus. Ich ...« Ich hielt inne. »Ich war in einem Krankenhaus. Ich erinnere mich, daß ich in einem Krankenhaus war. Aber jetzt bin ich nicht mehr dort.«

»Nein, mein Lieber. Du warst zwei Wochen lang im Krankenhaus, bist aber seit zwei Tagen wieder draußen. Dr. Croft hat dir Beruhigungsmittel verabreicht. Warum, weiß ich nicht genau, aber es hat etwas mit dem Schlag auf den Kopf zu tun.«

Allmählich bildete sich ein verschwommenes Muster. Ich war in einem Krankenhaus gewesen. Jetzt war ich draußen. Draußen? Wo war draußen?

Ich sah die Frau an und dann an ihr vorbei zu den üppigen, unvertrauten cremefarbenen Vorhängen an den breiten, sonnigen Fenstern. »Wo bin ich jetzt?« fragte ich.

Sie beugte sich wieder zu mir, und ihre Lippen berührten fast meine Wange. Vage Besorgnis schien ihre große Gleichmütigkeit zu untergraben. »Mein Lieber, du weißt, wo du bist. Sieh dich doch um.«

Ihr Gesicht und die Fülle ihres Haars nahmen mir fast vollständig die Sicht. Doch pflichtgetreu betrachtete ich, was ich sehen konnte – ein Stück von einem weichen, maisfarbenen Teppich, einen phantastischen, ganz weißen Frisiertisch mit Parfumflaschen, und hinter der Frau noch ein Bett wie das, in dem ich lag, ein großes, üppiges Bett mit einer grau und golden gestreiften Bettdecke.

»Ein schönes Zimmer«, sagte ich. »Aber ich habe es noch nie zuvor gesehen.«

»Aber wirklich, mein Lieber, du mußt es doch kennen.«

Ich glaubte, mich entschuldigen zu müssen, weil ich sah, daß ich ihr irgendwie Sorgen bereitete. »Es tut mir leid«, sagte ich. »Ich versuche es wirklich. Wo bin ich?«

»Du bist zu Hause«, sagte sie.

»Zu Hause?«

»Zu Hause, mein Lieber. In deinem eigenen Bett in deinem eigenen Zimmer in deinem eigenen Haus in Lona Beach, Südkalifornien.«

Ich konnte langsam wieder einen zusammenhängenden Gedankengang bilden. Ich wußte, daß sie gesagt hatte, ich sei zu Hause. Ich wußte auch, daß »zu Hause« ein Ort ist, den man eigentlich kennen sollte, und daß ich diesen Ort nicht kannte. Ich hatte das schwache Gefühl, daß irgend etwas an dieser ganzen Sache ein wenig ungewöhnlich war. Aber das Bett war warm, und mir gefiel der Duft der Rosen. Die Propeller waren auch noch nicht zurückgekommen. Ich schmiegte den Kopf wieder in die Kissen und lächelte. Sie war so eine nette, sanfte Frau. Es war so angenehm, sie in der Nähe zu haben. Alles wäre wunderbar, würde sie nur nicht so viel reden.

»Liebling, lächle doch nicht so. Das beunruhigt mich. Es ist so ein dummes Lächeln – wie das eines Schimpansen.« Die Besorgnis stand jetzt in ihren Augen geschrieben. »Mein Lieber, bitte versuch, dich zu erinnern. Ich bin sicher, daß du es kannst, wenn du es nur versuchst.« Sie hielt inne und fügte abrupt hinzu: »Wer bin ich?«

Es war niederschmetternd zu wissen, daß ich auch bei dieser Frage durchfallen würde. Ich fühlte mich schrecklich. Ich wollte sehr gern wissen, wer sie war, doch ich wollte nicht, daß sie mich für dumm hielt, wie einen Schimpansen zum Beispiel. »Sie sind keine Krankenschwester«, sagte ich listig – wie ich glaubte.

»Natürlich bin ich keine Krankenschwester.« Sie stach

ziemlich erzürnt auf ihr unordentliches Haar am Hinterkopf ein. »Wie sehe ich denn aus, mein Lieber?«

Plötzlich wußte ich es. »Wie eine Barfrau«, sagte ich. »Wie eine prachtvolle englische Barfrau in einem Buch.«

Eine Sekunde lang schien sie erschüttert. Dann strahlte ihr ganzes Gesicht in einem entzückenden Lächeln.

»Mein Lieber, das ist das süßeste Kompliment, das du mir je gemacht hast.« Sie blickte verträumt in die Ferne. »Ich serviere im Hinterzimmer der Taverne einem geheimnisvollen Fremden eine Rehkeule. Er kneift mir in den Hintern und erweist sich als der inkognito reisende Charles der Zweite. Er holt mich in einen kleinen, diskreten Palast an der Themse.«

Das Gespräch entglitt mir hoffnungslos.

»Ich bin die Schöne der Stadt, gewagte Negligés, junge Kerle, handverlesen aus dem Hochadel, und trinke aus meinen Schuhen Champagner. Doch nur der König darf mir die Strumpfbänder lösen.« Sie kehrte aus ihrer Phantasievorstellung zurück und schüttelte traurig den Kopf. »Nein, mein Lieber, ich bin keine Barfrau.«

»Wer sind Sie dann?« fragte ich, zu verwirrt, um noch länger feinfühlig vorzugehen.

»Das ist schrecklich unangenehm, mein Lieber. Ich hoffe, Dr. Croft kann etwas dagegen tun. Schließlich ist es nicht zuviel verlangt, daß du deine eigene Mutter erkennst.«

»Meine Mutter.«

»Natürlich. Wer sonst könnte ich sein?« Sie wirkte leicht bekümmert. »Und ich bin dir eine gute Mutter gewesen – auch wenn ich selbst das sage.«

Das Wissen, daß ich konvaleszent war und jeden Grund hatte, noch etwas wirr im Kopf zu sein, dämpfte den Schock. Aber ein Schock war es trotzdem, als ich hörte, wie eine völlig unbekannte Frau mit kastanienbraunem Haar erklärte, sie sei meine Mutter. Mütter sollte man eigentlich erkennen, ohne daß sie es einem sagen mußten. Ich überlegte, ob ich etwas ziemlich Hartes sagen sollte, wie zum Beispiel: *Absolut absurd. Sie meine Mutter – Unsinn!* Doch als ich versuchte, mich an den Worten festzuhalten, um sie auszusprechen, entglitten sie mir, wie einem eine nasse Forelle durch die Finger schlüpft. Ich fühlte mich wieder schwach, und mein Kopf tat weh. Ich gab den Versuch auf, mit der Frau zu kommunizieren, und kämpfte schweigend mit dem Problem. Jemand war meine Mutter. Ich kam nicht darüber hinweg. Wenn diese Frau nicht meine Mutter war, wer dann? Das ist ganz einfach, sagte ich mir. Meine Mutter ist... Dann blieb der Satz stecken. Ich hatte keine Ahnung, wer meine Mutter war. Diese Erkenntnis kam mir unendlich erbärmlich vor. So erbärmlich, daß ich sie laut aussprechen mußte.

»Ich weiß nicht«, sagte ich ernst, »wer meine Mutter ist.«

Die Frau hatte die Rosen betrachtet. Sie drehte sich mit einem Ruck um.

»Mein Lieber, mach die Sache bitte nicht zu kompliziert. Ich soll dich pflegen. Ich dachte, es wäre angenehmer für dich, wenn dich deine Mutter pflegt statt eine dieser kalten Schwestern aus dem Krankenhaus in ihren gestärkten Kitteln. Aber ich bin keine sehr gute Pflegerin. Ich meine, ich habe im letzten Krieg ein wenig geholfen und beim Roten Kreuz einen Auffrischungskurs mitgemacht. Aber wenn sich bei dir unheimliche Symptome zeigen, muß ich doch noch eine dieser Pflegerinnen einstellen, und sie wird dir Bettschüsseln reichen und deine Kissen ausschütteln und dir in den Nacken atmen.« Sie lächelte und tätschelte meine Hand. »Das würde dir doch nicht gefallen, oder?«

Ich wußte nicht, ob es mir gefallen würde oder nicht. Ich verlor mich zur Zeit in Selbstmitleid. Ihre glatten, warmen Finger hatten sich wieder um meine linke Hand geschlungen.

»Sag es mir, mein Lieber. Woran genau erinnerst du dich?«

»Ich erinnere mich an das Krankenhaus. Ich erinnere mich an Weiß ...«

»Nein, Liebling. Ich meine nicht das Krankenhaus. Ich meine die wichtigen Dinge – die Dinge, die dich betreffen.« Sie drehte den Kopf und deutete zu dem zweiten Bett hinter ihr. »Wer schläft in diesem Bett?«

»Ich ... ich weiß es nicht.«

»Wer ist Selena? Wer ist Marny?« Sie mußte den leeren Ausdruck auf meinem Gesicht gesehen haben, denn sie wartete meinen Versuch einer Antwort nicht ab. »Wie heißt du?« fügte sie schnell hinzu.

»Ich heiße ...« begann ich, und dann ergriff mich Panik. Seit ich wieder zu Bewußtsein gekommen war, hatte ich nicht über meinen Namen nachgedacht. Man denkt nicht über seinen Namen nach. Ich wußte, ich war ich, und meine persönliche Identität war unverletzlich. Doch wie lautete mein Name? Ich starrte sie an, als wäre ihr großer, geschwungener Körper ein Anker, der mir Halt geben konnte.

»Du erinnerst dich nicht einmal daran, nicht wahr?« sagte sie.

Ich schüttelte den Kopf. »Es ist verrückt. Wenn ich versuche, daran zu denken, finde ich einfach nichts. Da ist...«

»Mach dir keine Sorgen, mein Baby.« Ihr Stimme war voll und tröstend. »Es ist nur der Schlag auf den Kopf. Das kommt oft vor. Ich weiß es. Du wirst bald wieder gesund sein, Gordy.«

»Gordy?«

»Ja, Liebling. So heißt du. Gordy Friend. Gordon Renton Friend der Dritte.«

Jemand klopfte leise an die Tür. Die Frau rief: »Wer ist da?« Die Tür öffnete sich einen Spaltbreit, und ein uniformiertes Dienstmädchen streckte den Kopf herein. Mir fiel auf, daß ihre Augen, in denen ungezügelte Neugier blitzte, sofort zu meinem Bett sahen.

»Was gibt es, Netti?«

»Dr. Croft ist gerade gekommen, Mrs. Friend. Soll ich ihn heraufschicken?«

»Gott sei Dank. Nein, Netti, ich komme herunter.« Die Frau erhob sich. Sie sah auf mich herab, beugte sich dann über mich und küßte mich auf die Stirn. Lockere Strähnen des kastanienbraunen Haars kitzelten meine Wangen. Ich roch ihr Parfum. »Bleib einfach ruhig liegen, solange ich fort bin, mein Lieber. Hab keine Angst. Versuch nicht, dich dazu zu zwingen, dich zu erinnern. Sage es dir einfach immer und immer wieder. Sag dir: ›Ich bin Gordy Friend.‹ Tu's für mich.«

Sie ging hinaus, groß und trotz der eintönigen Witwenkleidung majestätisch üppig. Als sie weg war, tat ich, was sie gesagt hatte. Ich lag in diesem luxuriösen Bett in diesem großen, sonnenhellen Zimmer und ordnete die jämmerlich spärlichen Fakten. Ich hatte einen Unfall gehabt; ich hatte mir das linke Bein und den rechten Arm gebrochen. Ich hatte einen Schlag auf den Kopf bekommen. Ich war zu Hause in meinem eigenen Zimmer in meinem eigenen Haus in Lona Beach, Südkalifornien. Mein Name war Gordy Friend. Ich sagte es mir immer und immer wieder:

Ich bin Gordy Friend. Ich bin Gordy Friend. Ich bin Gordon Renton Friend der Dritte.

Doch die Worte blieben nur Worte. Ich nahm an, daß das mein Name war. Schließlich hatte meine Mutter es mir gesagt.

Meine Mutter? Mein Name?

Die Propeller begannen wieder zu dröhnen. Und obwohl ich sie haßte und fürchtete, kamen sie mir irgendwie wirklicher vor als alles andere, was in diesem Zimmer geschehen oder gesagt worden war.

Wenn ich mich nur daran erinnern könnte, was die Propeller zu bedeuten hatten.

Propeller – ein Flugzeug... Ich sah, wie jemand davonflog...

War es das?

Hatte ich gesehen, wie jemand davonflog?

2

Ich sah, wie jemand davonflog... Diese wenigen Worte schienen im Zusammenhang eine schrecklich wichtige

Bedeutung zu haben. Einen Augenblick lang hatte ich das Gefühl, kurz vor einer grundlegenden Enthüllung zu stehen. Dann verschwammen die Worte und die Bilder, die sie beinahe heraufbeschworen hätten, und lösten sich wieder auf. Die Anstrengung, mich zu konzentrieren, hatte mich erschöpft. Wie ein Matrose, dessen Schiff von einem Torpedo getroffen worden ist und der sich nun an einem Stück Treibgut festklammert, klammerte ich mich an die Sicherheit der einen bestätigten Tatsache meines Lebens.

Ich bin Gordy Friend.

Die Neugier ließ mich ohne einen besonderen Grund den verbundenen Kopf heben, so daß ich den ganzen Raum betrachten konnte. Er war so luxuriös, wie ich es mir aufgrund des Teils davon, den ich bereits kannte, vorgestellt hatte. Hinter dem phantastischen Rokokofrisiertisch stand eine mit hellgrünem Satin bezogene Chaiselongue. Darauf lag, zu einem achtlosen Haufen hingeworfen, ein leuchtend weißes Negligé. Überall war Sonnenschein, und die Farben des Zimmers selbst erzeugten ihr eigenes Licht. Die rosa Rosen neben dem Bett waren nur zum Teil für den Duft verantwortlich. Überall standen Blumenvasen mit weiteren Rosen, zahlreichen gelben Tulpen, großen Iris und Ähren weißer Levkojen.

Langsam wanderte mein Blick von Gegenstand zu Gegenstand und kehrte schließlich zu dem weißen Negligé auf der Chaiselongue zurück. Ich starrte es an, als berge es ein Geheimnis, das es zu ergründen galt. Ein Frauennachthemd. Irgendwie machte der ganze Raum einen weiblichen Eindruck – frivol, lebendig, persönlich.

War das das Geheimnis? Daß mein Zimmer als das einer Frau getarnt war?

Mit diesem Gedanken kam ich nicht recht weiter. Je härter ich damit kämpfte, desto flüchtiger wurde er.

»Gordy Friend«, sagte ich laut. »Gordon Renton Friend der Dritte.«

Die Tür wurde geöffnet. Meine Mutter kam herein. Ich konnte sie fühlen, ohne den Kopf zu wenden – fühlte, wie ihre Gegenwart, voll entwickelt wie reifer Weizen, in die Frühlingsfrische des Zimmers drang.

Sie stand neben meinem Bett. Ihre ruhige Hand lag auf meiner Stirn.

»Ich habe Dr. Croft mitgebracht, mein Lieber. Er sagt, wir sollen uns keine Sorgen machen. Es ist die Nachwirkung der Gehirnerschütterung. Damit hat er gerechnet.«

Ein Mann trat in mein Blickfeld. Er war Anfang Dreißig, hatte einen sehr dunklen Teint. Sein Anzug war aus Tweed, der gleichzeitig sehr teuer und sehr salopp aussah. Auch er stand salopp da, die Hände in den Taschen. Mein Empfindungsvermögen, das mir in mancher Hinsicht so unnatürlich geschärft vorkam wie in anderer wiederum abgestumpft, vermittelte mir den Eindruck, daß es ihm wichtiger als alles andere auf der Welt war, auszusehen wie irgendeines der hundert unfehlbaren jungen Mitglieder des exklusivsten Countryclubs in seiner Nachbarschaft.

Ich habe mal eben nach einer Runde Golf vorbeigeschaut, schien seine Haltung auszudrücken. War ein ziemlich gutes Übungsspiel heute.

Doch trotz seiner konformen Tarnung wirkte er keineswegs durchschnittlich. Sein dunkles Gesicht sah viel zu gut aus, um nicht aufzufallen, und seine schwarzen Augen, wunderschön und mit Wimpern so lang wie die einer türkischen Tänzerin, straften den Tweedanzug eines erfolgreichen Maklers Lügen.

»Hallo, Gordy«, sagte er. »Wie fühlst du dich?«

Ich schaute zu seinem weißen Lächeln hoch und empfand eine schwache Feindseligkeit.

»Sind Sie auch jemand, den ich kennen müßte?« fragte ich.

Die Hände noch in den Taschen, wippte er auf den Absätzen leicht vor und zurück und betrachtete mich. »Du erkennst deine Mutter ehrlich nicht?«

»Nein«, sagte ich.

»Aber, aber, was für ein Zustand. Das müssen wir hinbiegen.«

»Er hielt mich für eine Barfrau.« Meine Mutter lächelte das schüchterne Lächeln eines jungen Mädchens, das ihre Wangen rötete. »Ich habe es nie zuvor begriffen, aber das war schon immer mein geheimer Wunsch. Ein großes Bitter«, rief sie mit heiserer Cockney-Stimme. »Und beeil dir mit 'em Bitter-Schuß!«

Eine gewisse Steifheit des jungen Mannes deutete an, daß er sich angesichts dieser vulgären Heiterkeit unbehaglich fühlte. Eine neue Persönlichkeit entstand in ihm. Er war jetzt der ernste, junge Herr Doktor, der zum Geschäftlichen kam.

»Tja, wollen mal sehen, was wir da machen können, nicht wahr?« Er bedachte meine Mutter mit einem berufsmäßig scharfen Blick. »Vielleicht sollte ich eine Weile allein mit dem Patienten sein, Mrs. Friend.«

»Ja, natürlich.« Meine Mutter lächelte mir beruhigend zu. »Versuch, brav und hilfreich zu sein, Gordy. Dr. Croft ist ein so netter Mann, und ich weiß, daß du dich wieder an alles erinnern wirst, wenn du nur tust, was er sagt.«

Sie ging zur Tür, drehte sich wieder um, kehrte zu der Pralinenschachtel mit dem Band zurück und nahm sie schuldbewußt mit.

Als wir allein waren, wurde der junge Mann sofort zur Verkörperung freundlicher Tüchtigkeit. Er zog einen Stuhl zum Bett, schwang ihn herum und setzte sich verkehrt darauf. Ich hatte den Eindruck, daß mein Kopf jetzt klarer war, und irgend etwas Unbestimmtes in mir rief mich zur Wachsamkeit auf.

»Na schön, Gordy.« Ich bekam ein offenes Lächeln. »Zuerst einmal, ich bin Nate Croft. Du wirst dich bald daran erinnern. Du wirst dich auch daran erinnern, daß ich ein ziemlich guter Freund von dir, Selena und Marny bin.«

So hilflos wie ich war, war ich fest davon überzeugt, daß dieser Mann mit der weichen, dunklen Haut und den verführerischen Tänzerinnenaugen niemals »ein ziemlich guter Freund« von mir sein konnte. Ich sagte ihm das aber nicht, sondern lag einfach abwartend da.

Mit einem »Tut mir leid, daß ich dir keine anbieten kann, alter Junge!« steckte er sich eine Zigarette an, die er aus einem wertvollen Etui genommen hatte. »Verrat mir, Gordy«, sagte er dann, mich fröhlich durch den Rauch beobachtend, »woran genau du dich erinnern kannst.«

»Ich kann mich an surrende Propeller erinnern«, sagte ich. »Ich glaube, ich kann mich an einen Fliegerhorst und an ein Flugzeug erinnern und daran, jemanden abfliegen zu sehen.«

»Eine bestimmte Person?«

Ich versuchte, mir ein halb verschwundenes Bild in Erinnerung zu rufen. »Nein. Nicht unbedingt. Nur, daß es mir schrecklich wichtig vorkommt.«

»Die Propeller kommen zuerst?«

»Ja. Sie scheinen ständig irgendwie da zu sein, wenn Sie wissen, was ich meine. Auch, wenn ich sie nicht hören kann, glaube ich ...«

»Ja, ja«, unterbrach er mich, ganz der berufsmäßige Deuter amateurhafter Informationen. »Ich fürchte, das wird uns nicht gerade weiterhelfen.«

Ich fühlte mich unverständlich niedergeschlagen. »Sie meinen, es ist überhaupt niemand abgeflogen?«

»Eine häufig auftretende Reaktion auf Äther.« Dr. Nate Croft hielt seine Zigarette zwischen uns. »Der Verlust des Bewußtseins, der sich als surrende Propeller ausdrückt. War diese Person, die du zu sehen glaubtest, ein Mann oder eine Frau?«

Plötzlich wußte ich es, und ich verspürte eine starke Erregung. »Eine Frau.«

Dr. Croft nickte. »Die Krankenschwester im Operationssaal. Das haben wir häufig. Ein Patient sträubt sich, das Bewußtsein zu verlieren, und klammert sich an das Bild der Schwester. Sie ist das Abbild der Wirklichkeit, von der sich der Patient vor der Reise ins Unbewußte verabschiedet.«

Ich begriff nicht, wieso diese ziemlich gespreizte medizinische Erklärung eine seltsame Verzweiflung hervorrief.

»Vergiß die Propeller, Gordy«, fuhr er fort. »Sonst noch etwas?«

»Da ist ein Krankenhaus«, sagte ich lustlos. »Ich erinnere mich an verschiedene Dinge in einem Krankenhaus.«

»Natürlich.« Dr. Nate Croft betrachtete seine sauberen Hände. »Du bist im Krankenhaus mehrmals wieder zu Bewußtsein gekommen. Ist das alles?«

Ich nickte. »Bis auf das, was passierte, nachdem ich hier aufgewacht bin.«

»Aber, aber, darüber zerbrechen wir uns doch nicht den Kopf, nicht wahr?« Erneut blitzten die Zähne auf. »Wie wäre es, wenn ich dich ein bißchen auf den neuesten Stand bringe, Gordy? Deine Mutter hat dir von dem Unfall erzählt?«

»Ja«, sagte ich.

»Es ist auf dem Coast Boulevard passiert. Abends. Du weißt, auf diesem einsamen Stück auf dem Weg nach San Diego.«

»San Diego?« Ich versuchte, mich aufzusetzen.

»Ja. Warum? Hat San Diego irgend eine Bedeutung für dich?«

»San Diego. Bin ich in der Navy?« fügte ich unsicher hinzu.

»Die Navy?« Nate Croft lachte. »Was einem doch für seltsame Kleinigkeiten im Geist haften bleiben. Vor ein paar Monaten bist du nach San Diego gefahren, um dich freiwillig zu melden. Sie haben dich abgewiesen. Erinnerst du dich?«

Das Bett war sehr bequem, und die Anstrengung, argwöhnisch zu bleiben, wurde mir zuviel. Dr. Croft schien jetzt ein ziemlich netter, bedacht vorgehender Bursche zu sein. Zu attraktiv, aber trotzdem ein ziemlich netter Bursche.

»Komisch«, sagte ich. Ich wollte ihm mein Vertrauen schenken. »So erinnere ich mich nicht daran. Aber San Diego hat irgendeine Bedeutung. Und die Navy. Ich habe den Eindruck, lange bei der Navy gewesen zu sein. Ist das nicht verrückt?«

»Nein, es ist völlig normal. Eine Wunscherfüllung, die die Gehirnerschütterung in eine falsche Erinnerung verwandelt hat. Weißt du, du wolltest unbedingt zur Navy. Jetzt versucht dein Verstand dir vorzumachen, es wäre so gewesen. Aber genug von diesem aufgeblasenen Ärztegeschwätz.«

Er tätschelte meine Schulter. Seine Hand war braun und warm. »Na schön. Weiter mit der Geschichte. Du erinnerst dich wohl nicht daran, aber ich leite oben in den Bergen ein kleines Privatsanatorium. Ein paar Leute, die mit einem anderen Wagen vorbeifuhren, haben dich gefunden. Sie haben sich nach dem nächsten Krankenhaus erkundigt und dich zu mir gebracht. Ein glücklicher Zufall – wo ich ja so etwas wie dein Kumpel bin.«

»War ich bei Bewußtsein?« fragte ich. Ich hörte zu, als sei es die Geschichte eines ganz anderen Menschen.

»Nachdem sie dich hergebracht hatten, kamst du bald zu dir. Du warst in einer ziemlich schlechten Verfassung. Sie mußten den Arm und das Bein sofort operieren. Du wurdest aber noch rechtzeitig eingeliefert, daß wir irgendwelche offenen Brüche verhindern konnten.«

»Über den Schlag auf den Kopf habe ich mir von Anfang

an die größten Sorgen gemacht, Gordy«, fuhr er fort. »Dein Arm und Bein sind in Ordnung. Sie werden dir keine Schmerzen verursachen. Doch nachdem wir die Verbände angelegt hatten und du aus der Äther-Betäubung erwacht warst, warst du ziemlich durcheinander und wußtest nicht genau, was sich zugetragen hatte. Ich habe dir Beruhigungsmittel gegeben. Ich wollte deinem Verstand eine Ruhepause verschaffen. Nachdem du dann noch ein paar Mal zu dir gekommen warst und es noch immer nicht klickte, war ich überzeugt, daß du eine temporäre Amnesie hast. Ich habe die Behandlung mit den Sedativa zwei Wochen lang fortgesetzt. Dann hielt ich es für das beste, dich nach Hause zu bringen. Ich hatte gehofft, die familiären Bezüge würden dir helfen.« Sein Lächeln war bescheiden. »Anscheinend war ich zu optimistisch.«

Erneut tätschelte die braune Hand, vertraulich wie die einer Frau, meine Schulter. »Aber du brauchst dir keine Sorgen zu machen, Gordy, altes Haus. Bei solchen Gehirnerschütterungen kann man es nie genau sagen. Man kann nicht abschätzen, wie lange die Amnesie anhalten wird. Die Dinge werden mit der Zeit zurückkommen. Vielleicht in ein paar Tagen, oder sogar in ein paar Stunden ...«

»Oder in ein paar Jahren?« fragte ich verdrossen.

»Jetzt laß dich davon nicht unterkriegen, Gordy.« Hinter den seidigen Wimpern beobachteten mich seine Haremsaugen. »Ehrlich gesagt, ich bin optimistisch. Wegen des Arms und des Beins müssen wir uns keine Sorgen machen. Morgen werde ich dich wohl schon in einem Rollstuhl herumtollen lassen können. Du wirst Menschen treffen, die du kennst, an Orten, die dir vertraut sind. Ja, ich bin wirklich optimistisch.«

Obwohl ich wußte, daß er damit nur einem bettlägerigen Kranken Mut machen wollte, beruhigten mich die Worte. Ich verspürte allmählich ein köstliches Gefühl von Passivität. Meine Mutter war da und dieser freundliche Arzt. Beide taten alles für mich, was in ihren Kräften stand. Worüber sollte ich mir also Sorgen machen? Ich lag in einem wunderschönen Zimmer. Man kümmerte sich um mich. Alle waren nett zu mir. Ich war Gordy Friend. Gordon Renton Friend der Dritte. Bald würde ich mich daran erinnern, was genau es mit sich brachte, Gordy Friend zu sein, und mein altes Leben wieder aufnehmen.

Ich sah mich in dem sonnenhellen goldenen und grauen Zimmer um. Wenn dies ein Hinweis darauf war, mochte es ziemlich schmerzlos sein, Gordy Friend zu sein.

»Gehört mir dieses Haus?« fragte ich zufrieden.

»Natürlich, Gordy. Das Haus gehört dir, seit dein Vater gestorben ist.«

»Mein Vater?«

»Du erinnerst dich nicht an deinen Vater?« Dr. Croft schaute erheitert drein. »Es kommt mir unmöglich vor, daß jemand Gordon Renton Friend den Zweiten vergessen könnte.«

»War er berühmt?«

»Berühmt? Gewissermaßen ja. Erst ein paar Jahre vor seinem Tod ist er von St. Paul hierher gezogen. Aber er hat es eindeutig verstanden, sich in dieser Zeit Gehör zu verschaffen.«

»Wodurch?«

»Durch seine Persönlichkeit und ... na ja, ich glaube, es ist besser, die Familie erzählt dir alles über deinen Vater.«

»Aber er ist tot?«

»Ja. Er ist vor etwa einem Monat gestorben.«

»Dann trägt meine Mutter also deshalb Schwarz.«

Ich mußte diese groben Umrisse erst verarbeiten. Ich versuchte, aus dem Gedächtnis ein Bild von Gordon Renton Friend dem Zweiten hervorzuholen, der es eindeutig verstanden hatte, sich Gehör zu verschaffen. Es kam keins. »Dann bin ich wohl reich?« fragte ich mit wachsender Zufriedenheit.

»Aber ja«, sagte Dr. Croft. »Ich würde sagen, du bist sehr reich – wirklich sehr reich.«

In diesem Augenblick kam meine Mutter herein. Sie tätschelte Dr. Crofts Schulter, als sie an ihm vorbeiging, und setzte sich neben den rosa Rosen an mein Bett.

»Nun, Herr Doktor?«

Nate Croft hob die tweedbedeckten Schultern. »Noch keine großen Fortschritte, Mrs. Friend.«

»Mein Liebling.« Meine Mutter nahm meine Hand und legte sie auf ihren großen Schoß. »Fühlst du dich besser?«

»Wenigstens weiß ich jetzt, wer mein Vater war«, sagte ich.

»Ich habe ihm etwas erzählt«, sagte Dr. Croft.

»Nur ein wenig, hoffe ich. Armer Gordy, er ist bestimmt noch nicht kräftig genug, um sich schon an seinen Vater zu erinnern.«

»Was war denn los mit ihm?« fragte ich. »War er eine Leiche in unserem Keller?«

Meine Mutter lachte ihr volles, zuckersüßes Lachen. »Gott im Himmel, nein. Wir, Liebling, waren die Leichen. Aber reg dich nicht unnötig auf. Bleib einfach ruhig liegen, während ich dem Doktor intelligente Fragen stelle, was ich jetzt mit dir tun soll.«

»Ich kann Ihnen nicht viel Neues sagen, Mrs. Friend.« Dr. Croft sah sehr diskret auf seine Armbanduhr. »Machen Sie erst einmal mit derselben Behandlung weiter. Und was diese unglückliche temporäre Amnesie betrifft, besteht die beste Therapie darin, ihn ständig mit vertrauten Gegenständen in Berührung zu bringen. So werden wir den Normalzustand wiederherstellen.«

Meine Mutter sah mich und dann den Arzt an und kniff ein Auge zusammen. »Wenn wir schon von vertrauten Gegenständen sprechen... sollten wir jetzt nicht ausprobieren, wie Selena auf ihn wirkt?«

Dr. Croft warf einen kurzen Blick auf die Wölbung des Gipsverbandes unter meiner Bettdecke. »Ich wollte es gerade vorschlagen.«

»Selena«, sagte ich. »Ihr sprecht immer wieder von Selena. Wer ist Selena?«

Meine Mutter hatte noch immer meine Hand in ihrem Schoß. Sie drückte sie. »Mein Lieber, du bist wirklich süß. Vielleicht gefällst du mir ohne dein Gedächtnis sogar noch besser.« Sie deutete auf das zweite Bett. »Selena ist die Person, die in diesem Bett schläft. Selena ist deine Frau.«

Das weiße Negligé. Das weibliche Zimmer. Meine Frau.

»Ist sie zufällig in der Nähe, Mrs. Friend?« fragte Dr. Croft.

»Ich glaube, sie ist mit Jan im Patio.«

»Dann schicke ich sie herauf. Ich fürchte, ich muß jetzt los.« Doktor Croft tätschelte erneut meine Schulter. »Ich komme morgen wieder und will sehen, ob ich dir einen Rollstuhl mitbringen kann. Kopf hoch, Gordy, alter Junge. Wir haben dich wieder auf den Beinen, bevor du es überhaupt mitbekommst. Bis dann, Mrs. Friend.«

Er ging. Meine Mutter stand auf.

»Tja, mein Lieber, wenn Selena gleich kommt, sollte ich wohl einen taktischen Rückzug antreten.« Sie steckte widerspenstige Haarsträhnen hoch. »Wenn irgend etwas dein Gedächtnis zurückbringen wird, dann Selena.«

Sie trat zur Tür und blieb dann stehen.

»Wirklich, all diese Blumen. Ich habe Selena gesagt, sie sei verrückt, so viele Blumen aufzustellen. Dieses Zimmer riecht wie ein Grab.«

Sie ging zu einem Ecktisch und nahm zwei Vasen. Eine war mit roten Rosen gefüllt, die andere enthielt einen großen Strauß weißer und blauer Iris.

»Ich bringe die Rosen und die Iris in Marnys Zimmer.«

Mit den Blumen im Arm sah sie aus wie eine Erdfruchtbarkeitsgöttin eines uralten Kultes. Ich beobachtete sie bewundernd, als sie zur Tür ging. Dann überkam mich plötzlich das Gefühl eines untröstlichen Verlusts, und ich rief: »Nicht die Iris. Laß die Iris hier.«

Sie drehte sich um und sah mich durch die hellen Blumen an. »Warum denn nicht, Gordy, Liebling? Sie machen einen doch ganz traurig. Du hast Iris noch nie ausstehen können.«

»Ich will sie behalten«, sagte ich mit völlig übertriebenem Nachdruck. »Laß die Iris bitte hier.«

»Na schön, Liebling. Wenn dir so viel an ihnen liegt.«

Sie stellte die Vase mit den Iris auf den Tisch zurück und ging mit den Rosen hinaus.

Ich lag da und musterte die schlanken weißen und blauen Blumen. Die Propeller waren in meinem Kopf wieder angesprungen. Ich sagte mir, daß meine Frau gleich kommen würde. Ich hatte eine Frau. Sie hieß Selena. Ich versuchte mich zu erinnern, wie Selena aussah. Es kam nichts. Ständig verdrängten die Blumen das undeutliche Bild einer Frau. Ich hatte keine Herrschaft über meine Gedanken. Da waren die Propeller, und das eine Wort, das sich dauernd sinnlos wiederholte.

Iris ... Iris ... Iris ... Iris ...

3

Nach einem Augenblick ließ die Stärke meiner Reaktion auf die Iris nach. Doch sie war noch immer vorhanden. Auch wenn ich sie nicht betrachtete, war ich mir der großen blauen und weißen Blumen auf dem Tisch bewußt, und das Wort blieb so fest wie eine Kugel in der Brust eines Toten in meinem Kopf haften.

Ich konnte die Zeit noch immer nur schlecht abschätzen. Eine unbestimmte Weile lag ich im Bett, und allmählich kehrte das selbstgefällige Gefühl eines gewissen Wohlbehagens zurück. Wenn man unter Amnesie litt, fand man normalerweise nicht zu so einem idealen Leben zurück. Ich hatte eine bezaubernde Mutter und ein wunderschönes Haus. Ich war reich, und man schickte gerade meine Frau zu mir. Ich hatte diese erste, nicht körperliche Phase der Rückkehr zum Bewußtsein überstanden. Trotz der leichten Schmerzen in meinem Kopf und der einengenden Gipsverbände fühlte ich wieder, wie das Blut durch meine Adern strömte. Und der Gedanke an meine Frau brachte mein Blut in Wallung.

Selena. Ich spielte nachdenklich mit dem Namen. Es war einer jener Namen, die einen auf die Folter spannen. Selena konnte groß und schlank mit kalten grünen Augen sein. Selena konnte auch etepetete, knochig und altjüngferlich sein und einen verkniffenen Mund haben. Plötzlich überkam mich Unbehagen. Die Dinge hatten sich zu gut entwickelt, um wahr zu sein. Es mußte einen Haken haben. Was, wenn Selena der Haken war? Eine knochige, altjüngferliche Ehefrau mit einem verkniffenen Mund.

Die Spannung war jetzt fast unerträglich. Um gegen dieses kalte, schäbige Bild anzukämpfen, beschwor ich eine Reihe üppiger Wunschvorstellungen herauf. Selena mußte brünett sein, sagte ich mir. Gab es da nicht einen gewissen brünetten Schlag, auf den ich ganz verrückt war? Wie lautete das Wort noch gleich? Es lag mir auf der Zunge.

Schwül. Das war es. Selena mußte eine schwüle Brünette sein.

Die Tür wurde aufgetreten. Ein junges Mädchen kam über die Schwelle. In der einen Hand hielt sie einen kleinen, randvoll gefüllten Cocktail-Shaker, in der anderen ein leeres Glas. Einen Augenblick lang blieb sie einfach ganz ruhig neben der Tür stehen und sah mich an.

Ich erwiderte den Blick und fühlte mich wunderbar. Sie war vielleicht zweiundzwanzig. Sie trug ein verwegen geschnittenes schwarzes Kostüm mit breiten Schultern und einem Rock, der gerade so weit unter den Knien aufhörte, daß er lange, gerade gewachsene Beine zeigte. Sie hatte eine Figur, die man bequem unter einen Arm hätte nehmen können. Ihr Haar, blauschwarz wie Pech, fiel schimmernd um ihre Schultern. Sie hatte ein Gesicht wie eine dieser modernen französischen Puppen, mit einem roten Kußmund und braunen, ungehemmten Augen.

Sie kam zum Bett und setzte sich neben die Rosen. Meine Mutter war eine aufgeblühte Rose. Diese junge Frau war eine kühle, rote Knospe. Sie hielt sich noch immer an dem Shaker und dem Glas fest, musterte mich noch immer abschätzend. Plötzlich lächelte sie:

»Hallo, Gordy, du trauriges Objekt.«

Sie stellte den Shaker und das Glas ab, beugte sich über die Bettdecke zu mir und küßte mich auf den Mund. Ihre Lippen waren weich und angenehm. Ihre jungen Brüste drückten sich leicht gegen meinen Schlafanzug. Ich hob den unverletzten Arm, legte ihn um sie und zog sie näher heran. Ich fuhr damit fort, sie zu küssen. Sie zuckte zurück.

»He, Gordy. Eine Schwester ist eine Schwester.«

»Schwester?«

Sie warf ihr Haar zurück, setzte sich und betrachtete mich nachdenklich. »Natürlich bin ich deine Schwester. Für wen hältst du mich denn? Für deinen Bruder?«

Ich kam mir wie vor den Kopf gestoßen vor. »Der Arzt sagte, er wolle meine Frau zu mir schicken.«

»Ach, Selena.« Sie zuckte mit den Schultern. »Sie ist irgendwo mit Jan unterwegs. Nate konnte sie nicht finden.« Sie drehte sich um und goß sich einen Manhattan ein. Mich noch immer beobachtend, hielt sie das Glas am Stiel. »Mutter sagt, du hast das Gedächtnis verloren. Junge, das kann ich bestätigen.« Sie lachte, ein tiefes, volles Lachen, die jüngere Ausgabe des Lachens meiner Mutter. »Wenn ich deine Erinnerungen hätte, würde ich sie wohl auch verlieren.«

Ihre Haut war so weiß und weich wie die meiner Mutter. Dazu stellte der rote Mund einen faszinierenden Gegensatz dar. Ich wußte, daß es sich nicht gehörte, seiner Schwester solche Gefühle entgegenzubringen. Ich schrieb sie der Amnesie zu.

»Also schön, Schwester«, sagte ich, »wer bist du?«

»Ich bin Marny.« Sie schlug die Beine übereinander, und der Rock rutschte über die Knie hoch. »Das ist ja wirklich ziemlich faszinierend. Sprechen wir über mich. Wie kann ich dir auf die Sprünge helfen?«

Ich griff nach ihrem Drink. »Mit diesem Cocktail zum Beispiel.«

Sie stieß meine Hand zurück und schüttelte den Kopf. »Kommt nicht in Frage.«

»Warum nicht?«

»Mein lieber Gordy, zu den Dingen, die du bequemerweise einfach vergessen hast, gehört auch, daß wir versuchen, einen guten Jungen aus dir zu machen.«

»Dann bin ich also ein böser Junge?«

»Ein ganz schrecklicher. Wußtest du das nicht?«

»Ich weiß überhaupt nichts. Erinnerst du dich? Was ist los mit mir? Trinke ich zuviel?«

Marnys undurchdringliche Augen waren stechend. »Mein Lieber, seit deinem sechzehnten Lebensjahr warst du mehr oder weniger ständig blau. Am Abend, als du deinen Unfall hattest, hast du nach Schnaps gerochen. Aber jetzt hat es sich herumgesprochen. Keinen Drink für Gordy. Nates Anweisung.«

Ich hätte wohl entmutigt sein sollen, so etwas über mich zu hören, war es aber nicht. Ich konnte mich nicht an ein außergewöhnliches Interesse für Schnaps erinnern und hatte auch kein besonderes Verlangen nach ihrem Drink. Ich hatte nur der Geselligkeit halber gefragt.

»Erzähl mir mehr über mich«, sagte ich. »Was bin ich noch, abgesehen von einem Trunkenbold?«

»Das höfliche Wort für dich wäre wohl Playboy. Aber für mich, mein Lieber, bist du ein Säufer. Aber ein netter, wenn man Säufer mag. Selena mag Säufer.«

»Selena? Ach ja, meine Frau.« Ich hielt inne. »Magst du mich?«

Marny trank das Glas zur Hälfte aus. »Ich habe dich immer für einen ziemlichen Widerling gehalten.«

»Warum?«

Sie grinste ein plötzliches, spontanes Grinsen. »Warte, bis dein Gedächtnis zurückkehrt, mein Lieber. Dann muß man es dir nicht erzählen.«

Sie zog mit der Hand den Rock herunter. Die Geste rief mir ihre Knie wieder in Erinnerung.

»Würdest du dich woanders hinsetzen«, sagte ich, »wenn du meine Schwester bist. Du ... du machst mich nervös.«

»Also wirklich, Gordy.« Marny zog sich auf den Stuhl neben den Rosen zurück. »Nate sagt, ich solle versuchen, dein Gedächtnis aufzufrischen. Soll ich dir ein paar Geschichten aus deiner Kindheit erzählen?«

»Erzähl mir alles, was du willst.«

»Sag Bescheid, wenn bei dir etwas klingelt.« Sie hielt inne und überlegte. »Erinnerst du dich, als du ...? Nein, das sparen wir lieber aus. Erinnerst du dich an den Abschlußball von Miß Churchills Tanzschule in St. Paul, als du den Fruchtpunsch mit Gin versetzt und in der Herrengarderobe eine Orgie angezettelt hast?«

Ich grinste. »Was war ich doch für ein unternehmungslustiger Junge. Nein. Ich fürchte, ich erinnere mich nicht daran.«

Marny rümpfte die Nase. »Wie ist es denn mit dem Mal, als Vater uns zum Sommerlager der Aurora-Liga für einen sauberen Lebenswandel oben bei den Seen fuhr? Als du mit mir gewettet hast, du könntest in Mr. Heber einen unreinen Gedanken aufrühren? Du hast mit mir die Kleider getauscht und ihn dazu gebracht, dir im Ruderboot einen Antrag zu machen.«

»Jetzt verstehe ich, was du mit dem Vorteil der Amnesie gemeint hast«, sagte ich unbehaglich. »Nein. Ich erinnere mich an rein gar nichts. Was zum Teufel ist die Aurora-Liga für einen sauberen Lebenswandel?«

Sie setzte ihr Glas ab. »Gordy, du kannst doch nicht die Aurora-Liga für einen sauberen Lebenswandel vergessen haben. Sie ist das Wichtigste in unserem Leben.«

»Was ist damit?«

Marny schüttelte den Kopf. »Vergiß es. Genieß noch ein paar unbeschwerte Augenblicke, solange sie anhalten, mein Lieber.« Sie beugte sich vor. »Auf diese Art kommen wir nicht weiter. Sag mir, woran erinnerst du dich?«

Ich hatte beinahe vergessen, daß ich nicht ich selbst war. Irgendwie war es Marny gelungen, meinen Erinnerungsverlust als ein amüsantes, frivoles Spielchen darzustellen. Die Frage brachte das alte, verwirrende Gefühl zurück, daß etwas hinter etwas anderem verborgen lag, daß alles falsch und leicht bedrohlich war.

»Ich kann mich an Iris erinnern«, sagte ich.

»Iris?« Marnys wacher Blick ging zur Vase auf dem Tisch. »Was für eine Art von Iris?«

»Keine Ahnung.« Mein Unbehagen hatte sich fast in Furcht verwandelt. »Nur das Wort. Iris. Ich weiß, daß es wichtig ist. Wenn ich es nur richtig einordnen könnte ...«

»Iris.« Marnys Wimpern zuckten über ehrlichen Augen, die einen Moment lang nicht mehr ganz so ehrlich wirkten. »Wahrscheinlich irgendeine ungeheure Freudsche Assoziation. Sonst gar nichts?«

Ich schüttelte den Kopf. »Vielleicht noch ein Flugzeug. Jemand ... ach, was soll's?«

»Laß dich nicht entmutigen, Gordy, Lieber.« Sie saß wieder auf dem Bett und hielt meine Hand. »Überleg doch nur, was für ein tolles Leben du bekommen hast. Soviel Geld, daß du es nie ausgeben kannst. Keine Sorgen. Keine Arbeit. Ganz Südkalifornien als Spielwiese. Uns – und Selena.«

»Selena?« Meine Zweifel über Selena rührten sich erneut. »Erzähl mir von Selena. Wie ist sie so?«

»Wenn du Selena vergessen hast«, sagte Marny, trank ihren Cocktail aus und goß sich einen neuen ein, »steht dir ein Schock bevor.«

»Dünn, mit spitzer Nase und stahlumrandeter Brille?« fragte ich ängstlich.

»Selena?« Marny wischte einen verschmierten Fleck

Lippenstift von ihrem Glas. »Mein Lieber, Selena ist wahrscheinlich die tollste Puppe in ganz Kalifornien.«

Ich fühlte mich wieder zufrieden und behaglich. »Und sie hat auch ein nettes Wesen?«

»Wie ein Engel. Sie verehrt einfach alles und jeden.«

»Und einen guten, reinen Charakter?« fragte ich enthusiastisch. »Würde die Aurora-Liga für einen sauberen Lebenswandel sie aufnehmen?«

Marny bedachte mich mit diesem direkten, ungehemmten Blick. »Die Aurora-Liga für einen sauberen Lebenswandel würde Selena nicht aufnehmen.«

»Warum nicht?«

Marny stellte ihr Glas ab. »Das«, sagte sie, »solltest du vielleicht selbst herausfinden.«

4

Ich hatte noch nichts erwidert, als sich die Tür öffnete. Eine junge Frau kam herein, eine junge Frau in einem kurzen, weißen, ärmellosen Baumwollkleid. Sie betörte mich auf den ersten Blick. Sie war das blondeste Mädchen, das ich je gesehen hatte. Ihr Haar, das wie Marnys locker bis auf die Schultern fiel, war hell wie frische Sahne vom Land. Auch ihre Haut war cremefarben, ein etwas tieferer Ton, von der Sonne gebräunt. Ihr Körper, ihre nackten Arme und Beine erweckten den Eindruck einer gemeißelten Statue. Als ich sie ansah, glaubte ich, sie zu berühren. Und obwohl sie einen vollen Busen und volle Schenkel hatte, kam sie mit einer Grazie zum Bett, die so flüssig wie Milch war.

»Gordy, Baby.«

Ihre Lippen waren von einem natürlichen Dunkelrot; ihre Augen waren so blau wie der Sommerhimmel. Sie setzte sich auf das Bett und betrachtete mich, das helle Haar fiel nach vorn.

»Verdufte, Marny«, sagte sie.

Marny starrte dieses neue, atemberaubende Mädchen an, in den braunen Augen erbitterte Feindschaft. Auf einmal wirkte sie klein und künstlich, eher metallisch.

»Wirklich, Selena«, sagte sie gedehnt, »mußt du es so überstürzen? Weißt du, sein Bein ist noch im Gips.«

»Verdufte.« Selena drehte sich zu Marny um, und ihr Gesicht entspannte sich zu einem schnellen Lächeln, das eine Herde störrischer Maultiere fügsam gemacht hätte. »Bitte, Schatz, sei ein liebes Kind. Du kannst lieb sein, wenn du nur willst.«

Marnys lange, schwarze Wimpern flatterten. »Na schön, meinetwegen.« Sie stand auf, drängte sich mit einer plötzlichen, groben Bewegung an ihrer Schwägerin vorbei und küßte mich aggressiv auf den Mund. »Wenn dir die Sache zu heiß wird, Bruderherz, drückst du auf dem Summer ein SOS, und ich komme herauf.«

Sie zerzauste Selenas Haar. »Immer mit der Ruhe, Schneewittchen.«

Sie nahm den Cocktail-Shaker und das Glas, schlenderte hinaus und zog die Tür mit dem Fuß hinter sich zu.

»Typisch Marny. So ein garstiges Kind. Aber süß.« Selenas sonnenwarme Finger schlängelten sich zwischen die meinen. »Wie fühlst du dich, Baby?«

Ich grinste. »Von Minute zu Minute besser.«

Ihr Lächeln erschlaffte mutlos. »Ich bin deine Frau, Gordy. Du erinnerst dich nicht an mich, oder?«

Damit war das geregelt, dachte ich. Gordy Friend zu sein übertraf die Träume des ehrgeizigsten Mannes, der je unter Gedächtnisschwund gelitten hatte. »Ich kann mir nicht vorstellen, einen so harten Schlag auf den Kopf abbekommen zu haben, aber es muß wohl so gewesen sein.«

»Armes Baby. Aber spielt das überhaupt eine Rolle? Es ist normalerweise so peinlich, sich an gewisse Vorfälle zu erinnern.«

Selena beugte sich über mich und drückte ihren Mund schnell auf den meinen. Ihre Lippen waren warm und weich wie ihr Gang. Sie schienen mit den meinen zu verschmelzen. Es war ein Kuß, der die Erinnerung an jeden anderen verdrängte. *Habe ich nicht irgend etwas von Brünetten gesagt?* dachte ich benommen. *Von schwülen Brünetten? Ich muß nicht bei Verstand gewesen sein.*

»Ich verabscheue es, auf Betten zu sitzen.«

Impulsiv ließ sich Selena auf das Grau und Gold der Bettdecke neben mir zurückfallen. Ihr Haar ergoß sich über das Kissen.

»Ah.« Sie seufzte zufrieden, drehte sich um und holte aus dem Nachttisch eine Zigarette. »Was ist mit den göttlichen Pralinen passiert, die ich für dich gekauft habe?« sagte sie, während sie sie ansteckte. »Ich wette, deine Mutter hat sie gegessen.« Sie sah sich mit Augen, blaugrau wie der Zigarettenrauch, durch halb geschlossene Lider im Zimmer um. »Und sie hat auch die Hälfte der Blumen rausgestellt. Wie langweilig. Ich wollte, daß es zu einem echten Erlebnis wird, wenn du dein Bewußtsein zurückerlangst.«

»Was das betrifft, würde ich von einem kolossalen Erlebnis sprechen«, sagte ich.

»Ach ja, Baby?« Sie drehte den Kopf, so daß ihr Gesicht auf dem Kissen fast das meine berührte. »Liebling, mit diesem Verband siehst du anders aus, irgendwie hart. Ist das nicht aufregend? Beinahe so, als hätte man einen neuen Mann.«

Es ist schwer zu sagen, was Selena bei mir auslöste. Sie war wahrscheinlich die tollste Puppe von ganz Kalifornien, da hatte Marny recht. Aber sie war auch mehr als das. Ich konnte mich überhaupt nicht an sie erinnern. Aber es war mir keineswegs unangenehm, daß ein völlig fremdes Mädchen auf meinem Bett lag. Es war aufregend, ja, aber irgendwie auch ganz natürlich. Selena ließ es so werden. Irgendeine unkomplizierte, natürliche Eigenschaft ließ ihre Sinnlichkeit so sauber und spontan wie die eines heidnischen Griechen wirken.

Mit der unverletzten Hand erwischte ich etwas von dem weichen, glänzenden Haar und ließ es durch meine Finger gleiten.

»Meine Frau«, sagte ich. »Wie lange bin ich schon mit dir verheiratet?«

»Zwei Jahre, Liebling. Zwei Jahre und ein paar Gequetschte.«

»Wo in Gottes Namen habe ich dich gefunden?«

»Diese Verbände machen mich wahnsinnig.« Sie bog den Kopf zurück und küßte mich. »In Pittsburg, Schatz.«

»Ich wette, du warst der Stolz von Pittsburg.«

»War ich. In Pittsburg war man ganz verrückt nach mir. Bei der Abstimmung in der Junior League wurde ich zum

Mädchen gewählt, das am wahrscheinlichsten Erfolg haben wird.«

»Ehrlich?«

»Ehrlich.« Sie kuschelte sich an mich, nahm meine Hand von ihrem Haar und drückte sie gegen ihr Kleid. »Liebling, Nate macht sich schreckliche Sorgen um dich. Nate ist so süß. Streng dich an, dein Gedächtnis zurückzubekommen. Das wäre seinem beruflichen Stolz sehr zuträglich.«

»Zum Teufel mit Nate.« Ich betrachtete die sanfte Linie ihrer Nase im Profil. »Erzähl mir mehr über dich. Liebe ich dich?«

Die sehr, sehr blauen Augen wurden ernst. »Das weiß ich nicht. Ich weiß es wirklich nicht, Gordy. Weißt du es?«

»Aus dem Augenblick heraus würde ich sagen, ja.« Ich küßte sie, bevor sie mich küssen konnte. »Wie ist es mit dir? Liebst du mich?«

Sie rutschte ein Stück zurück und streckte sich zufrieden. »Du bist schrecklich süß, Gordy. Ich verehre dich einfach. Wirklich.«

»Aber ich bin ein störrischer Bursche, nicht wahr? Ein Taugenichts. Ich trinke zuviel.«

»Diese Marny.« Einen Augenblick lang war ihr Gesicht beinahe wild. »Dieser gemeine kleine Teufelsbraten. Was hat sie dir erzählt?«

»Nur das. Daß ich ein liebenswürdiger Mistkerl und ein Trinker bin.«

»Wirklich, sie macht mich ganz krank! Und wenn du wirklich zuviel trinkst? Na und? Wie kann jemand nett sein, ohne zuviel zu trinken?«

»Trinkst du auch zuviel?«

Sie lächelte und lachte dann, ein offenes, rauhes Lachen. »Liebling, ich übertreibe bei allem, was ich tue.«

Sie setzte sich plötzlich auf, strich den Rock glatt und drückte die Zigarette in einem Aschenbecher aus.

»Baby, das ist ja alles ganz lustig, aber ich soll dir helfen, dich wieder zu erinnern.«

»Das hast du doch gerade getan, oder?«

»Ich habe gar nichts getan. Ich bin einfach nur zufrieden, daß mein Ehemann wieder bei Bewußtsein ist. Du kannst dir nicht vorstellen, wie schrecklich es war, mit einem Mann im selben Zimmer zu schlafen, der bewußtlos wie eine Leiche dalag.«

»Du hast hier geschlafen?«

Ihre Augen öffneten sich weit. »Aber sicher. Jede Nacht, seit du aus dem Krankenhaus entlassen wurdest.« Sie deutete auf das andere Bett. »Wo sollte ich denn sonst schlafen?«

»Ich habe gerade erst darüber nachgedacht«, sagte ich.

»Wirklich, Liebling, und das bei dem Gipsverband, in dem du steckst.« Selena grinste, zündete sich eine neue Zigarette an und atmete den Rauch tief ein. »Aber im Ernst, ich meine, sprechen wir über etwas – über irgend etwas. Etwas, an das du dich erinnern müßtest.«

»Na schön«, sagte ich. »Nehmen wir die Aurora-Liga für einen sauberen Lebenswandel.«

»Die Aurora-Liga für einen sauberen Lebenswandel? Müssen wir wirklich darüber sprechen?«

»Ich müßte doch darüber Bescheid wissen, oder? Es ist doch wichtig, oder?«

»Es ist natürlich sehr wichtig, schrecklich wichtig, aber es ist auch sehr abscheulich, schrecklich abscheulich.«

»Trotzdem – erzähl mir etwas über die Aurora-Liga für einen sauberen Lebenswandel.«

Sie verzog ärgerlich den Mund. »Na schön. Tja, es fängt alles mit deinem Vater an. Ich nehme an, du erinnerst dich auch nicht an deinen Vater?«

Ich schüttelte den Kopf. »Sie haben mir gesagt, daß er Gordon Renton Friend der Zweite hieß und vor einem Monat gestorben ist. Das ist alles.«

»Dein Vater.« Selena dachte angestrengt nach. »Er war Rechtsanwalt in St. Paul. Er war schrecklich reich. Das war das Schöne an ihm. Aber das Wichtige an deinem Vater war, daß er fromm war.« Sie hatte geistesabwesend wieder meine Hand ergriffen und streichelte sie. »Unglaublich fromm. Weißt du, er war gegen alles. Gegen Tabak und Tanz und Lippenstift und Sex.«

»Hm. Nur zu.«

»Was für schöne Hände du hast, Liebling. So vierschrötig und fest. Wie die eines Matrosen.«

»Ein Matrose.« Irgend etwas rührte sich tief in meinem Bewußtsein. »Selena, ich habe mich gefragt...«

»Oh, ja, dein Vater.« Selena hatte den Blick von meinem Gesicht abgewandt und sprach jetzt ziemlich schnell. »Was gibt es sonst noch über ihn zu sagen? Na ja, wie du dir vorstellen kannst, war es einfach abscheulich, bei ihm zu wohnen. Und dann, vor zehn Jahren, als ihr alle glaubtet, es könne gar nicht viel schlimmer werden, lernte dein Vater die Aurora-Liga für einen sauberen Lebenswandel kennen und verliebte sich in sie.«

Das Unbehagen war wieder verschwunden. Ich hatte es fast schon vergessen. »Hat er mit ihr geschlafen?« fragte ich.

»Gordy, sei doch nicht frivol.« Selena lächelte mich wieder an. Sie hatte meine Hand in ihren Schoß gelegt. »Die Aurora-Liga für einen sauberen Lebenswandel ist eine auf dem ganzen Kontinent vertretene Organisation, die es sich zum Ziel gemacht hat, Amerika zu säubern. Sie veröffentlicht Dutzende von Pamphleten mit Titeln wie *Tanz, kleine Lady – zur Hölle* und *Der Teufel erhebt Pfand auf jede Bierflasche* und so weiter. Sie veranstaltet fröhliche Sommerlager, in denen Amerikas Jugend ein gesundes, sauberes Leben führen kann. Und sie zieht natürlich fürchterlich zu Felde gegen ...«

»... Lippenstift, Tabak, Tanz, Schnaps und Sex«, sagte ich.

»Genau, Baby. Tja, der Kopf dieser düsteren Bande war ein widerwärtiger Mensch namens Mr. Heber. Mr. Heber *war* die Aurora-Liga für einen sauberen Lebenswandel in St. Paul. Und Mr. Heber mochte deinen Vater auf den ersten Blick. Dein Vater fing an, die Liga mit Geld zu unterstützen und St. Paul von Minute zu Minute sauberer und sauberer und sauberer zu machen. Und die ganze Zeit über machte er auch euch alle immer sauberer.«

Sie fiel wieder in die Kissen zurück, und ihr helles Haar schimmerte nah an meiner Wange. »Liebling, du kannst dir nicht vorstellen, was für ein Leben wir führten. Ich meine, du wirst es dir wohl vorstellen können, sobald du dein Gedächtnis zurückhast. Jeden Morgen mußtet ihr antreten, ob ihr auch alle schön anständig aussaht. Dein Vater hat Marny persönlich im Badezimmer den Puder von der Nase gerieben. Ihr durftet nicht ins Theater oder Kino gehen. Ihr verbrachtet lange, niederschmetternde Abende zu Hause und mußtet eurem Vater zuhören, wie er saubere Gedichte aufsagte und aus Mr. Hebers widerlichen Pamphleten vorlas. Und was den Sex betrifft – na ja, dein Vater war besonders gegen den Sex eingestellt.« Sie seufzte tief bei der Erinnerung. »Baby, wenn du wüßtest, was für ein Leben ihr führen mußtet. Wie im Gefängnis.«

»Ich kann es mir vorstellen«, sagte ich. »Aber wie passe ich, der betrunkene Taugenichts, in dieses Bild?«

»Gar nicht, Baby.« Sie hatte wieder meine Hand ergriffen. Sie schien sie zu faszinieren. »Das ist es ja gerade. Je sauberer das Leben wurde, das dein Vater führte, desto schmutziger wurde das, das du suchtest. Auf dem College hast du die schamlosesten Sachen angestellt...«

»Zum Beispiel mit Marny die Kleidung getauscht und Mr. Heber dazu gebracht, sich in einem Ruderboot an mich ranzumachen?«

Selena setzte sich erstaunt auf. »Liebling, du erinnerst dich?«

»Tut mir leid«, sagte ich. »Das hat Marny mir erzählt.«

»Oh.« Sie sank zurück. »Na ja, solche Sachen – und schlimmere. Mr. Heber erklärte dich ständig für unrein. Vater hätte dich gern endgültig hinausgeworfen. Aber da steckte er in der Zwickmühle. Verstehst du, die Familie gehört zu den Dingen, auf die die Aurora-Liga für einen sauberen Lebenswandel großen Wert legt. Und eins der liebsten Werke deines Vaters war ein langes Gedicht darüber, daß einem der Sohn immer ein Sohn bleibt und man ihm sieben mal sieben Mal vergibt, nein, siebzig mal sieben Mal. Du weißt schon – all diesen Blödsinn.«

»Ich weiß«, sagte ich.

»Aber nach dem College versuchte er, dich so weit wie möglich von zu Hause fernzuhalten. Er besorgte dir einen Job in Pittsburg. Irgendwie gelang es dir, nicht gefeuert zu werden. Aber, Junge, was du in Pittsburg alles angestellt hast.« Sie schaute verträumt drein. »Da hast du mich kennengelernt. Darling, was für eine Nacht.« Sie kuschelte sich behaglich an mich. »Gordy, wie lange muß der Gipsverband dranbleiben?«

»Keine Ahnung. Da mußt du deinen Kumpel Nate fragen.«

Sie runzelte die Stirn. »Na ja ... hm, wo war ich? Ah, ja, du hast mich kennengelernt. Wir haben geheiratet. Ich war natürlich überhaupt nicht die Art von Mädchen, für die dein Vater etwas übrig hatte. Aber wir schrubbten mein Gesicht, und ich kaufte ein ganz schreckliches braunes Kleid, wie es eine Missionarin in China trägt, und du hast mich mit nach Hause genommen, und ich war wunderbar, und dein Vater hat mich sofort gemocht, und ich schrieb auch ein Gedicht gegen Sex und trank Ginger Ale, und dann, nachdem wir zu Bett gegangen waren, haben wir uns im Schlafzimmer mit Whisky und Soda einen angesoffen. Liebling, erinnerst du dich nicht?«

Ich schüttelte verzweifelt den Kopf. »Nein, Baby, leider nicht. Noch nicht.«

Selena lag einen Augenblick ganz ruhig da und drückte meine Hand gegen ihr Kleid. Ich konnte ihren kräftigen, gesunden Herzschlag fühlen.

»All das«, fragte ich, »war in St. Paul?«

Sie nickte.

»Und dann zogen wir vor ein paar Jahren nach Kalifornien?«

»Wir nicht, Liebling. Nicht du und ich. Wir blieben in Pittsburg. Aber die anderen.«

»Warum?«

»Mr. Moffat«, sagte Selena. »Mr. Moffat ist der Leiter der kalifornischen Zweigstelle der Liga für einen sauberen Lebenswandel. Er besuchte Mr. Heber, und dein Vater mochte ihn noch viel mehr als Mr. Heber. Verstehst du, Mr. Moffat ist noch sauberer. Also verkaufte dein Vater alles und zog hierher hinaus. Ziemlich bald verschlechterte sich der Zustand seines Herzens. Ich glaube, diese ganze Reinheit befiel seine inneren Organe. Vor ein paar Monaten hatte er irgendeinen Anfall, als er gerade vor dem örtlichen Zweig eine Rede hielt. Er sollte sich wieder erholen, doch dann starb er plötzlich.«

»Und wir kamen wegen seiner Krankheit hierher?«

Selena schüttelte den Kopf. »Nein, Liebling, wir kamen ein paar Monate vorher, weil wir uns sonst nirgendwohin wenden konnten.«

»Du meinst, Pittsburg war mit uns fertig?«

»Mit dir, Liebling. Du hast deinen Job verloren. Wir hatten einhundertundzwölf Dollar auf der Bank. Liebling, du mußt dich doch daran erinnern.«

Ich strengte mich sehr an, doch nichts kam. »Leider nicht«, sagte ich.

»Oh, Liebling.« Sie drückte die Hände unter ihr Haar, um den Kopf abzustützen. »Na ja, Baby, ich glaube, das ist alles über die Aurora-Liga für einen sauberen Lebenswandel – bis auf Jan natürlich.«

»Jan? Marny hat von ihm gesprochen. Wer ist Jan?«

»Das weiß niemand, aber er ist das einzig Seltsame, das dein Vater je tat. Er hat ihn als Mann für alle Arbeiten eingestellt, die am Haus anfallen. Mr. Moffat hat ihn irgendwo aufgetrieben. Er ist Holländer, von Sumatra, wo immer das liegt. Irgendwie war er im holländischen Heer, und irgendwie wieder auch nicht. Er ist etwa zweifünfzig groß und wie ein Titelbildmodell einer dieser Zeitschriften für gesunde Lebensführung gebaut – du weißt schon, die, die man gerade noch nicht unter der Ladentheke angeboten bekommt. Er grinst ständig und trägt nie etwas anderes als Badehosen. Vater und Mr. Moffat hatten eine Leidenschaft für ihn, weil er nicht trinkt oder raucht.«

»Und keinen Sex hat?« fragte ich.

»Das«, sagte Selena nachdenklich, »wissen wir nicht. Verstehst du, er hat ein ziemlich schlichtes Gemüt, auf eine nette Art natürlich, und entweder kann oder will er kein Wort Englisch lernen, und so ist es völlig sinnlos, ihn danach zu fragen.« Ein stumpfer grübelnder Blick trat in ihre Augen. »Eines Tages werde ich es herausfinden – mit Gesten.« Sie schob ihr Gesicht näher und küßte mich fast geistesabwesend. »Liebling, das war in aller Kürze dein ganzes Leben. Erinnerst du dich wirklich an nichts?«

Das schattenhafte Bild eines Matrosen und einer Iris drehte sich in meinem Geist, ohne einen Sinn zu ergeben. Ich dachte, die Propeller kämen zurück. Aber das war nicht der Fall. Einen Augenblick lang verlor Selenas Nähe, die Lebendigkeit ihrer nackten Haut an meiner Haut, ihre magische Wirkung. Mir war kalt und unbehaglich.

»Nein«, sagte ich, »ich erinnere mich an nichts – an keine einzige Einzelheit.«

»Schon gut, Baby.« Ihre Stimme war tief und tröstend. »Es hat niemand wirklich erwartet, daß du dich schon an etwas erinnerst. Mach dir keine Sorgen darüber. Vergessen wir es. Entspannen wir uns.«

Wir entspannten uns noch immer, als sich die Tür öffnete. Meine Mutter schwebte majestätisch herein, ein Tablett mit Arzneiflaschen tragend. Sie blieb stehen und betrachtete Selena auf dem Bett mit gelassenen braunen Augen.

»Selena, Liebes«, sagte sie nachsichtig, »ich glaube, wir sollten Gordy nicht zu sehr ermüden, oder?«

Selena grinste sie an. »Ich ermüde ihn nicht, Mutter. Wir entspannen uns nur...«

»Entspannen«, sagte meine Mutter und stellte das Tablett auf dem Nachttisch ab, »ist ja gut und schön. Aber ich glaube nicht, daß du der Typ bist, bei dem man sich einfach so entspannen kann. Also ab mit dir, Liebling.«

»Aber liebe Mimsey...« Selena richtete sich auf dem Bett auf und ließ eins ihrer sonnenhellen Lächeln aufblitzen. »Bitte...«

»Liebling, du warst jetzt lange genug hier.«

Selena stand zögernd auf und strich ihren Rock glatt. Dabei erklang ein scharrendes Geräusch an der offenstehenden Tür, und ein kleiner schwarzer Spaniel schoß herein, hopste aufs Bett und sprang zu meinem Gesicht hoch, mit seinen breiten, flaumigen Pfoten schlagend.

»Peter«, rief meine Mutter scharf. »Peter, runter da.«

Der Hund leckte mein Gesicht und stupste mich begeistert an. Als meine Mutter ihn zurückrief, bekam ich plötzlich eine Gänsehaut. Ein Gefühl wie beim Wort »Iris« regte sich in mir, nur war es diesmal noch stärker. Es bestand zur Hälfte aus Erregung und zur anderen Hälfte aus Entsetzen vor etwas Bedrohlichem, das gerade außerhalb meines Begriffsvermögens lag.

»Peter?« fragte ich. »Er heißt Peter?«

»Aber ja, Liebling«, sagte Selena. »Er ist dein Hund. Er erinnert sich an dich. Erinnerst du dich nicht an ihn?«

»Peter. Ja, ja. Ich glaube schon. Ich glaube, zum ersten Mal erinnere ich mich wirklich an etwas.«

Der Spaniel hatte sich auf den Rücken gelegt und trat verspielt mit den Pfoten in die Luft.

Peter...

Ich erschauerte. Die Propeller kamen und drehten sich mit einem ohrenbetäubenden Tosen. Ich fühlte mich benommen. Ich wußte kaum, was ich sagte, es platzte einfach so aus mir heraus:

»Der Hund heißt nicht Peter. Ich heiße Peter. Ich bin nicht Gordon Friend. Ich bin Peter.«

Eine Veränderung legte sich wie ein Schatten über diesen schönen, sonnenhellen Raum. Es war eine dieser unbestimmbaren Veränderungen wie in einem Alptraum, bei denen die Freundlichkeit und Sicherheit einer Szene ein lauerndes Grauen zu verhüllen scheint.

Die Veränderung betraf auch die beiden Frauen. Sie standen beide am Bett und sahen auf mich herab. Beide waren auf ihre Art so schön, wie Frauen es nur sein konnten –

Selena golden wie der Sommer, meine Mutter leuchtend wie der Herbst. Aber ihre Gesichter schienen plötzlich von einem feindseligen, skrupellosen Ausdruck entstellt zu werden. Sie wechselten einen schnellen Blick. Ich war mir dessen sicher.

Dann traten beide langsam vor und setzten sich auf das Bett. Ich konnte die Wärme ihrer Körper spüren. Ihre weiche, weibliche Nähe war fast erstickend.

Meine Mutter nahm meine Hand. Selenas glatte Finger lagen auf meinem Arm. Meine Mutter lächelte so friedlich und sanft, daß ich einfach nicht mehr glauben konnte, gerade eben etwas ganz anderes gesehen zu haben.

»Lieber Junge.« Ihre Stimme war voll und schmeichelnd. »Natürlich bist du Gordy Friend. Was für törichte Ideen du hast! Wir sagen dir, du bist Gordy Friend, mein Lieber. Und wer könnte besser wissen als wir, wer du bist – als deine Mutter und deine Frau?«

5

Selena ging und nahm den Hund mit. Meine Mutter blieb auf dem Bett sitzen. Ihr freundlicher Busen, eingerahmt vom Ausschnitt ihres strengen Witwenkleides, war mir sehr nahe. Ihr durchdringendes Treibhaus-Parfum überlagerte den Duft der Rosen. Sie hielt noch immer meine Hand und lächelte dieses »Es kommt alles in Ordnung«-Lächeln.

»Mein armer Liebling«, sagte sie. »Es muß so schrecklich sein, sich nicht zu erinnern.«

Mein gerade erfolgter Ausbruch verschwamm schon wieder in meinem Geist. Ich konnte mich nicht erinnern, was ich gesagt hatte. Es hatte etwas mit dem Hund zu tun. Irgend etwas war in meinem Verstand aufgeblitzt und wieder verschwunden und hatte einen Rest von Unbehagen hinterlassen. Irgendwie, tief in meinem Unterbewußtsein, brachte ich dieser Frau, die neben mir saß, noch Mißtrauen entgegen. Aber ich konnte die Quelle meines Argwohns nicht mehr ausfindig machen.

Sie streichelte jetzt meinen Kopf und ließ ihre kühle Hand sanft über den Verband gleiten.

»Kopfschmerzen, Liebling?«

Der weiße Busen, das ruhige Gesicht auf dem vornehmen Hals, sogar die Unordentlichkeit des hochgesteckten kastanienbraunen Haars, das alles beruhigte mich. Es kam mir lächerlich vor, Argwohn zu hegen, wenn ich mich an keinen Grund dafür erinnern konnte.

»Ja«, sagte ich. »Der Kopf tut mir wirklich etwas weh. Was ist jetzt gerade mit dem Hund passiert? Was habe ich gesagt?«

Meine Mutter lachte. »Nichts, Liebling. Überhaupt nichts.«

»Aber da war etwas – etwas über den Namen des Hundes.«

»Mach dir keine Sorgen, Schatz. Bitte mach dir keine Sorgen.« Sie beugte sich vor und küßte mich direkt unter dem Verband auf die Stirn. Seit ich das Bewußtsein zurückerlangt hatte, schien ich mit Küssen bedeckt zu werden. »Du wirst komische kleine Sinnestäuschungen haben, Schatz. Nate hat gesagt, daß es so kommen würde. Die Dinge verknüpfen sich in deinem Verstand und schaffen Muster, die dir wirklich erscheinen, es aber nicht sind. Das ist alles.«

Sie tätschelte meine Hand, erhob sich und trat zu dem Tablett mit Arzneiflaschen auf dem Nachttisch.

»Jetzt ist es Zeit für deine Pille. Du ruhst dich schön aus. Genau das brauchst du. Du hast einen fürchterlich anstrengenden ersten Nachmittag gehabt, nicht wahr? Ich, Marny, Selena. Wir haben es wohl etwas übertrieben.«

Sie drehte sich um, eine Kapsel in einer Hand, ein Glas Wasser in der anderen. Lächelnd setzte sie sich.

»Mach den Mund auf, Liebling.«

Ich verspürte den Drang, die angebotene Kapsel zu verweigern, doch er blieb schwach, denn mir fiel keine stichhaltige Entschuldigung ein, sie nicht zu nehmen. Und diese Frau hatte auch etwas an sich, das mich verleitete, mich der Krankheit hinzugeben. Ihre Fülle, ihre Ruhe ließen mich meine Probleme vergessen – was für Probleme hatte ich? – und mich der üppigen Verlockung der Kissen hingeben.

Sie drückte mir die Kapsel in den Mund und schüttete etwas Wasser hinterher. Ich ließ es zu und schluckte.

Sie tätschelte meine Hand. »So ist's brav, Gordy. Und jetzt ein Lächeln für deine Mutter.«

Ich lächelte. Irgendwie hatte sie in mir den Eindruck erweckt, wir beide seien Verschwörer.

»Lieber Junge.« Sie küßte mich erneut. »Und bevor du es weißt, machst du Heia-Heia.«

Und fast genau so kam es. Im einen Augenblick beobachtete ich sie, wie sie nachlässig die rosa Rosen in der Vase ordnete. Im nächsten verschlang mich die Bewußtlosigkeit, schwer wie eine Daunendecke.

Als ich erwachte, war ich allein. Das Sonnenlicht war verschwunden. Ein graugrünes Abendlicht, das durch die Fenster fiel, verlieh dem Raum einen Anschein von Stille, wie man sie sonst nur unter Wasser findet. Ich hatte keine Kopfschmerzen mehr. Meine Gedanken kamen mir außergewöhnlich klar vor. Ich erinnerte mich an alle Menschen, die an diesem Tag in das Zimmer gekommen waren. Ich erinnerte mich an alles, was sie gesagt hatten.

Ich bin Gordy Friend, sagte ich mir. *Ich hatte einen Unfall und habe das Gedächtnis verloren.*

Ich lag still im Bett. Allmählich wurde ich mir der Steifheit der Verbände um meinen Arm und mein Bein bewußt. Zum ersten Mal sah ich sie nicht nur als Requisiten bei meiner Rolle als Patient an. Ich sah sie als die Beschränkungen an, die sie waren.

Ich liege hier mit einem Gipsverband um meinen Arm und einem Gipsverband um mein Bein in diesem Bett, dachte ich. *Ich bin hilflos. Ich könnte mich nicht davonmachen.*

Es gab natürlich nichts, vor dem ich mich davonmachen mußte. Ich war Gordy Friend. Ich war in meinem eigenen Haus. Ich war von liebevollen, aufmerksamen Menschen umgeben. Doch die Erkenntnis meiner Hilflosigkeit schien seltsamerweise ein Gefühl drohender Gefahr mit sich zu bringen.

Mein Blick bewegte sich unsicher durch das Zimmer und blieb dann am Beistelltisch haften. Darauf stand eine Vase mit Levkojen, im schwindenden Licht weiß und von düsterem Purpur. Hatte dort nicht eine Vase mit Iris gestanden, bevor ich einschlief? Iris. Ich wurde mir zögernd bewußt, daß diese Iris eine gewisse Bedeutung hatten und daß ihre Abwesenheit ebenfalls eine Bedeutung hatte. Mein Gefühl des Unbehagens wuchs und verstärkte sich fast bis zur Panik.

Was, wenn ich nicht Gordy Friend bin? dachte ich plötzlich und ohne bestimmten Grund.

Ich wußte augenblicklich, daß der Gedanke absurd war. Meine Mutter, meine Schwester, meine Frau, mein Arzt, alle hatten mir gesagt, daß ich Gordy Friend war. Nur eine Verschwörung, die unvorstellbar verrückt oder hinterhältig war, konnte allen vieren ein Motiv geben, mich zu täuschen.

Aber der Gedanke blieb, nagte trotz aller Widerstände des gesunden Menschenverstands weiter, wuchs wie ein Furunkel, der bald aufplatzen würde.

Was, wenn ich nicht Gordy Friend bin?

Die Tür öffnete sich einen Spaltbreit, und Marny spähte herein. Ihr junges Gesicht hatte den typisch verstohlenen Ausdruck eines Menschen, der nach einem Schlafenden sieht.

»Hallo«, sagte ich.

»Du bist also wach.«

Sie stieß die Tür auf und trat zum Bett. Wie zuvor hatte sie einen kleinen Shaker und ein Glas dabei. Sie warf ihr glänzendes schwarzes Haar zurück, setzte sich neben die Rosen und betrachtete mich fröhlich.

»Hallo«, sagte sie.

Ihr junges, ovales Gesicht mit den kühlen Augen und dem knallroten Mund wirkte gleichzeitig taxierend und freundlich. Ich fand ihre Sprödigkeit ermutigend ... ermutigender als die Üppigkeit meiner Mutter oder Selenas animalische Vitalität.

»Trinkst du noch immer?« fragte ich.

»Red doch keinen Unsinn! Das war zum Mittagessen. Der ist zum Abendessen. Deins bringen sie dir gleich herauf.« Sie goß einen Manhattan in das Glas. »Ich dachte, du wolltest vielleicht einen Cocktail, also habe ich einen heraufgeschmuggelt.«

Mein halbwegs besänftigter Argwohn wurde wieder wach. »Ich dachte, ich dürfe nichts trinken?«

»Natürlich sollst du nichts trinken, mein Lieber.« Sie lachte, und man sah ihre kleinen weißen Zähne und die Spitze einer rosa Zunge. Fast lüstern beugte sie sich zu mir und hielt mir das Glas hin. »Aber was ist schon ein kleiner Gefallen zwischen Schwester und Bruder?«

»Die Frau führte mich in Versuchung«, sagte ich und nahm den Drink. Sein stechender Geschmack an meinem Gaumen war hervorragend.

Marny schlug die Beine übereinander und beobachtete mich noch immer genau.

»Selena«, sagte sie plötzlich. »Magst du sie?«

Die trügerische belebende Wirkung des Alkohols ließ mich noch wachsamer werden. Ich war jetzt entschieden auf der Hut – auf der Hut vor etwas, worin ich kein Motiv sah und was ich nicht verstand. »Magst du sie?« parierte ich.

Marny zuckte mit den Schultern. »Was für eine Rolle spielt es schon, was ich von ihr halte? Selena ist nicht meine Frau, sondern deine.«

»Ist sie das?« Irgend etwas ließ mich schnell diese Frage stellen.

»Was meinst du – ist sie das?« Marny blinzelte mit den dichten Wimpern und nahm mir das halbvolle Glas schnell wieder ab. »Wirklich, Gordy, hat dich ein halber Manhattan schon umgeworfen?«

Die Tür öffnete sich, und meine Mutter kam herein. Ihr Blick fiel auf Marny.

»Marny, du hast Gordy doch hoffentlich nichts zu trinken gegeben?«

Marny erwiderte den Blick ungerührt. »Natürlich nicht, Mimsey.«

»Ich bin sicher, das würde Nate nicht gefallen.« Meine Mutter kam zu mir herüber und lächelte. »Hast du Hunger, Liebling? Sie bringen dir gleich das Essen.«

»Ich glaube, ich könnte schon etwas vertragen«, sagte ich.

»Gut. Hast du dich schön ausgeruht?«

»Ja. Ich fühle mich gut.«

Ich beobachtete meine Mutter unauffällig und versuchte, eine Spur von Falschheit in ihrem Gesichtsausdruck zu finden. Sie lächelte mich an, leicht erheitert, als habe sie meinen Argwohn gespürt und wolle nun klarstellen, wie absurd er sei. »Kein Ärger mehr, auf mein Wort«, sagte sie. »Keine weiteren törichten Einbildungen.«

»Daß ich nicht Gordy Friend bin, meinst du?«

Marny blinzelte wieder. Sie drehte sich schon um, um ihre Mutter anzusehen, und schien es sich dann anders zu überlegen. Meine Mutter tätschelte den Kopf des Mädchens. »Ab mit dir, Liebes. Unten wartet das Essen.« Als Marny ging, wandte sie sich wieder mir zu. »Erinnerst du dich noch immer an gar nichts? Nicht einmal an mich?«

»Noch immer nicht«, sagte ich.

Das Dienstmädchen, das hereingeschaut hatte, um die Ankunft des Arztes zu verkünden, kam nun mit einem Tablett herein. »Ah, da ist dein Abendessen, mein Lieber«, sagte meine Mutter. »Wenn du fertig bist, schicke ich Jan herauf. Er kann sich um all die Sachen hier oben im Schlafzimmer kümmern, die keiner weiblichen Hand bedürfen.« Als sei sie erleichtert, daß das Abendessen als Entschuldigung für ihren Aufbruch herhalten konnte, murmelte sie noch etwas von einem »lieben Jungen« und verschwand.

Das Dienstmädchen holte einen Tischaufsatz aus einer Ecke und baute das Tablett darauf vor mir auf. Sie trug Dienstkleidung und versuchte offensichtlich, die farblose Diskretion einer gut ausgebildeten Hausangestellten zu bewahren. Es gelang ihr nicht sehr gut. Sie wirkte zu plump, und ihr Haar, superoxyd-blond und eng gewellt, wies auf Hot dogs und Verabredungen in Bars mit Matrosen hin. Mir fiel ein, daß meine Mutter sie Netti genannt hatte.

»Danke, Netti«, sagte ich. »Das sieht gut aus.«

Sie kicherte. »Es ist schön, daß Sie wieder essen, Mr. Friend.«

Das Abendessen sah auf dem wunderschönen, blauweißen Spode-Porzellan einladend aus. Hier, dachte ich, lag eine einfache Möglichkeit vor, meine törichten Zweifel ein für alle Mal beizulegen. Falls es irgendeine verrückte Verschwörung geben sollte, würde das Dienstmädchen bestimmt nicht daran teilhaben.

»Nun, Netti«, fragte ich beiläufig, »sehe ich nach dem Unfall noch besser aus?«

Sie kicherte erneut und griff sich an das ordentliche

Häubchen auf dem alles andere als ordentlichen Haar. »Oh, Mr. Friend, fragen Sie mich doch nicht. Woher soll ich das denn wissen?«

»Sie wissen es nicht?«

»Sie haben das Gedächtnis verloren, nicht wahr?« Ihre Vornehmheit ließ von Sekunde zu Sekunde nach. »Die Köchin hat mir in der Küche davon erzählt. Herrje, das ist aber schlimm.«

»Was hat es damit zu tun, daß ich das Gedächtnis verloren habe?«

»Daß Sie mich fragen, ob Sie nach dem Unfall besser aussehen, Mr. Friend.« Sie grinste. Das Grinsen entblößte rosa, von roten Adern durchzogenes Zahnfleisch. »Na ja, ich hab Sie nie gesehen. Nicht, bevor man Sie vom Krankenhaus hierher brachte.«

»Sie sind neu hier?«

»Klar, ich bin neu. Sie haben mich einen Tag eingestellt, nachdem der alte ... nachdem Mr. Friend starb. Da haben sie alle Dienstboten gefeuert. Bis auf Jan. Den hat Mr. Friend an seinem letzten Tag gefeuert, und sie stellten ihn danach wieder ein.«

Ich starrte sie an. »Aber mein Vater starb vor einem Monat. Mein Unfall war erst vor zwei Wochen. Da hatten Sie doch ein paar Wochen, in denen Sie mich sehen konnten.«

»Sie nicht, Mr. Friend.« Das Kichern hatte einen anzüglichen Unterton angenommen. »Sie waren nicht hier, Sir – nicht einmal, nachdem Ihr Vater starb.«

»Wo war ich dann?«

Sie zögerte. »Aber Mr. Friend!« platzte sie dann heraus. »Die alte Köchin hat es mir erzählt, bevor sie ging. Es hieß, Sie würden jemanden besuchen. Aber Sie sind nicht einmal zur Beerdigung gekommen. Die alte Köchin, sie hat gesagt… Na ja, sie hat gesagt, wahrscheinlich wären Sie wieder auf einem Ihrer…«

Sie hielt inne. Einen Augenblick lang glaubte ich, sie würde die Hand vor den Mund halten – eine Geste, die bestimmt mit der Erfindung des Staubsaugers aus der Mode gekommen war.

»Auf einem meiner… was?« fragte ich.

»Oh, Sir«, wand sie sich, »ich hätte wirklich nicht…«

»Auf einem meiner… was?«

»Ihrer Saufzüge.« Sie grinste erneut und trat, als habe dieses Eingeständnis ein Band der Vertrautheit zwischen uns geknüpft, ein Stück näher. »Sie heben gern einen«, sagte sie und bog bedeutungsvoll den Arm.

»Ich verstehe«, sagte ich. »Bevor ich den Unfall hatte, war ich also zwei Wochen lang auf einer Sauftour. Warum bin ich ausgerechnet an dem Tag losgezogen, als mein Vater starb?«

Sie kicherte erneut. »Diese alte Köchin. Bei ihrer Phantasie sollte sie Romane schreiben. Was sie nicht alles angedeutet hat!«

»Was denn?«

Netti schaute plötzlich unsicher drein. »Ach, nichts.« Aus dem Unbehagen war echte Angst geworden. »Erzählen Sie ihnen bloß nicht, daß ich darüber geplaudert habe, daß Sie weg waren und so. Versprechen Sie es mir. Ich hätte nicht…«

»Vergessen Sie es, Netti.«

Ich wollte nicht tiefer in sie dringen. Ich wußte, daß sie mir sowieso nichts mehr erzählen würde.

Sie musterte mich unsicher, als nehme sie allen Mut zusammen. »Ich nehme an«, flüsterte sie dann, mit einem Blick über die Schulter zur Tür, »Sie haben nicht zufällig einen kleinen Schluck hier? Ich habe das schwere Tablett von der Küche hochgetragen und ...«

»Tut mir leid«, sagte ich. »Sie haben mich aufs trockene gesetzt.«

»Das ist aber schade.« Sie beugte sich zu mir herab. »Wenn es einen Sherry oder so zum Nachtisch gibt«, flüsterte sie, »komme ich manchmal an den Barschrank heran. Manchmal zweige ich mir dann einen Schluck Gin oder so ab. Beim nächsten Mal bringe ich Ihnen einen mit, ja?«

»Gut.«

Ich bekam wieder das Zahnfleisch zu sehen. »Ich trinke dann und wann selbst gern einen Tropfen. Ich weiß, wie es ist, Mr. Friend.« Sie berührte wieder das Häubchen und ging mit betontem Hüftschwung aus dem Zimmer.

Ich hatte mir eine Freundin gemacht. Und ich war froh darüber. Man weiß nie, wann man eine Freundin braucht.

Aber irgendwie kam mir die Hühnerbrust in Weinsauce jetzt nicht mehr so einladend vor. Nach dem Tod meines Vaters hatten sie alle Dienstboten gefeuert. Warum? Und sie hatten mir verschwiegen, daß ich vor dem Unfall zwei Wochen lang auf einer Sauftour gewesen war. Warum?

»Ich.« Wann immer über Gordys Vergangenheit gesprochen wurde, dachte ich in der ersten Person darüber, ohne daß es mir unnatürlich vorkam. Bedeutete das, daß meine

Identität als Gordy Friend zurückkam? Oder war es einfach nur eine neue Gewohnheit?

Ich wünschte, ich wüßte mehr über Amnesie. Ich wünschte, ich könnte mir sicherer sein, die feste Überzeugung, etwas sei nicht in Ordnung, wäre nur ein ganz normales Symptom.

Netti hatte mich nie gesehen. Das bedeutete, daß keiner der Dienstboten mich je gesehen hatte. Nach allem, was sie wußten, konnte ich König Tiglath-Pileser der Dritte sein.

Der Hund. Die Iris. Die Propeller. Jemand, der mit einem Flugzeug davonflog. San Diego. Die Navy.

Warum hatten sie nach dem Tod meines Vaters alle Dienstboten gefeuert? Und was waren das für Dinge, die die ehemalige Köchin mit der Phantasie zum Bücherschreiben angedeutet hatte?

6

Ich hatte mein Abendessen beendet. Meine Mutter hatte die Lampen eingeschaltet und die Vorhänge zugezogen. In dem künstlichen Licht hatte das Zimmer etwas von seiner frivolen Fröhlichkeit verloren und wirkte fast bedrückend luxuriös. Die cremefarbenen Vorhänge über dem Fenster waren überladen wie ein schwelgerisches Dessert. Die grüne Chaiselongue schimmerte kostbar. Die Rosen kamen mir größer und von einem tieferen Hellrot als echte Rosen vor und schienen auch schwerer zu duften. Ich versuchte, den Gips an meinem linken Bein zu bewegen. Mit großer Anstrengung schob ich ihn ein paar Zentimeter zurück. Das war alles.

Ich wollte eine Zigarette. Selena hatte alle geraucht, die in der Packung im Nachttisch waren. Ich überlegte, ob ich klingeln sollte, doch aus irgendeinem Grund schreckte ich vor einer weiteren Begegnung mit einem Mitglied der Familie zurück. Meine Gedanken waren noch nicht klar genug. Ich wußte nicht, ob ich ihnen vertraute oder ob sie Feinde waren.

Natürlich können sie keine Feinde sein, sagte ich mir.

Es klopfte laut an der Tür.

»Herein!« rief ich.

Die Tür öffnete sich, und ein Riese trat ein. Es war ein ziemlich eindrückliches Erlebnis. Wenn sich zuvor die Tür geöffnet hatte, hatte ich immer einen Blick auf den Korridor dahinter werfen können. Nun war da nur der Mann.

Er kam herein und schloß die Tür hinter sich. Er mußte knapp an die zwei Meter groß sein. Er trug nur kurze, marineblaue Badeshorts und ein ärmelloses, blaues Polohemd. Sein Haar, das so hell und glänzend wie das Selenas war, fiel ihm in die Stirn. Seine nackten Arme und Beine waren fest und muskulös und von der Sonne leicht gebräunt. Von seinem Gesicht nahm ich lediglich zwei breite Zahnreihen wahr, die bei einem betörenden Lächeln enthüllt wurden.

Er brauchte zwei Schritte, um das Bett zu erreichen. Er sah zu mir herab. Seine Augen waren vom Blau sonnenverblichenen Jeansstoffes. Der Mund, der sich an den Winkeln zu einem freundlichen Lächeln verzogen hatte, schien sich über alles im allgemeinen und über mich im besonderen zu amüsieren.

»Jan«, sagte er, und das Lächeln wurde noch breiter.

Ich wußte von Selena, daß die »einzige seltsame Sache« des alten Mr. Friend kein Englisch sprach, und ich sprach natürlich kein Holländisch. Doch ich versuchte es: »Hallöchen, Jan. Wie geht's, wie steht's?«

Er schüttelte den Kopf, wobei ihm die blonden Stirnlokken über die Augen fielen. Er warf das Haar wieder zurück und bedeutete mir, daß der Versuch, ein Gespräch anzufangen, reine Zeitvergeudung war. Und ob er nun ein schlichtes Gemüt war oder nicht, er schien genau zu wissen, was er zu tun hatte, ohne daß man es ihm sagen mußte. Zielstrebig führte er all die Aufgaben aus, die, wie meine Mutter gesagt hatte, »keiner weiblichen Hand bedurften«. Und die ganze Zeit über grinste er, als sei ich ein ungeheuerlicher Witz.

Als er fertig war, zerrte er plötzlich alle Bettdecken von mir. Die großen Arme glitten unter meinen Körper, und laut lachend hob er mich mit Gipsverbänden und allem auf, als sei ich eine Tüte stark aufgehendes Backwerk, trug mich durch das Zimmer und legte mich auf die grüne Chaiselongue. Er holte eine maisgelbe Steppdecke aus einem Schrank und breitete sie über mir aus. Trotz seiner gewaltigen Kraft war er sanft, fast zärtlich. Er erweckte in mir den Eindruck, ich sei ein alter Witwer, der eine Menge Geld vererben würde. Er ging zum Bett zurück, schickte sich an, eine monotone und wahrscheinlich aus Sumatra stammende Melodie summend, es zu machen. Was die Kanten und Falten betraf, war er sehr sorgfältig; er machte das Bett, als würde seine Arbeit gleich inspiziert werden.

Als das Bett gemacht war, kam er zu mir zurück, nahm die Steppdecke, faltete sie sorgsam zusammen und trug sie zum Schrank zurück. Er ging zu einer Kommode, holte einen prächtigen, rotgrauen Seidenschlafanzug heraus und kam zu mir zurück. Er setzte sich neben mich und knöpfte meine Schlafanzugjacke auf. Ich protestierte, doch er lachte nur breit und ungestüm und zog mir die Jacke aus. Dann zog er mir auch die Hosen aus und schob dann soviel von mir, wie die Gipsverbände erlaubten, in den sauberen Pyjama.

Es hätte angenehm sein müssen, so aufmerksam und gekonnt gepflegt zu werden. Doch es gefiel mir nicht. Es machte mir meine Hilflosigkeit bewußt. Als sich Jan über mich beugte und sein helles Haar meine Brust kitzelte, wußte ich, daß er nur einen Arm um mich legen mußte und mich so leicht zerquetschen konnte, wie eine Python ein Reh zerquetscht. Da ich mich nur mit dem linken Arm wehren konnte, wäre ich völlig seiner Gnade ausgeliefert – oder der irgendeines anderen.

Nachdem er die Schnur in meinem Hosenbund mit einer hübschen Schleife verknotet hatte, hob er mich wieder hoch und trug mich zu dem frisch gemachten Bett zurück. Er steckte die Bettücher fest um mich und stand grinsend da. Ich verabscheute es, für so komisch gehalten zu werden.

»Ja?« erkundigte er sich.

Ich nahm an, daß er mich fragte, ob ich sonst noch etwas wolle.

»Eine Zigarette«, sagte ich.

Er sah mich verständnislos an.

»Rauchen.« Ich hob die Hand an die Lippen und paffte an einer imaginären Zigarette.

Augenblicklich verdunkelte sich sein Gesicht. Er schüttelte heftig den Kopf. Plötzlich war er wütend. Mir fiel ein, daß Selena mir gesagt hatte, er würde weder rauchen noch trinken. Das hatten Mr. Moffat und mein Vater ja so an ihm geschätzt.

Aus einer plötzlichen Eingebung heraus sagte ich: »Ich bin Gordy Friend, oder?«

»Ja?«

Ich deutete auf mich. »Gordy Friend?«

Er grinste. Es war ein absichtlich törichtes Grinsen, das andeuten sollte, daß er mich nicht verstand.

»Schon gut«, sagte ich.

Er blieb noch einen Augenblick lang stehen, sein Blick glitt an mir hinunter, er überprüfte alles und vergewisserte sich, daß alles in Ordnung war. Dann warf er das blonde Haar wieder zurück, legte eine große Hand auf meine Schulter, nickte und ging.

Ich dachte gerade wieder über Nettis Bekenntnisse nach, als meine Mutter hereinkam, gefolgt von der hageren Gestalt Dr. Crofts.

Meine Mutter trat ans Bett und lächelte. »Sieh an, mein Lieber, Jan hat dich also hergerichtet. Dieser Schlafanzug. Du hast in ihm immer so attraktiv ausgesehen. Sieht er nicht attraktiv aus, Dr. Croft?«

Der junge Arzt war neben sie getreten. Er blickte aus seinen glänzenden, mitfühlenden Augen auf mich herab.

»Hallo, Gordy. Ich kam gerade vorbei, und da dachte ich, ich schaue mal herein und sage guten Tag. Ich habe den Rollstuhl übrigens bekommen. Morgen wird er gebracht. Und wie geht es uns?«

Ich bemerkte eine gewisse Anspannung an meiner Mutter. Ich war mir fast sicher, daß der Besuch des Arztes nicht so beiläufig war, wie er ihn darstellte.

»Er hatte heute nachmittag ein komisches Gefühl, Herr Doktor«, warf meine Mutter schnell ein, »ein Gefühl, als wäre er nicht er selbst, wenn Sie wissen, was ich meine. Daß er nicht mein Gordy ist.« Sie tätschelte meine Hand. »Erzähl dem Doktor davon, mein Lieber.«

Die Offenheit, mit der sie dieses Thema zur Sprache brachte, hätte mich entwaffnen sollen, tat es aber nicht. Aus irgendeinem Grund flackerte mein Argwohn wieder auf. Mit einer fast psychopathischen Empfindlichkeit schien ich etwas Falsches in meiner Mutter und der ruhigen Unbesorgtheit des Arztes wahrzunehmen.

»Es ist nichts«, sagte ich ausweichend.

»Nein, erzähl's mir, Gordy«, sagte Dr. Croft.

»Na schön«, sagte ich. »Ich hatte das Gefühl, nicht Gordy Friend zu sein. Ich habe es noch immer.«

Meine Mutter setzte sich auf die Bettkante. »Willst du damit sagen, mein Lieber, du glaubst, daß wir dich belügen?« Sie lachte. »Wirklich, Schatz, ist das nicht ziemlich seltsam? Daß deine Mutter und deine Frau und deine Schwester und ...«

Dr. Croft hob die Hand. Er betrachtete mich ruhig. »Nein, Mrs. Friend, lachen Sie nicht. Das ist völlig verständlich. Völlig normal.« Er lächelte mich munter an. »Hör zu, Gordy, dein Verstand hat sich gewissermaßen gespalten. Die Nachwirkung der Gehirnerschütterung. Vielleicht gibt es eine Menge Erinnerungen, die du unbewußt nicht zurückhaben willst. Ich nehme an, das würde wohl allen von uns so ergehen. Ein Teil deines Verstandes kämpft dagegen an, sich zu erinnern. Ein Verstand kann ziemlich verschlagen sein, Gordy. Eine Möglichkeit, die alten Erinnerungen zu bekämpfen, besteht darin, andere plausible Erinnerungen zu erfinden. Vielleicht ein Fetzen hiervon, ein Fetzen davon – der Verstand verbindet sie einfallsreich und versucht, dir eine völlig falsche Identität zu präsentieren ... Sagen wir, dein Hund heißt – Peter. Sagen wir, du hast eine lebhafte Erinnerung an – na ja, an eine Stadt, in der es dir gut gefallen hat, oder vielleicht an einen Jungen, mit dem du auf der Schule befreundet warst. Dein Verstand kann das alles plötzlich zusammenschmieden und dem Ergebnis eine anscheinend gewaltige Bedeutung geben. Das bereitet dir natürlich Sorgen, aber ich kann dir versichern, daß es sich nur um eine Illusion handelt.«

Er befeuchtete seine Lippen mit der schmalen Spitze einer rosa Zunge. »Alles mitbekommen, alter Bursche?«

»Ich glaube schon«, sagte ich.

»Nein, Gordy. Raus mit der Sprache. Sag's mir, wenn du es nicht kapierst.«

Meine Mutter beobachtete mich ängstlich. Was Nate sagte, klang plausibel. Was Nate sagte, klang immer plausibel. Vielleicht war ich überzeugt.

»Klar kapiere ich das«, sagte ich und wandte mich an meine Mutter. »Wo war ich in den Wochen, bevor ich den Unfall hatte?«

»Wo du warst?« Meine Mutter brachte ihren gelassensten Blick auf. »Nun, du warst natürlich hier, mein Lieber.«

»Ich blieb hier, als mein Vater starb? Ich fuhr von hier mit dem Buick los, als ich den Unfall hatte?«

»Nun, natürlich, Gordy. Du ...« Meine Mutter hielt

plötzlich inne, und ihre Wangen röteten sich. »Marny hat dir doch nichts erzählt, oder?«

Ich hatte Netti versprochen, sie nicht zu verraten, doch da meine Mutter annahm, ich hätte die Information von Marny erhalten, hatte ich keine Skrupel.

»Ich habe gehört«, sagte ich, »daß ich an dem Tag, als mein Vater starb, verschwand und nicht mehr auftauchte, bis man mich in dem zu Schrott gefahrenen Wagen fand. Ich habe gehört«, fügte ich hinzu, »daß ich auf einem langen und gewaltigen Saufzug war.«

Meine Mutter trommelte wütend mit ihren glatten, weißen Fingern auf ihren Schoß. Ich sah, wie in ihren Augen Zorn aufblitzte. Ich hätte nicht gedacht, daß sie so wütend werden könnte. Doch sie hatte sich hervorragend in der Gewalt. Fast augenblicklich übernahm das alte beruhigende Lächeln wieder das Kommando.

»Mein Lieber, wer auch immer dir das erzählt hat, er war sehr ungezogen. Ja, ich fürchte, ich habe gelogen. Du warst auf einem deiner... äh... Streifzüge.« Sie warf Dr. Croft einen schnellen Blick zu. »Nate und ich kamen zum Schluß, es sei am besten, darüber vorerst zu schweigen. Schließlich ist es keine sehr angenehme Erinnerung, und es hilft dir nicht weiter, wenn du es weißt.«

»Keine Angst, Gordy, alter Knabe.« Dr. Croft lächelte wieder zuversichtlich. »Wir alle heben dann und wann schon mal gern einen.« Sein Gesicht war wieder ernst. »Vielleicht ist das die Erinnerung, die du zu unterdrücken versuchst, Gordy. Du betrinkst dich und verpaßt die Beerdigung deines Vaters... Weißt du, das sind Dinge, von denen man sich wünscht, man hätte sie nicht getan.«

Ich stellte die Frage, auf die Netti mir eine so düstere, rätselhafte Antwort gegeben hatte. »Warum habe ich mir Vaters Todestag ausgesucht, um auf einen Saufzug zu gehen?«

Mrs. Friend hatte sich nun wieder völlig in der Gewalt. Sie betrachtete mich gelassen. »Also wirklich, mein Lieber, woher soll ich das denn wissen? Ich nehme an, du warst niedergeschlagen, weil dein armer Vater krank war. Oder« – sie zuckte mit den Schultern – »weißt du, du hast dir noch nie besonders vernünftige Zeitpunkte ausgesucht.«

»Aber ich ging doch, als er buchstäblich im Sterben lag.«

Mrs. Friend tätschelte meine Hand. »Lieber Junge, mach dir deshalb keine Vorwürfe. Schließlich hast du ja nicht gewußt, daß er sterben würde. Es passierte, als du weg warst.«

»Plötzlich?«

»Ja, Liebling, ziemlich plötzlich – ohne Vorwarnung.«

Dr. Croft verzog wieder die Lippen, doch diesmal sah sein beruhigendes Lächeln etwas schief aus. »Selbst der Arzt war nicht darauf vorbereitet, Gordy. Du siehst also, du mußt dir keine Vorwürfe machen.« Er wandte sich an meine Mutter. »Tja, Mrs. Friend, das ist ja sehr unterhaltsam, aber ein Arzt ist ein Arzt. Auf mich wartet noch sehr viel Arbeit.« Er nahm meine linke Hand in die seine und ließ seine warmen, glatten Finger dort ruhen. »Ich glaube, wir haben dich jetzt wieder auf die Reihe gekriegt, nicht wahr, Gordy?«

»Ich glaube schon«, sagte ich.

Ein Schatten der Verärgerung legte sich auf sein Gesicht, als fühle er, daß ich nicht überzeugt war, und als würde sein beruflicher Stolz dadurch verletzt.

»Wenn das Gefühl anhält«, sagte er steif, »werden wir eine zweite Diagnose hinzuziehen. Es gibt keinen Grund, warum du Vertrauen in mich haben solltest.«

Er vermittelte mir das Gefühl, ich sei ohne Grund unhöflich gewesen. »Natürlich habe ich Vertrauen in dich, Nate«, sagte ich.

»Wirklich? Schließlich ist es ja ziemlich lächerlich, uns für Feinde zu halten. Weißt du, wir sind deine Freunde.«

Er lächelte. Meine Mutter auch.

»Wir sind deine Freunde, nicht wahr, Liebling?« wiederholte sie.

»Klar«, sagte ich. »Klar, ihr seid meine Freunde.«

7

»Nimm's leicht, Gordy. Erzwinge nichts. Du wirst schon wieder in Ordnung kommen. Und jetzt gute Nacht. Nacht, Mrs. Friend.«

Nate Croft trat zur Tür. Meine Mutter sah auf mich herab und erhob sich dann schnell, als sei ihr plötzlich etwas eingefallen, und folgte dem Arzt hinaus.

Obwohl sie mich eigentlich pflegen sollte, kam sie nicht zurück. Eine beträchtliche Weile kam niemand. Ich wurde allmählich schläfrig. Die kleine goldene Reiseuhr auf dem Nachttisch zeigte schließlich auf elf. Ich überlegte, ob ich mich hinüberbeugen und das Licht ausschalten sollte, war jedoch zu faul dazu.

Im Rückblick waren Dr. Crofts Worte beruhigend. Er hatte eine zweite Diagnose vorgeschlagen. Kein Arzt mit unredlichen Absichten hätte das getan. Ich vergaß meine Zweifel. Die Kissen waren weich. Ich schloß die Augen. Ich trieb gerade in einen kuriosen Halbtraum ab, als ich bemerkte, wie die Tür geöffnet wurde. Ich hob die Lider um den Bruchteil eines Zentimeters und spähte durch die Wimpern.

Selena war auf Zehenspitzen hereingekommen und schlich zu meinem Bett. Ich wußte nicht, warum ich vortäuschte, schon zu schlafen, tat es aber. Sie blieb neben mir stehen und sah zu mir herab, betrachtete mein Gesicht mit einem langen, nachdenklichen Blick.

Da ich die Augen zusammengekniffen hatte, nahm ich sie nur undeutlich wahr. Ich sah, wie ihr helles Haar im gedämpften Licht schimmerte, hörte ihren leichten Atem und roch ihr Parfum, warm und schwach, der Duft einer Sommerwiese, der das Wesen ihrer freien, ländlichen Schönheit einzufangen schien.

Beruhigt, daß ich schlief, streckte sie sich lüstern, und ihre Brüste richteten sich auf. Sie drehte sich halb um, griff auf dem Rücken nach den Knöpfen und zog das weiße Kleid über den Kopf. Sie warf es achtlos auf die Chaiselongue und kickte ihre Schuhe weg.

Sehr leise summend trat sie zu den Flügelfenstern, zog die schweren Vorhänge zurück und sah hinaus. Das strahlende kalifornische Mondlicht, das sie umströmte, färbte ihr Haar silbern und verlieh ihrer Haut den bläulichen Schimmer von Milch. Der Anblick, den sie bot, war so überwältigend, daß ich vergaß, daß ich mich schlafend gestellt hatte.

»Hallo, Selena«, sagte ich.

Sie drehte sich um, und das Haar schwang um ihre nackten Schultern. Sie kam zum Bett, setzte sich, nahm meine Hand, ohne peinlich berührt zu sein, und lächelte lebhaft.

»Baby, ich dachte, du schläfst.«

Sie beugte sich über mich, küßte mich auf die Lippen und entspannte sich neben mir. Erneut brachte ihre Nähe Bilder des Sommers mit sich. Weizenfelder. Weicher, warmer Sand und das leise Plätschern von Wellen. Wenn Selena in der Nähe war, gab es nur die Bilder, die sie heraufbeschwor. Alles andere verblich.

»Wo bist du den ganzen Abend gewesen?« fragte ich.

Sie legte den Kopf auf meine Brust. Ihr Gesicht war so nahe, daß ich fühlte, wie ihre Wimpern an den meinen schlugen. »Hast du mich vermißt, Baby?«

»Klar hab ich dich vermißt. Was hast du so gemacht?«

»Ach, nichts.« Sie zuckte mit den Schultern. »Nichts Umwerfendes. Nur Bridge gespielt. Mimsey liebt es über alles, und sie kann es erst seit einiger Zeit wieder spielen. Für deinen Vater war es viel zu sündig. Nur wir vier. Mimsey, Marny, ich und Nate.«

»Nate? Ich dachte, er müsse noch zu einem Patienten. Das hat er jedenfalls gesagt.«

Ihr Lachen war voll und rauh. »Ich weiß, Schatz, aber Mimsey brauchte einen vierten Spieler, und so habe ich ihn zum Bleiben überredet. Hat Mimsey dir nichts gegeben, damit du schlafen kannst?«

Ich schüttelte den Kopf.

Sie küßte mich. »Mimsey hält sich für eine Krankenschwester. Ich persönlich würde es mir zweimal überlegen, sie auch nur auf einen kranken Pavian loszulassen. Aber egal, Baby. Ich bin den Rest der Nacht über hier. Wenn du irgend etwas brauchst – ruf nur.«

»Alles?« Ich ließ meine Hand über ihre glatte Schulter wandern.

»Später, Baby. Später.« Sie grinste, ließ sich auf das Bett zurückfallen und sah zur Decke hoch. »Oh, das Leben ist so schön. Warum müssen die Leute nur Komplexe und so weiter haben? Warum machen sie nicht, was sie wollen, wann sie es wollen, und schwelgen im Leben, anstatt in Ligen für sauberen Lebenswandel herumzuhängen, mit Warzen auf der Nase und übelriechendem Atem? Bist du müde, Baby?«

»Nein.«

»Willst du versuchen, dich an etwas zu erinnern?«

»Nein.«

»Was willst du dann?«

»Nur das.«

»Baby!« Sie nahm meinen Kopf zwischen beide Hände und betrachtete mich. »Du«, sagte sie. »Dein Kinn ist in Ordnung. Du riechst gut. Du hast starke Arme. Deine Lippen sind so... brauchbar. Du und dein Gipsverband.«

Sie küßte mich erneut und drückte sich fast heftig gegen mich. Ihr Zauber war wie eine Droge. Ich erinnerte mich nur, sie zweimal gesehen zu haben, und hatte doch bereits das Gefühl, sie schon immer in meinem Leben gewollt zu haben. Es war eine seltsame, ziemlich erschreckende Wahrnehmung – nicht Liebe, wie ich mich daran erinnerte, gröber als das, eine Art Hunger und der gleichzeitige Drang, ihm zu widerstehen. Weil eine innere

Stimme, wenn auch sehr schwach, mich noch immer zu warnen versuchte.

Immer mit der Ruhe, sagte sie. *Du weißt nicht, wer deine Freunde sind.*

Ich schenkte ihr keine große Beachtung. All meine Gedanken galten Selena.

»Ich bin ganz verrückt nach dir, Baby«, sagte ich, kaum begreifend, daß ich die Worte laut ausgesprochen hatte.

»Das weiß ich doch.« Sie gab ein weiches Lachen von sich, in dem ein schwacher Triumph lag. »Natürlich bist du das, Gordy. Das warst du schon immer.«

Abrupt wich sie vor mir zurück. Sie nahm die leere Schachtel Zigaretten, sagte »Verdammt!«, ging zu ihrem zerknüllten Kleid und holte ein flaches Platinetui aus der tiefen Seitentasche. Sie kam zum Bett zurück, zündete zwei Zigaretten gleichzeitig an und gab mir eine.

»Wie im Film«, sagte sie. Sie paffte genußvoll. »Baby, ich habe eine Idee. Eine wunderbare Idee. Wegen deinem Gedächtnis.«

»Zum Teufel mit meinem Gedächtnis.«

»Nein, Baby. Bitte. Hör zu. Die Gedichte deines Vaters. Jahrelang, seit du mit dem Trinken angefangen hast – und Gott allein weiß, wie lange das her ist –, wann immer du auf einer Sauftour warst, zwang dein Vater dich, eins seiner Gedichte gegen das Trinken auswendig zu lernen und aufzusagen. Ich bringe dir wieder eins bei. Verstehst du nicht? Assoziationen und so weiter. Eine schreckliche therapeutische Maßnahme.«

»Ich will kein Gedicht gegen das Trinken auswendig lernen«, sagte ich.

»Schatz, sei doch nicht so störrisch.« Sie stand wieder auf, suchte in einer Kommodenschublade herum und holte ein schmutziggraues Buch mit goldenem Aufdruck hervor. Beiläufig, als spiele es nicht die geringste Rolle, nahm sie ein weißes Negligé aus dem Schrank und schlüpfte hinein. Dann setzte sie sich auf die grüne Chaiselongue.

»Alles privat veröffentlicht. Zu schrecklich hohen Kosten.« Sie blätterte das Buch durch. »Ah, hier ist ja mein Lieblingsgedicht. *Die Ode an Aurora.* Es ist göttlich. Desinfizierter Swinburne. Baby, das hast du fünfzig Mal auswendig gelernt. Es muß sich mit spitzer Nadel in dein Herz geritzt haben.« Sie sah lachend auf. »Schatz, ich bin viel klüger als Nate. Du wirst schon sehen.«

Ich langweilte mich. Ich wollte, daß sie ins Bett zurückkam.

»Fertig?« fragte sie mich. »Ich lese die erste Strophe vor. Dann wirst du es lernen.«

»Na schön«, sagte ich. »Laß den desinfizierten Swinburne hören.«

Mit einer Stimme, die vor spöttischer evangelistischer Inbrunst knisterte, las sie vor:

Sieben Sünden führten uns're Söhne
Ins Verderben. Sieben Sünden, die
Die Jugend locken wie eine schöne
Hure mit brünst'ger Koketterie.
Die erste davon ist der Alkohol.
Schützen vor seiner bösen Verderbtheit
Kann uns nur Aurora, unser Idol,
Unsere Dame der Reinheit.

Sie schaute auf. »Ist das nicht himmlisch, Schatz? Er meint natürlich nicht die griechische Aurora. Sie war eine fürchterliche Aufschneiderin, die auf Bergen mit Schäfern geschlafen hat und so weiter. Das wurde eigens für die Aurora-Liga für einen sauberen Lebenswandel von St. Paul in Minnesota geschrieben.« Ihre Augen wurden ernst. »Erinnerst du dich an etwas davon, Baby?«

»Nein«, sagte ich. »Glücklicherweise.«

»Oh, Baby.« Sie zog eine Grimasse. »Wirklich, du bist schrecklich lästig. Na ja, macht nichts. Lern es auswendig. Vielleicht hilft das.«

Sie las die beiden ersten Zeilen noch einmal vor. Ich wiederholte sie. Der Rhythmus erleichterte es, sie auswendig zu lernen. Aber die Verse brachten absolut keine Erinnerung zurück.

»Wie haben wir sie jemals vorgetragen, ohne laut aufzulachen?« fragte ich.

»Ohne zu lachen?« Selena wirkte entsetzt. »Mein Lieber, würdest du dich an deinen Vater erinnern, hättest du diese Frage nicht gestellt. Er war einfach schrecklich. Du hattest am meisten Angst von uns allen – abgesehen vielleicht von Marny. Deshalb hast du in Wirklichkeit auch zu trinken angefangen. Das war die einzige Möglichkeit, wie du dich tapfer fühlen konntest. Willst du es mit der nächsten Strophe versuchen?«

»Nein«, sagte ich.

Sie beugte sich schmeichelnd vor. »Gordy, Baby, bitte – nur noch eine.«

»Na schön.«

»Das ist wirklich meine Lieblingsstrophe.«

Sie las vor:

In den Kneipen, wo die jungen Leute
Verderbt ihre Hüften schwingen,
Geht die Tugend weg wie Diebesbeute.
Mädchen mit geschminkten Lippen singen,
Rauch steigt auf wie einst von Baals Altar.
Sie sind verloren lang vor ihrer Blüte
Nur Aurora kann sie retten, unanfechtbar,
Unsere Dame der Güte.

Ich lernte auch diese Strophe. Selena ließ mich beide nacheinander wiederholen, doch nichts geschah. Entmutigt gab sie auf und lag bald im anderen Bett.

»Gute Nacht, Baby.«

Sie drehte sich zu mir um und schaltete die Lampe zwischen den Betten aus. Ihre Hand kam durch den Mondschein, berührte meine Wange und liebkoste sie. Ich küßte die weichen, bläulichweißen Finger.

»Nacht, Selena.«

»Es wird doch nicht lange dauern, oder?«

»Was wird nicht lange dauern?«

»Der Gipsverband, Baby.«

»Hoffentlich nicht, Selena.«

Als ich allein dalag, schläfrig, aber nicht wirklich müde, verblich die Magie allmählich, die Selena beschworen hatte, und mein altes Unbehagen kehrte zurück. Ich erinnerte mich nicht an die Gedichte meines Vaters. Ich erinnerte mich wirklich nicht an Selena. Ich erinnerte mich an gar nichts. Ein Bild von Nettis rotgeädertem Zahnfleisch schwamm vor mir. Irgendwie schien dieses Superoxyd-Dienstmädchen mit ihrer Schwäche für einen Schluck Gin und ihren gekicherten Hinweisen die einzig normale, wirkliche Person in diesem Haus zu sein. Am Tag, als mein Vater starb, waren alle Dienstboten gefeuert worden. Plötzlich schien diese eine Tatsache der Brennpunkt von allem zu sein, was hier nicht stimmte.

»Selena?« rief ich.

»Ja, Baby?« antwortete sie mit vor Schläfrigkeit gedehnter Stimme.

»Warum habt ihr alle Dienstboten gefeuert, als Vater starb?«

»Was?« Ihre Stimme klang nun wach.

»Warum habt ihr alle Dienstboten gefeuert, als Vater starb?«

»Mein Liebling, was für seltsame Fragen du stellst.«

Ich hatte das absurde Gefühl, daß sie mir ausweichen wollte.

»Bitte, Baby. Ich will es wissen. Das ist eins dieser Dinge, die einem haften bleiben«, log ich. »Wenn du es mir sagst, hilft es mir vielleicht, mich zu erinnern.«

Sie lachte leise, und ihre Hand, die sie wieder ausgestreckt hatte, lag auf meinem Kissen. Ich berührte sie nicht. Irgendwie hatte ich keine Lust dazu.

»Baby, das ist ganz einfach. Früher hat Vater alle Dienstboten eingestellt. Mein Lieber, du kannst dir nicht vorstellen, wie geisterhaft und abscheulich sie waren. Sie schlichen auf ihren Gummisohlen herum und schnüffelten in Schubladen nach geschmuggelten Zigaretten. Dein Vater hat sie bezahlt, damit sie uns ausspionieren. Sie zu feuern war unser erster Akt der Emanzipation. Mimsey hat es getan. Sie war wunderbar. Sie hat sie einfach wie welke Blätter hinausgefegt.«

Es war eine tröstliche Erklärung. Sie paßte so gut in das Allgemeinbild. Ich griff nach ihrer Hand und drückte sie.

»Danke, Selena.«

»Hat es dir geholfen, dich an etwas zu erinnern?«

»Leider nicht.«

»Verdammt.« Selena zog die Hand zurück. »Nacht, Baby.« Nach einem Augenblick kicherte sie leise.

»Was ist so komisch?«

»Ich habe mir nur vorgestellt, wie du aussiehst, wenn du in diesem Gipsverband einen lasziven Hüftschwung machst.«

Nun, da Selena mir erzählt hatte, daß an der Entlassung der Dienerschaft nichts Unheimliches war, waren auch die letzten schwelenden Reste meines Argwohns gelöscht. Zum ersten Mal an diesem Abend verspürte ich ein ungestörtes Wohlbehagen. Weder der Arm noch das Bein schmerzte. Der Kopf auch nicht. Köstlicher Schlaf schlich sich in meinen Körper. Mein letzter bewußter Gedanke lautete:

Ich bin Gordy Friend. Selena ist mein Frau.

Meine letzte bewußte Handlung bestand darin, den Kopf zu drehen und sie anzusehen. Sie hatte mir den Rücken zugewandt, und unter dem Bettzeug war die lange Linie ihrer Hüfte zu sehen. Ihr Haar schimmerte metallisch auf dem Kissen.

Ich träumte von ihrem Haar. Es hätte ein wunderbarer Traum sein können, war es aber nicht. Das cremefarbene

Haar fiel über mir zusammen, schlang sich um meinen Hals, erstickte mich.

Plötzlich erwachte ich. Ich wußte, daß ich wach war, weil eine Hand meine Wange berührte. Mein Verstand war ziemlich klar. Selena, dachte ich. Die Berührung war leicht, nur Fingerspitzen, die sanft über meine Haut fuhren. Ich nahm auch ein schwaches Parfum wahr. Was war es? Lavendel.

Ich öffnete die Augen nicht. Bereitwillig hob ich den Arm und umfaßte die Hand mit der meinen. Die Finger waren nicht glatt und weich wie die Selenas. Es war eine alte, sehr alte Hand, knochig, rauh und faltig wie die Haut einer Eidechse.

Mit einem Frösteln des Abscheus und Schreckens ließ ich sie los. Ich riß die Augen weit auf und starrte nach oben.

Eine Gestalt beugte sich über mich. Der helle Mondschein ließ keinen Zweifel offen, daß ich sie wirklich sah. Es war eine weibliche Gestalt, klein und formlos in irgendeinem schwarzen, weiten Gewand.

Das Gesicht war keine dreißig Zentimeter von meinem entfernt. Falten zogen sich über Wangen, die trocken wie Pergament waren. Augen, rund und glänzend in runzligen Höhlen, sahen direkt in meine. Ich nahm den Geruch von hohem Alter und Lavendel wahr.

Es war zu schnell geschehen. Ich war nicht darauf vorbereitet. Ich bekam eine Gänsehaut.

»Gordy.« Der Name wurde mit einem unterdrückten, krächzenden Jammern geflüstert. »Gordy. Mein Gordy.«

»Ich bin Gordy«, sagte ich.

»Sie!« Die stechenden Augen kamen noch näher. Die

Stimme zitterte vor lange aufgestauter, ohnmächtiger Wut. »Sie sind nicht Gordy. Sie haben mir gesagt, mein Gordy sei zurückgekommen. Sie haben mich belogen. Sie belügen mich immer. Sie sind nicht Gordy. Sie sind nur einer von Selenas …«

Sie hielt mit einem Wimmern inne.

Ich setzte mich zitternd auf. »Was meinen Sie? Wer sind Sie? Sagen Sie es mir.«

Ein weißer Gegenstand – ein Taschentuch – strich über das Gesicht. Der Geruch nach Lavendel flog aus ihm heraus wie Motten.

»Gordy«, stöhnte sie. »Wo ist mein Gordy?«

Sie wandte sich vom Bett ab.

»Kommen Sie zurück«, flüsterte ich.

Sie schien mich nicht zu hören und ging davon. Ich konnte das Schlurfen ihrer Pantoffeln auf dem Teppich hören.

»He«, rief ich in einem dringlichen Flüstern. »Kommen Sie zurück. Bitte kommen Sie zurück.«

Aber die Pantoffeln schlurften weiter. Ich hörte das schwache Knarren, mit dem die Tür geöffnet und wieder geschlossen wurde.

Sie war weg.

Einen Augenblick lang lehnte ich mich gegen die Kissen zurück. Mein Herz raste.

Sie sind nicht Gordy Friend. Sie haben mich belogen.

Nun, da sie weg war, konnte ich kaum glauben, daß es diese unbekannte alte Schachtel wirklich gegeben hatte. Sie schien die Verkörperung meines eigenen Argwohns zu sein.

Sie haben mir gesagt, mein Gordy sei zurückgekommen. Sie haben mich belogen. Sie sind nicht Gordy. Sie sind nur einer von Selenas ...

Ich drehte mich zu dem anderen Bett um. Selenas Haar schimmerte reglos im Mondschein.

»Selena«, rief ich. »Selena.«

Sie rührte sich leicht.

»Selena.«

»Ja, Liebling.« Die Worte waren undeutlich, zögernd, kamen aus dem Halbschlaf.

»Selena.«

»Ja, ja, ich höre dich ja, Baby.«

»Selena, wach auf.«

Sie setzte sich mit einem Ruck auf, rieb sich die Augen, warf das Haar zurück.

»Was ... wer ... Oh, Gordy, Gordy, Baby, ja. Was ist los?«

»Diese Frau«, sagte ich. »Diese sehr, sehr alte Frau. Wer ist sie?«

Selena saß einen Augenblick lang da und sagte nichts. »Baby«, murmelte sie dann, »ich habe nicht die geringste Ahnung, wovon du sprichst.«

»Eine alte Frau«, beharrte ich. »Wer ist die alte Frau, die in diesem Haus wohnt?«

»Mimsey? Wirklich, ich glaube nicht, daß jemand sie als alte Frau bezeichnen würde.«

»Ich meine nicht sie. Natürlich nicht.«

»Dann meinst du niemanden, Baby. Es gibt keine alte Frau in diesem Haus.«

»Aber es muß eine geben. Sie trug Pantoffeln. Sie ...«

Selena brach plötzlich in lautes Gelächter aus. Es war ein tiefes, vibrierendes Gelächter. »Du armer Liebling, du hast geträumt. Von alten Schachteln in Pantoffeln. Wie niedergeschlagen du doch sein mußt.«

»Es war kein Traum«, sagte ich. »Ich habe sie genauso deutlich gesehen, wie ich dich jetzt sehe.«

»Baby. Zerbrich dir nicht deinen armen Kopf. Es sind nur die Medikamente und so weiter. Sie haben dich einfach mit Medikamenten vollgestopft, Baby. Wenn du dich anstrengtest, würdest du bestimmt auch einen Elch sehen.«

Sie warf die Decken zurück, schlüpfte aus ihrem Bett und kam zu mir. Sie setzte sich, noch warm vom Schlaf, dicht neben mich. Sie legte die Arme um mich, küßte mich auf die Stirn und zog meinen Kopf zu ihrer Brust hinab.

»Na also, Baby. Selena wird dich vor räuberischen alten Frauen in Pantoffeln beschützen.«

Nichts hätte friedlicher, nichts hätte vertrauenswürdiger sein können als die glatten Arme und das weiche Haar, das meine Wangen streifte. Aber das Haar kam mir wie das in meinen Träumen vor, das mich zu ersticken drohte.

»Ist es vorbei?« fragte sie schließlich. »Ist die alte Frau vorbei und erledigt, Baby?«

»Ich glaube schon«, log ich. »Danke, Selena. Tut mir leid, daß ich dich geweckt habe.«

»Liebling.«

Sie tätschelte meine Hand und schlüpfte aus meinem Bett. Bevor sie in ihr eigenes zurückkehrte, lachte sie kurz, zog die Schublade ihres Nachttisches auf und holte einen Revolver heraus. Sie ließ ihn baumeln, damit ich ihn sah.

»Da, Liebling, dein eigener Revolver. Wenn du das nächste Mal eine alte Schachtel siehst, schreist du, und ich schieße.«

Sie warf die Waffe in die Schublade zurück, glitt ins Bett und gähnte. »Nacht, Gordy.«

»Nacht, Selena.«

Sie hatte mich verwirrt. Nachdem sie eingeschlafen war, lag ich noch wach und versuchte nachzudenken. Ich war krank. Man hatte mich mit Medikamenten vollgestopft. Es war durchaus möglich, daß die ganze Szene nur eine bizarre Illusion gewesen war. Ich zwang mich, mir jede Einzelheit des Augenblicks in Erinnerung zu rufen, als ich erwacht war und das Gesicht über dem meinen gesehen hatte. Ich wußte genau, wie schrecklich wichtig es war, mich ein für alle Mal zu entscheiden, ob es eine alte Frau gegeben hatte oder nicht.

Falls es eine alte Frau gegeben hatte, hatte diese alte Frau gesagt, ich sei nicht Gordy Friend. Falls es eine alte Frau gegeben hatte, hatte Selena mich absichtlich belogen. Und falls Selena mich belogen hatte, stellte die gesamte Situation, in der ich mich befand, ein monströses Lügengewebe dar.

Ein ganz schwacher Lavendelgeruch stieg zu mir auf. Ich blickte nach unten. Etwas Weißes schimmerte auf dem Teppich. Ich hob es auf.

Es war ein Taschentuch, das kleine, einfache Taschentuch einer alten Frau.

Und es roch nach Lavendel.

8

Ich steckte das Taschentuch in die Jackentasche meines Schlafanzugs und versteckte es unter dem großen, das Jan mir gegeben hatte. Ich wußte, daß ich ruhig bleiben mußte. Das war so ziemlich der einzige klare Gedanke, den ich in diesem Augenblick hatte.

Du – wer immer du auch bist – mußt ganz ruhig bleiben.

Das vom Mondschein erhellte Zimmer kam mir besonders schön vor. Selena, blond und tückisch wie das Mondlicht, lag im anderen Bett und schlief oder gab vor zu schlafen. Ein Teil von mir war unbesonnen und wollte ihren Namen rufen, sie bitten, wieder zu mir herüber zu kommen, damit ich wieder die Wärme ihrer nackten Arme um mich spüren konnte. Doch ich kämpfte dagegen an. Ich sah nicht einmal zu dem anderen Bett hinüber. Denn ich wußte nun, daß Selena falsch spielte.

So überkam mich diese neue, gewaltige Angst zuerst. Es hatte die alte Frau gegeben. Selena hatte versucht, sie als Traum abzutun. Selena hatte gelogen. Selena hatte gelogen, denn wenn sie die Existenz der alten Frau eingestanden hätte, hätte ich verlangt, sie zu sehen, und die alte Frau würde noch einmal sagen, was sie schon gesagt hatte:

Sie sind nicht Gordy Friend.

Ich wiederholte diese Worte im Geiste. Mit der geheimnisvollen Klarheit, die einen wachen Bettlägerigen des Nachts überkommt, wußte ich in diesem Augenblick ganz genau, daß ich nicht Gordy Friend war. Mein Instinkt hatte es immer gewußt. Aber bis ich dieses fadenscheinige, nach Lavendel duftende Taschentuch fand, hatte es keine greifbaren Fakten gegeben, die diese Vermutung unterstützten.

Ich war nicht Gordy Friend.

Mit seltsamer Ruhe nahm ich diese absurde Tatsache zur Kenntnis. Ich lag in einem wunderschönen Zimmer in einem luxuriösen Haus, von dem man behauptet hatte, es gehöre mir. Ich wurde von einer Frau gepflegt und gehätschelt, die behauptete, sie sei meine Mutter. Sie war nicht meine Mutter. Ein Mädchen, das behauptete, es sei meine Schwester, teilte mir Erinnerungen aus einer imaginären Kindheit mit. Es war nicht meine Schwester. Eine junge Frau, die behauptete, sie sei meine Ehefrau, umgurrte mich und tat so, als würde sie mich lieben. Sie war nicht meine Ehefrau. Wann immer ich meine verschwommenen Verdachtsmomente ausgesprochen hatte, waren sie durch plausible psychiatrische Erklärungen eines Arztes eingelullt worden, der behauptete, mein Freund zu sein.

Freund. Wie Friend – die Familie. In diesem ruhigen, mondlichterhellten Zimmer kam mir das Wort unermeßlich düster vor. Sie nannten sich Friend. Sie nannten mich Friend – und Freund. Sie beruhigten mich ununterbrochen mit dem widerlich süßen Sedativum ihres Satzes: *Wir sind deine Freunde.*

Sie waren nicht meine Freunde. Und auch nicht meine Familie. Sie waren meine Feinde. Das war kein ruhiges, mondhelles Zimmer. Es war ein Gefängnis.

Ich war mir dessen sicher, weil es keine andere Erklärung geben konnte. Mindestens vier Menschen steckten unter einer Decke, um mich zu überzeugen, ich sei Gordy Friend. Mütter, Schwestern und Ehefrauen umarmen einen

Schwindler nicht als Sohn, Bruder und Ehemann, Ärzte setzen ihre Reputation nicht für eine Lüge aufs Spiel – wenn sie nicht irgendeinen verzweifelt wichtigen Grund dafür haben. Die Friends hatten irgendein verzweifelt wichtiges Motiv dafür, einen glaubwürdigen Gordy Friend vorzuzeigen. Und ich war ihr Opfer.

Opfer. Das Wort, das mir in den Sinn kam, war so kalt wie die Berührung der Hand der unbekannten Frau auf meiner Wange.

Trotz all ihrer übertriebenen Freundlichkeit war ich das Opfer der Friends, das Schlachtlamm, das gehätschelt und gehegt wurde, in Vorbereitung auf – welche Opferung?

Selenas Stimme erklang leise und vorsichtig in der Stille des Zimmers.

»Gordy. Gordy, Baby.«

Ich lag ganz still und antwortete nicht.

»Gordy, bist du wach?«

Ich fühlte, wie der Puls in meinen Schläfen gegen die Verbände pochte.

»Gordy.«

Ich hörte, wie sie das Bettzeug leise zurückschob. Ich hörte das schwache Scharren, mit dem ihre Füße in die Schuhe glitten, und dann ihren trippelnden Gang. Einen Augenblick lang kam sie in mein Blickfeld, schlank, grazil, mit schimmerndem Haar. Sie beugte sich über mein Bett und sah zu mir herab. Es lag etwas Berechnendes in ihr. Es war eine bittere Erkenntnis, halbwegs in einen Feind verliebt zu sein.

Nach einem langen Augenblick drehte sie sich um und

trat vom Bett zurück. Ich hörte, wie sie die Tür öffnete und sorgfältig wieder hinter sich schloß.

Ich konnte ihr nicht folgen, um herauszufinden, wohin sie ging. Diese eine kleine Tatsache rief mir wieder meine absolute Hilflosigkeit in Erinnerung. Ich war mehr als ein Opfer, ich war ein unbewegliches Opfer mit einem gebrochenen Bein und Arm, ein Opfer, das keine Chance zur Flucht hatte.

Und ich war auch ein Opfer mit gebrochenem Verstand. Als ich über meine mißliche Lage Bilanz zog, erhob sich diese Tatsache über alle anderen. Ich wußte, daß ich nicht Gordy Friend war, aber ich hatte nicht die geringste Ahnung, wer ich war. Ich bemühte mich, aus den wenigen, schwachen Hinweisen, die in meinem Verstand trieben wie tote Fliegen in einem Krug Wasser, etwas zu machen. Die Iris, ein Matrose, Propeller, Peter, der Hund... Peter... einen Augenblick lang schien ich auf der Schwelle zu einer Erkenntnis zu stehen. Dann ging er vorbei. Die Anstrengung der Konzentration hatte mich benommen gemacht. Mein Gedächtnis würde mir nicht helfen. Nichts würde mir helfen, lediglich mein Einfallsreichtum.

Ich war wirklich auf mich allein angewiesen.

Nicht ganz auf mich allein. Denn ich begriff, daß ich zwei mögliche Verbündete hatte. Die alte Frau, die wußte, daß ich nicht Gordy Friend war, und die bereit war, es auch einzugestehen. Wenn ich irgendwie mit der Frau Kontakt aufnehmen konnte, würde ich vielleicht zumindest herausfinden, wer ich war. Es würde natürlich nicht leicht sein, denn die Friends hielten sie offensichtlich von mir fern. Aber da war jemand, an den ich herankam – Netti mit dem rotgeäderten Zahnfleisch. Ich mußte vorsichtig sein. Wenn ich die Friends wissen ließ, daß mein Argwohn mehr war als die nebulösen Gespinste eines Bettlägerigen, würde ich meine einzige Trumpfkarte ausspielen – und vergeuden. Doch wenn ich vorsichtig vorging, konnte ich durch Netti vielleicht herausfinden ...

Mein Verstand, der erst seit kurzem frei vom Einfluß der Beruhigungsmittel war, ermüdete schnell. Ich fühlte mich verbraucht, nicht imstande, mich weiterhin mit der Situation zu befassen. Nettis weiße Dienstmädchenhaube drehte sich in meinem Geist wie Windmühlenflügel.

Ich schlief ein, bevor Selena zurückkam.

Ich erwachte, wie am Morgen zuvor, als sich warmes Sonnenlicht über mein Gesicht ergoß. Ich öffnete die Augen. Der fröhliche Luxus des Zimmers verführte mich. Selena lag schlafend im anderen Bett. Ich konnte nur die Linie ihrer Wange auf dem Kissen hinter dem hellen, schimmernden Haar sehen. Sie war im Sonnenlicht so warm und begehrenswert, wie sie im Mondlicht kalt und hinterhältig gewesen war. Ich wollte, sie wäre meine wirkliche Frau, ich wollte so tun, als sei alles in Ordnung.

Weil ich es so sehr wollte, kam mir das ausgeklügelte logische Gebäude, das ich in der Nacht errichtet hatte, einen Augenblick lang wie eine morbide Phantasie vor. Es stimmte, Selena hatte gelogen, was die alte Frau betraf. Doch warum sollte ich das Wort der alten Frau für bare Münze nehmen, ich sei nicht Gordy Friend, auch wenn Selena mir hatte beweisen wollen, daß es sie gar nicht gab? Vielleicht war sie verrückt, und Selena verschwieg mir ihre

Existenz aus Rücksicht auf meine Krankheit. Oder vielleicht waren ihre alten Augen schwach, und sie hatte sich im Mondschein einfach nur geirrt. Schon allein der Verband konnte sie verwirrt haben.

Wie angenehm wäre es doch, meine Zweifel zu vergessen und mich zu entspannen. Wie angenehm wäre es, Gordon Renton Friend der Dritte zu sein.

Der schwache Geruch von Lavendel stieg aus der Schlafanzugtasche in meine Nase. Die Wirkung war so ernüchternd wie eine kalte Dusche. Selena hatte gelogen. Bis ich eine Erklärung dafür hatte, mußte ich auf der Hut sein. Und ich würde mir einen Plan zurechtlegen müssen. Es war keine Zeit zu verschwenden. Nach allem, was ich wußte, mochte die Zeit ein lebenswichtiger Faktor in diesem Kampf der Intelligenz gegen die Friends sein.

Die Tür öffnete sich. Ich hoffte, es sei Netti mit meinem Frühstück. Doch es war Marny. Sie trug einen Seidenpyjama, und ihre Füße waren nackt. Ihr glänzendes schwarzes Haar war vom Schlaf zerzaust. Sie schlenderte zum Bett und nahm im Schneidersitz neben meinem Gipsverband Platz.

»Hallo, Gordy. Gute Neuigkeiten heute morgen in der Amnesie-Gazette?«

Sie grinste und beobachtete mich aus arglosen braunen Augen. Sie war so jung, daß sie attraktiv war, obwohl sie offensichtlich direkt aus dem Bett gekommen war und keinen Versuch unternommen hatte, sich zurechtzumachen. Trotz allem, was ich nun wußte, kam es mir fast unmöglich vor, die entwaffnende Aufrichtigkeit ihrer Augen in Frage zu stellen.

Sie warf Selena einen verächtlichen Blick zu. »Selena. Sie schläft wie eine Kuh.«

Sie beugte sich über mich, nahm Selenas Zigarettenetui vom Nachttisch und steckte sich eine Zigarette an. Sie blieb halb über mir und stützte sich mit einer Hand ab.

»Na, Gordy, wie war die Nacht zu dir?«

»Unfreundlich.« Es war ein Risiko, doch ich ging es ein. »Eine alte Frau platzte herein. Wer ist sie übrigens? Meine Großmutter?«

Selena war plötzlich wach, so plötzlich, daß ich mich fragte, ob sie wirklich noch geschlafen hatte. Sie setzte sich im Bett auf und lächelte uns betörend zu.

»Hallo, Marny. Morgen, Gordy, Baby. Bist du noch immer nicht über diese alte Frau hinweg?«

Sie glitt aus dem Bett und kam zu mir herüber, setzte sich gegenüber von Marny auf den Teppich. Träge küßte sie mich auf die Wange. Ich wünschte verzweifelt, daß mich ihre Nähe nicht erregte.

»Du hast mir gestern nacht wirklich nicht geglaubt, nicht wahr, Baby?« Sie warf einen Blick zu Marny hinüber. »Der arme Gordy hat einen fürchterlichen Traum von einer alten Schachtel mit einem faltigen Hals gehabt. Er ist sicher, daß es sie wirklich gibt. Sag ihm, daß wir keine alten Schachteln auf dem Dachboden eingesperrt haben.«

»Alte Schachteln?« Marny paffte mir Rauch zu. »Tut mir leid, Gordy. Keine alten Schachteln.«

Sie sprach beiläufig, doch ich erhaschte ein fast nicht wahrnehmbares Aufflackern von Verstehen in dem Blick, den sie mit Selena wechselte. Mit sinkendem Mut begriff ich, daß sie eingeweiht worden war. Das mußte Selena getan haben, als sie letzte Nacht aus dem Zimmer geschlüpft war. Es war so wichtig, mir die Existenz der alten Frau zu verbergen, daß Selena die anderen geweckt und gewarnt hatte.

Ich konnte mich nicht dagegen wehren, daß Selena mich weiterhin erregte, andererseits konnte ich mich nicht mehr länger selbst betrügen. Sie war meine Feindin. Sie alle waren meine Feinde.

»Was hat sie zu dir gesagt?« Marny schaute zu ihrem Knie hinab und wischte geistesabwesend eine Fussel von der roten Seide. »Die alte Schachtel im Traum, meine ich.«

Ich fiel nicht auf diese Falle herein.

»Nichts«, log ich. »Sie schien einfach da zu sein und verschwand dann. Du weißt ja, wie es mit Träumen ist.«

»Dann bist du also zur Erkenntnis gelangt, daß es ein Traum war?« fragte Selena.

»Klar.«

»Liebling.«

Sie beugte sich zu mir und küßte mich erneut. Ich hatte Angst, daß sie den Lavendel riechen und begreifen würde, daß ich in meiner Tasche einen eindeutigen Beweis dafür hatte, daß die alte Frau kein Traum gewesen war.

Aber sie schien nichts zu bemerken. In der Tat schien sie sogar erheitert, als habe sie einen Sieg errungen.

Obwohl ich wußte, daß sie lügen würde, sagte ich: »Und wie hast du geschlafen, Selena?«

»Ich, Baby? Du kennst mich doch. Fünf Sekunden nachdem ich gute Nacht sagte, war ich für die Welt tot.«

Sie schob das Haar aus dem Nacken hoch. »Oh, Marny, ich hatte gestern abend eine göttliche Idee. Ich ließ Gordy zwei Strophen aus dem Gedicht deines Vaters gegen das

Trinken auswendig lernen. Um ihm zu helfen, sich zu erinnern.«

»Hat es geholfen?«

»Nein.«

»Aber es ist eine hervorragende Idee.« Marnys Enthusiasmus war eine Spur zu einstudiert. »Absolut hervorragend. Wo ist das Buch? Er soll noch ein paar lernen.«

Sie sah das Buch auf dem Nachttisch, nahm es und blätterte es durch. Es mochte verrückt sein, doch ich bekam allmählich den Eindruck, daß dieses Gedicht in irgendeiner Hinsicht wichtig war. Sie schienen übertrieben bedacht darauf zu sein, daß ich es auswendig lernte.

»Keine Gedichte mehr, Marny«, sagte ich, um sie auf die Probe zu stellen. »Ich leide auch so schon genug.«

»Du mußt es versuchen, Gordy.«

»Ja, Baby.« Selena kuschelte sich an mich. »Bitte sei kein Spielverderber. Auch wenn es nicht helfen sollte, macht es einen Riesenspaß.«

»Zuerst«, sagte Marny, »wiederholst du die Strophen, die du schon kennst.«

»Ich habe sie vergessen«, log ich.

In Selenas Augen zeigte sich eine kurze, aber sehr echte Besorgnis. Da wußte ich, daß ich richtig lag. Daß ich das Gedicht auswendig lernte, gehörte zu ihrem Plan. Ich überlegte, ob ich auch weiterhin vorgeben sollte, das Gedicht bereits vergessen zu haben. Dann ließ ich die Idee fallen; ich wußte noch immer so wenig. Es war gefährlich, zu einem so frühen Zeitpunkt eine Sache auf die Spitze zu treiben. Ich meckerte etwas, fing ein paar Mal falsch an und sagte die Strophen dann auf. Ihre Zufriedenheit war offensichtlich.

Marny las eine dritte Strophe vor. Als ich die auswendig gelernt hatte, schnurrten sie geradezu.

Die ganze Zeit über, während ich dieses Spielchen mit ihnen trieb, das ich noch nicht ganz verstand, hoffte ich, daß sie gehen würden, bevor Netti mit dem Frühstückstablett kam. Mein Plan war höchstens zur Hälfte fertig, doch ich wußte, daß mir nur Netti aus der Falle heraushelfen konnte.

Verführer der verlornen Kinder,
Die Kneipe mit ihrem lockenden Schein.
Satan sitzt dort, der üble Schinder
Und reißt sie in die Verdammnis mit Wein.

Marny las gerade diese vierte, noch erbärmlichere Strophe vor, als sich die Tür öffnete. Mrs. Friend – im Geiste nannte ich sie nicht mehr Mutter – kam herein. Ein schwaches Frösteln überkam mich, als ich sah, daß sie mein Frühstückstablett trug.

Selena und Marny sanft vom Bett verscheuchend, setzte sie das Tablett vor mir ab und küßte mich.

»Guten Morgen, mein lieber Junge. Hoffentlich regen die Mädchen dich nicht auf.« Sie betrachtete mich mit ernster Zuneigung. »Du siehst besser aus, Liebling. Ausgeruhter. Schon irgendwelche Erinnerungen?«

»Nein«, sagte ich.

»Aber wir bringen ihm Vaters *Ode an Aurora* bei«, warf Marny ein. »Er ist wunderbar, Mimsey. Er hat schon vier Strophen gelernt.«

Falls diese Information von irgendwelchem Belang für sie war, gelang es Mrs. Friend völlig, das zu verbergen. Sie lächelte und schickte sich an, die Dinge auf dem Frühstückstablett herzurichten.

»Wie überaus klug von ihm. Morgen kann er das Gedicht Mr. Moffat vortragen. Es wäre eine bezaubernde Geste.«

»Mr. Moffat?« fragte ich.

»Ein sehr alter Freund deines Vaters, Liebling.«

»Du weißt doch, Schatz«, sagte Selena. »Die Aurora-Liga für einen sauberen Lebenswandel. Ich habe dir davon erzählt.«

»Und er kommt morgen?« fragte ich.

Mrs. Friend setzte sich auf das Bett und brachte ein paar widerspenstige Haarsträhnen in Ordnung. »Dein Vater ist vor einem Monat gestorben, Gordy. Genau vor dreißig Tagen. Mr. Moffat macht eine Art zeremoniellen Höflichkeitsbesuch. Ich fürchte, es wird eher unangenehm werden, doch das mindeste, was wir für deinen Vater tun können, wäre, Mr. Moffat mit angemessener Höflichkeit zu begegnen.«

Beide Mädchen standen an ihrer Seite. Mrs. Friend betrachtete Marnys zerknitterten roten Pyjama und Selenas schneeweißes Negligé.

»Meine Lieben, vergeßt nicht, morgen schlichtes Schwarz, Trauerkleidung. Und keinen Lippenstift. Ich will nicht, daß ihr als Dirnen bezeichnet werdet.« Sie lachte ihr tiefes, amüsiertes Lachen.

»Und Gordy wird die Gedichte eures Vaters vortragen. Ja, das wäre köstlich, einfach köstlich.«

Selena wandte sich ab, griff nach dem Buch mit den Gedichten und schlug es willkürlich auf.

Sie las vor:

Auch müde oder erschöpft führt Aurora
Die ratsuchenden Kinder heim.
Ihr liegt nämlich sehr an . . .

»Hört doch, ist das nicht wunderbar? Er preist wieder Aurora.« Sie kicherte plötzlich. »Und er kann nicht einmal richtig buchstabieren. Er schreibt ›n-ä-m-l-i-c-h‹ statt ›n-ä-h-m-l-i-c-h‹. Also wirklich . . .«

»Ja, wirklich«, warf Mrs. Friend seufzend ein. »Manchmal erfüllt mich dein Mangel an Bildung mit tiefer Besorgnis, Selena.«

Selenas Mund stand offen. »Du meinst, er hat es richtig geschrieben?«

»Natürlich, Liebes.«

»Oh, Gott, ich kann mich nie an so was erinnern.« Selena trat zu mir und grinste. »Liebling, stört es dich, eine ungebildete Frau zu haben?«

Ich hörte kaum zu, weil ein Plan in mir entstanden war – ein kleiner. Die Vase mit den Iris hatte etwas zu bedeuten. Die Vase mit den Iris war entfernt worden, als ich schlief. Der Spaniel, Peter, hatte auch etwas zu bedeuten. Wo war Peter jetzt?

Ich grinste Mrs. Friend an. »Ich habe Sehnsucht nach meinem Hund. Wie wäre es, wenn du ihn zu mir heraufschickst?«

Mrs. Friends Gesichtsausdruck wechselte zu sanfter Besorgnis. »Oh, Liebling, ich hatte so gehofft, daß du nicht nach ihm fragen würdest.«

»Was ist passiert?«

»Ein Fieber, Liebling. In der Nacht. Der arme kleine

Kerl, er zitterte wie Espenlaub. Und so eine heiße Nase. Hoffentlich ist es keine Staupe.« Ihr ruhiger Blick bewegte sich von einem Mädchen zum anderen. »Ich ließ ihn heute morgen von Jan zum Tierarzt bringen.« Sie tätschelte meine Hand und lächelte. »Aber mach dir keine Sorgen, Liebling. Der Tierarzt ist hervorragend. Ich bin sicher, daß er in einem oder zwei Tagen wieder frisch und munter bei uns sein wird.«

Sie erhob sich vom Bett. Sogar eine so alltägliche Geste führte sie mit einer stattlichen Würde aus.

»Und nun, Mädchen, überlaßt den armen Gordy seinem Frühstück. Unseres wird in mein Zimmer hinaufgebracht, damit ihr euch nicht extra anziehen müßt.«

Eine nach der anderen vollzog bei mir das Ritual des Judaskusses. Mrs. Friend legte ihre beiden glatten, schweren Arme um die Taille der Mädchen. Die drei gingen in einer liebevollen Umarmung hinaus.

Als ich mit meinem Orangensaft, Kaffee, Rührei und sorgfältig geviertelten Toastscheiben allein war, versuchte ich, die Informationsfetzen zusammenzusetzen, die ich erhalten hatte. Sie waren so sehr darauf bedacht, mich davon abzuhalten, mich an meine wahre Identität zu erinnern, daß sie in dem Augenblick, in dem sie mir einen Hinweis zu geben schienen, die Iris entfernt und den Hund beseitigt hatten. Sie wollten, daß ich das lächerliche Gedicht des verstorbenen Mr. Friend auswendig lernte. Ich sollte es Mr. Moffat vortragen. Mr. Moffat kam morgen. Mein Vater war vor dreißig Tagen gestorben – plötzlich und ohne jede Vorwarnung. Ich spürte, daß es ein schwaches, aber düsteres Muster gab, konnte es aber nicht finden.

Ich erholte mich jetzt von dem ersten Schock, und wilde Pläne bildeten sich. Ein Bürger, der in der Klemme steckt, ruft die Polizei. Doch wie konnte ich die Polizei rufen, wenn ich bettlägerig war, unfähig, mich ohne die Hilfe der Leute zu bewegen, die meine Feinde waren? Nein. Ich mußte mir etwas Praktischeres einfallen lassen.

Während ich lustlos mit meinem Frühstück spielte, dachte ich wieder an Netti. Ich konnte mir auch ihrer nicht völlig sicher sein. Sie konnte genauso gut an der Verschwörung teilhaben wie die anderen. Ich war lediglich auf eine Ahnung angewiesen und mußte vorsichtig vorgehen. Doch Netti hatte die alte Köchin gekannt, die Köchin, die hier gearbeitet hatte, als mein Vater starb, die Gordy Friend kannte und düstere Hinweise von sich gegeben hatte. Selena hatte gesagt, alle entlassenen Dienstboten wären von Mr. Friend bezahlt worden, um sie auszuspionieren. Das bedeutete, daß die gefeuerten Dienstboten Groll gegen die Familie Friend hegten und daher mögliche Verbündete für mich waren. Wenn Netti nur wüßte, wo die alte Köchin jetzt war, und sich irgendwie mit ihr in Verbindung setzen könnte ...

Ich beendete mein Frühstück, lehnte mich im Bett zurück und rauchte eine Zigarette aus Selenas Platinetui. Die Hoffnung, daß die Rettung von einer unbekannten, entlassenen Köchin kommen könnte, war bestenfalls dürftig, doch ... mit wachsender Ungeduld wartete ich auf das Geräusch der Schritte draußen, das Nettis Ankunft verkünden würde, um das Tablett zu holen.

Denn es mußte einfach Netti sein, die das Tablett holen würde.

Nach einer Weile hörte ich draußen Schritte. Die Tür öffnete sich. Meine Hoffnung wurde zerschlagen. Es war Jan.

Der große Holländer trug dieselben Badeshorts und das blaue Polohemd wie am Abend zuvor. Er sah noch größer aus, wenn das überhaupt möglich war, und noch freundlicher. Sein widerspenstiges strohfarbenes Haar fiel ihm auf die Stirn. Seine Lippen waren zu einem Lächeln gedehnt.

»Hallo«, sagte er.

Er sorgte auch an diesem Morgen für mich, trug mich ins Badezimmer, wusch mich am ganzen Körper mit warmem Wasser ab und zog mich wieder an. Die fast liebevolle Zärtlichkeit, mit der er sich um mich kümmerte, kam mir noch bedrohlicher vor als am Morgen zuvor. Ich sah mich jetzt eindeutig als Opfer. Als er lila Talkumpuder auf mich streute und es sanft in meine Haut einrieb, kam er mir vor wie der riesige Sklave eines Priesters, der den Auserwählten für die Opferung vorbereitet.

Schließlich lag ich wieder im gemachten Bett mit den sorgfältigen Krankenhausfalten. Er lachte und stellte seine Frage: »Ja?«

Ich schüttelte den Kopf. Mir fiel keine Frage ein, die ich ihm stellen konnte, ohne mich in Gefahr zu bringen.

Er warf sein Haar zurück und ging zur Tür. Als er sie fast erreicht hatte, drehte er sich um, ging zu einem Beistelltisch und nahm das Frühstückstablett.

»Nein«, rief ich.

Er drehte den Kopf und betrachtete mich wachsam über seine gewaltige Schulter.

»Nein«, sagte ich. »Das Tablett. Laß es stehen.«

Seine gebräunte Stirn legte sich vor Konzentration in Falten. Er sah erst das Tablett und dann mich an. Plötzlich schien er zu verstehen und grinste. Er trug das Tablett zu mir herüber und deutete auf ein Stück Toast, das ich noch nicht gegessen hatte.

»Ja?«

»Genau«, sagte ich.

Er blieb neben dem Bett stehen. Ich begriff, daß er warten wollte, bis ich das Stück Toast gegessen hatte, um dann das Tablett mitzunehmen.

Ich schüttelte erneut den Kopf. »Nein«, sagte ich. »Laß es hier. Verpiß dich.«

Er schaute verdrossen drein.

»Verpiß dich«, sagte ich und deutete zur Tür.

Er sah in die Richtung, in die mein Finger wies. Dann schien er zu kapieren. Mit einem ungewissen Schulterzukken ging er hinaus und schloß die Tür hinter sich.

Es war mein erster Sieg. Dieses Tablett gab mir die Chance, Netti noch einmal zu sehen.

Und meine schwache Strategie funktionierte. Ein paar Minuten später klopfte es an der Tür, und Netti schlüpfte herein. Ihre weiße Dienstmädchenhaube saß etwas schief auf dem Superoxyd-Haar. Trotz der adretten Uniform erweckte ihre untersetzte Gestalt einen entschieden schlampigen Eindruck. Über der linken Hand und dem Unterarm hing eine Serviette, als versuche sie, einen Oberkellner zu karikieren.

»Jan hat Ihr Tablett vergessen, Mr. Friend. Ich soll es holen.«

Sie warf einen Blick über die Schulter und trat dann verschwörerisch ans Bett. Bei einem vertraulichen, ziemlich lüsternen Lächeln, das mir in diesem Augenblick aber viel willkommener war als Selenas verlockendste Liebkosungen, zeigte sie wieder ihr Zahnfleisch.

Plötzlich nahm sie die Serviette von ihrer linken Hand und enthüllte dann ein kleines Glas mit Schnaps zwischen Daumen und Zeigefinger. Sie hielt es mir hin.

»Gin«, sagte sie. »Die Köchin hat mich zum Barschrank geschickt. Hatte selbst einen kleinen Schluck. Dann habe ich sofort an Sie gedacht.«

»Danke, Netti.«

Ich nahm das Glas. Sie beobachtete mich mit der Zufriedenheit einer Rotkehlchenmutter, die ihrem Jungen gerade einen besonders fetten Wurm gebracht hat.

Die Friends wollten nicht, daß ich trank. Dessen war ich mir ziemlich sicher. Ich war mir auch ziemlich sicher, daß selbst sie nicht so teuflisch sein konnten, Netti hinaufzuschicken, um mich zu etwas zu verführen, das gegen ihre eigenen Interessen verstieß. Ich glaubte, Netti richtig eingeschätzt zu haben. Sie war Alkoholikerin und hielt mich auch für einen. Das Band zwischen zwei Trinkern ist sehr real – und ausbeutbar.

Ich trank den Gin in einem Schluck und blinzelte ihr dann anerkennend zu. Das gefiel ihr. »Der geht gut runter, nicht wahr?« sagte sie kichernd.

»Allerdings.« Ich starrte in das Glas und überlegte, wie ich es am besten anfangen sollte.

»Ich habe ein ganzes Wasserglas voll abzweigen können«, sagte sie plötzlich. »Ich wollte ihn für heute nachmittag aufbewahren. Aber wenn Sie noch einen vertragen können ...«

»Nein, Netti. Der hält mich erst mal über Wasser.« Ich sah zu ihr auf. »Wissen Sie was? Alle in diesem Haus versuchen, mir mein Gedächtnis zurückzubringen, aber Sie sind die einzige, die mir bislang dabei geholfen hat.«

»Ich, Mr. Friend?« Sie rieb die Hände an der lächerlichen Schürze, als seien sie naß und als erwarte sie, daß ich ihr gleich die Hand geben würde. Sie kicherte. »Wieso denn ich?«

»Erinnern Sie sich, was Sie mir gestern über die alte Köchin erzählt haben? Über die, die an dem Tag gefeuert wurde, als Sie hier anfingen?«

Sie verzog enttäuscht das Gesicht. »Oh«, sagte sie, »die alte Emma.«

»Emma!« wiederholte ich. »Genau das ist es, Netti. Nachdem Sie gegangen waren, fiel mir plötzlich wieder ein, daß die Köchin Emma hieß, und Sie haben es mir nicht gesagt. Sie haben nur von der alten Köchin gesprochen. Verstehen Sie?«

Sie schien nicht interessiert zu sein.

»Ja«, sagte ich. »Das ist sehr wichtig. Das ist das erste, woran ich mich erinnert habe.« Ich hielt inne. »Emma hat Ihnen doch auch erzählt, daß ich auf diese Sauftour ging, oder?«

»Klar.«

»Ich glaube, sie hat nicht viel von mir gehalten, was?«

Netti schnitt eine Grimasse. »Ach, die. Die Kirche war ihr nicht heilig genug. Sie hat überhaupt nichts von Ihnen gehalten.« Sie grinste. »Sie waren sündig.«

»Und der Rest von der Familie war auch sündig?«

»Ihre Mutter? Selena? Marny?« Sie lachte. »Unzüchtige Frauen, so nannte sie sie. Nicht besser als Straßenhuren.« Sie blinzelte. »Gottchen, war ich froh, daß sie ging. Wie hätte sie mich genannt, wenn sie noch ein paar Tage geblieben wäre?«

Ich nahm ihre klebrige Hand und drückte sie. »Sie sind meine Freundin, nicht wahr, Netti?«

Sie war äußerst verlegen. »Ihre Freundin? Klar bin ich Ihre Freundin, Mr. Friend. Sie und ich, wir haben einiges gemeinsam.«

»Dann würden Sie vielleicht etwas für mich tun?«

»Darauf können Sie wetten. Wollen Sie doch noch einen Schluck Gin?«

Ich schüttelte den Kopf. »Sagen Sie mir nur, welche Andeutungen sie über mich fallengelassen hat. Wenn sie mich angeklagt hat, habe ich ja schließlich das Recht, zu beweisen, daß sie sich irrt, nicht wahr?«

Sie sah mich nervös an. »Was Emma angedeutet hat?«

»Sie haben mir gestern gesagt, sie hätte irgendeine Andeutung darüber fallenlassen, weshalb ich nach dem Tod meines Vaters losgezogen sei.«

Plötzlich lachte sie. »Ach, das. Das war nichts. Wirklich nicht. Nur ein verrückter Blödsinn.«

»Trotzdem ...«

»Es war nichts. Wirklich nicht.« Sie drückte ihr Haar zurück und kicherte. »Ich lachte mich insgeheim krank, als sie es erzählte. Sie hat gesagt« – sie hielt inne – »sie hat gesagt, daß Sie so schnell verschwanden und Ihr Vater so plötzlich starb... na ja, das käme ihr sehr komisch vor. Vielleicht hätten Sie ihn abgemurkst. Oder wenn nicht Sie, dann eine der anderen.«

Sie gähnte. »Diese Emma, sie hatte nichts anderes als Ihren Vater im Kopf. Sie hielt ihn für Jesus Christus persönlich, wirklich ... Jesus mit einer Menge Teufel um sich herum. Wenn Sie mich fragen, sie war scharf auf ihn, die schmutzige alte Schachtel.«

Ich nehme an, daß es an meiner Schwäche lag, daß sich mein schmucker Schlafanzug naß und klamm anfühlte und auf meiner Haut zu kleben schien. Netti hatte sich krank gelacht, als Emma ihr das erzählt hatte. Ich wünschte, ich könnte mich auch krank lachen. Aber ich konnte es nicht, denn hier war endlich ein Muster – ein Muster, das zwar nur auf überaus zweifelhaftem Dienstbotenklatsch basierte, aber doch mit beängstigender Logik meine Anwesenheit in diesem Haushalt erklären konnte.

Was, wenn die Friends den alten Mann *wirklich* umgebracht hatten? Was, wenn das meine Rolle war? Hier zu warten, in meinen Gipsverbänden gefangen, bis die Polizei kam, um mich als Gordy, den Vatermörder, zu verhaften? Jemanden zu töten und anschließend einen hilflosen, arglosen Mann zu holen, der überdies noch an Amnesie litt, um die Rolle des Mörders zu spielen – war das nicht ein teuflisch verschlagener Plan, wie die Friends ihn durchaus entwickeln konnten?

Ich gab mir die größte Mühe, beiläufig zu klingen. »Ob Sie wohl wissen«, fragte ich, »wo sie jetzt arbeitet, Netti?«

»Emma?« Sie schob eine Hüfte vor und stützte die Hand darauf ab. »Ja, klar. Bin ihr erst vor ein paar Wochen über den Weg gelaufen, als sie im Supermarkt auf dem Boulevard einkaufen ging. Sie arbeitet jetzt für Leute namens Curtis oben am Temple Drive. Mürrisches altes Ding. Na ja, sie ist so alt, daß sie schon tot sein müßte, Mr. Friend. Ich hoffe nur, daß ich jung sterbe.« Sie zeigte wieder das Zahnfleisch. »Über sechzig? Keinen Spaß mehr? Nichts für mich.«

Es war jetzt von verzweifelt wichtiger Bedeutung, Emma hierher zu holen. Wenn ich mir nur eine einigermaßen plausible Geschichte ausdenken konnte, Netti dazu zu bewegen, sie hierherzubringen und heraufzuschmuggeln ...

Ich wollte etwas sagen, doch Netti kam mir zuvor. Ihre Augen strahlten von einem plötzlichen, wissenden Licht, und sie beugte sich etwas näher. Ich konnte den sauren Gin in ihrem Atem riechen.

»Sie hatten gestern ja eine schlimme Nacht, Mr. Friend.«

»Ich?« Es klang noch immer beiläufig.

Sie beugte sich noch näher. Jetzt lag auch Gehässigkeit in ihrem Blick – Gehässigkeit, die aber nicht mir galt. Vielleicht mochte sie die Friends genauso wenig, wie es bei Emma der Fall gewesen war. »Ich habe alles darüber gehört. Daß Sie geweckt wurden und man Ihnen so einen Schrekken einjagte. Ich mußte Mrs. Friend versprechen, nichts davon zu sagen, aber da wir beide ja Freunde sind ...«

Sie hielt inne. Mir war klar, daß sie gesehen hatte, welche Wirkung ihre Worte gehabt hatten. Sie war drauf und dran, mir etwas über die alte Frau zu sagen, und sie wollte, daß ich sie beschwatzte, damit sie aus dieser Indiskretion auch noch das letzte Quentchen Befriedigung ziehen konnte.

»Oh, Sie meinen den Besuch, den ich letzte Nacht hatte?« spielte ich mit.

»Besuch.« Netti verzog das Gesicht. »Ich würde das keinen Besuch nennen. Aufzuwachen und zu sehen, wie sie sich mit diesen großen, feuchten Augen über Sie beugt. Igitt. Es ist eine Schande. Ja, das ist es. Man hat mir verboten, Ihnen etwas von ihr zu erzählen, weil Sie so krank und so weiter sind.«

»Ich soll nichts von ihr wissen?«

»Nein.« Netti schaute ängstlich drein, als befürchte sie, ihr sei die Pointe verdorben worden. »Sie meinen, Sie *wissen* es?«

Das war der Augenblick.

»Eigentlich«, sagte ich, »weiß ich es nicht.«

»Was weißt du nicht, Liebling?«

Dieser Satz wehte so freundlich wie eine milde Frühlingsbrise von der Tür herein.

Ich sah über Nettis Kopf.

Mrs. Friend kam herein, groß und gemütlich, und lächelte ihr liebliches Lächeln.

9

Netti riß mir das leere Glas aus der Hand und verbarg es unbeholfen unter der Serviette. Die Verlegenheit färbte ihre Wangen rot. Mrs. Friend kam zum Bett, nahm meine Hand und lächelte uns beide an.

»Netti, laufen Sie zu. Ich glaube, Sie sollen der Köchin helfen.«

Mit einem geflüsterten »Ja, Mrs. Friend!« rückte Netti ihr Häubchen gerade, schnappte sich das Tablett und lief hinaus.

Es kam mir fast unmöglich vor, daß Mrs. Friend Nettis unbeholfenes Hantieren mit dem leeren Glas nicht bemerkt hatte. Doch sie ließ keine Bemerkung darüber fallen. Sie hielt eine kleine, braune Papiertüte in der Hand. Als sie sich auf mein Bett setzte, holte sie eine dünne, schokoladenüberzogene Pfefferminzscheibe aus der Tüte und steckte sie in den Mund. Sie nahm eine weitere Scheibe für mich heraus.

»Hier, mein Lieber. Ich glaube, Süßigkeiten können dir heute nicht schaden.«

Mit dem Argwohn, den ich nun hegte, konnte ich ihre besorgte Freundlichkeit kaum noch ertragen. Und ich hatte bei Netti an der Schwelle des Erfolgs gestanden. Nun war alles verloren, und Mrs. Friend fütterte mich mit Pfefferminzscheiben.

»Diese Netti«, sagte sie nachdenklich. »Marny schwört, daß sie Matrosen ins Haus schmuggelt, nachdem wir zu Bett gegangen sind. Ich wäre nicht allzu freundlich zu ihr, mein Lieber.«

»In diesem Gipsverband?« sagte ich.

Sie lachte ihr volltönendes, ansteckendes Lachen. Dann wurde ihr Gesicht ernst. »Lieber Gordy, ich wünschte, du würdest deine feindselige Einstellung aufgeben.«

»Feindselige Einstellung?«

»Es ist nur die Amnesie. Das begreife ich ja. Aber wenn du nur aufhören würdest, so argwöhnisch zu sein.« Sie aß noch ein Pfefferminz. »Weißt du, wir sind schrecklich harmlos. Denk an die unattraktiven Mütter und Ehefrauen und Schwestern, zu denen du hättest zurückkehren können.«

Sie seufzte. »Aber es ist sinnlos, mit dir darüber zu streiten, nicht wahr? Du fühlst eben, wie du fühlst, und es liegt an uns, dir zu helfen. Übrigens, Nate ist gekommen. Er hat den Rollstuhl mitgebracht. Er erklärt Jan gerade, wie er funktioniert – mit Gesten. Damit Jan dich herumfahren kann. Er wird gleich hier oben sein – Nate.«

Wie sie dort in ihrem ausgeschnittenen Witwenkleid saß und Süßigkeiten mampfte, wirkte Mrs. Friend unheimlich glaubwürdig in ihrer Rolle als verständnisvolle Mutter. Ich versuchte, sie mir als Gattenmörderin und Anführerin einer gigantischen Verschwörung vorzustellen, die mich der Polizei ausliefern wollte. Es war fast unmöglich. Aber nur fast.

Ich war versucht, das nach Lavendel duftende Taschentuch aus meiner Tasche zu ziehen und zu sagen: *Sehen Sie sich das an. Es beweist, daß Sie alle lügen. Es beweist, daß es eine alte Frau gibt, die weiß, daß ich nicht Gordy Friend bin.*

Ich sagte es natürlich nicht. Es wäre unsinnig und gefährlich gewesen, sie wissen zu lassen, daß ich Beweise hatte, die meinen Argwohn stützten. Es war schon gefährlich genug, daß sie überhaupt spürten, daß ich Zweifel hegte.

Um mich jedoch zu vergewissern, griff ich in die Schlafanzugtasche. Mein eigenes Taschentuch schien glatter und viel kräftiger gestärkt zu sein, als ich es in Erinnerung hatte. Als sich Mrs. Friend umdrehte, um mit den rosa Rosen zu spielen, sah ich zur Tasche hinab. Das Taschentuch, das ordentlich herausschaute, war brandneu. Ich zog es heraus und tastete mit unsicheren Fingern nach dem nach Lavendel duftenden Taschentuch, das darunter stecken mußte.

Es war nicht da.

Mittlerweile hatte mich die fast übermenschliche Gerissenheit der Friends so beeindruckt, daß ich dachte, Mrs. Friend müsse irgendwie seine Existenz erahnt und es mir persönlich aus der Tasche gezogen haben. Dann fiel mir Jan ein. Jan hatte mir den Schlafanzug ausgezogen, um mich zu baden. Bei seiner Leidenschaft für makellose Ordnung hatte er wahrscheinlich mein Taschentuch gewechselt und das der alten Frau mit herausgezogen.

Ich verspürte eine Mischung von Zorn auf mich selbst und Verzweiflung. Das Taschentuch war mein einziger greifbarer Beweis gewesen, die Außenwelt, falls ich sie je erreichen sollte, zu überzeugen, daß die Friends meine Feinde waren. Nun war es verschwunden.

Mrs. Friend hatte das Interesse an den Rosen verloren und beugte sich vor, um – überflüssigerweise – die Kissen hinter meinem Kopf zurechtzurücken.

»Ich bin keine sehr gute Krankenschwester, nicht wahr, mein Lieber? Ich fürchte, so bin ich bei allem. Ich fange immer begeistert an und langweile mich dann schnell. Zu schade, daß du bewußtlos warst, als du nach Hause kamst. Da war ich wirklich eine beeindruckende Krankenschwester. Ich habe deine Temperatur und den Puls gemessen, saß bei dir und gab dir immer zur richtigen Zeit die richtige Medizin. Ach ja, solltest du jetzt nicht etwas nehmen?«

Aus Prinzip war ich vor jeder von Mrs. Friends Medizinen auf der Hut. »Ich fühle mich gut«, sagte ich.

»Das freut mich, Liebling. Aber wir fragen Nate, wenn er kommt. Mal sehen, was er sagt.«

Dann kam Nate hereingeschlendert. Der junge Arzt trug

heute morgen einen formellen grauen Anzug, doch der allgemeine lässige Eindruck blieb bestehen. Er hatte ein grünes Buch unter den Arm geklemmt, das wie ein Telefonbuch aussah, und legte es auf den Tisch.

»Hallo, Nate«, sagte Mrs. Friend. »Hoffentlich hat Jan begriffen, wie der Stuhl funktioniert.«

»Klar. Für jemanden, der ein schlichtes Gemüt haben soll, ist er ein heller Junge. Wenn Sie mich fragen, er lernt nur kein Englisch, weil es ihn nicht interessiert, und nicht, weil er zu dumm ist.« Dr. Croft stand nun neben dem Bett und bedachte mich mit einem langen, ernsten Blick. »Also, Gordy, wie fühlen wir uns?«

»Er vertraut uns noch immer nicht völlig, Herr Doktor«, sagte Mrs. Friend. »Er ist zwar höflich, aber ich merke es.«

Dr. Crofts Zungenspitze erschien zwischen seinen weißen Zähnen. Die Geste sollte scharfes, professionelles Nachdenken andeuten, doch es gelang ihm nur, verführerisch zu wirken – der Liebling des Sultans, der mich einlud, mit ihm hinter einen persischen Wandteppich zu schlüpfen.

»Ich habe nachgedacht, Gordy. Du hast diese fixe Idee. Das bereitet mir keine Sorgen. Es ist völlig natürlich, daß du gegen deine Identität rebellierst. Aber wir müssen das klären, und die einzige Möglichkeit, die mir dazu einfällt, besteht darin, einen anderen Arzt hinzuzuziehen.«

Er nahm einen Stuhl, drehte ihn herum und setzte sich verkehrt darauf.

»Ich kenne ziemlich viele Ärzte, die Erfahrung mit solchen Dingen haben, Gordy. Ich könnte drei oder vier ausgezeichnete Männer aufmarschieren lassen, und sie würden dir alle dasselbe sagen. Aber« – er betrachtete seine dunkelhäutige Hand – »das würde nicht helfen. Wenn ich den Arzt aussuche, würdest du glauben, er steckt mit mir unter einer Decke, oder? Die Vorstellung, ein angesehener Arzt würde seine Karriere aufs Spiel setzen, nur um dich zu überzeugen, du wärest jemand, der du nicht bist, ist natürlich verrückt. Aber so würdest du reagieren. Du brauchst dir deshalb keine Vorwürfe zu machen, alter Junge. Du kannst nichts dafür. So ist das nun mal bei diesen Dingen.«

Dr. Crofts Begabung, aufrichtig zu erscheinen, war so entwaffnend wie die von Mrs. Friend.

»Also.« Er lächelte plötzlich, stand auf, holte das grüne Buch und brachte es zum Bett. »Wir machen es folgendermaßen.« Er gab mir das Buch. »Da hast du das Telefonbuch. Schlag im Branchenverzeichnis die Ärzte nach. Such dir irgendeinen aufs Geratewohl aus. Und du selbst wirst ihn anrufen.« Er tätschelte meinen Arm. »So kann es keine vorherige Absprache geben. So machen wir es, mein Junge. Das wird diese psychische Blockierung auflösen. Dann haben wir freie Hand, und dein Gedächtnis kehrt zurück, bevor du Äskulap sagen kannst.«

Ich nahm das Telefonbuch. Ich sah Dr. Croft und dann Mrs. Friend an. Beide lächelten liebevoll. Einen Augenblick lang sah ich mich fast zu der Annahme gezwungen, daß ich die Bedeutung des skandalösen Klatsches einer griesgrämigen Köchin, die Einbildung einer sabbernden alten Frau und meine eigenen Schrullen eines an Gedächtnisschwund leidenden Mannes grotesk überschätzt hatte. Sicherlich konnten keine Verschwörer, wie wagemutig sie auch sein mochten, ihrem Opfer ein so offenes Angebot machen.

Ich fand im Branchenverzeichnis die Ärztespalte. Dr. Frank Graber, sah ich. Dr. Joseph Green, Dr. Decius Griddlecook.

Griddlecook. Der Name faszinierte mich. Einen Augenblick lang spielte ich mit dem Gedanken, Dr. Griddlecook anzurufen. Dann begann mir zu dämmern, wie einfallsreich der letzte Schachzug der Friends war.

Wenn ich wirklich Dr. Griddlecook anrief, würde ich als Bettlägeriger mit ihm sprechen müssen, der mit der Leistung seines eigenen Hausarztes nicht zufrieden war. Das würde mich von Anfang an in Dr. Griddlecooks Augen zu einem Exzentriker machen. Dann würde er ins Haus kommen müssen. Dr. Croft, Mrs. Friend, Selena und Marny würden ihn begrüßen. Freundlich und attraktiv würden sie sich als besorgte Familie darstellen, die bemüht war, die morbiden Zweifel eines geliebten Sohnes auszuräumen. Schon lange bevor Dr. Griddlecook überhaupt an mein Bett kam, würde er eine vorgefaßte Meinung haben. Und was konnte ich schon sagen, wenn ich dann mit ihm sprach? Daß eine alte Frau, deren Existenz abgestritten wurde, mir gesagt hatte, ich sei nicht Gordy Friend, und ein Taschentuch fallengelassen hatte, das man mir danach wieder abgenommen hatte? Und daß ich die wilde Vermutung hatte, Mr. Friend sei ermordet worden, und ich solle aufgepäppelt und als Sündenbock präsentiert werden?

Dr. Croft und Mrs. Friend beobachteten mich noch immer eindringlich und warteten auf meine Antwort.

»Nun, mein Lieber«, fragte Mrs. Friend. »Hältst du Nates Idee nicht für schrecklich gut?«

Dr. Griddlecook verblich als möglicher Erlöser in meinen Gedanken. Wenn ich ihn anrief, würde ich die Friends damit nur zu noch größerer Wachsamkeit anhalten, und wenn sie nicht überzeugt waren, mich hundertprozentig hinters Licht geführt zu haben, hatte ich keine Chance, sie zu überlisten. Hier war meine Gelegenheit für einen Bluff.

Ich ließ das Telefonbuch fallen und schenkte ihnen – so hoffte ich zumindest – mein einschmeichelndstes Lächeln. »Ihr nehmt das viel zu ernst«, sagte ich. »Ich will keinen zweiten Arzt hinzuziehen. Gestern hatte ich ein verrücktes Gefühl, nicht Gordy zu sein. Aber heute ist es verschwunden.«

»Lieber Junge«, strahlte Mrs. Friend.

Dr. Croft beobachtete mich noch immer. »Meinst du das wirklich ernst?«

»Klar.«

»Ehrlich? Weißt du, es ist wichtig – wichtig für deine Genesung.«

»Großes Pfadfinder-Ehrenwort.« Ich sah zu Nate auf und grinste. »Schließlich hast du dich schon um meinen Vater gekümmert und kümmerst dich jetzt um mich. Ich wäre ein Trottel, nicht dem alten Hausarzt zu vertrauen.«

Ich hatte das zum Teil gesagt, um herauszufinden, was Nate Croft mit Mr. Friends letzter Krankheit zu tun hatte, und brachte Mrs. Friend damit in Harnisch.

»Nate war nicht der Arzt deines Vaters, Liebling«, murmelte sie, ernst die rosa Rosen betrachtend. »Das war der alte Dr. Leland. Ein alter Herr von gewaltiger Reputation. Aber ein wenig spießig.« Sie schenkte mir ihr strahlendes Lächeln. »Ihn könntest du auch hinzuziehen, wenn du willst. Aber ich bin sicher, du würdest Nate viel angenehmer finden.«

»Hm-hm.« Ich schüttelte den Kopf. »Ich bleibe bei Nate.«

Also hatte der alte ehrbare Dr. Leland an Mr. Friends Sterbebett gesessen. Wahrscheinlich hatte der alte ehrbare Dr. Leland auch den Totenschein ausgestellt. Und der Umstand, daß die Friends bereit waren, mich Dr. Leland sehen zu lassen, bewies, daß sie nicht blufften. Ich fühlte mich beträchtlich erleichtert. Nate Croft hatten sie vielleicht in der Tasche. Aber aus dem alten ehrbaren Dr. Leland hatten sie bestimmt keinen Mitverschwörer machen können.

Ich warf Nate einen Blick zu, um zu sehen, welche Wirkung die Frage auf ihn hatte. Sie schien überhaupt keine zu haben.

»Also willst du es wirklich mit mir versuchen, was, Gordy? Ist ja prima.« Seine Stimme war herzlich wie die Atmosphäre im Umkleideraum eines Countryclubs. »Damit wäre das letzte Hindernis beseitigt. Jetzt können wir in einem Höllentempo weitermachen.«

»Wunderbar.« Mrs. Friend hielt Dr. Croft die Papiertüte hin. »Nehmen Sie zur Feier ein Pfefferminz.«

»Danke.«

Dr. Croft nahm eins und knabberte vornehm daran.

»Also gut, Gordy. Jetzt hör mal zu, altes Haus. Ich habe den Rollstuhl mitgebracht. Ich möchte, daß du ihn heute nachmittag ausprobierst. Auf diese Art hast du mehr Bewegungsfreiheit. Ich glaube, es wird dir gefallen, aus diesem langweiligen Schlafzimmer herauszukommen, und ich glaube, du bist dazu bereit. Aber zuerst« – er sah auf seine

Uhr – »solltest du etwas schlafen. Dich ausruhen, deine Kräfte sammeln.«

»Ich habe mich schon gefragt, ob ich ihm eine Tablette geben soll«, murmelte Mrs. Friend und trat zum Tablett mit den Arzneiflaschen.

»Machen Sie sich keine Umstände. Ich habe eine hier. Sie wirkt schnell, doch die Wirkung läßt auch schnell wieder nach.« Dr. Croft zog eine kleine Flasche aus seiner Jackentasche. Mrs. Friend holte ein Glas Wasser. Dr. Croft gab mir eine Kapsel.

»Hier, Gordy.«

Wenn ich mich weigerte, würde ich verraten, daß ich ihnen nicht traute, und damit den kleinen Vorteil verlieren, den ich mir verschafft hatte. Ich nahm die Pille. Ich nahm von Mrs. Friend das Glas Wasser. Während sie lächelnd zusahen, schluckte ich die Pille.

Dann gingen sie. Dr. Croft lag richtig mit der schnellen Wirkung des Medikaments. Fast augenblicklich spürte ich, wie mich eine bleierne Schläfrigkeit überkam. Sie ließ mich meinen Gedächtnisschwund bewußter als sonst wahrnehmen. Während alle Einzelheiten aus meinen Gedanken verblichen, blieb nur eine große Leere, wo mein Name und meine Erinnerungen sein sollten. Allmählich erhob sich ein Bild Nettis, schwach wie auf der Retina eines Kurzsichtigen, und füllte die Leere aus. Ich hatte sie getäuscht, indem ich sie glauben ließ, sie hätten mich getäuscht. Ich hatte die erste Runde gewonnen. Wenn ich nun Netti dazu bringen konnte, Emma auf mein Zimmer zu schmuggeln. Oder wenn ich Netti dazu bringen konnte, mir die Wahrheit über diese alte Frau zu sagen ...!

Sie hatten versucht, mir alles zu nehmen, doch Netti hatten sie mir nicht genommen.

Nettis von roten Adern durchzogenes Zahnfleisch... Nettis weißes Häubchen... Nettis vom Gin saurer Atem... Nettis Hüftschwung...

Ich erwachte und fühlte mich ausgeruht und frisch. Der Reisewecker auf dem Nachttisch zeigte auf eins. Überall war Sonnenschein. Eine warme, kräftige Brise blies durch die geöffneten Fenster und bewegte die schweren Vorhänge. Einen Augenblick lang sehnte ich mich schmerzlich nach Selena. Selena, die der Sommer war, die alles war, was sich ein Mann wünschen konnte. Selena mit dem fließenden Haar und den warmen, großzügigen Lippen.

Aber die Uhr zeigte auf eins. Ein Uhr bedeutete Netti. Und Netti bedeutete Mittagessen. Ich zitterte vor Erwartung, Netti zu sehen.

Genau um ein Uhr fünfzehn öffnete sich die Tür. Selena kam herein. Sie trug einen weißen Badeanzug, oder vielmehr einen winzigen Fetzen, der sich als Badeanzug ausgab. Und sie trug ein Tablett.

»Dein Mittagessen, Baby.«

Sie brachte das Tablett zu mir und stellte es auf den Bettaufsatz. Sie setzte sich neben mich, ihre blauen Augen lachten, und die Haut ihres nackten Arms, der den meinen berührte, war warm von der Sonne.

»Süßer, lieber Gordy. Er schläft einfach und ißt und schläft und ißt, ohne sich darum zu kümmern, was in der Welt vorgeht.«

Sie küßte mich, ihr Haar fiel nach vorn und streifte meine Wange.

»Wo ist Netti?« fragte ich.

»Netti? Liebling, diese abscheuliche Netti. Was willst du von ihr?«

»Nichts«, sagte ich. »Ich habe mich nur gefragt, wo sie ist.«

»Das, Liebling, wirst du wohl niemals erfahren.« Selenas Lächeln war so süß wie Flieder. »Niemand wird es je wissen, abgesehen von ein paar Matrosen vielleicht, die ihre Telefonnummer behalten haben.«

Da wußte ich, was sie sagen würde, und hätte sie beinahe gehaßt.

»Wirklich, sie war ein schreckliches Mädchen. Hat immer unseren Schnaps gestohlen. Um dir dann ein kleines Glas Gin hinaufzubringen. Gordy, Liebling, du glaubst doch nicht, daß wir das mitmachen, wenn Mr. Moffat kommt und so weiter, oder?«

Selena tätschelte meine Hand. Sie erhob sich vom Bett, schlenderte zum Fenster, lehnte sich auf das Sims und sah hinaus.

»Mimsey war schrecklich nett zu ihr. Netter, als sie es verdient hat. Sie gab Netti ein volles Monatsgehalt, als sie sie feuerte.«

10

Nach dem Mittagessen brachte Jan den Rollstuhl. Wie alles, womit die Friends aufwarteten, zählte er zum Luxuriösesten seiner Art, leicht rollend, mit hohen Gummireifen und einem gepolsterten, farbenfrohen Kattunsitz.

Jan war sowohl stolz darauf wie auch besitzergreifend. Er schien zu glauben, daß es sich um sein Spielzeug handelte und ich nur ein weiteres Requisit war, das das Spiel noch amüsanter machte. Zärtlich, wie ein kleines Mädchen seine Lieblingspuppe in einen Kinderwagen legt, hob er mich aus dem Bett und setzte mich auf den Stuhl. Er holte einen grünen Seidenbademantel und legte ihn über meine Knie. Er machte viel Aufhebens um mich, rückte meine Schlafanzugjacke zurecht und strich sie glatt. Dann trat er zurück und betrachtete mich mit einem breiten, strahlenden Grinsen, schob den Stuhl ein paar Meter durch das Zimmer und brach in gellendes Gelächter aus.

Im Bett war ich unterhaltsam gewesen. Im Rollstuhl war ich ein umwerfender Spaß.

Ich hatte darüber nachgedacht, ob ich ihn fragen sollte, ob er das nach Lavendel duftende Taschentuch habe, und falls ja, wo es sei. Doch das Risiko, ganz abgesehen von der Schwierigkeit, ihm mein Begehren durch Gesten begreiflich zu machen, entmutigte mich. Er hörte auf, mich herumzuschieben. Ich versuchte, den Stuhl mit dem gesunden Arm zu rollen. Es war leicht, doch Jan rief sofort: »Nein!«

Er ergriff mit seiner großen Faust die Rückenlehne und hielt mich fest. Sein Gesicht war düster und verdrossen.

Ich hatte zwar einen Rollstuhl, doch anscheinend wollte Jan mir nicht die potentielle Beweglichkeit zugestehen, die er bot.

Noch immer schmollend, schob er mich aus dem Zimmer in einen breiten, sonnigen Korridor. Das war mein erster Blick auf das Haus, das angeblich mir gehören sollte. Er rollte mich in ein Wohnzimmer. Es war eins der auffälligsten Zimmer, die ich je gesehen hatte. Eine gesamte Wand bestand aus Fenstern und enthüllte ein gewaltiges Panorama: einsame Berge und eine steile Schlucht dazwischen. Ich hatte nicht gewußt, daß das Haus so hoch oben lag. Ich hatte auch nicht gewußt, wie abgelegen es war.

Wir bewegten uns durch das Wohnzimmer in eine geräumige, gut ausgestattete Bibliothek. Ich stellte fest, daß auf einem Schreibtisch in einer Ecke, direkt neben einer Schreibmaschine, ein Telefon stand. Die Erkenntnis, daß es eine, wenn auch noch so schwache Verbindung zur Außenwelt gab, war tröstlich.

Von der Bibliothek aus konnte man durch die Verandatür eine üppige Blumenpracht sehen. Jan schob mich gerade daran vorbei, als Mrs. Friend aus einer Innentür schritt und lächelnd zu mir kam.

»Mein Lieber, wie schön, dich hier zu sehen. Und wie gefällt dir dein Haus? Süß, nicht wahr?«

»Ist aber ziemlich abgelegen, nicht wahr? Gibt es irgendwelche Nachbarn?«

Mrs. Friend lachte kehlig. »Gott im Himmel, nein, mein Lieber. Hier gibt es meilenweit niemanden. Früher hatte ein alter Bauer eine Avocadofarm in einer kleinen Schlucht hinter dem Haus, doch dein Vater hat sie aufgekauft. Dein Vater hat Nachbarn gehaßt. Das war wohl der Napoleon in ihm. Er stieg immer gern auf hohe, schroffe Berge und hielt sich für den Beherrscher von allem, was er sah.« Sie tätschelte meine Hand. »Die anderen sind am Swimmingpool. Rollt Jan dich gerade hinaus, damit du an dem Spaß teilhaben kannst?«

»Ich glaube schon«, sagte ich.

Mrs. Friend seufzte. »Du Glücklicher! Deine arme Mutter scheint nie einen Augenblick der Ruhe zu haben. Zurück in die Küche, ich muß Anweisungen fürs Abendessen geben.«

Sie ging davon. Jan schob mich durch die Verandatür auf eine geflieste Terrasse und dann weiter über einen Rasenweg, vorbei an blühendem Hibiskus, Oleander und Mimosen. Hier hatte man keine Aussicht; es stellte sich kein Gefühl der Einsamkeit ein, es gab nur die fast erdrückende Behaglichkeit der Sträucher und Blumen. Eine Biegung des Pfades unter einem mit blauem Bleiwurz bewachsenen Drahtbogen führte uns plötzlich und unerwartet zur Kante eines langen, breitrandigen Swimmingpools.

Es war der Swimmingpool Ihrer Träume. Alle vier Seiten wurden von Eukalyptusbäumen umsäumt, die im Wind schaukelten, und zusätzlich von einer niedrigeren Barriere aus Apfelsinenbäumen abgeschirmt. Der Duft der sahnig weißen Blüten nahm einem fast den Atem, und die reifen Apfelsinen leuchteten wie Feuer über den dunkel schimmernden Blättern. Das Wasser des Pools selbst war so klar und blau wie der Himmel.

Bunte Luftmatratzen lagen auf dem breiten Betonrand verstreut. Auf einer lungerte Selena in ihrem weißen Badeanzug mit Dr. Nate Croft herum. Der junge Arzt, der sich anscheinend nicht um dringende Geschäfte kümmern mußte, trug weiße Shorts. Nackt war sein Körper mit der weichen, dunklen Haut so exotisch und untypisch für einen Countryclub wie seine Augen. Er lag sehr nah neben Selena, und ich bemerkte, daß sein nackter Arm den ihren leicht berührte. Marny war auch hier. In einem knappen

Bikini aus gelber Baumwolle saß sie am Rand des Pools und ließ die langen, gebräunten Beine ins Wasser baumeln.

In dem Augenblick, in dem sie mich sahen, scharten sich alle drei lachend und plaudernd um mich und gaben ihre Kommentare zu dem Rollstuhl ab. Als Selena mir gesagt hatte, daß Netti gefeuert worden war, hatte ich geglaubt, mit meinem Latein am Ende zu sein. Doch die Freiheit des Rollstuhls, so eingeschränkt sie auch war, hatte die Hoffnung zurückkehren lassen. Ich lachte und scherzte mit der inneren Befriedigung, daß zumindest meine Sorglosigkeit sie täuschte.

Nachdem Jan mich abgeliefert hatte, schien er den Eindruck zu haben, daß seine Pflichten als Angestellter erfüllt waren. Grinsend zog er das blaue Polohemd aus und trat zum Rand des Pools. Dort blieb er stehen und ließ gemächlich die Brust- und Armmuskeln spielen. Sein Körper war wirklich phänomenal. Ein Blick auf ihn, und Brunhilde hätte Siegfried den Laufpaß gegeben. Als ich ihn beobachtete, bemerkte ich, daß auch Marny ihn ansah.

Jan tauchte in den Pool. Sein Gesicht erschien über dem blauen Wasser. Er lachte und schob das lange Haar zurück, das jetzt dunkler war, die Farbe von nassem Sand hatte.

Marny bemerkte, daß ich sie beobachtete. Ihr Gesicht nahm schnell wieder sein normales, unverschämtes Grinsen an.

»Der Lohn der Abstinenz, Gordy«, sagte sie. »Kein Alkohol, keine Zigaretten. Nimm dir an Jan ein Beispiel.«

Jan spielte nun mit einem großen, roten Gummiball. Er warf ihn in die Luft, fing ihn wieder auf und tauchte unter ihm weg wie ein exhibitionistischer Seelöwe. Selena stand neben mir und hatte eine Hand geistesabwesend auf meine Schulter gelegt. Plötzlich lief sie zum Pool, sprang hinein und schwamm zu Jan. Sie war genauso im Wasser zu Hause wie der große Holländer. Sie erreichte ihn, schnappte sich den Ball einen Sekundenbruchteil vor ihm und schwamm davon, dabei tief und rauh lachend. Jan setzte ihr nach und bekam ihr Bein zu fassen. Der Ball entglitt Selenas nassen Fingern. Er hüpfte davon und trieb hellrot auf dem Wasser.

Keiner von ihnen schien es zu bemerken. Sie rangen weiter miteinander. Beide lachten. Wir sahen ihre sonnengebräunten, ineinander verschlungenen Glieder, als Selena nur halb im Ernst versuchte, ihm davonzuschwimmen. Sie trug keine Badehaube. Das nasse Haar lag eng an ihrem Kopf und enthüllte dessen wunderschöne Form. Sie befreite sich halbwegs von Jan, und er sprang wieder nach ihr. Als sich seine Arme um sie schlossen, erhaschte ich einen Blick auf ihr Profil. Ihre Augen strahlten, und ihre roten Lippen waren zu einem heißen, aufgeregten Lächeln geöffnet.

Ich spürte einen scharfen Schmerz in meiner Schulter und sah auf. Nate Croft hatte die Hand so fest um sie geschlossen, daß die Knöchel weiß hervortraten. Ich sah zu seinem Gesicht hoch und wußte, er hatte nicht die geringste Ahnung, daß er meine Schulter umklammerte. Seine Lippen waren fast so hell wie seine Knöchel, und seine Augen, die auf die miteinander kämpfenden gebräunten Körper im Pool gerichtet waren, blitzten vor Wut.

Ich erfuhr eine Menge über meine Häscher. Doch diese Tatsache war vielleicht am verräterischsten. Jetzt mußte ich mich nicht mehr fragen, warum ein Arzt seine gesamte berufliche Zukunft aufs Spiel setzte, indem er sich an einer Verschwörung gegen mich beteiligte. Ein Mann, der so heftig auf Selenas Kontakt mit einem anderen Mann reagierte, würde alles für sie tun – und notfalls auch einen Mord für sie begehen.

Mord! Das Wort ließ mich frösteln.

Dieser angeblich verspielte Kampf im Pool hatte die Atmosphäre auf seltsame Art und Weise verändert. Selbst ich zeigte mich davon betroffen. Ohne Warnung lief Nate Croft neben mir los und sprang in den Pool. Marny setzte ihm nach. Sie warfen sich auf Selena und Jan, und der Bann war gebrochen. Alle vier spritzten und kämpften, doch die Spannung hatte sich gelöst. Sie waren nur vier junge Leute, die sich mit einem roten Gummiball vergnügten.

Die seltsame Szene wirkte noch nach, und sie schienen mich vergessen zu haben. Unauffällig schob ich den Rollstuhl vom Pool weg. Da ich ständig überwacht wurde, konnte ich niemals im voraus Pläne schmieden. Ich mußte eine Gelegenheit ergreifen, wenn sie sich bot. Ich rollte zu dem Bogen mit federleichtem blauen Bleiwurz zurück. Noch immer achtete niemand auf mich. Mit dem unverletzten Arm steuerte ich den Rollstuhl durch den Bogen und schob ihn, so schnell ich konnte, den Rasenpfad hinauf, auf die Terrasse und in die Bibliothek.

Mein erster Gedanke war, nach der alten Frau zu suchen. Sie mußte irgendwo in diesem luxuriösen, weitläufigen Bungalow sein, der groß genug war, ein Dutzend alte Frauen zu beherbergen. Die Tür, die von der Bibliothek zum Gang führte, stand weit offen. Ich rollte auf sie zu. Die Gummiräder des Rollstuhls erzeugten kein Geräusch auf dem dicken, blattgrünen Teppich. Gerade als ich die Tür erreichte, hörte ich Schritte auf dem Gang dahinter. Ich spähte durch den Spalt zwischen der halb geöffneten Tür und dem Rahmen und sah, wie sich Mrs. Friend zielstrebig durch den Gang entfernte.

Ich wußte, daß alle Erkundungsversuche hoffnungslos waren, solange sie im Haus weilte. Verzweifelt machte ich mit dem Rollstuhl kehrt und fuhr aufs Geratewohl auf den Kamin zu. Darüber hingen vier Fotos in identischen Rahmen an der ockerfarbenen Wand. Eins zeigte Selena, eins Marny, eins Mrs. Friend und das vierte einen ernsten, weißhaarigen Mann mit einem borstigen, herausfordernden Schnurrbart – wahrscheinlich Gordon Renton Friend den Zweiten.

Ich sah mir das Bild des Mannes an, der angeblich mein Vater war und vor neunundzwanzig Tagen gestorben war. Es war ein durchaus furchterregendes Gesicht. Ich konnte mir gut vorstellen, wie völlig anders der Haushalt geführt worden sein mußte, als er noch am Ruder war.

Ich empfand eine seltsame Sympathie für ihn. Inwieweit waren unsere Geschichten miteinander verknüpft? Morgen kam Mr. Moffat. Ich sollte Mr. Friends *Ode an Aurora* vortragen. Verband mich das irgendwie mit dem alten Mr. Friend? Und wie? Mit seinem Leben? Oder mit seinem Tod?

Mein ominöser Argwohn, der zum Teil besänftigt worden war, als ich erfahren hatte, daß Nate zum Zeitpunkt seines Todes nicht Mr. Friends Arzt gewesen war, flammte heftig auf. Vielleicht *hatten* die Friends den alten Mann ermordet und Dr. Leland mit irgendeiner typischen Friendschen List, von der sie nun befürchteten, daß sie nicht auf ewig Bestand haben würde, dazu gebracht, den Totenschein auszufüllen. Es gab natürlich noch immer keine Indizien zur Unterstützung dieser Theorie, einmal abgesehen von einer zufälligen Bemerkung eines Dienstboten, die ich aus zweiter Hand erfahren hatte. Doch welche andere Erklärung konnte es für das Katz-und-Maus-Spiel geben, das die Friends mit mir veranstalteten, und für ihre leidenschaftliche Entschlossenheit, mich zu überzeugen, ich sei Gordy Friend?

Und – wie immer ihr Plan auch aussehen mochte – wo war der echte Gordy? Noch auf einer gewaltigen Sauftour? Oder versteckten sie ihn irgendwo, bis ich den Preis für den Mord bezahlt hatte?

Der Gedanke an Gordy ließ mich begreifen, was ich von Anfang an hätte begreifen müssen. In der Gruppe der Familienfotos über der Kamineinfassung fehlte ein Foto von Gordon Renton Friend dem Dritten.

Daß dort eins hängen sollte, war klar. Sie hätten nicht den einzigen Sohn vergessen. Ich sah mir die Wand genau an und fand Löcher von Nägeln an beiden Seiten der Fotos von Marny und Selena. Ich machte auch Stellen aus, an denen das Ocker eine Spur dunkler war. Fraglos hatten dort drei Fotos gehangen, und die von Marny und Selena waren verschoben worden, um die Symmetrie wiederherzustellen.

Es überraschte mich natürlich nicht, daß die Friends Gordys Foto entfernt hatten. Nun, da ich in dem Rollstuhl beweglich war, konnten sie es nicht riskieren, es an der Wand hängen zu lassen. Doch mit prickelnder Erregung begriff ich, daß es sich ausgezahlt haben mochte, ihnen mein Vertrauen vorzuspielen. Da sie nicht damit rechneten, daß ich herumschnüffelte, hatten sie Gordys Foto wahrscheinlich nicht vernichtet. Es war möglich, daß sie sich nicht einmal die Mühe gemacht hatten, es zu verstecken, sondern es einfach in eine Schublade gelegt hatten.

Ich sah mich um. Die eingebauten Bücherregale aus gebeizter Eiche nahmen den größten Teil der Wandflächen ein. Sie hätten das Foto hinter jede beliebige Buchreihe stecken können. Doch ich entschloß mich, es zuerst mit dem Schreibtisch zu versuchen, auf dem das Telefon und die Schreibmaschine standen. Die erste Schublade enthielt quittierte und uninteressante Rechnungen und eine Kassette, die mit Geldscheinen verschiedenen Werts vollgestopft war und wahrscheinlich Mrs. Friends abschließbare Portokasse war. Doch als ich die zweite Schublade aufzog, fand ich, was ich gesucht hatte.

Es war ein Foto in einem Rahmen, der genau zu den vier anderen Fotos an der Wand paßte. Zitternd nahm ich es und sah es an. Es war ein Foto von einem jungen Mann mit einem blonden Bürstenschnitt, einem amüsierten Mund und ehrlichen, ironischen Augen, die mich an die Marnys erinnerten.

Der Rahmen und diese Augen waren fast so gut wie eine Unterschrift.

Ich war mir sicher, daß nicht der geringste Zweifel bestand.

Ich hielt ein Foto von Gordy Friend in der Hand.

11

Mein erster Gedanke war: Das beweist es ein für alle Mal. Das ist kein Bild von mir.

Dann drehten sich die Propeller in meinem Verstand, kaum lauter als ein Rascheln, und brachten einen Teil der alten Verwirrung zurück. Woher wußte ich, ob ich so aussah wie auf diesem Foto? Die Amnesie hatte alle Erinnerungen an mein Aussehen verschluckt. Seitdem ich wieder zu Bewußtsein gekommen war, hatte ich noch keine Gelegenheit gehabt, mich anzusehen. Im Schlafzimmer gab es keinen Spiegel.

Vielleicht sah ich so aus wie der Mann auf dem Foto. Und was dann? Würde mich das doch noch zu Gordy Friend machen?

An der entgegengesetzten Wand funkelte ein langer, schmaler Spiegel. Ich rollte mit dem Stuhl darauf zu. Das war eines der seltsamsten Erlebnisse, das ich jemals gehabt hatte – mich einem Spiegel zu nähern und nicht die geringste Ahnung zu haben, was ich darin sehen würde.

Ich rollte den Stuhl vor den Spiegel. Bevor ich mich anschaute, betrachtete ich das Foto genau, bis ich mir jede Einzelheit eingeprägt hatte. Dann sah ich mich an.

Der große Augenblick war enttäuschend ergebnislos. Das Spiegelbild, das mich ansah, wies dieselben allgemeinen Gesichtszüge auf wie der Mann auf dem Foto. Nach allem, was ich durch den Verband erkennen konnte, war mein Haar von demselben Mittelblond. Ich war, so schätzte ich, ein paar Jahre älter, und mein Gesicht war selbstsicherer, aggressiver. Ich war fast sicher, daß das

Foto nicht mich zeigte, und doch war genug Ähnlichkeit vorhanden, um einen Schatten des Zweifels zurückzulassen.

Einen Augenblick lang vergaß ich das Foto aufgrund der einfachen Faszination, mein eigenes Gesicht zu betrachten. Es gefiel mir. Und es war mir in gewisser Hinsicht vertraut. Ich erinnerte mich nicht gerade daran, aber es war nicht das Gesicht eines Fremden.

»Peter«, sagte ich zu mir.

Irgendwie verstärkte das Spiegelbild die schwache Reaktion meines Gedächtnisses auf diesen Namen. Iris, versuchte ich es. Matrose. San Diego. Jemand fliegt in einem Flugzeug davon.

Etwas Weißes trat in die Ecke des Spiegels. Ich schaute von meinem Gesicht hoch und sah Selenas Spiegelbild hinter dem meinen. Sie war über die Schwelle getreten und zögernd an der Tür stehengeblieben. Sie trug noch den Badeanzug, und das nasse Haar klebte an ihrem Kopf. Sie hatte nicht gemerkt, daß ich sie im Spiegel sehen konnte. Sie sah mich direkt an. Ihr Gesicht war wachsam und beunruhigt.

Ich schob das Foto des jungen Mannes unter den grünen Bademantel, der meine Beine bedeckte.

»Gordy, Baby«, rief Selena.

Ich drehte den Stuhl, als habe ich erst jetzt entdeckt, daß sie dort stand. Sie lächelte nun freundlich und einschmeichelnd. Ihre Beunruhigung ließ sie sich nicht anmerken. Sie kam zu mir und küßte mich auf den Mund. Ihre Lippen waren vom Wasser kühl und frisch.

»Liebling, wir haben uns Sorgen gemacht. Du bist

plötzlich verschwunden. Wir dachten, dir sei etwas Schreckliches zugestoßen. Was zum Teufel tust du hier?«

»Ich betrachte mich im Spiegel. Es ist das erste Mal, daß ich mein Gesicht sehe.«

Sie lachte. »Baby, dieses Gesicht kann man mit Stolz betrachten, oder?«

»Es ist in Ordnung.« Ich deutete auf die Fotos über der Kaminummantelung. »Der alte Mann mit dem weißen Schnurrbart – ist das mein Vater?«

»Natürlich.« Ihre Hand glitt meinen Nacken hinab und liebkoste ihn. »Erinnerst du dich an ihn?«

Ich schüttelte den Kopf. Ihre Hand bewegte sich um meine Kehle und das Kinn und dann hinauf und berührte sanft meinen Mund. Sie erwartete, daß ich ihre Hand küßte und mich in der Liebe für sie verlor. Ich war Selena jetzt auf die Schliche gekommen und keine so leichte Beute mehr.

»Selena«, sagte ich, »warum hängt bei den Fotos der anderen keins von mir?«

Ihre Hand bewegte sich nun über den Verband auf meinem Kopf und streichelte mein Haar. »Darling, erinnerst du dich nicht? Du verabscheust Kameras. Du hast nie ein Bild von dir machen lassen.«

Ich hätte wissen müssen, daß sie darauf eine Antwort bereit hatte. Sie kauerte sich auf die Lehne des Rollstuhls. Dabei mußte sie mit der Hüfte die Kante des Bilderrahmens berührt haben, denn sie blickte hinab, schob die Hand unter den Bademantel und zog das Foto hervor.

Einen Augenblick lang starrte sie es an, wobei sie leicht die dunkelblauen Augen zusammenkniff. Dann lachte sie, küßte mein Ohr und murmelte: »Liebling, was zum Teufel hast du mit diesem schrecklichen Foto vor?«

Ich verfügte nicht über Selenas Begabung zur Täuschung. Ich zögerte einen Sekundenbruchteil zu lange.

»Ich habe es gerade gefunden«, sagte ich dann. »Ich wußte nicht, wie ich aussehe. Das habe ich dir doch gesagt. Also nahm ich es mit zum Spiegel, um zu sehen, ob es ein Foto von mir ist.«

Das erklärte natürlich nicht, wieso ich es offensichtlich unter dem Bademantel verborgen hatte oder wieso ich gerade etwas »gefunden« hatte, das in einer Schublade gelegen hatte. Aber etwas Besseres fiel mir nicht ein.

»Ist es übrigens eins von mir?« fragte ich beiläufig. »Bei diesem Verband läßt sich das nur schwer sagen.«

Sie lachte erneut. »Baby, mach dich doch nicht lächerlich. Natürlich ist es keins von dir. Ich habe dir doch gesagt, du hast nie ein Foto von dir machen lassen. Es ist dein Vetter Benjy. Erinnerst du dich nicht an ihn? So ein langweiliger Junge. In Yale liebte ihn jeder. Sie haben ihm alle möglichen Auszeichnungen für Meteorologie verliehen. Nun betreibt er irgendwelche trostlosen Forschungen über das Wetter in China.«

Ihr Tonfall verriet mir, daß ich sie nicht getäuscht hatte, und im stillen fluchte ich. Sie wußte nun, daß mein ganzes neues Vertrauen nur gespielt war. Sie wußte, daß ich trotz all meiner Beteuerungen so argwöhnisch gewesen war, mich ins Haus zu schleichen und die Schubladen nach einem Foto zu durchsuchen. Ich hatte meinen einzigen Vorteil verspielt.

Von jetzt an würden sie doppelt auf der Hut sein.

Selena warf das Foto auf ein Sofa und erklärte, sie sei gekommen, um mich zum Pool zurückzubringen. Ich erwiderte, die Sonne sei zu heiß, und ich würde es vorziehen, eine Weile im Haus zu bleiben. Ich erwartete nicht, daß sie es dabei belassen würde, doch sie tat es. Sie mußte völlig sicher sein, daß ich keinen weiteren Schaden anrichten konnte.

Sie lächelte und küßte mich. »Komm bald hinaus, Baby«, sagte sie und küßte mich. »Wir vermissen dich.« Und sie ging.

Ich hatte mich nicht geweigert, sie zu begleiten, weil ich eine Idee hatte, was ich nun unternehmen wollte, sondern einfach, weil ich mich zu niedergeschlagen fühlte, um den anderen noch etwas vorzuspielen. Das nach Lavendel duftende Taschentuch, Netti, und nun das Foto – Stück um Stück hatten die Friends mit einer beeindruckenden Konsequenz all meine Trumpfkarten ausgestochen.

Mir blieb jetzt nichts mehr, womit ich gegen dieses Gefühl der drohenden Gefahr angehen konnte.

Das Telefon auf dem Ecktisch begann zu klingeln. Schnell, bevor das Geräusch Mrs. Friends Aufmerksamkeit oder die irgendeines anderen im Haus erregen konnte, rollte ich den Stuhl hinüber und hob den Hörer ab. Mein Puls raste. Ich hatte keinen Plan; mein Instinkt sagte mir nur, daß jeder Kontakt mit der Außenwelt wünschenswert sei. Aber ich war jetzt vorsichtiger. Die letzte Niederlage, die Selena mir beigebracht hatte, hatte mich dies gelehrt.

»Hier bei Mr. Friend«, sagte ich mit flacher, unpersönlicher Stimme.

Eine männliche Stimme antwortete. Sie klang älter und

ziemlich nervös. »Könnte ich mit Mrs. Friend sprechen? Mit Mrs. Friend senior?«

»Mrs. Friend ist draußen am Pool«, log ich. »Kann ich ihr etwas ausrichten?«

Der Mann hüstelte. »Ich ... äh ... mit wem spreche ich?«

Sei vorsichtig, dachte ich.

»Hier ist der Butler.« Zur Sicherheit fügte ich hinzu: »Der neue Butler.«

»Ah.« Der Mann zögerte. »Ja, vielleicht würden Sie Mrs. Friend etwas ausrichten. Hier spricht Mr. Petherbridge, der ... äh ... Anwalt des verstorbenen Mr. Friend. Bitte sagen Sie Mrs. Friend, daß ich wie vereinbart morgen nachmittag mit Mr. Moffat kommen werde, falls ich nichts Gegenteiliges von ihr höre.«

»Sehr wohl, Mr. Petherbridge.«

»Danke. Und ... äh ... wie geht es übrigens ihrem Sohn? Was für ein schlimmer Unfall. Ich hoffe, es geht ihm doch gut genug für ... für morgen.«

»Ja, Mr. Friend scheint es den Umständen entsprechend gut zu gehen«, sagte ich. In meiner unsicheren Rolle als Butler wagte ich nicht mehr zu fragen als: »Morgen ist es also soweit, Sir?«

»Ja, morgen.« Mr. Petherbridge gab ein seltsam gurgelndes Geräusch von sich, bei dem es sich um ein Husten handeln konnte. »Morgen ist die Feuerprobe.«

Die Feuerprobe.

»Sonst noch etwas, Sir?« fragte ich.

»Nein, nein. Das wäre alles. Wären Sie so freundlich, Mrs. Friend zu bitten, mich anzurufen, falls sich etwas ändern sollte. Aber ich wüßte nicht, wie das der Fall sein könnte.«

Es folgte ein Klicken, das den Kontakt mit Mr. Petherbridge, dem ... äh ... Anwalt des verstorbenen Mr. Friend unbarmherzig unterbrach.

Einen Augenblick lang starrte ich den Hörer an. Gefühlsmäßig wie auch körperlich war ich noch immer invalid. Ich hatte mich kaum in der Gewalt, und dieses Gespräch, so unverständlich und doch voller Andeutungen auf ein sich zuspitzendes Vorhaben es auch war, bereitete mir große Sorgen. Die Feuerprobe – morgen. Also war die Zeit ein wesentlicher Faktor. Mir blieben nur noch ein paar Stunden, bevor – etwas passieren würde. Das Gefühl, gefangen zu sein, war beinahe so stark, daß ich glaubte, es nicht aushalten zu können. Ich fühlte mich wie eine Fliege auf einem Fliegenfänger.

Als ich das Telefon betrachtete, kam mir eine kühne Idee. Netti war fort, doch sie hatte etwas zurückgelassen. Sie hatte mir erzählt, daß Emma, die alte Köchin, für Leute namens Curtis am Temple Drive arbeitete.

Ich hob den Hörer ab. »Ich möchte eine Familie namens Curtis am Temple Drive sprechen«, sagte ich zu der Vermittlung. »Ich habe die Nummer nicht.«

Ich schien ewig warten zu müssen. Schließlich sagte die Telefonistin: »George Curtis, 1177 Temple Drive?«

»Genau.«

»Lona 3-1410. Soll ich Sie jetzt verbinden?«

»Bitte.«

Ich hörte das leise Summen des Klingeltons am anderen Ende der Leitung. Ich wußte noch nicht, wie ich Emma überreden würde, zum Haus der Friends zu kommen. Ich wußte auch noch nicht, wie ich sie, sobald ich sie erst einmal hierher bekommen konnte, hereinschmuggeln und benutzen würde, die Verschwörung aufzudecken. Aber Emma glaubte, Mr. Friend sei ermordet worden. Irgendwie mußte ich in Erfahrung bringen, wieso sie auf die Idee gekommen war.

Während ich wartete, schien sich das stille Zimmer hinter mir mit unsichtbaren Feinden zu bevölkern. Schließlich wurde das Klingelzeichen unterbrochen. »Ja?« sagte eine Frauenstimme.

»Bin ich mit dem Haushalt der Curtis verbunden?«

»Ja.«

»Könnte ich bitte mit der Köchin sprechen?«

»Mit der Köchin? Aber... äh... ja. Einen Augenblick.«

Es folgte eine zweite, nervtötende Pause. Dann sagte eine andere Frauenstimme, heiser und abwehrend: »Hallo? Wer ist da?«

»Spricht dort Emma?«

»Wer?«

»Spricht dort Emma, die für die Friends gearbeitet hat?«

»Emma?«

»Ja.«

»Ach, Sie meinen sicher die Köchin. Alt und mit grauem Haar?«

»Ja, ja«, sagte ich.

Es folgte eine Pause. Dann sagte die Stimme: »Sie ist seit ein paar Wochen weg. Jetzt arbeite ich hier.«

»Wissen Sie, wie ich mich mit ihr in Verbindung setzen kann?« fragte ich mit nachlassendem Mut.

»Mit Emma? Sie wurde krank. Sie ist schon alt, wissen Sie. Sie arbeitet nicht mehr.«

»Aber wissen Sie, wo sie ist?«

»Sie ist weggezogen, um bei ihrer Tochter zu wohnen. Wo war das noch gleich? In Wyoming? Wisconsin? Irgendeiner dieser Staaten.«

»Dann ...«

Am anderen Ende der Leitung wurde die Verbindung unterbrochen. Langsam ließ ich den Hörer zurück auf die Gabel gleiten.

»Telefonierst du, Gordy?«

Ich sah auf. Marny stand auf der Schwelle. Sie lehnte sich gegen den Türrahmen, eine Zigarette lässig zwischen den roten Lippen. Ihre jungen, ungewöhnlich glänzenden Augen richteten sich auf mein Gesicht.

Meine Hoffnung brach zusammen, der Wachsamkeit der Friends auch nur einen Augenblick lang zu entkommen. Ich versuchte zu lächeln.

»Nur ein Anruf für Mutter«, sagte ich. »Ein Mr. Petherbridge.«

Ich wußte nicht, wieviel sie von meinem verhängnisvollen Gespräch mit Emmas Nachfolgerin mitbekommen hatte. Sie ließ auch nichts verlauten. Sie trat neben mich und legte die Hände auf meine Schultern. Plötzlich fiel die zynische Tünche von ihrem Gesicht ab, und sie war nur ein junges, unerklärlich verängstigtes Mädchen. »Ist es nicht einfach schrecklich?« platzte sie mit seltsam gebrochener Stimme heraus.

»Schrecklich?«

Ihre Lippen zitterten.

»Du bist so ein lieber Kerl. Ich kann es nicht ertragen, das noch länger mitanzusehen.«

»Was mitanzusehen?«

»Was sie mit dir machen. Selena ... Mimsey ... Nate, sie alle. Sie sind Teufel. Das sind sie ... Teufel.«

Heftig setzte sie sich auf die Lehne des Rollstuhls. Sie legte die Arme um meinen Hals und drückte ihre Wange gegen die meine. Als sie fortfuhr, wurde ihre Stimme von Schluchzern erstickt.

»Ich hasse sie. Ich habe sie schon immer gehaßt. Sie sind so böse wie Vater, nein, noch schlimmer.« Sie küßte ungestüm meine Wangen, Lider, Lippen. »Sie sind zu allem fähig – zu allem, und andere Menschen sind ihnen völlig gleichgültig.«

Ich war wie benommen. War das ein neuer diabolischer Schachzug der Familie Friend? Oder hatte ich, so unglaublich es schien, eine neue Verbündete bekommen, als ich alle Hoffnung verloren glaubte? Ich legte den Arm um sie und zog sie so nahe heran, daß ich spürte, wie sich ihre jungen Brüste gegen mich drückten. Sie weinte jetzt heftig. Ich küßte ihr Haar. Sie erschauerte und drückte sich enger an mich.

»Sag es mir«, drängte ich. »Marny, Baby, sag es mir. Was haben sie mit mir vor?«

»Ich kann es nicht ... Ich kann es nicht ... Ich ...«

Sie wand sich aus meiner Umarmung. Sie sah zu mir herab, das Gesicht naß vor Tränen.

»Ich kann es nicht ... Ich kann es nicht ...«

Sie legte die Hand vor den Mund und jammerte leise. Dann wandte sie sich abrupt um und lief hinaus.

12

Ich schob den Rollstuhl schnell auf die Veranda.

»Marny«, rief ich. »Marny, komm zurück.«

Sie lief über den Rasenpfad davon und schenkte mir keine Beachtung. Blitzschnell war sie durch den Bogen verschwunden, der zum Swimmingpool führte.

Teufel. Dieses bedrohliche Wort hallte in meinen Ohren. *Mimsey, Selena, Nate – sie sind alle Teufel.*

Und es war Marny, die das gesagt hatte, Marny, die an der Verschwörung teilnahm, Marny, die genau wußte, was sie mit mir machen wollten.

»Hallo, mein Lieber. Ganz allein?«

Ich sah auf. Mrs. Friend war aus der Bibliothek getreten und kam auf mich zu. Ihre Schönheit war so üppig wie die blühenden Blumenbeete. An einem Arm hatte sie einen geflochtenen Gartenkorb. In der Hand hielt sie eine große Gartenschere. An wen erinnerte sie mich? An eine der Nornen? An die Norne, die den Lebensfaden durchtrennt?

»Wie schön, Liebling. Ich dachte, du wärest bei den anderen am Pool. Wir können sie ja gemeinsam besuchen. Gehen wir um die Ecke in den Patio. Dort ist es schattig.«

Munter drauflosplaudernd schob sie meinen Rollstuhl über die Terrasse. Meine Nerven waren bis aufs höchste gespannt. Es war fast unerträglich, sie unsichtbar hinter mir zu haben. Ich rechnete wohl halbwegs damit, daß sie mir die Gartenschere in den Hals stoßen würde.

»Da wären wir, Liebling. Es ist so bezaubernd hier.«

Wir hatten einen kleinen, von einer Mauer umsäumten

Patio betreten. Weihnachtssterne und Kletterrosen in weißen Kübeln drängten sich an den Mauern. Weiße und grüne Gartenstühle standen unter dem Schatten eines Mastixbaums mit hängenden Zweigen. Mrs. Friend schob meinen Rollstuhl neben einen der anderen Stühle und setzte sich. Sie holte Strickzeug aus dem Weidenkorb, und ihre weißen Finger arrangierten die Wolle um die Nadeln. Alles, was Mrs. Friend tat, war so unerschütterlich mütterlich. Das war das Erschreckendste an ihr.

»Nun, mein Lieber« – sie schaute lächelnd von der Strickarbeit hoch – »wie fühlst du dich in dem Rollstuhl? Überanstrengst du dich auch nicht?«

Die Ereignisse der letzten halben Stunde hatten mich so schlaff wie einen Grashalm zurückgelassen. Ich war mir nun sicher, daß Mrs. Friend von allen Verschwörern die geschickteste war. Wenn ich sie zu Fall bringen könnte, würde vielleicht das gesamte Gebäude mit ihr zusammenbrechen. Aber wie? Sie war so erhaben, so selbstsicher, und ich hatte nichts – nichts außer Mr. Petherbridge.

»Mr. Petherbridge hat gerade angerufen«, sagte ich ganz ruhig.

»Ach ja, mein Lieber?«

»Der Anwalt meines Vaters?«

»Ja, Gordy. Das weiß ich natürlich. Was hat Mr. Petherbridge denn gewollt?«

»Er bat mich, dir auszurichten, daß er morgen nachmittag wie vereinbart mit Mr. Moffat käme, wenn er nichts Gegenteiliges von dir hört.«

Sie lächelte. »Oh, gut. Dann muß ich ihn nicht mehr anrufen.«

»Warum kommt Mr. Petherbridge morgen?« fragte ich.

»Wegen des Treffens, Liebling«, sagte sie sanft. »Die Liga für sauberen Lebenswandel. Weißt du, er ist Mitglied. Dein Vater bestand darauf, daß er sich der Liga anschließt, und dein Vater war ein sehr lukrativer Klient. Ich fürchte, daß Mr. Petherbridge für ein Mitglied der Liga für einen sauberen Lebenswandel ein wenig zu ironisch ist.«

»Dann wird es morgen eine Versammlung der gesamten Liga hier geben? Ich dachte, du hättest gesagt, lediglich Mr. Moffat würde kommen.«

»Oh, nein, mein Lieber, die ganze Liga.« Mrs. Friend war ans Ende eines Wollknäuels gelangt. Sie verknüpfte den Faden mit dem nächsten Knäuel. »Habe ich mich nicht klar ausgedrückt? Es wird ein Gedenkgottesdienst für deinen Vater sein, den Mr. Moffat natürlich leitet. Aber Gottesdienst ist wohl nicht das richtige Wort. Die Liga ist nicht unbedingt eine religiöse Organisation. Eher eine Feier. Vielleicht sollten wir es so nennen.«

»Mr. Petherbridge nannte es eine Feuerprobe.«

»Und das ist es auch, mein Lieber. Warte nur ab und sieh selbst. Wir müssen aber schrecklich, schrecklich brav sein. Natürlich keinen Schnaps und keine Zigaretten. Es darf nicht einmal ein Aschenbecher zu sehen sein. Wir müssen alle Schwarz tragen. Kein Make-up. Und einen abscheulich heiligen Gesichtsausdruck. Du weißt schon, mein Lieber. Etwa so.«

Sie legte das Strickzeug auf den Schoß und verzog ihr Gesicht zu einem Ausdruck kummervoller Frömmigkeit.

»Ich hoffe, auch du wirst den richtigen Ausdruck aufsetzen können, mein Lieber. Du mußt üben. Denk an etwas, das besonders unangenehm riecht, zum Beispiel eine tote Maus. So mache ich es immer.« Sie seufzte. »Das ist das allerletzte Mal, Gordy. Ich habe mir das geschworen. Nach morgen werden wir der Aurora-Liga für einen sauberen Lebenswandel für immer absagen. Mein Lieber, wenn du wüßtest, wie sehr ich darunter gelitten habe. Denn es sind keine guten Menschen. Du wirst es merken, wenn du sie siehst. Es sind abscheuliche, widerwärtige Heuchler. Ihr ganzes Leben ist ein einziger großer, fetter, selbstgefälliger Betrug. Wie oft hätte ich in St. Paul meine Seele dafür gegeben, mitten bei einer von Mr. Hebers leidenschaftlichen Reden den Rock über die Knie hochzuziehen und einen Cancan zu tanzen! Ich habe es natürlich nie getan«, fügte sie betrübt hinzu. »Ich hatte immer zuviel Angst vor deinem Vater.«

Mrs. Friend war wieder ganz bezaubernd. Ich lernte allmählich, daß sie ihren Charme als Köder einsetzte, wann immer ich mich gefährlichem Boden näherte. Ich lenkte das Gespräch wieder in die Bahnen, die mir genehm waren.

»Und was genau soll ich morgen tun?« fragte ich.

»Du, mein Lieber?« Ein kleiner gelbbrauner Schmetterling setzte sich auf Mrs. Friends seidigen, weißen Busen. Sie streifte ihn gelassen ab. »Nun, nichts, Gordy. Sieh einfach ehrbar aus, sei höflich und versuch so zu tun, als würdest du dich nicht langweilen. Ach ja, und du könntest noch die *Ode an Aurora* vortragen.« Sie warf mir einen verstohlenen Blick zu. »Hast du sie schon ganz auswendig gelernt?«

»Noch nicht ganz.«

»Dann werden wir dir heute abend alle helfen. Mr. Moffat würde es sehr gefallen, weil ... na ja, mein Lieber, weißt du, man hat dich immer für den Verdammten der Familie gehalten. Es würde ihm eine gewaltige Befriedigung verschaffen, wenn du dich gewandelt hättest.« Sie legte das Strickzeug wieder auf ihren behäbigen Schoß. »Man weiß ja nie, mein Lieber. Vielleicht bringt die Versammlung dein Gedächtnis zurück. Natürlich kennst du Mr. Moffat nicht und hast auch nie eins dieser kalifornischen Treffen besucht. Aber bei den Treffen in St. Paul warst du ziemlich oft. Vielleicht gerät ja eine Saite ins Schwingen.«

Es war eine schreckliche Belastung, das, was sie sagten, niemals für bare Münze nehmen zu können, immer versuchen zu müssen, aus einer Tonveränderung oder einem Unterton einen Hinweis auf die Wahrheit zu bekommen. Nun dachte ich: Gordy war der Verdammte der Familie, das schwarze Schaf. Falls Mr. Friend ermordet worden war und die Tat entdeckt werden würde, wäre Gordy also der offensichtlichste Verdächtige. Und Mr. Moffat und Mr. Petherbridge hatten Gordy niemals gesehen. Gordy war also das einzige Familienmitglied, für das man einen Ersatzmann präsentieren konnte, ohne augenblicklich Verdacht zu erregen.

Ja, die Friends hatten durchaus eine gute Chance, mit dem unglaublichen Plan durchzukommen, dessen ich sie verdächtigte – falls sie mutig genug waren.

Und, bei Gott, sie waren wagemutig.

Teufel. Hatte Marny das damit gemeint, als sie sie *Teufel* nannte?

Mrs. Friends Freundlichkeit hatte die Wirkung eines Duftkissens, das mich erstickte. In mir stieg der überwältigende Drang hoch, mich ins Freie zu rollen. Was auch immer dann geschehen konnte, ich konnte in keiner schlechteren Position sein, als es jetzt schon der Fall war.

»Willst du, daß eine Saite schwingt?« fragte ich, sie absichtlich herausfordernd. »Willst du, daß ich mein Gedächtnis zurückbekomme?«

»Gordy, wie kannst du so etwas nur sagen?« Sie legte das Strickzeug wieder auf den Schoß und machte ein müdes Gesicht. »Oh, ja, du traust uns noch immer nicht. Das hatte ich mir schon gedacht, als Selena mir erzählte, wie du klammheimlich das Foto deines Vetters Benjy aus der Schublade stibitzt hast.«

Selena hatte die Nachricht schon weitergegeben. Sie hatten wirklich eine überaus effiziente Organisation errichtet.

»Vetter Benjy?« sagte ich. »Ach, du meinst den Geistesriesen von Harvard, der jetzt Botaniker in Indien ist.« Ich hielt inne. »Es war doch Indien, oder?«

Mrs. Friend widmete sich wieder ihrem Strickzeug. »Ja, mein Lieber.«

Ich konnte es kaum glauben. Endlich hatte ich sie einmal überlistet. Ich sah ihr in die Augen. »Du hast diese Geschichte mit Selena nicht absprechen können, oder?«

»Gordy, mein Lieber, was meinst du damit?«

»Selena hat gesagt, daß dieser mythische Vetter in Yale studiert hat, Meteorologe ist und in China lebt. Du hättest ihr sagen müssen, daß sie sich nicht so komplizierte Lügen einfallen lassen soll. Da ihr zu viert arbeitet, muß es schon schwer genug sein, die Verstellung aufrechtzuerhalten, ohne daß ihr euch noch jede Menge schwierige Einzelheiten einprägen müßt.«

»Wirklich, mein Lieber.« Mrs. Friend legte ihr Strickzeug wieder ab. Sie wirkte leicht verärgert. »Was meinst du mit Lügen? Ist dein Vetter Benjy Meteorologe in China? Ich weiß es bestimmt nicht. Er gehört zu deines Vaters Seite. Ich kenne ihn nicht einmal persönlich. Selena müßte viel mehr über ihn wissen als ich.«

»Das bezweifle ich«, sagte ich. »Im großen und ganzen bist du viel überzeugender als Selena. Ihre Lüge gestern nacht über die alte Frau zum Beispiel. Du hättest das viel besser gemacht.«

Mrs. Friend starrte mich mit einer Überraschung an, in der nicht die geringste Beunruhigung zu liegen schien.

»Die alte Frau, Liebling?«

»Du mußt gar nicht erst so tun, als wüßtest du nichts von ihr. Selena hat dich gestern nacht eigens geweckt, um dir zu erzählen, was passiert ist.«

»Mein lieber Gordy, bitte sag mir, was du meinst, oder ich werde noch verrückt.«

»Wir könnten eine Menge Zeit sparen, wenn du endlich ein paar einfache Dinge in den Kopf kriegen würdest. Selena hat mich bei der alten Frau niemals täuschen können, nicht einmal, nachdem man mir das Taschentuch weggenommen hat. Netti hat es mir sowieso gesagt. Soviel bekam ich aus ihr heraus, bevor du sie gefeuert hast.«

»Gordy, willst du andeuten, daß ich Netti gefeuert habe, weil ...«

»Ich deute gar nichts mehr an. Diese Andeutungen langweilen mich mittlerweile. Ich behaupte, daß ihr alle vier – Selena, Marny, Dr. Croft und du – mir von Anfang an einen Haufen Lügen vorgesetzt habt. Ich bin ganz sicher, und ich werde mich nicht mehr belügen lassen.«

»Gott sei Dank, Liebling!« Mrs. Friend nahm meine Hand und drückte sie. »Endlich bist du ehrlich zu mir. Du ahnst ja nicht, wie dankbar ich bin. Was glaubst du denn, wobei wir dich belogen haben?«

»Ich glaube es nicht, ich weiß es.« Meine Vermutungen über den Tod des alten Mr. Friend würde ich natürlich nicht erwähnen. Das war viel zu gefährlich. »Du hast wegen dieser alten Frau gelogen.«

Ein freundliches, geduldiges Lächeln umspielte ihre Lippen. »Wenn ich wüßte, wen du mit dieser alten Frau meinst, könnte ich dir vielleicht alles erklären, mein Lieber.«

»Die alte Frau, die gestern nacht in mein Zimmer gekommen ist.« Ich war klug genug, nicht hinzuzufügen, daß die alte Frau gesagt hatte, ich sei nicht Gordy Friend. »Die alte Frau, von der Selena behauptet hat, sie sei nur ein Produkt meiner Phantasie.«

Ich starrte sie an und dachte: *Jetzt wird sie zusammenbrechen.* Doch Mrs. Friend hatte nie selbstsicherer gewirkt.

»Selena hat gesagt, es wohne keine alte Frau in diesem Haus?« wiederholte sie. »Wie seltsam, mein Lieber. Natürlich wohnt hier eine alte Frau.«

Ich hatte beinahe alles erwartet, nur nicht das. »Warum hat Selena dann gelogen?« fragte ich.

»Mein Lieber, das weiß ich doch nicht.« Mrs. Friends Stimme klang besänftigend. »Natürlich kenne ich die Umstände nicht. Du bist noch immer bettlägerig. Vielleicht hat dich aufgeregt, was auch immer passiert ist, und Selena dachte, du würdest besser schlafen, wenn sie vorgab, es sei alles nur ein Traum gewesen. Aber du kannst natürlich nicht von mir erwarten, daß ich dir erkläre, was in Selenas

Verstand vor sich geht. Manchmal frage ich mich, ob sie überhaupt einen hat.«

Erneut war es Mrs. Friend gelungen, daß ich mir wie ein Trottel vorkam. »Wer ist sie dann«, sagte ich schwach, »diese alte Frau?«

»Deine Großmutter, mein Lieber. Die arme Frau, sie ist meine Mutter. Sie wohnt bei uns, seit wir nach Kalifornien gezogen sind. Sie ist ziemlich alt und recht zerbrechlich, aber sie ist mit Sicherheit kein Traum.«

»Dann kann ich sie also sehen?«

»Sie sehen?« Mrs. Friends Gesicht erhellte sich mit einem Lächeln der ungläubigen Dankbarkeit. »Mein Lieber, können wir dir das wirklich zumuten? Sie war dir immer so zugetan. Und du hast sie ziemlich vernachlässigt, fürchte ich. Mein Liebling, es würde mich sehr glücklich machen, wenn du ihr einen kleinen Besuch abstatten könntest.«

Das war typisch für Mrs. Friend. Man schoß einen Pfeil auf sie ab, und sie fing ihn auf und schmachtete dann hingebungsvoll über ihm, als sei er eine wunderschöne Blume, die man ihr geschenkt hatte.

Aber diesmal hatte sie mit Sicherheit zu hoch gespielt. Sie glaubte, es sei ein geschickter Schachzug, so zu tun, als wolle sie, daß ich die alte Frau kennenlernte. Doch weder sie noch sonst jemand wußte, daß die alte Frau letzte Nacht eingestanden hatte, daß ich nicht Gordy Friend war. Mit etwas Glück konnte ich ihren neuesten Plan in einen Bumerang verwandeln.

»Wie wäre es denn, wenn ich sie sofort sehe?«

»Das wäre wunderbar.« Mrs. Friend steckte ihr Strickzeug wieder in den Korb, stand auf und küßte mich freundlich auf die Wange. »Gordy, du bist *wirklich* ein lieber Junge.«

Sie schickte sich an, meinen Stuhl ins Haus zu schieben.

»Ist das das einzige, was dir Kopfzerbrechen bereitet?«

»Ja«, log ich.

Sie fuhr mich einen sonnigen Gang entlang, der in einen Flügel führte, den ich noch nicht erkundet hatte. Wir hielten vor einer geschlossenen Tür an. Während das leise, zufriedene Lächeln noch auf ihren Lippen lag, klopfte Mrs. Friend an und rief:

»Mutter? Mutter, meine Liebe?«

Meine Finger, die die Lehne des Rollstuhls umklammerten, zitterten.

»Mutter, meine Liebe?«

»Marthy, bist du das?« Eine alte, verdrossene Stimme drang kratzig durch die Tür.

»Ja, meine Liebe. Darf ich hereinkommen?«

»Komm rein. Komm rein.«

Mrs. Friend öffnete die Tür und schob meinen Stuhl in ein wunderschönes, fliederfarbenes und graues Schlafzimmer. Eine uralte Frau saß, einen Schal unordentlich um die Schultern drapiert, in einem Stuhl am Fenster und sah auf den Garten hinaus. Als Mrs. Friend mich näher schob, drehte die alte Frau sich nicht um. Doch ich konnte deutlich ihr Profil sehen. Ich betrachtete die zerfurchte, pergamentdünne Haut und das große Auge, das tief in der Höhle lag. Es bestand nicht der geringste Zweifel.

Meine »Großmutter«, die dort in einem Rollstuhl am Fenster saß, war eindeutig die alte Frau, die in der vergangenen Nacht an meinem Bett gestanden hatte.

»Mutter, meine Liebe«, sagte Mrs. Friend. »Schau. Ich habe dir eine Überraschung mitgebracht.«

»Was? Eine Überraschung, hä?«

Die alte Frau drehte sich mühsam in ihrem Stuhl um, damit sie uns sehen konnte.

Das war der Augenblick.

Die alte Frau erblickte den Rollstuhl und dann mich. Langsam dehnten sich die Falten um ihren Mund zu einem entzückten Lächeln.

»Gordy«, sagte sie.

Sie streckte mir beide schmalen Hände entgegen. Die knotigen Finger krallten sich gierig in der Luft zusammen, als könne sie es nicht erwarten, mich zu umarmen.

»Gordy«, rief sie. »Es ist mein Gordy. Mein lieber Gordy kommt seine alte Großmutter besuchen.«

Mrs. Friend schob die beiden Rollstühle zusammen. Die alten Finger liefen meine Arme hinauf. Die alten Lippen, trocken und ausgedörrt, liebkosten leidenschaftlich meine Wange.

Marnys Stimme, vom Weinen zerrissen und außer Kontrolle, schien mitten in diesem Zimmer zu erklingen.

Ich kann es nicht ertragen, länger mitanzusehen, was sie mit dir machen. Sie sind Teufel – sie alle ... Teufel ...

13

Mrs. Friend kontrollierte den »kleinen Besuch« mit der festen Hand eines Bühnenregisseurs. Sie brachte unbedeutende, unverfängliche Gesprächsthemen hervor, bedachte die alte Dame und mich mit einem Lächeln nach dem anderen, setzte mich nach vielleicht fünf Minuten einem weiteren alten Kuß von »Großmutter« aus und rollte mich wieder hinaus.

In dem sonnigen Korridor strahlte sie mich an. »Nun, mein lieber Junge, sie ist doch gar nicht so fürchterlich, oder?«

Ich hätte sagen können: *Sie nicht, aber du.* Ich tat es nicht. Ich sagte gar nichts. Mit ihrer außergewöhnlichen Begabung für Intrigen war es Mrs. Friend irgendwie gelungen, die alte Dame auf ihre Seite zu ziehen. Sie hatte mich jetzt in der Falle. Beschuldigungen halfen mir nicht mehr weiter.

Sie rollte mich auf die Terrasse hinaus. Die Sonne sei gut für mich, sagte sie. Sie schlug vor, mich zum Pool zu fahren, doch in diesem Augenblick kamen Selena, Nate und Marny den Rasenpfad zwischen den Blumenbeeten heraufgelaufen. Sie drängten sich in ihrem Badezeug um uns, jung, gutaussehend, freundlich. Ich sah hauptsächlich Marny an. Ich hatte niemanden, von ihr vielleicht einmal abgesehen. Aber in ihrem Gesicht war keine Spur des seltsamen Zusammenbruchs mehr festzustellen. Sie hatte wieder eine genauso perfekte Maske wie die anderen aufgesetzt.

»Selena, Liebes, wir haben gerade Großmutter besucht.« Mrs. Friends Stimme klang sanft tadelnd. »Wirklich, was auf Erden hast du dir gedacht, als du Gordy sagtest, es gäbe sie nicht?«

Selena war wirklich schnell von Begriff. Ohne das geringste Anzeichen von Improvisation lachte sie hell. »Das war dumm, nicht wahr?«

»Warum hast du es dann getan, Liebes?«

»Ach, es lag nur daran, daß ich schon schlief, Mimsey. Ich war ziemlich durcheinander. Gordy hatte Angst. Ich dachte, es sei leichter, ihn auf diese Art zu beruhigen. Und dann, nachdem ich es getan hatte, fiel mir ein, daß er uns ja nicht traute. Ich dachte, wenn er herausfindet, daß ich auf eine so dumme Lüge zurückgegriffen habe, wird alles noch viel schlimmer. Also habe ich Marny gebeten, mir den Rücken zu stärken.« Sie tätschelte Marnys schlaff herabhängenden Arm. »Nicht wahr, Marny?«

Marny zuckte die Achseln.

Selena richtete ihren strahlenden Blick auf Nate. »Ich habe es auch Nate erklärt, und er sagte als Arzt, ich hätte richtig gehandelt. Nicht wahr, Nate?«

»Ja«, sagte Nate.

Mrs. Friend seufzte. »Selena, Liebste, ich befürchte, als der liebe Gott den Verstand verteilt hat, hast du wirklich nicht in der ersten Reihe gestanden. Jetzt sei ein braves Mädchen und sag Gordy, daß es dir leid tut.«

»Es tut mir leid, Baby.« Sie küßte mich auf die Stirn. »Wenn beim nächsten Mal eine alte Dame zu dir ins Bett steigt, werde ich dir ihre ganze Lebensgeschichte erzählen.«

Die Kunst der Täuschung schien ihnen schon in Fleisch und Blut übergegangen zu sein – wie den japanischen Gesandten, die von gutnachbarschaftlichen Beziehungen sprachen, während das Dröhnen ihrer Bomber schon deutlich am Himmel zu vernehmen war.

Glaubten sie wirklich, sie könnten mich noch täuschen?

»Na also.« Mrs. Friend lächelte betörend. »Jetzt ist doch alles geklärt, Gordy.«

Sie schickte sich an, uns wieder herumzukommandieren. Selena, Nate und Marny bekamen den Befehl, die nassen Badesachen zu wechseln. Ich wurde Jan übergeben, der mich in mein Zimmer zurückrollte und mich erneut, ziemlich überflüssigerweise, von Kopf bis Fuß wusch.

Während seine Hände über meine Haut fuhren, kämpfte ich mit einer Idee, die sich langsam in meinem Kopf bildete. Ich schenkte Mrs. Friends fadenscheiniger Erklärung, Mr. Petherbridge würde morgen einfach als ein Mitglied der Aurora-Liga für einen sauberen Lebenswandel kommen, keinen Glauben. Wie immer ihre übergeordnete Strategie auch aussehen mochte, ich wußte, daß sie morgen etwas Wichtiges von mir erwarteten und daß es eindeutig mit Mr. Friends Gedicht zusammenhing.

Vielleicht konnte ich das Gedicht als Waffe für einen Gegenangriff benutzen.

Jan hob mich aus der Wanne und trocknete mich ab. »Weshalb hat Mr. Friend dich gefeuert?« fragte ich ihn plötzlich.

Seine Hand, die das grüne Frottierhandtuch umfaßte, kam auf meinem Bauch zur Ruhe. Er sah mich aus blauen, wachsamen Augen an.

»Du.« Ich deutete auf ihn. »Mr. Friend hat zu dir gesagt – Jan, verpiß dich?«

Zum ersten Mal schien er zu verstehen, was ich meinte. Sein Blick klärte sich. Er nickte heftig, und die blonde Locke fiel auf seine Stirn.

»Warum?« fragte ich. »Warum hat er ›Jan, verpiß dich‹ gesagt? Warum?«

Dann lachte er, ein tiefes, vergnügtes Gelächter. Es

schien anzudeuten, daß er aus irgendeinem Grund gefeuert worden war, der für ihn unendlich unterhaltsam war. Er lachte noch immer, als er mich anzog und zum Rollstuhl zurücktrug.

Als Jan mich in das große Wohnzimmer brachte, wurden dort gerade Cocktails serviert. Die Familie und Dr. Croft faulenzten in Sesseln vor den großen Fenstern und plauderten und lachten wie eine ganz normale Familie, die sich entspannte.

Mrs. Friend genehmigte mir mit Nate Crofts Billigung einen einzigen Cocktail als »Medizin«. Der morgige Tag würde schlimm werden, sagte sie. Wir alle sollten heute feiern.

Die Feier setzte sich fort mit einem Abendessen mit Champagner, das in einem Eßzimmer mit Glaswänden von einem Dienstmädchen serviert wurde, das ich noch nie zuvor gesehen hatte. Nettis Nachfolgerin? Wir sollten alle ganz, ganz ungezwungen sein. Niemand war es. Ich schmollte offen. Marny war still und verschlossen. Selena und Nate – und sogar Mrs. Friend – waren viel zu fröhlich, um überzeugend zu sein. Sie machten Witze über die Liga für einen sauberen Lebenswandel und alberne Vorschläge, wie man Mr. Moffat schockieren könnte.

Sie waren nervös. Das bedeutete, daß die Dinge einem Höhepunkt entgegenstrebten.

Das Gedicht wurde beim Abendessen nicht erwähnt, doch ich war mir sicher, daß es sie alle beschäftigte. Diese Stimmung der gezwungenen Heiterkeit war eine absichtliche Vorbereitung des Augenblicks, in dem – oh, so beiläufig und unverbindlich – jemand vorschlagen würde, es wäre doch schrecklich amüsant, wenn ich die *Ode an Aurora* vortragen würde.

Als wir beim Kaffee im Wohnzimmer saßen und auf das beeindruckende Panorama des Himmels und der Berge hinausschauten, stand Selena auf und kauerte sich auf die Lehne meines Rollstuhls. Es war eine unbequeme Position. Nur ein Übermaß an Hingabe oder deren Vortäuschung konnte sie bewegen, diese Stellung überhaupt einzunehmen.

Ich vermutete das letztere und sollte recht behalten. Kurz darauf drückte sie meine Schulter, lächelte und intonierte:

»*In den Kneipen, wo die jungen Leute verderbt ihre Hüften schwingen* ... Wirklich, das ist göttlich. Ich habe es heute den ganzen Tag über immer und immer wieder im stillen aufgesagt. Gordy, es wäre doch wirklich entzükkend, wenn du es morgen diesen käseweißen Jungfern aufsagen würdest. Komm schon, bringen wir dir den Rest bei.«

»Ja«, warf Nate ein, offensichtlich ein Stichwort aufnehmend. »Ich bin ganz wild darauf, das Gedicht zu hören. Weißt du, ich habe es noch nie gehört.«

»Marny, Liebes«, sagte Mrs. Friend, ohne von ihrer Strickarbeit aufzusehen. »Lauf schnell und hol das Buch aus Gordys Zimmer.«

Marny warf das schimmernde schwarze Haar zurück, sah mich einen Augenblick lang angespannt und vieldeutig an und eilte dann hinaus. Bald war sie zurück. Selena nahm das Buch von ihr entgegen und blätterte die Seiten durch.

»Es ist eine Schande, euern armen Vater so zu verspotten«, sagte Mrs. Friend. Sie schaute lächelnd zu mir auf. »Du versprichst doch, ein ernstes Gesicht zu machen, wenn du es aufsagst, nicht wahr, Gordy? Es würde Mr. Moffat so viel bedeuten.«

Selena fand die Seite. »Nur noch zwei Strophen, Gordy, Liebling.«

Nate hatte sich erhoben und stand nun hinter Selena, die Hand mit vorgetäuschter Geistesabwesenheit auf ihrer nackten Schulter. Mrs. Friend legte das Strickzeug auf ihren Schoß. Marny zündete mit einem scharfen, kurzen Geräusch ein Streichholz für ihre Zigarette an. Sie achteten alle dermaßen bewußt auf mich, daß ich ihre Konzentration wie Finger auf meinem Körper spüren konnte.

Sie verloren ihr subtiles Vorgehen.

Verträumt las Selena vor:

Mütter jammern arg um ihre Söhne,
Frauen warten daheim auf ihre Gatten.
Beide sitzen bei lautem Gedröhne
In der Kneipe mit ihren dunklen Schatten.
Betrunken sinken sie zu Boden. Ah,
bevor sie ertrinken in des Bieres tödlichem Schaum
Rette sie, erlöse sie, Aurora
Unsere Dame des Heims.

Mrs. Friend rümpfte die Nase. »Wirklich, das könnte doch Mohammed zum Trinken bringen, nicht wahr? Ich fürchte, dein Vater war kein sehr guter Swinburne, Gordy.« Sie lächelte mich an. »Nun sei ein lieber Junge, Schatz. Die erste Zeile, *Mütter jammern arg um ihre ...*«

Selena beobachtete mich unter halb geschlossenen Lidern. Nate beobachtete mich. Marny ebenfalls.

»Komm schon, mein Lieber.« Mrs. Friend hämmerte mit den Fingern einen schwerfälligen Rhythmus in die Luft. *»Mütter jammern arg...«*

»Nein«, sagte ich.

Selenas über meiner Schulter liegender Arm versteifte sich. Nate kniff den Mund zusammen. Mrs. Friend sagte:

»Nein – was soll das, Gordy, Schatz?«

»Ich werde das gottverdammte Gedicht nicht auswendig lernen.«

Marny strahlte. Mrs. Friend kam auf mich zu.

»Aber mein Lieber, jetzt sei doch nicht so störrisch. Ich weiß, daß es eine Zumutung ist. Ich weiß, wie peinlich es dir sein muß. Aber, bitte...«

Ich schüttelte den Kopf.

»Warum nicht, Schatz? Warum um Himmels willen?«

Sie war völlig durcheinander. Zum ersten Mal wirkte das ruhige Lächeln so falsch, daß man glatt hindurchsehen konnte. Ich fühlte mich wunderbar.

»Ich werde das Gedicht nicht auswendig lernen«, sagte ich, »weil wir in einem freien Land leben und ich kein Gedicht lernen will, das man schon bei der Geburt hätte erdrosseln sollen.«

»Aber, Liebling, ich habe es dir doch gesagt. Um Mr. Moffats willen...«

»Mr. Moffat ist mir völlig gleichgültig.« Ich hielt inne und schätzte die Spannung ab. »Warum ein Aufhebens darum machen? Es spielt keine Rolle, ob ich es vortrage oder nicht. Das hast du selbst gesagt. Eine bezaubernde Geste, so hast du es genannt. Na schön, also wird es keine bezaubernde Geste geben.«

Dr. Croft versuchte, den barschen Arzt zu spielen, der mit mir zusammen groß geworden war. »Gordy, alter Junge«, sagte er, »jetzt sei doch nicht so widerspenstig. Deine Mutter möchte, daß du das Gedicht vorträgst. Das ist doch schließlich nicht viel verlangt.«

Ich sah ihn an. Irgendwie war es besser, sich nach all diesen erdrückenden Frauen mit einem Mann abzugeben. »Vielleicht könnte man mich überzeugen, es doch vorzutragen«, sagte ich.

»Überzeugen?« Er schaute hoffnungsvoll drein. »Wie denn, Gordy?«

»Wenn Sie aufhören, mich zu belügen, und mir sagen, warum ich es in Wirklichkeit vortragen soll.«

»Zu lügen.« Nate wiederholte die Worte scharf. »Gordy, ich dachte, mit all diesen Verdächtigungen seien wir fertig. Ich dachte ...«

Mrs. Friend war noch immer verwirrt. Sie öffnete den Mund, doch überraschenderweise kam Selena ihr zuvor.

»Na schön. Jetzt haben wir den Schwarzen Peter.« Sie lachte ihr rauhes, amüsiertes Lachen. »Warum sagen wir ihm nicht die Wahrheit?«

»Selena!« schnappte Mrs. Friend.

»Seht ihr nicht, wie dumm wir uns verhalten? Ihr habt mich heruntergemacht, weil ich wegen Großmutter gelogen habe. Das ist viel lächerlicher. Er glaubt uns nicht. Das ist doch offensichtlich. Warum sollen wir denn noch versuchen, ihn hereinzulegen, wenn er sich nicht mehr hereinlegen läßt?« Sie beugte sich herab und ließ ihr glänzendes Haar meine Wange streifen. »Armer Gordy, du mußt uns wirklich für den Teufel in Person halten. Und ich kann es dir nicht verdenken. Aber es ist alles so lächerlich, denn die Wahrheit ist so … harmlos. Es gibt nicht den geringsten Grund, warum du sie nicht erfahren solltest.«

Ich sah zu ihrem einschmeichelnd lächelnden Mund auf, der dem meinen so nahe war. Ich wünschte, sie wäre nicht so schön.

»Die Wahrheit«, sagte ich, »ist harmlos?«

»Natürlich.« Selena beobachtete Mrs. Friend. »Soll ich es ihm sagen?«

Ich beobachtete nun auch Mrs. Friend. An den winzigen Fältchen, die sich um ihre Augen gebildet hatten, erkannte ich, daß Selena improvisierte und ihre Schwiegermutter über das Ergebnis besorgt war.

»Tu, was du für das Beste hältst«, sagte sie schroff.

Selena schmiegte sich enger an mich. »Gordy, Liebling – das Gedicht.« Ihre Stimme klang verdächtig schmeichelnd. »Natürlich ist es wichtig. Und es war schrecklich klug von dir, das zu erkennen. Wir haben es dir nicht gesagt, weil … na ja, eigentlich war es Mimseys Idee. Verstehst du, es hängt alles damit zusammen, daß du zu viel trinkst. Mimsey hat sich schon immer Sorgen darüber gemacht. Dann kam diese Amnesie, und sie dachte, na ja, da du auch alles andere vergessen hast, würdest du vielleicht auch dein Verlangen nach Alkohol vergessen. Sie hatte Angst, wenn sie dir die Wahrheit über morgen sagt – über das Gedicht –, würdest du dich für einen Trinker halten, und sie hätte dir die Chance verdorben, wieder gesund zu werden.« Sie wandte sich an Mrs. Friend. »Das stimmt doch, nicht wahr, Mimsey?«

Mimsey war damit noch einverstanden. Sie hatte ihre

Fassung zurückgewonnen. Sie hatte sogar ihr Strickzeug wieder aufgenommen und arbeitete mit den Nadeln.

»Ja, Selena«, sagte sie. »Gordy, Liebling, ich hoffe ja so, daß du über das Trinken hinweg bist.«

Nate hatte sich ebenfalls etwas entspannt und wählte diese Gelegenheit, um eine seiner schmucken medizinischen Ausführungen loszuwerden. »Es besteht eine gute Chance, Gordy, altes Haus. Die Auslöschung einer Persönlichkeit, so kurz sie auch sein mag, könnte ebenfalls die Auslöschung der Sucht nach Alkohol bedingen, die das Fehlverhalten dieser Persönlichkeit herbeigeführt hat.«

Ich warf Marny einen Blick zu. Marny war der Schlüssel. Ihr Gesicht war völlig ausdruckslos. Sie saß mit leerem Blick da und beobachtete Selena.

»Na schön«, sagte ich. »So weit, so gut. Ihr habt mich belogen, weil ihr mich vor des Bieres tödlichem Schaum bewahren wolltet – ihr und die Aurora-Liga für einen sauberen Lebenswandel.«

»Mein lieber Gordy, wir sind nicht wie die Liga.« Mrs. Friend wollte abwiegeln oder das Gespräch in andere Bahnen lenken. »Von uns hat natürlich keiner etwas gegen einen kleinen Schwips dann und wann einzuwenden. Das ist keine moralische Einstellung, mein Lieber. Wir wollen nur nicht, daß du deine Gesundheit zugrunde richtest.«

»Vielen Dank«, sagte ich. »Und jetzt – was hat es mit dem Gedicht auf sich?«

»Es ist alles schrecklich dumm, Baby.« Selenas Hand streichelte die kurzen Haare in meinem Nacken. »Es hat etwas mit einer abscheulichen Klausel im Testament deines Vaters zu tun.«

Ich sah Mrs. Friend an. »Dann kommt Mr. Petherbridge deshalb? Er ist in Wirklichkeit gar kein Mitglied der Liga.«

Sie errötete leicht, sagte aber nichts.

»Ja, Baby«, sagte Selena. »Deshalb kommt Mr. Petherbridge. Und deshalb kommen in Wirklichkeit auch Mr. Moffat und die Mitglieder der Liga für einen sauberen Lebenswandel.«

»Um zu hören, wie ich die *Ode an Aurora* vortrage?«

»Deshalb«, sagte Selena, »und wegen einiger anderer Dinge. Oh, es ist so absurd. Bringen wir es hinter uns. Dein heiliger Papa verabscheute das Trinken. Kapiert? Du hast getrunken. Kapiert? Dein Vater wollte, daß du mit dem Trinken aufhörst. Kapiert? Also hat er folgendes getan. Er hat dieses sentimentale Testament aufgesetzt. Du bekommst das Geld, weil du der einzige Sohn bist. Klar. Aber du bekommst es nur unter der Voraussetzung, daß du dreißig Tage nach seinem Tod stocknüchtern bist, nüchtern genug, um vor der gesamten Liga für einen sauberen Lebenswandel die *Ode an Aurora* zu zitieren und danach den Abstinenz-Schwur zu leisten. Mr. Petherbridge kommt als Schiedsrichter her. Wenn er feststellt, daß du ein untadeliges häusliches Leben führst, das Gedicht aufsagen kannst und den Eid unterschreibst, bekommst du das Geld. Damit will dein Vater dich zum Abstinenzler machen.« Sie küßte mich auf die Wange. »Na also, Baby. Das ist die schreckliche Wahrheit, die wir dir so hinterhältig vorenthalten haben.«

Ich sah sie an. Sie hätte nicht unschuldiger wirken können.

»Und wenn ich morgen nicht nüchtern bin, das Gedicht

nicht aufsagen kann und den Abstinenz-Eid nicht unterschreibe?« sagte ich.

Sie zuckte die Schultern. »Dann, Liebling, gibt es kein Geld für Gordy. Das ganze Geld, jedenfalls ein großer Teil davon, fällt der Liga zu, damit sie Südkalifornien säubern und sich reinwaschen kann.«

Sie sahen mich jetzt alle an.

»Du siehst also, mein Lieber«, sagte Mrs. Friend mit strahlenden Augen, »wie schrecklich wichtig es für dich ist, daß du das Gedicht auswendig lernst?«

Ich erwiderte den Blick. »Klar«, sagte ich, »aber warum legt ihr euch deshalb alle so ins Zeug? Nur aus Zuneigung zu mir?«

»Natürlich, Liebling«, sagte Mrs. Friend. »Wenn du das Gedicht aufsagst, bist du schließlich schrecklich reich. Sagst du es nicht auf, bist du völlig mittellos. Ich will nicht, daß mein Sohn völlig mittellos ist.«

Ich sah Marny an. Ich glaubte schon, daß sie auf ewig den Kopf schütteln würde.

»Aber was mir auch widerfährt«, fuhr ich fort, »eure Erbschaft ist gesichert? Deine und Marnys?«

»Natürlich, Liebling«, sagte Mrs. Friend.

Marny stand plötzlich auf. Ihre Silhouette hob sich, jung und angespannt, vom großartigen Panorama der abendlichen Berge ab. »Glaub ihr nicht«, sagte sie.

Mrs. Friend warf ihr einen entsetzten Blick zu. Marny erwiderte ihn, das junge Gesicht wütend vor Verachtung.

»Um Gottes willen, wenn ihr jetzt schon angefangen habt, könnt ihr ihm auch die Wahrheit sagen. Was ist los mit euch? Lügt ihr aus reinem Spaß?«

Ich lächelte sie an. Endlich kam meine Verbündete doch noch durch.

»Was bedeutet«, sagte ich, »daß ihr alle auch ein persönliches Interesse an dieser Sache habt?«

»Natürlich haben wir das.«

»Marny!«

Marny warf ihr schimmerndes schwarzes Haar zurück und ignorierte den scharfen Ausruf ihrer Mutter. »Sie machen mich ganz krank mit ihren schrecklichen Betrügereien. Na schön, Mimsey. Willst du, daß ich es für dich sage? Gordy hat getrunken. Selena konnte ihn nicht daran hindern. Du konntest ihn nicht daran hindern. Ich konnte ihn nicht daran hindern. Vater machte uns alle dafür verantwortlich. Wir haben nicht stark genug gegen den Teufel gekämpft, sagte er. Also saßen wir alle im selben Boot. Es lag an uns, dafür zu sorgen, daß er von seiner Trunksucht geheilt wird. Vater hat schon dafür gesorgt. Wenn Gordy diesen Test vor der Liga nicht besteht, bekommen weder du noch ich noch Selena auch nur einen roten Heller.«

Sie fuhr zu mir herum. »Das ist die ganze kleine Geschichte. Eine wahre Geschichte, zur Abwechslung.« Sie ließ sich auf das Sofa fallen und zog die Beine an. »Gott sei Dank ist sie jetzt raus. Jetzt habe ich nicht mehr den Eindruck, mich jeden Augenblick übergeben zu müssen.«

Ich hatte erwartet, daß Mrs. Friend mütterliche Ungehaltenheit zeigen würde, doch das war nicht der Fall. »Marny hat recht, Gordy«, sagte sie mit einem fast sanften Schulterzucken. »Es ist wohl nur die Mutter in mir. Ich denke noch immer an dich als einen kleinen Jungen im Matrosenanzug, der mit einem Auge auf die Keksdose schielt. Natürlich bist du jetzt erwachsen und für dich selbst verantwortlich. Es ist eine Beleidigung, dir die Wahrheit vorzuenthalten.«

»Also enthaltet ihr mir jetzt nichts mehr vor?«

Meine Erleichterung war so groß, daß ich am liebsten gelacht hätte. Natürlich belogen sie mich noch immer. Aber die Lüge, die sie mir noch auftischen wollten, kam mir jetzt so absurd unwichtig vor. Ich hatte sie einer so teuflisch bösen Tat verdächtigt. Ich hatte mir eingeredet, in den Klauen von Mördern zu sein, die ihre Schuld auf mich abwälzen wollten. Und das wirkliche Geheimnis hinter ihrer bezaubernden Fassade war nur – das gewesen.

Marny hatte mit ihrer ungestümen Heftigkeit übertrieben. Sie waren doch keine Teufel. Sie waren nur Menschen, die in einer sehr unbequemen Klemme steckten.

Mrs. Friend beobachtete mich. »Also wirst du es jetzt tun, mein Lieber, nicht wahr? Es ist nicht nur zu unserem Besten, sondern auch zu deinem.«

Es amüsierte mich, daß ich sie je für etwas Bedrohlicheres als eine stattliche Frau in einer verdammt brisanten Zwickmühle gehalten hatte.

»Zu meinem Besten?« fragte ich.

»Natürlich, mein Lieber.«

»Meinst du nicht, zu Gordy Friends Bestem?«

Sie versteifte sich. Selena und Nate wechselten einen Blick. Es war alles so fürchterlich offensichtlich.

»Gordy, Liebling«, setzte Mrs. Friend an.

»Ihr könnt mit den Lügen jetzt wirklich aufhören«, sagte ich. »Wo ist Gordy? Wahrscheinlich auf einer Sauftour. Nein, ihr sagt wohl lieber ›unterwegs‹ dazu. Wie peinlich.

Das ganze Vermögen der Friends steht auf dem Spiel, und Gordy ist in irgendeiner Kneipe, verderbt seine Hüften schwingend.«

»Das geht über einen Scherz hinaus, alter Junge«, sagte Dr. Croft scharf.

»Ach, meinst du? Ich halte es für sehr, sehr amüsant.« Ich grinste ihn an. »Ich nehme an, Sie haben mich in Ihrem Sanatorium aufgetrieben. Sie haben die Ware geliefert, nicht wahr? Einen falschen Gordy Friend, der unter Gedächtnisschwund leidet, garantiert die *Ode an Aurora* aufsagt und den Friends ein Vermögen einbringen wird.«

Mrs. Friend hatte sich erhoben. Ihr Gesicht war weiß wie Papier. Auch Selena war von der Rollstuhllehne geglitten. Sie standen rechts und links neben Dr. Croft und sahen mich an. Einst waren mir diese beiden Frauen, wenn sie gemeinsam auftraten, so mächtig wie zwei Nornen vorgekommen. Das war nicht mehr der Fall.

»Wie wäre es?« sagte ich. »Spielen wir noch ein paar Runden *Wer bin ich?* Oder rücken wir mit der Sprache heraus?«

Plötzlich lachte Marny auf. Sie erhob sich von der Couch. Sie drängte sich an den anderen vorbei und küßte mich hingebungsvoll.

»Du hast es geschafft«, rief sie. »Ich habe von Anfang an gewußt, daß du gewinnen würdest. Oh, wie wunderbar, endlich Frieden.«

»Was natürlich bedeutet, daß ich nicht Gordy Friend bin?«

»Natürlich bist du nicht Gordy«, sagte Marny. »Keiner von uns hat dich je zuvor gesehen, bis Nate dich aus dem Sanatorium herbrachte.«

14

Mrs. Friend ergriff mit plötzlicher Heftigkeit Marnys Arm und riß das Mädchen von mir zurück. Einen Augenblick lang standen die beiden da und starrten sich an – die Führerin der Verschwörung und der Judas, der sie verraten hatte.

Ich war mir sicher, daß sie mich in ihrem Widerstreit völlig vergessen hatten. Ich hatte sie ebenfalls fast völlig vergessen, denn mein ganzes Ich konzentrierte sich darauf, sich mit dieser neuen Wirklichkeit abzufinden. Sie hatten Gordy verzweifelt gebraucht, um an ihre Erbschaft zu kommen. Sie konnten ihn nicht auftreiben. Sie hatten einen falschen Gordy erfunden. So einfach war das. Nun kannte ich die peinlichen Klauseln des Testaments, und es bestand kein Grund mehr, ihnen noch düsterere Motive zuzuschreiben. Sie waren auf ihr Geld aus. Das reichte, um alles zu erklären. Warum sollte ich mich jetzt noch an einen viel dunkleren Argwohn klammern, der nur durch die fadenscheinigsten Andeutungen unterstützt wurde?

Die Stille währte so lange und war so gespannt, daß ich mir ihrer schließlich bewußt wurde. Nate hatte Selenas Hand genommen. Mit einer gewissen Verärgerung sah ich, daß sie keine Anstalten machte, sie ihm zu entziehen. Beide beobachteten Mrs. Friend und Marny, als hänge irgendwie ihr Schicksal davon ab, was nun zwischen den beiden Frauen passieren würde.

Als Mrs. Friend sprach, war ihre Stimme ganz sanft. Es war aber keine echte Sanftmut.

»Wir haben so hart daran gearbeitet«, sagte sie. »Es ist so schwierig gewesen. Warum mußtest du das tun?«

»Was?« fragte Marny herausfordernd. »Ihm die Wahrheit zu sagen? Er muß die Wahrheit erfahren.«

Mrs. Friend hob abgespannt die Schultern. »Du hättest die Entscheidung zumindest jemandem überlassen können, der mehr Verantwortungsgefühl zeigt.«

»Der mehr Verantwortungsgefühl zeigt? Dir?« Marny lachte. »Du hast ja eine wunderbare Sache daraus gemacht. Du mit deinem ausgeklügelten Lügennetz, in das wir uns alle verstrickt hatten, bevor wir es überhaupt richtig mitbekamen. Du und Nate, ihr habt ihn wie einen Trottel behandelt. Fünf Minuten nachdem er wieder zu sich gekommen war, argwöhnte er schon, daß er gar nicht Gordy ist.«

Unter großen Schwierigkeiten gelang es Mrs. Friend, eins ihrer Lächeln hervorzubringen. »Na ja, Liebes, gegenseitige Schuldzuweisungen helfen uns auch nicht weiter. Der Schaden ist angerichtet.« Sie bedachte mich mit den Überresten des abgenutzten Lächelns. »Sie müssen mir bitte glauben, daß wir nur getan haben, was wir für das Beste hielten.«

»Das Beste für wen?« brauste Marny auf.

Nate Croft trat zu ihr. Hinter der glatten Fassade des Arztes war er sehr zornig. »Na schön, Marny. Du hast mit deinem hübschen kleinen Auftritt deinen Spaß gehabt. Jetzt halt dich aus der Sache heraus und überlaß sie jemandem, der eine Vorstellung davon hat, wie wichtig sie ist.«

»Wie wichtig?« fuhr Marny ihn wütend an. »Wie wichtig es ist, daß der Taugenichts Friend Vaters Vermögen aufgrund eines Betrugs zugesprochen bekommt? Wie wichtig es ist, Dr. Crofts Heiligenschein nicht anzukratzen?«

»Also wirklich ...«

»Wirklich.« Marny verzog den Mund. »Für einen Arzt hast du eine außergewöhnliche Vorstellung von dem, was richtig ist. Glaubst du, es ist nett, wie wir diesen Mann behandelt haben? Er hat das Gedächtnis verloren. Der arme Bursche weiß nicht, wer er ist. Wir versuchen, ihn glauben zu lassen, er sei jemand, der er gar nicht ist. Er durchschaut es. Und doch hängt er hier mit einem gebrochenen Arm und einem gebrochenen Bein fest und ist völlig unserer Gnade ausgeliefert. Wir haben ihn gequält. Das haben wir getan. Und du sprichst aalglatt davon, wie wichtig die Sache ist – während du das einem deiner Patienten antust, weil du berauscht vor Lust auf Selena bist.«

Nates Gesicht wurde noch röter. Selena, die als einzige so ruhig und amüsiert wie immer wirkte, lachte. »Marny, Liebes, versuch nur ein einziges Mal, die Lust aus deinen Reden herauszuhalten.«

»Wenn du sie aus deinem Leben hältst, halte ich sie vielleicht auch aus meinen Reden heraus.« Marny drehte sich zu mir um. Zögernd streckte sie die Hand aus. »Ich konnte nicht mehr ertragen, was sie dir angetan haben. Ich wollte dir die Wahrheit sagen. Aber ich wußte, ich konnte es nicht – nicht, bis sie ganz von selbst herauskam, wie zum Beispiel jetzt, vor ihnen allen.«

»In letzter Zeit entwickelst du diese erhabenen Gefühle ziemlich oft, nicht wahr?« sagte Mrs. Friend ätzend.

»Oh, ich versuche nicht, mich reinzuwaschen.« Marny beobachtete mich noch immer. »Ich bin genauso schuldig wie sie auch. Wir haben diese Sache gemeinsam angefangen. Aber bitte, bitte glaub mir, daß ich nicht ganz so schäbig bin wie die anderen.«

Selena lachte erneut. »Allmählich sehe ich, wie der Hase läuft. Unsere kleine Marny hat eine ihrer wohlbekannten Schwächen für das gefolterte Opfer im Rollstuhl entwikkelt.« Sie lächelte mich freundlich an. »Paß auf, Baby. Weißt du, sie ist nicht mehr deine Schwester.«

»Halt die Klappe, Selena«, schnauzte Marny.

Selena schnitt eine Grimasse. »Herrje, ich habe schon wieder die Lust ins Gespräch gebracht.«

Ich sah die beiden Mädchen an, Marny, die ihrer Familie getrotzt und ein Vermögen aufs Spiel gesetzt hatte, um mir zu helfen, und Selena, die mich von Anfang an völlig bewußt und ohne die geringsten Skrupel für dumm verkauft hatte.

Warum war es Selena, die mein Herz noch immer schneller schlagen ließ?

»Haßt du mich?« sagte Marny, die offenen braunen Augen auf mein Gesicht gerichtet.

Ich grinste sie an. »Ganz im Gegenteil, nach dem, was ich vermutet hatte, könnte ich euch alle, Nate eingeschlossen, in die Arme nehmen und euch dicke, schmatzende Küsse geben. Aber wie wäre es, wenn ihr mal mit den Fakten rausrücktet?«

»Was gibt es da noch zu sagen? Du mußt dir doch fast alles zusammengereimt haben.« Marny warf Nate einen trotzigen Blick zu. »Halt dich an deinem Diplom fest, Nate. Jetzt geht es rund.« Sie wandte sich wieder mir zu.

»Am Abend, als Vater starb, ging Gordy wieder auf Sauftour. Du kennst Gordy nicht, aber daran war nichts ungewöhnlich. Er hatte den ganzen Tag über getrunken. Ich war die letzte, die ihn sah. Er kam in der Halle an mir vorbei, sagte, er habe von der Familie die Nase voll und wolle nach Los Angeles. Ich sah, wie er davonfuhr. Ich habe nicht versucht, ihn aufzuhalten, denn wir erfuhren erst später, daß Vater sterben würde, und es hatte sowieso keiner von uns die geringste Ahnung, daß er diese Klausel in sein Testament aufgenommen hatte. Als wir danach das Testament lasen, war Gordy natürlich schrecklich wichtig. Wir suchten ganz Los Angeles nach ihm ab. Mutter hat ihm sogar Privatdetektive nachgeschickt.«

»Aber ihr habt ihn nicht gefunden?«

Selena hob bedauernd die Achseln. »Nein, Baby. Er ist wahrscheinlich schon in Mexiko. Gordys Saufzüge enden normalerweise in einem mexikanischen Bett mit irgendeiner Kleinstadt-Señorita und Ungeziefer. Wir können nichts daran ändern. Wenn er bereit ist, zu uns zurückzukommen, wird er zurückkommen.«

Mrs. Friend war in einen Sessel gesunken. Sie sah jetzt resigniert und müde aus – fast alt. Nur Nate stand noch, wachsam und feindselig.

»Also hattet ihr keinen Gordy, und alles hing von ihm ab. Es sah so aus, als würde die Aurora-Liga für einen sauberen Lebenswandel unangefochten mit dem Geld davonspazieren. Dann gabelte Nate mich auf. Wo hat er mich gefunden?«

Nate sah rasch zur Seite. »In seinem Sanatorium«, sagte Marny. »Du wurdest dort eingeliefert. Ein paar Leute haben dich gefunden, als du auf der Straße zwischen hier und San Diego lagst. Du mußt überfahren worden sein, und der Täter hat Fahrerflucht begangen. Als Nate dich dann operiert und deinen Arm und dein Bein hergerichtet hatte, fand er heraus, daß du dein Gedächtnis verloren hattest. Das brachte ihn auf die Idee.«

Selena erhob sich von der Couch, drängte sich an Marny vorbei und setzte sich zu meinen Füßen auf den Boden. »Wir waren mittlerweile ziemlich verzweifelt. Uns blieb nur noch eine Woche, und wir hatten keinen Gordy. Nate hat mich angerufen. Du schienst die Antwort auf unsere Gebete zu sein. Verstehst du, Gordy und ich waren erst seit ein paar Wochen hier, und Gordy war die meiste Zeit über betrunken gewesen. Weder Mr. Moffat noch Mr. Petherbridge hatten ihn jemals gesehen, und nach Vaters Tod hatten wir die alten, herumschnüffelnden Dienstboten alle gefeuert. Außer Jan kannte niemand, der mit der Sache irgendwie zu tun hatte, Gordy vom Sehen. Und Jan zählt nicht.« Sie lächelte zu mir hoch. »Baby, auch edlere Menschen als wir wären bei dieser Gelegenheit in Versuchung geraten. Wir mußten dich nur holen, ins Bett stecken und überzeugen, daß du unser lange verlorener Gordy bist. Sobald du vor Mr. Petherbridge und der Aurora-Liga für einen sauberen Lebenswandel dein Sprüchlein aufgesagt hättest, hätte uns nichts mehr passieren können.«

»Es paßte sogar wunderbar, daß Sie sich den rechten Arm gebrochen hatten.« Mrs. Friend seufzte leise. »Eine linkshändige Unterschrift auf dem Abstinenz-Schwur hätte nicht als Fälschung auffliegen können.« Sie schob störrische Haarsträhnen hoch. »Auf jeden Fall war es ein heldenhafter Versuch. Das müssen Sie uns lassen. Und was immer Sie auch von uns halten mögen, Sie müssen eingestehen, daß wir angenehme Gastgeber waren. Wir haben alles getan, was in unserer Kraft stand, damit Sie sich wohlfühlten.«

Ich bemerkte, daß sich die Stimmung langsam änderte. Nach Marnys Ausbruch war ich das wütende Opfer gewesen, das vor einem skrupellosen Plan gerettet worden war. Nun trieben wir fast unmerklich in die für die Friends so typische Atmosphäre der herzlichen Freundschaft zurück. Marny war in den Hintergrund gedrängt worden. Mrs. Friend lächelte mich fast an, als sei ich ein Mitverschwörer. Selena hatte, anscheinend geistesabwesend, meine Hand ergriffen. Der warme Druck ihrer Finger war so aufregend wie eh und je – wenn nicht sogar noch aufregender, weil ich sie nicht mehr für eine Feindin hielt.

»Bislang ganz nett«, sagte ich. »Aber was wolltet ihr machen, wenn ich euch das Geld eingebracht hatte und der echte Gordy auftauchte? Sobald Mr. Petherbridge und Mr. Moffat den echten Gordy zu Gesicht bekommen, fliegt die ganze Verschwörung doch auf.«

»Aber sie hätten den echten Gordy niemals gesehen, mein Lieber.« Mrs. Friend fügte das »mein Lieber« so geschickt hinzu, daß es mir kaum auffiel. »Verstehen Sie, wir hätten das Haus verkauft und Kalifornien verlassen. Es gefällt sowieso keinem von uns besonders gut.«

»Und ich? Was hätten Sie mit mir gemacht?«

»Das hatten wir noch nicht genau geplant.« Mrs. Friend verzog bedauernd den Mund. »Wir haben uns gedacht, wir warten ab, wie Ihre Einstellung ist, nachdem wir Ihnen die Wahrheit gesagt haben. Wir hätten auf jeden Fall darauf bestanden, all Ihre Krankenhauskosten zu übernehmen. Und wenn Sie die Art von Mensch sind, die sich für Geld interessiert...« Sie hielt inne. »Bitte, seien Sie jetzt nicht beleidigt«, fügte sie dann hinzu, »denn wir kannten Sie damals ja noch nicht. Doch wenn Sie an einer Belohnung für geleistete Dienste interessiert gewesen wären, hätten wir Ihnen ein stattliches Geschenk in bar zukommen lassen, ein sehr stattliches Geschenk.«

»Und wenn ich mich entschlossen hätte, Sie auf ewig zu erpressen? Ich hätte Sie völlig in der Gewalt gehabt. Ist Ihnen das klar?«

»Das war ein Risiko, das wir eingehen mußten. Schließlich ist es besser, Geld zu haben und erpreßt zu werden, als kein Geld zu haben und nicht erpreßt zu werden. Außerdem...« Mrs. Friend griff nach ihrem Strickzeug. »Wir hatten uns sowieso schon damit abgefunden, erpreßt zu werden. Bevor Nate Sie hervorzauberte, hatten wir mit dem Gedanken gespielt, einen skrupellosen Menschen zu engagieren, der Ihre Rolle gespielt hätte. Und so ein Mann hätte uns bestimmt erpreßt.« Sie lächelte. »Ich glaube irgendwie aber nicht, daß Sie so etwas tun würden, oder?«

»Natürlich würde er das nicht, Mimsey«, rief Selena. »Er ist ein Heiliger.«

Mrs. Friend spielte gelassen mit der korallenroten Wolle. »Wir alle sind wohl Verbrecher und sollten uns deshalb schuldig fühlen. Aber ich fürchte, ich fühle mich nicht schuldig. Nicht im geringsten. Das Testament Ihres Vaters... ich meine, meines Mannes ist unglaublich dumm und ungerecht. Das müssen Sie eingestehen. Wir haben jedes moralische Recht auf das Geld. Und der Gedanke, daß es der Liga für einen sauberen Lebenswandel zufällt...« Sie erschauerte. »Warten Sie, bis Sie sie morgen sehen, mein Lieber. Mr. Moffat mit ein paar Millionen Dollar! Schon allein der Gedanke läßt mir das Blut in den Adern erstarren.«

Es folgte ein kurzes Schweigen. Marny betrachtete, auf der Couch hockend, stirnrunzelnd Selena, die noch immer meine Hand hielt. Nate Croft schritt unbehaglich auf und ab. Es hatte den Anschein, als hätten sie alle begriffen, daß Mrs. Friend erfolgreich eine Wirkung erzielt hatte, die sie nicht nachträglich beeinflussen wollten.

Mrs. Friend ließ sich Zeit, dann kam ihr gelassener Blick auf meinem Gesicht zur Ruhe.

»Nun, jetzt kennen Sie die Wahrheit. Marny hatte recht. Wir hätten die Täuschung schon früher aufgeben sollen. Wirklich, was für Handstandüberschläge haben wir vollführt, um Sie im dunkeln zu halten. Ich habe diese schreckliche, betrunkene Netti gefeuert, weil ich Angst hatte, sie würde Sie argwöhnisch machen. Selena hat diesen angeblichen Vetter erfunden – wie hieß er noch gleich? –, um das Fehlen von Gordys Foto zu erklären. Den armen Peter haben wir beim Tierarzt in Pension gegeben. Und, wirklich, was für Schwierigkeiten wir mit Großmutter hatten! Verstehen Sie, weil sie so alt und ein kleines bißchen zerstreut ist, die Arme, haben wir gedacht, es wäre sicherer, sie aus der Verschwörung rauszuhalten. Wir haben ihr nur erzählt, Gordy sei wieder da, und hofften, daß sie in ihrem Zimmer bleiben würde, bis die Gefahr vorüber sei. Als sie nachts in Ihr Zimmer schlich, hat sie uns in eine schrecklich peinliche Lage gebracht. Selena war so dumm, einfach zu behaupten, es würde sie gar nicht geben, aber sie hatte Angst, Sie würden verlangen, sie zu sehen, und Großmutter hätte alles verraten.«

Sie seufzte. »Wir haben Großmutter unterschätzt. Wir hätten sie von Anfang an ins Vertrauen ziehen sollen. Als ich heute morgen merkte, daß Sie entschlossen waren, die Sache auf die Spitze zu treiben, habe ich ihr alles erklärt. Sie hat sofort begriffen, worum es geht, und war Feuer und Flamme. Ihr gefiel der Gedanke auf Anhieb, so zu tun, als wären Sie Gordy.« Sie zuckte die Schultern. »Großmutter hat sich als viel größere Gesetzesbrecherin herausgestellt als wir alle.«

Sie hielt inne, sah aus dem Fenster und betrachtete die großartige Aussicht, die im schwindenden Licht verschwamm.

»Wissen Sie«, sagte sie plötzlich, »das ist sehr angenehm. Sie können sich gar nicht vorstellen, welche Erleichterung es ist, wieder die Wahrheit sagen zu können – die ganze Wahrheit.«

Vielleicht lag es daran, daß ich mir während der letzten Tage angewöhnt hatte, Mrs. Friend aus Prinzip nicht zu glauben, aber die schwach übertriebene Betonung der Worte *die ganze Wahrheit* erregte erneut Argwohn in mir. Die Geschichte, die sie mir erzählt hatten, klang plausibel, doch schließlich hatten auch all die anderen Lügengeschichten, die sie mir von Anfang an vorgesetzt hatten, plausibel geklungen. War es möglich, daß ich erneut auf einen kolossalen Bluff hereinfallen sollte?

»Ja«, murmelte Mrs. Friend, »es bereitet großes Vergnügen, die Wahrheit sagen zu können – besonders für jemanden wie mich, die nicht von Natur aus eine Lügnerin ist.« Sie warf mir unter den Wimpern einen Blick zu. »Obwohl wir natürlich, indem wir die Wahrheit gesagt haben, jede

Chance verloren haben, das Geld zu bekommen, von dem ich immer noch meine, daß es rechtens uns gehört.«

Als ich begriff, worauf sie hinauswollte, löste sich mein Argwohn wieder auf. Sie schwindelte, doch diesmal hatte sie ein bei weitem nicht so düsteres Motiv. Mit ihrem genialen Talent, aus einer schlechten Situation das Beste zu machen, hoffte sie darauf, daß ich mich doch noch als solide Investition erwies. Sie hatte mich mit ihrem Charme sorgfältig weichgeklopft. Sie hatte mich diskret wissen lassen, daß ich eine große Summe Geldes als Bestechung verlangen konnte. Nun wartete sie darauf, daß ich sagte: *Machen Sie sich über morgen keine Sorgen. Ich bin so verrückt nach euch allen, daß ich auf jeden Fall bei dem Plan mitspiele und dafür sorgen werde, daß die Aurora-Liga für einen sauberen Lebenswandel nicht mit Ihrem Geld davonspaziert.*

Als ich nichts sagte, verzog sie leicht das Gesicht. »Heraus mit der Sprache. Halten Sie uns jetzt, da Sie die Wahrheit kennen, für sehr dreist?«

»Ja, Baby.« Selena lächelte betörend zu mir herauf. »Bist du sehr, sehr schockiert?«

Ich nehme an, ich hätte schockiert sein sollen. Auch wenn das Testament des alten Mr. Friend etwas schrullig sein mochte, hatten sie ohne Skrupel beabsichtigt, das Gesetz zu brechen und mich als ihren Helfershelfer zu benutzen. Aber ich war nicht schockiert. Obwohl Mrs. Friend und Selena beide zusammen nicht soviel Moral hatten wie eine Stechmücke, fühlte ich mich eindeutig zu ihnen hingezogen.

»Ich bin nicht schockiert«, sagte ich. »Vielleicht bin ich selbst einer von der kriminellen Sorte, was uns jetzt zu der einen Frage führt, die mich wirklich interessiert. Na schön, ich bin also nicht Gordy Friend. Wer bin ich dann?«

Eine Erregung, die nichts mit den Friends zu tun hatte, ließ meine Nervenenden prickeln. Peter... San Diego... die Propeller... Iris... diese schwachen, quälenden Hinweise kamen in meinem Geist hoch. In einer Sekunde würde ich wieder ein Mann mit einem Namen und einem Leben sein.

Mrs. Friend legte ihr Strickzeug weg. Sie wirkte etwas peinlich berührt.

»Es tut mir leid, mein Lieber. Ich fürchte, diese eine Frage können wir Ihnen nicht beantworten.«

»Können Sie mir nicht beantworten?«

»Nein, mein Lieber. Denn, verstehen Sie, wir wissen es nicht.«

Ich drehte mich zu Marny um, die noch immer auf der Sofakante hockte. Es war immer Marny, an die ich mich in schwierigen Augenblicken wandte.

»Sagt sie die Wahrheit?« fragte ich.

Marny nickte langsam. »Es stimmt«, sagte sie. »Wir wissen es nicht. Keiner von uns weiß es – nicht einmal Nate. Wir haben nicht die geringste Ahnung, wer du bist.«

15

Ich kam mir wie ein Gefangener vor, der schon freigelassen werden sollte und dem man dann die Zellentür wieder vor der Nase zuschlägt.

»Aber jemand muß doch...«

»Ich fürchte, es läßt sich nichts daran ändern.« Dr. Croft, der so lange den Frauen das Wort überlassen hatte, übernahm an dieser Stelle wieder das Kommando. Er beobachtete mich aus seinen wässrigen, unmännlichen Augen. »Als Sie ins Krankenhaus eingeliefert wurden, gab es nicht den geringsten Hinweis auf Ihre Identität. Sie hatten keine Brieftasche, keine Papiere, nichts bis auf die Kleidung, die Sie trugen, und die schien brandneu zu sein und hatte keine Wäschereizettel angeheftet.« Er hielt mit einem schwachen Lächeln inne. »Sie müssen wissen, daß ich ein gewaltiges Risiko einging, als ich Sie einfach an die Friends auslieh. Hätten Sie einen Namen gehabt, eine Identität, wären Sie jemand gewesen, nach dem sich jeden Augenblick Verwandte erkundigen könnten, hätte ich dieses Risiko niemals auf mich genommen.«

»Aber die Leute, die mich zum Sanatorium gebracht haben?«

»Marny hat es Ihnen gesagt. Es waren Autofahrer, die Sie bewußtlos am Straßenrand liegend gefunden haben. Marny meinte, Sie wären angefahren worden. Ich halte es für wahrscheinlicher, daß Sie ausgeraubt wurden. Vielleicht haben Sie einen Anhalter mitgenommen, der Ihnen eins mit einem Totschläger übergezogen und Ihre Wertsachen und Ihren Wagen gestohlen hat. Ihre Kopfverletzung könnte durchaus von einem Totschläger stammen.«

Mrs. Friend schenkte mir plötzlich ein warmes Lächeln. »Machen Sie sich darüber keine allzu großen Sorgen, mein Lieber. Ihr Gedächtnis wird bestimmt bald zurückkommen. Mittlerweile können Sie uns ja als Ihre Familie ansehen.«

»Ja, Baby«, sagte Selena und rieb ihre weiche Wange zärtlich an meinem Handrücken. »Wir mögen dich einfach. Wirklich. Wir werden dich adoptieren.«

Wäre ich zynisch gewesen, hätte ich darauf hinweisen können, daß es das mindeste sei, mir Unterkunft und Verpflegung zu geben, bis ich einen anderen Ort fand, wohin ich gehen konnte. Doch ich wollte nicht zynisch sein. Es ist einsam, ein Mann ohne Namen und Vergangenheit zu sein. Die Friends waren die einzigen Menschen, die ich kannte. Ich klammerte mich an sie.

»Wenn die Zeit dafür gekommen ist«, sagte Nate Croft, »werden wir natürlich alles tun, was in unserer Kraft steht, um Sie dorthin zurückzubringen, wohin Sie gehören.« Er schaute leicht unbeholfen drein. »Ich muß gestehen, daß ich, solange die ... äh ... kleine Maskerade durchgeführt wurde, alles tat, um zu verhindern, daß die echten Erinnerungsfetzen, die sich entwickelten, in den Vordergrund traten. Das hat sich jetzt natürlich geändert. Sie können sicher sein, daß Ihnen meine Dienste als Psychiater ohne Einschränkungen zur Verfügung stehen.«

»Kostenlos?« fragte ich.

Er schaute noch unbeholfener drein. »Ich mache Ihnen keine Vorwürfe, daß Sie mir eine feindselige Haltung entgegenbringen, alter Junge. Als Arzt habe ich sehr unorthodox gehandelt. Ich bin der erste, der das eingesteht. Meine einzige Entschuldigung ist, daß ich der Überzeugung war, Ihnen damit keinen ernsten Schaden zuzufügen, und da ich ebenfalls der Meinung bin, daß Mr. Friends Testament schreiend ungerecht ist, dachte ich, Sie wären das Mittel zum Zweck, den Friends sehr viel Gutes zu tun.«

Nate war genau wie Mrs. Friend Experte darin, immer die günstigste Interpretation seines Verhaltens zu finden. Mit dieser glatten Ansprache hatte er es geschafft, ein schamlos unethisches Verhalten als ritterlichen Akt darzustellen, Damen in der Not zu helfen.

»Was uns zu einem ziemlich wichtigen Punkt führt.« Nate hatte jetzt die Hände in die Taschen gesteckt. Er wippte auf den Fersen auf und ab – seine bevorzugte Angewohnheit am Krankenbett. »Wie sehen Sie die Sache nun, nachdem Sie gehört haben, worum es geht? Wegen dieses Testaments, meine ich?«

Sein Blick begegnete unsicher dem meinen. Mrs. Friend hatte ihr Strickzeug sinken lassen. Selena, die Wange noch an meiner Hand, drehte den Kopf, um mich anzusehen. Sogar Marny rührte sich auf der Couch.

»Sie wollen wissen«, sagte ich, »ob ich es gutheiße, daß Mr. Friend diese Klausel in sein Testament aufgenommen hat?«

»Ich meine«, sagte Nate Croft, »wie hätten Sie sich verhalten, wenn Sie Mrs. Friend oder Selena oder Marny gewesen wären – oder auch an meiner Stelle?«

Ich sah zu Selena hinab, von der Nate »berauscht vor Lust« war und die auch mich schon fast verzaubert hatte. Ich betrachtete Mrs. Friends großartige Reife und Marnys jugendliche Schönheit.

»Wenn ich Sie gewesen wäre, Nate«, sagte ich, und es entsprach der Wahrheit, »hätte ich wahrscheinlich genau dasselbe getan – besonders, wenn die Liga für einen sauberen Lebenswandel wirklich so lächerlich ist, wie Sie sie beschreiben.«

»Oh, das ist sie, das ist sie«, sagte Mrs. Friend schnell.

»Dann, in diesem Fall« – Nate betrachtete seinen manikürten Daumennagel. Es war eine Geste, die Beiläufigkeit ausdrücken sollte. Sie hätte allerdings nicht künstlicher sein können – »in diesem Fall wären Sie vielleicht sogar jetzt noch ...«

Er beendete den Satz nicht. Das war auch überflüssig. Ich wußte ganz genau, worauf er hinauswollte.

»Wir würden garantieren«, warf Mrs. Friend ruhig ein, »daß Sie keine Schwierigkeiten bekommen werden. Selbst wenn der kleine Trick auffliegen sollte, würden wir die ganze Schuld auf uns nehmen. Ich meine, wir würden schwören, daß Sie ein Patient waren, der unter Gedächtnisschwund litt und dem wir wirklich eingeredet hatten, er sei Gordy. Sie wären nur das unschuldige Opfer. Wir würden das auch bei Nate tun. Wir sind zu dem Schwur bereit, daß er Gordy nicht kannte und uns ehrlich glaubte, als wir behaupteten, Sie seien Gordy.«

»Schlimmstenfalls wäre es nur ein technischer Gesetzesverstoß«, sagte Nate. »Wenn Sie wüßten, wie die ganze Familie Friend jahrelang unter Mr. Friends unmöglicher Tyrannei zu leiden hatte, wüßten Sie auch, daß sie jeden moralischen Anspruch auf das Geld hat.«

Selena sprang auf. Sie hielt noch immer meine Hand. Sie beugte sich über mich, und ihr warmer, roter Mund verzog sich zu einem verschwörerischen Lächeln.

»Tu es, Baby. Bitte, mach mit. Wen interessiert es denn schon, ob es moralisch ist oder nicht? Es wäre nur furchtbar schön, so viel Geld zu haben, und einfach schrecklich, keins zu haben. Stell dir vor, wie Mimsey in einer Kneipe Hamburger brät, Marny in einem billigen Hotel als Zimmermädchen arbeitet und ich ... oh, mein Gott, wozu wäre ich denn zu gebrauchen? Ich müßte mir mein Geld wohl auf der Straße verdienen.« Sie schaute verträumt drein. »Vielleicht wäre das gar nicht so unattraktiv.« Sie warf Mrs. Friend einen Blick über die Schulter zu. »Mimsey, glaubst du, es würde vielleicht sogar Spaß machen? Ich meine, wenn ich mir nur die besten Straßen aussuchen würde?«

»Selena, red nicht so einen Unsinn«, sagte Mrs. Friend und sah mich an. »Nun, mein Lieber?«

Vielleicht ist ein unter Gedächtnisschwund leidender Mensch automatisch gesellschaftsfeindlich eingestellt. Oder vielleicht lag es nur daran, daß Selena so schön war und mich nicht mehr belog und mit einem nichtswürdigen Trunkenbold verheiratet war, der sie ausgerechnet in dem Augenblick, in dem er ihr hätte helfen können, im Stich gelassen hatte. Auf jeden Fall wußte ich genau, was ich sagen würde.

Und ich sagte es.

»Natürlich würde ich es tun, vorausgesetzt, ihr würdet nichts auf mich kommen lassen, wenn es Ärger gibt, und mir danach herauszufinden helfen, wer ich bin.«

»Natürlich werden wir das.« Mrs. Friend strahlte über das ganze Gesicht. »Natürlich werden wir das, mein lieber Junge.«

Selena zog mit dem Finger die Rundung meiner Wange nach. »Schatz, du bist ein Engel. Wirklich, das schönste daran ist, daß du es bist, der die gute Fee spielt.«

Nun, nachdem der Höhepunkt überschritten war, fiel Nate Croft wieder in die Rolle des eifersüchtigen Mannes zurück. Seine dunklen Wangen erröteten, und er fuhr Selena an: »Jetzt laß doch das Fummeln sein.«

»Warum denn, mein Lieber? Mit ihm läßt sich doch so schön herumfummeln.« Dann stand sie auf, ging zu Nate und küßte ihn geistesabwesend auf die Wange. »Aber wir sind auch dir so dankbar. Du warst absolut traumhaft.«

Mrs. Friend hatte sich erhoben, setzte sich neben Marny auf das Sofa und drückte ihre Hand. »Meine Liebe, bitte verzeih mir, daß ich so ungehalten und eingeschnappt war. Du hattest recht. Nur, weil du ehrlicher bist als wir, tut er das für uns.«

»Na schön, Mimsey.« Marny zog ihre Hand ungeduldig zurück. »Wir haben, was wir wollten. Du kannst jetzt mit dem Girren aufhören.«

Mrs. Friend seufzte. »Was ich doch für ein borstiges Kind habe.« Sie erhob sich wieder vom Sofa und hob den Band mit Mr. Friends Gedichten vom Boden auf. Sie kehrte zu ihrem Sessel zurück, blätterte das Buch durch und räusperte sich zufrieden.

»Auf diese Art ist es wirklich viel schöner. Jeder vertraut dem anderen, jeder versteht den anderen.«

Sie tätschelte das Buch. »Aber jetzt, mein Lieber, müssen Sie das Gedicht lernen. Sie dürfen sich keinen Fehler leisten. Mr. Moffat rutscht in diesem Augenblick wahrscheinlich auf den Knien herum und betet, daß Sie sich versprechen oder einen Schluckauf kriegen oder eindeutig betrunken sind und die Klausel nicht erfüllen können.«

Sie sah auf. »Nate, Selena, setzt euch bitte, meine Lieben. Es macht mich nervös, wenn alle herumrennen.«

Selena und Nate setzten sich auf ein kleines Zweiersofa.

»Mal sehen«, murmelte Mrs. Friend. »Nur noch zwei Strophen. Die, die wir schon kennen, und die letzte. Lernen wir jetzt die letzte.«

Sie kniff die Augen zusammen, doch die Schrift schien ihr zu klein zu sein. Sie kramte in ihrer Handarbeitstasche herum und zog eine große, perlmuttbesetzte Brille hervor. Sie balancierte sie auf ihrer Nasenspitze.

»Also.«

Nachdrücklich den Rhythmus betonend, las sie vor:

Obwohl unser Land befleckt ist,
Verloren ist es noch lange nicht!
Es hat noch eine Gnadenfrist
Bevor uns droht das letzte Gericht.
Doch reinigen müssen wir es, ah!
Und ausmerzen kann die Versuchung
Letztendlich doch nur Aurora
Unsere Dame der Hoffnung.

Sie legte das Buch auf ihren Schoß und sah uns alle über ihre Brille an.

»Dein armer Vater! Erzählt es keinem weiter, aber er hat in seiner Hochzeitsnacht ein ganzes Glas Brombeerwein getrunken.«

Sie hatte sich wieder großartig behauptet. Mit der Kraft ihrer Persönlichkeit hatte sie uns alle in eine harmlose kleine Familie verwandelt, die nach einem netten Abendessen gemütlich zusammensitzt. Wenn uns jemand beobachtet hätte, hätte er sich niemals träumen lassen, daß wir fünf verzweifelte Menschen waren, die eine große Verschwörung vorbereiteten, um das Gesetz zu brechen.

Plötzlich ertappte ich mich bei dem Gedanken: Wenn die Friends schon so gut darin waren, jemanden zu täuschen, waren sie vielleicht sogar noch besser. Was, wenn ich mich erneut hatte täuschen lassen? Was, wenn sie mir, listig wie sie waren, nur einen Teil der Wahrheit gesagt hatten und die kleine Komödie morgen vor Mr. Moffat nur das Vorspiel zu – etwas anderem war? Ich hatte natürlich keinen Grund zu dieser Annahme. Nicht den geringsten.

Und doch spürte ich, wie ich eine Gänsehaut bekam.

»Sind Sie soweit, mein Lieber?« Mrs. Friend bedachte mich mit einem sanften Lächeln. Erneut hob sie die Hand und deutete einen schweren, wenn auch ziemlich falschen Rhythmus an.

Obwohl unser Land befleckt ist ...

16

Als ich das Gedicht fehlerfrei aufsagen konnte, erklärte Mrs. Friend, es sei jetzt an der Zeit für uns, ins Bett zu gehen, damit wir morgen früh einen besonders klaren Kopf hätten. Nate, der offensichtlich nicht gehen wollte, wurde von Selena zur Tür gebracht. Als sie verschwunden waren und Mrs. Friend sich anschickte, ihrer Mutter eine gute Nacht zu wünschen, bot Marny mir an, mich auf mein Zimmer zu fahren.

Ich mußte nicht unbedingt gefahren werden, doch mir gefiel die Vorstellung, eine Weile mit Marny allein zu sein.

Als wir im Schlafzimmer waren, schob sie meinen Stuhl neben eines der silbernen und goldenen Betten und ließ sich darauffallen. Ihr schwarzes Haar fiel um ihr junges, süßes Gesicht. Die Entrüstung, mit der sie meinen Kampf gegen die Familie ausgefochten hatte, schien sie verlassen zu haben. Sie war wieder so kühl und zynisch wie zuvor.

Mein grundloser Argwohn war fast verblichen, doch irgendwie wollte ich mich vergewissern, daß sie mich nicht für einen Einfaltspinsel hielt.

Ich lächelte ihr zu. »Tja, ich muß dir für vieles danken. Ohne dich wären sie niemals zusammengebrochen.«

»Gern geschehn«, sagte sie gedehnt. »Das war das wenigste, was ich tun konnte.«

Ich musterte sie neugierig. »Warum hast du heute nachmittag gesagt, sie seien Teufel?«

»Weil sie Teufel sind. Sie haben dich nicht wie ein menschliches Wesen behandelt. Für sie warst du nur ein Stück Fleisch, das sie zu ihrem eigenen Vorteil herumgeschoben haben. Du hast mir leid getan.« Sie verzog das Gesicht. »Ich benehme mich jetzt wie Mimsey – denke mir eine gute Geschichte aus. Ich war gar nicht so mitfühlend. Ich hatte auch Angst. Ich wußte, daß du Verdacht geschöpft hattest. Ich habe gesehen, wie du telefoniertest. Ich befürchtete, du würdest in Panik geraten, die Polizei rufen und alles verderben. Ich dachte, wenn ich den richtigen Hinweis fallen lasse, würdest du sie zwingen, die Wahrheit zu sagen, und wir hätten eine viel bessere Chance, mit dir als Verbündetem statt als Opfer, das Geld zu bekommen.«

Ich grinste. »Sieht so aus, als wärest du klüger als sie gewesen.«

»Vielleicht.«

»Und mit Sicherheit offener.«

Ihre kühlen Augen beobachteten mich, ohne zu blinzeln. »Nach dem, was du durchgemacht hast, dachte ich, etwas Aufrichtigkeit würde dir gut bekommen.«

»Das stimmt«, sagte ich. »Dann tut es dir nicht leid, daß ich mich entschlossen habe, zu vergeben und zu vergessen und sie zu unterstützen?«

»Sie? Mach dich doch nicht lächerlich. Du hilfst mir genauso wie ihnen. Natürlich freue ich mich darüber. Ich will dieses Geld mehr als alles andere auf der Welt.« Eins ihrer langen, gerade gewachsenen Beine baumelte über die Bettkante. Sie bewegte es rastlos. »Mein Gott, wie sehr ich dieses Geld haben will. Und wenn ich meinen Anteil bekomme, mache ich mich schneller aus dem Staub, als du ›A‹ sagen kannst.«

»Was hast du gegen dieses Haus?«

»Was ich dagegen habe?« Sie starrte mich an, als sei ich verrückt, so eine Frage zu stellen. »Ich habe alles dagegen. Schon immer, seit ich mich erinnern kann, ist mein Heim der Ort gewesen, an dem man niedergetrampelt wird. Zuerst war es Vater. Vater – er trampelte nicht, er durchsetzte alles. Er war wie eine große, göttliche Schnecke, die über mein Leben kroch und an den Rändern alles braun färbte. Ich bekam jeden Tag Verderbtheit, Fleischeslust und Verdammnis wie Haferschleim vorgesetzt. Als ich noch in die Windeln machte, war ich schon überzeugt, ich hätte die Sünde gegen den Heiligen Geist begangen. Als er später der Liga für einen sauberen Lebenswandel beitrat und mit Mr. Moffat zu gesunden Streifzügen in Gottes Sonnenschein loszog, war er noch genauso schlimm, wenn er nach Hause kam. Du hättest mich sehen sollen. Bis vor ein paar Wochen war ich eine kleine, graue, verängstigte Maus, die in ihr Loch in der Wandverkleidung huschte, um sich zu verstekken, wenn jemand die Stimme hob.« Sie zündete sich eine Zigarette an und sog den Rauch tief ein, während sie in ihren Erinnerungen grub. »Die einzige Freude, die ich hatte, war die Hoffnung, Vater würde sterben. Jahrelang lag ich Nacht für Nacht, nachdem ich zu Bett gegangen war, noch wach und stellte mir vor, er würde sterben.« Sie lachte. »Das und der Sex natürlich. Bis ich einundzwanzig war, war ich niemals mit einem Mann allein, und das war erst vor drei Wochen. Junge, was habe ich mir schmutzige Vorstellungen gemacht.«

Sie sah verdrossen auf ihr Bein. »Und dann starb Vater wirklich. Eine Weile lang dachte ich, das wahre Leben habe begonnen. Ich schminkte mich. Ich kaufte mir die schönsten Kleider, die feinsten Strümpfe, ich trank vor jeder Mahlzeit einen Cocktail, ich qualmte wie ein Schlot. Ich hatte sogar eine *Verabredung* mit einem *Mann.* Das ist es, dachte ich. Dann begriff ich allmählich, daß es genauso schlimm wie je zuvor war – eigentlich noch schlimmer.«

Ich konnte mir eigentlich nicht so recht vorstellen, daß dieses Mädchen mit ihrem blühenden Kußmund, den Beinen, die sie so burschikos zur Schau stellte, und ihrer zynischen Art vor drei Wochen noch ein mausgraues Kind gewesen war, das unter Mr. Friends Daumen gezittert hatte. So ominös die Friends mir auch vorgekommen waren, ich hatte sie immer für den Ausbund an Welterfahrenheit gehalten. Nun sah ich sie zum ersten Mal, wie sie wirklich sein mußten – drei Frauen, die erst vor wenigen Wochen von einer fast unglaublichen viktorianischen Tyrannei befreit worden waren.

»Und warum war das Leben nach dem Tode deines Vaters genauso schlimm, Marny?« fragte ich.

Sie sah schnell auf. »Wegen Mimsey und Selena natürlich.«

»Wegen Mimsey und Selena?«

»Hast du schon einmal das Wort ›Unterdrückung‹ gehört? Versuch mal, in einem Haus mit Mimsey und Selena eine Frau zu sein.« Sie schlug heftig mit dem Bein aus. »Mit Vater war es fast besser. Wenigstens war er nicht so unheilvoll.«

»Unheilvoll?« Ich reagierte instinktiv auf das Wort.

»Oh, sie wissen gar nicht, daß sie es sind.« Sie zog die Beine aufs Bett und hockte im Schneidersitz da, die Hände auf den Knöcheln. »Es ist nur so, daß sie beide schrecklich starke Persönlichkeiten sind und diese Stärke von Vater im Zaum gehalten wurde. Nun, wo er nicht mehr da ist, breiten sie sich aus – blühen auf wie diese monströsen südamerikanischen fleischfressenden Pflanzen. Sie saugen alles auf, einschließlich mich. Sie verschlucken jeden. Oh, sie würden alles tun, einfach alles, ganz gleich, wie gefühllos es ist. Und nur, weil es sie erfüllt, sind sie imstande, es mit schönen Worten wie mit Zuckerguß zu überziehen und es so charmant und mitfühlend erscheinen zu lassen.«

Sie sah mir jetzt in die Augen, und das schimmernde Haar schwang frei um ihre Schultern. Ich hatte das seltsame Gefühl, zwischen ihren Worten eine Warnung herauszuhören.

»Sag mal«, fragte sie plötzlich. »Warum machst du bei diesem Plan mit? Da ist doch nichts für dich drin.«

»Aber er kann mir auch nicht schaden, oder?«

»Ich glaube nicht.«

»Warum sollte ich dann nicht aus allgemeiner Freundschaft mitmachen?«

Sie schüttelte den Kopf. »Du tust es nicht aus allgemeiner Freundschaft. Du tust es für Selena.«

Aus irgendeinem Grund fühlte ich mich unbehaglich.

»Natürlich tust du es für Selena. Du bist genau wie all die anderen. Du läßt zu, daß sie dich verschluckt. Sie hat Gordy verschluckt – jedenfalls, was von ihm übrig war, der arme Kerl. Und sie hat Nate verschluckt.« Sie lachte verbittert. »Erinnerst du dich, wie ich dir erzählt habe, vor drei Wochen hätte ich mich zum ersten Mal mit einem Mann verabredet? Dieser Mann war Nate. Ich lernte ihn kennen und lud ihn nach Hause ein. Er war eigentlich mein Freund. Davon spricht jetzt keiner mehr, nicht wahr? Selena warf einen Blick auf ihn und verschlang ihn, wie ein Flußpferd eine Wasserpflanze verschlingt. Und du ...«

»Vielleicht kann ich auf mich aufpassen.«

»Du?« Marny lachte wieder. »Warte nur ab. Sie wird jetzt jeden Augenblick in dieses Zimmer marschiert kommen. Sie wird sich so sehr auf morgen freuen. Dann legt sich Schmerz in ihren Blick, und sie erzählt dir, wie schrecklich es ist, mit einem Trinker verheiratet zu sein. Dann wird sie sagen, daß Nate natürlich schrecklich süß ist und sie ihn mag, aber was für tolle Muskeln du hast.« Ihr Sarkasmus war ätzend. »Du und auf dich aufpassen? Eine Wasserpflanze! Das wirst du sein. Ein großes, grünes Maul voll.«

Meine Gefühle waren seltsam zwiespältig. Ein Teil von mir sagte: *Sie hat recht. Sei vorsichtig.* Ein anderer Teil war versucht, zu Selenas Verteidigung in die Bresche zu springen. Er wurde jedoch von Marnys klarem, ironischem Blick in Schach gehalten.

»Du glaubst, ich bin eifersüchtig, nicht wahr, weil Selena so eine tolle Frau ist.«

»Glaube ich das?«

»Natürlich.« Ihr Gesicht wurde todernst. »Bitte glaub mir, um deiner selbst willen. Sie wird Gift für dich sein. Sie ist schlecht – wirklich schlecht. Es sind nicht nur Gordy und Nate. Es ist jeder Mann, der in ihre Nähe kommt.« Sie hielt inne und fügte dann barsch hinzu: »Sogar Jan.«

»Jan!«

»Ja, Jan. Kurz bevor Vater starb, habe ich Selena mit Jan gesehen. Ich ... Oh, ich hätte es dir wohl nicht sagen sollen. Es ist unanständig. Aber was spielt das schon für eine Rolle, wenn es mir nur gelingt, dich zu überzeugen?«

Ein Bild von Jans großem, halbnacktem Körper schwamm durch meinen Geist. Ich dachte an sein ungestümes Gelächter, als ich ihn fragte, warum Mr. Friend ihn gefeuert habe. Dann verschwamm das Bild von ihm – noch immer lachend – mit Selenas geschmeidigem, sonnengebräuntem Körper, wie sie im Pool miteinander rangen. In mir brandete mit einer Heftigkeit, die mich erstaunte, Ärger auf.

Marny beobachtete mich noch immer. »Gordy langweilte Selena schließlich. Zynisch, ohne den kleinen Finger zu rühren, ließ sie zu, daß er sich um den Verstand trank. Sie ließ sich mit Nate ein, um ihn benutzen zu können. Bald wird auch er sie langweilen. Bald wird sie ihn auf den Müllhaufen werfen. Und du bist der nächste auf der Liste. Sie kann wahrscheinlich nichts dafür. So ist sie eben. Ohne es zu merken, zerstört sie die Menschen.«

Weil ich nicht genau wußte, worauf sich mein Ärger richtete, konzentrierte ich ihn auf sie. »Bist du nicht verdammt hilfsbereit? Was bedeutet es dir schon, ob ich mich zum Narren mache oder nicht?«

»Was es mir bedeutet?« Sie hob müde die Schultern. »Keine Ahnung. Vielleicht, weil ich es nicht ertragen kann, daß Selena mit allem durchkommt. Sie hat bestimmt einen Plan. Irgend etwas hat sie mit dir vor. Ich weiß es.«

»Einen Plan?« Ich fühlte mich wieder unbehaglich. »Was für einen Plan?«

Sie saß einen Augenblick lang schweigend da. Dann schüttelte sie langsam den Kopf. »Ich weiß es nicht. Aber sie hat irgend etwas vor. Ich kann es in ihren Augen sehen.« Sie beugte sich vor und berührte meine Hand mit einer Ernsthaftigkeit, die fast naiv wirkte. »Vertrau ihr nicht. Bitte, versprich mir, daß du ihr nicht traust.«

Es war ein seltsamer Moment. Das war die Warnung, die ich halbwegs erwartet hatte. Ich hätte mir Sorgen darüber machen müssen. Ich hätte mir auch Sorgen über das Bild von Selena machen müssen, das sich lockend und spöttisch in meinem Verstand erhob. Doch ich machte mir über beides keine allzu großen Sorgen. Von Belang schien lediglich zu sein, daß Marny sehr jung und müde und verloren aussah. Ich legte den Arm um sie, zog sie zu mir und küßte sie auf die Lippen.

»Danke für die Warnung, Baby.«

»Du wirst nicht darauf hören.«

»Wer weiß?«

»Aber du wirst es sehen. Früher oder später wirst du herausfinden, was sie vorhat, und dann wirst du schreiend zu mir gelaufen kommen und mir sagen, wie recht ich doch hatte.«

»Na schön. Das ist eine Abmachung. Wenn Selena mich vergiftet, komme ich zu dir gelaufen und hole mir das Gegenmittel.«

Ich küßte sie erneut. Einen Augenblick lang entspannten sich ihre Lippen an den meinen; dann wurden sie wieder verkniffen und feindselig. Sie wand sich frei. »Hör um Gottes willen auf, mich zu küssen.«

»Warum, Marny?«

»Weil ...« Sie sah mich an, und ihr Mund zitterte. Dann sprang sie vom Bett. »Oh, Gott, du machst mich krank. Alle Männer machen mich krank.« Sie lachte wild. »Hat das nicht schon mal jemand gesagt?«

»Marny, Baby.«

»Ach, zum Teufel, ich hole Jan, damit er dich ins Bett steckt. Ihr Jungs solltet euch sowieso zusammentun und einen Club gründen.«

Als sie zur Tür lief, erhaschte ich einen Blick auf ihr Gesicht. Es war weiß und mitgenommen.

Plötzlich kam ich mir wie ein hundsgemeiner Kerl vor.

Kurz darauf kam Jan. Er trug einen Schlafanzug. Sein blondes Haar war zerzaust, und seine kleinen Augen ließen darauf schließen, daß Marny ihn geweckt hatte. Aber er war so freundlich wie immer. Mechanisch schickte er sich an, mich wieder für die Nacht fertig zu machen. Ich hatte es noch nie gemocht, wenn er mich berührte, doch an diesem Abend verspürte ich mit dem Bild von ihm und Selena in meinem Geist den unbezähmbaren Drang, ihm meine Faust in sein breites, sonnengebräuntes Gesicht zu schlagen.

Er trug mich wie ein Baby zum Bett zurück, steckte mich hinein, lächelte mit aller Freundlichkeit der Welt und ging.

Erst nachdem er weg war, befaßte ich mich mit der Wahrheit, mit der ich mich schon vor Tagen hätte befassen sollen.

Marny hatte natürlich recht, was meine Besessenheit von Selena betraf. Ich liebte sie nicht. Es war keineswegs so angenehm und romantisch. Es war viel schlimmer. Obwohl sie mich von Anfang an belogen und betrogen hatte, war Selena in meinem Blut. So war es nun einmal. Ich war ihr auf Gedeih und Verderb ausgeliefert.

Von Anfang an hatte in Wirklichkeit Selena die Heftigkeit meiner Gefühle für die Friends bewirkt. Ich hatte es die ganze Zeit über halbwegs gewußt, doch nun war es mir so klar wie meine Erinnerung an Selenas dunkelblaue Augen. Ich hatte die Friends gehaßt, als ich sie für meine Feinde hielt, weil ich die Vorstellung gehaßt hatte, Selena zum Feind zu haben. An diesem Abend hatte ich jeden Instinkt der Selbsterhaltung ignoriert und einfach an ihrer Verschwörung teilgenommen, weil ich dadurch Selena wieder auf meiner Seite haben konnte. Selbst jetzt, da mich ein verschwommener Argwohn auf eine kommende, unbestimmte Gefahr erfaßt hatte, erregte mich der Gedanke, daß jeden Augenblick Selena kommen würde.

Die Tür öffnete sich, und sie war da.

»Hallo, Liebling. Hat Marny dich vor mir gewarnt?

Bestimmt, nicht wahr? Ich sah diesen räuberischen Blick in ihren Augen.«

Sie kam zum Bett und setzte sich. Sie nahm meine Hand in die ihren, legte den Kopf zurück und lachte animalisch.

»Es tut mir leid, daß ich so spät komme, Baby, aber ich hatte einen schrecklichen Streit mit Nate.«

Jetzt war ich glücklich. »Was hatte Nate denn auszusetzen?«

»Oh, er hat gekocht, weil ich hier schlafe. Er hat gesagt, da ich nicht mehr vorgäbe, deine Frau zu sein, sollte ich in eins dieser schrecklichen Gästezimmer im anderen Flügel ziehen. Wirklich, mein Lieber, er hat fest darauf beharrt. Ich habe ihn darauf hingewiesen, daß du mit diesem Gipsverband wohl kaum eine Bedrohung wärest und, da du schon alles gesehen hast, was es zu sehen gibt, es fürchterlich heuchlerisch wäre, jetzt noch spießig zu werden.« Sie beugte sich vor und küßte mich auf den Mund. »Außerdem sind all diese Anstandsregeln doch einfach abscheulich, oder?«

»Schrecklich abscheulich.« Ihre Schultern waren nackt. Ich ließ meine Hand über die warme, glatte Haut gleiten. *Armer Nate*, dachte ich beiläufig. Aber nur sehr beiläufig.

Sie ließ sich auf die Kissen zurückfallen und schob die Hand unter mein Genick. »Baby, ich bin sehr, sehr froh wegen morgen. Du bist wirklich ein Engel. Komisch, wie sich noch alles zum Besten gewandt hat, nicht wahr? Ich meine, Gordy hätte niemals so nüchtern sein können, um dieses Gedicht aufzusagen.« Unter ihren dichten Wimpern glitten ihre Augen seitwärts, um mich zu mustern.

»Armer Gordy. Ich mag ihn. Wirklich. Aber manchmal – na ja, es ist ziemlich scheußlich, mit einem Trinker verheiratet zu sein. Kannst du das verstehen, Baby?«

»Ich kann nicht verstehen, daß das Leben überhaupt jemals scheußlich für dich gewesen sein soll. Schließlich gibt es ja nicht nur Gordy. Nate ist auch ganz verrückt nach dir.«

»Nate.« Sie seufzte leise und kehlig. »Ja, das ist er wohl. Er will, daß ich mich von Gordy scheiden lasse und ihn heirate.«

»Ach ja?« fragte ich scharf.

»Deshalb hat er uns geholfen. Er wollte uns erst gar nicht helfen, bis ich ihn darauf hinwies, wie bedrückend es wäre, wenn ich ihn ohne jeden Penny heiraten würde. Wenn ich mich schon von Gordy scheiden lassen würde, wäre es schließlich ja viel vernünftiger, wenn Gordy stinkreich wäre, damit ich eine ordentliche Abfindung bekomme, nicht wahr?«

Sie legte sich zurück und sah glücklich zur Decke hoch. Einen Moment lang nahm mir die Schamlosigkeit dieses Eingeständnisses den Atem. Auf diese Art hatten sich die Friends also der unbezahlbaren Hilfe Nate Crofts vergewissert. Selena hatte persönlich den Köder gespielt, um den jungen Arzt zu verleiten, seine gesamte berufliche Zukunft aufs Spiel zu setzen. *Armer Nate*, dachte ich erneut. Diesmal nicht ganz so beiläufig.

»Wenn diese Sache vorbei ist«, sagte ich, »wirst du dich also von Gordy scheiden lassen und Nate heiraten?«

»Oh, Baby, es ist so bedrückend, sich so eine Zukunft vorzustellen. Natürlich ist Nate schrecklich nett. Aber er ist eine kleine, aufgeblasene Null. Meinst du nicht auch? Nur eine aufgeblasene Null.«

Sie rollte sich auf die Seite, damit sie mich ansehen konnte. Müßig begannen ihre Finger mit dem Ärmel meiner Schlafanzugjacke zu spielen. Sie schob ihn zurück und betrachtete meinen Arm.

»Baby, solche Hände. Ich habe sie schon immer gemocht. Und die Muskeln – wirklich, wie die eines Hafenarbeiters.«

Es war erstaunlich, wie weit sich mein Verstand von meinen Gefühlen entfernt hatte. So deutlich, als sei Marny in diesem Augenblick hier im Zimmer und würde sie aussprechen, erinnerte sich mein Verstand an ihre zynischen Worte. Sie hatte Selenas Gesprächsabfolge fast genau vorausgesagt. Doch anstatt die Worte als Warnung zu sehen, wirkte diese Erkenntnis seltsam beflügelnd auf mich.

»Weißt du was, Baby?« Selena streichelte die blonden Haare auf meinem Arm. »Mir hat noch nie etwas so viel Spaß gemacht, wie vorzugeben, ich sei deine Frau. Irgendwie war es aufregend, dich die ganze Zeit über zu belügen. Und es ist auch aufregend, dich zu berühren. Ich liebe es, dich zu berühren, Schatz.« Sie rutschte fünf Zentimeter näher und küßte mich auf den Mund. »Du bist wie Champagner in meinen Adern. Oh, das Leben ist doch einfach schön.«

Sie wandte sich ab, griff nach oben und zog eine Haarlocke unter meinem Verband hervor.

»Liebling, weißt du wirklich nicht, wer du bist?«

»Nein.«

»Vielleicht bist du verheiratet.«

»Vielleicht.«

»Mit einer abscheulich kleinen Frau mit faltigem Hals und Papierhaarwicklern.«

»Könnte sein.«

»Baby, wäre es nicht wunderbar, wenn du dein Gedächtnis nie wieder zurückbekommen würdest?«

Ich streichelte ihre Wange. »Wäre es das?«

Ihr Blick war abwesend und verträumt. »Ich glaube, das ist es, was dich wirklich so aufregend macht. Wer bist du? Niemand. Keine Identität. Keine Gewohnheiten. Keine Tabus. Nur ein Mann. Das bist du, Baby. Ein Mann. Oh, käme dein Gedächtnis doch nie zurück.«

»Gefalle ich dir so?«

Sie lächelte bezaubernd. »Das ist es, Baby. Bekomm dein Gedächtnis nicht zurück. Ich lasse mich von Gordy scheiden. Ich werde reich sein, stinkreich. Du kannst auch reich sein, denn du kannst Gordy um einen gewaltigen Scheck erleichtern. Und wir werden gemeinsam fortgehen und die schönsten Dinge tun. Und du wirst ein Teil von mir sein. Du wirst etwas sein, das ich gemacht habe. Ich werde dir alles beigebracht haben, was du weißt.« Ihre Hände streichelten über meine Brust. »Ich werde dir alles beigebracht haben, was du weißt – sobald der Verband runterkommt.«

Mein Herz raste. Ich konnte mein Herzklopfen nicht aufhalten. Auch mein Blut rauschte so heftig, daß es mir fast Schmerzen bereitete. Ich hatte die Sache mit Nate nicht vergessen. Ich hatte nicht einmal die Sache mit Jan vergessen. Es war mir nur völlig gleichgültig.

»Baby«, flüsterte sie, ihre Lippen lagen warm an meinem Ohr. »Baby, sag mir, liebst du mich?«

»Dich lieben?« Ich umfaßte ihre Schulter und zog sie zurück, damit ich sie ansehen konnte. »Liebe ist ein ziemlich lächerliches Wort, wenn man es im Zusammenhang mit dir benutzt, oder?«

»Oh, Baby.« Sie lachte tief und heiser. »Du und ich.«

Dann sprang sie aus dem Bett, und ihr Haar fiel um ihre Schultern. Sie ging um das Bett herum, bis ich sie nicht mehr sehen konnte.

»Baby?«

»Ja, Selena?«

»Ich ziehe mich aus. Dreh dich um.«

»Ich habe mich umgedreht. So, wie es sich gehört. Ich kann dich nicht sehen.«

»Ich weiß, daß du mich nicht sehen kannst, du Dummerchen. Das stört mich ja. Dreh dich um.«

Ich drehte mich im Bett um. Sie stand zwischen mir und dem Fenster. Sie knöpfte ihr Kleid am Rücken auf und ließ es zu Boden fallen, zu ihren Füßen.

Sie lächelte mich an, und ihre Zähne leuchteten weiß zwischen den roten, geöffneten Lippen.

»Du und ich, Baby«, sagte sie.

17

Als Jan mich am nächsten Morgen weckte, war Selena verschwunden. Mein erster Blick auf den Holländer genügte, um mich daran zu erinnern, daß dies der große Tag war. Er hatte seinen gewaltigen Körper, normalerweise nackt bis auf die knappen Badeshorts, in ein weißes Hemd mit schwarzer Krawatte und einen Anzug aus leichtem, kreppartigem Leinen gezwängt. Sein blondes Haar war auch gebändigt. Er sah unbeholfen und nicht sehr überzeugend aus. Man mußte ihm aufgetragen haben, nicht zu lächeln, denn er bewahrte eine sture Ernsthaftigkeit, als er mich badete und, so vollständig, wie es die Gipsverbände erlaubten, mit einer ebenso strengen Kombination aus Anzug und Hemd mit schwarzem Trauerflor am Arm ankleidete. Ich wurde in den Rollstuhl gesetzt, bekam den tristesten Bademantel über die Beine gelegt und wurde auf die glasumsäumte Frühstücks-Veranda hinausgefahren, auf der sich die anderen schon versammelt hatten.

Auf den ersten Blick erkannte ich Mrs. Friend gar nicht. Sie hatte immer Schwarz getragen, doch ihr heller Lippenstift und das gewagt aufgetürmte Haar hatten sie wie eine leicht liederliche Göttin wirken lassen, die sich Hals über Kopf als Witwe verkleidet hat. All das hatte sich nun geändert. Ihr Gesicht war ganz ungeschminkt. Ihr Haar war im Nacken zu einem kleinen Knoten zusammengefaßt. Sie trug keinen Schmuck und hatte es irgendwie vollbracht, ihre Anziehungskraft auszuschalten und eine Aura von demütiger, hilfloser Frömmigkeit anzunehmen.

Auch die beiden Mädchen trugen schmuckloses Schwarz. Ich war erstaunt, wie sehr es Marny veränderte. Sie sah jetzt so aus, wie sie ihrer Behauptung zufolge bis zum Tod ihres Vaters immer ausgesehen hatte – ein kleines mausgraues Ding, darauf vorbereitet, beim ersten »Buh!« in Sicherheit zu huschen. Lediglich Selenas Verwandlung war nicht so erfolgreich. Trotz des formlosen schwarzen Kleides, trotz der albernen Art und Weise, wie sie ihr Haar in breiten Flechten um die Ohren gelegt hatte, sah sie noch immer sehr sinnlich aus.

»Liebling.« Sie musterte mich grinsend. »Du bist wunderbar – dieser widerwärtige Anzug. Versuch, etwas gezwungener zu wirken. Genau. Perfekt. Gordy Friend – der bekehrte Trinker.«

Trotz ihrer unscheinbaren Aufmachung war Mrs. Friend so energisch wie immer. Mr. Petherbridge würde, wie sie mir sagte, vor den Mitgliedern der Liga eintreffen. Es zählte zu seinen Pflichten als Vollstrecker von Mr. Friends Testament, das Haus nach Spuren der Lasterhaftigkeit abzusuchen – nach Schnapsflaschen, Aschenbechern und so weiter. Er würde in einer Stunde kommen.

Mrs. Friend drängte uns während des Frühstücks zur Eile und hielt im Wohnzimmer, wo sich die Liga für einen sauberen Lebenswandel versammeln würde, eine Konferenz ab. Trotz der glanzvollen Pracht des Zimmers war es Mrs. Friend gelungen, eine Atmosphäre von respektabler Schwerfälligkeit zu erzeugen. Es gab natürlich keine Aschenbecher. Fotos des alten Mr. Friend und mürrisch dreinblickender Verwandter waren unbeholfen an den ungeeignetsten Stellen aufgestellt worden. Auf dem Flügel war ein eleganter Paisley-Schal ausgebreitet. Darauf stand eine Vase mit toten Gräsern der Art, die man mit besseren Pensionen in Verbindung bringt. Holzstühle waren in Reihen aufgestellt worden, um den Mitgliedern der Liga Platz zu bieten; und an einem Ende deuteten einige Stühle um einen Tisch an, wo Mr. Moffat und die Familie sitzen würden.

Mrs. Friend ließ mich dreimal die *Ode an Aurora* aufsagen und gab mir sogar Hinweise auf den richtigen Tonfall und das richtige Benehmen, das ein einfältiger Ex-Sünder, der das Licht gesehen hatte, an den Tag legen mußte.

»Um Mr. Petherbridge müssen wir uns keine Sorgen machen«, sagte sie. »Er ist ein alter Umstandskrämer, aber ich glaube, er steht auf unserer Seite. Die Gefahr geht natürlich von Mr. Moffat aus. Er wird wie verrückt darauf hoffen, daß etwas schiefgeht. Der kleinste Patzer, und er wird einen Anspruch stellen. Wir können uns einen Prozeß nicht leisten, genauso wenig wie die peinlichen Dinge, die ein Prozeß vielleicht ans Tageslicht bringen würde. Das ist euch doch klar?«

Die letzte Bemerkung galt hauptsächlich mir. Ich nickte. Ich wußte nur allzu gut, warum wir uns einen Prozeß nicht leisten konnten.

»Ich erkläre Ihnen besser, wie diese Versammlungen immer ablaufen, mein Lieber. Zuerst werden wir ein fröhliches Lied singen. Dann wird Mr. Moffat eine fröhliche Ansprache über meinen verstorbenen Mann halten. Dann werden Sie das Gedicht aufsagen. Dann wird Mr. Moffat wahrscheinlich zu einer fröhlichen Lobpreisung eines verlorenen und heimgekehrten Bruders ansetzen. Dann werden Sie den Abstinenz-Eid unterschreiben. Das bedeutet, daß Sie nie wieder trinken werden, lieber Junge. Und danach wäre es vielleicht ganz nett, wenn auch Sie eine fröhliche kleine Rede halten würden. Nein, lieber doch nicht. Ich vertraue Ihrem eigenwilligen Humor nicht ganz. Wir lassen Ihre fröhliche Rede also fallen. Dann wird die Versammlung mit einem weiteren fröhlichen Lied beendet werden, und alle werden hinaufstürmen, um Sie als neues

Mitglied zu begrüßen. Ich habe Mr. Moffat gesagt, daß sie danach ihre tägliche heitere Stunde am Pool verbringen dürfen, damit wir sie aus dem Haus haben. Alles klar?«

»Ja«, sagte ich.

»Und erwähnen Sie die Amnesie nicht, mein Lieber. Wir haben weder Mr. Petherbridge noch Mr. Moffat gesagt, daß Gordy unter Gedächtnisverlust leidet. Wir dachten, es könnte Mr. Moffat argwöhnisch machen. Aber da er nicht die geringste Ahnung hat, daß Sie ein Schwindler sind, wird er gar nicht versuchen, Sie mit schlimmen Fragen zu belästigen, dessen bin ich mir ziemlich sicher.«

»Das will ich hoffen«, sagte ich. »Übrigens, sind Sie sicher, daß keines der Mitglieder Gordy jemals gesehen hat?«

»Ich wüßte nicht, wie das der Fall sein könnte, mein Lieber. Ich wüßte es wirklich nicht.« Mrs. Friend musterte die beiden Mädchen. »Marny, du bist in Ordnung. Selena« – sie seufzte – »ich wünschte, du könntest etwas mit deinen Brüsten tun.«

»Ich kann sie ja abschneiden«, sagte Selena.

»Nein, meine Liebe, ich glaube nicht, daß das notwendig sein wird.« Mrs. Friend ließ einen letzten, prüfenden Blick durch das Zimmer schweifen. »Ich hole jetzt Großmutter. Sie ist schon ganz aufgeregt, der Versammlung beizuwohnen, und ich glaube, es macht einen guten Eindruck, wenn sie neben Gordy sitzt. Gordy mit seiner alten Großmutter auf der einen und seiner Frau auf der anderen Seite. Vergiß nicht, Selena – fraulich, aber nicht sexy – wie in St. Paul. So mußt du wirken.«

Sie machte eine undeutliche Handbewegung. »O je, ich

werde mich viel besser fühlen, wenn das alles vorbei ist. Die ganze Sache ist so lästig. So überaus lästig.«

Sie ging hinaus und kam kurz darauf mit Großmutter zurück, die schwarzen Trauerkrepp trug und an ihrem Arm ganz hurtig wirkte. Sie bekam den Sitz neben meinem Rollstuhl. Sie beugte sich zu mir und brachte ihre eigene Atmosphäre von Lavendel und Staub mit. Ein uraltes Lid hob und senkte sich langsam über einem hellen Auge.

»Das ist lustig«, flüsterte sie. »Viel lustiger als das Radio. Lustiger als Jack Benny.« Sie gackerte. »Jack Benny. Das ist ein lustiger Mann. Es gab keine so lustigen Männer in Seattle, als ich ein Mädchen war.«

Sie gackerte noch immer darüber, daß es in ihren jungen Tagen keine lustigen Männer in Seattle gegeben hatte, als ein Dienstmädchen hereinkam und Mr. Petherbridge ankündigte.

»Führen Sie ihn herein, Susan«, sagte Mrs. Friend.

Als das Mädchen ging, verspürte ich eine stechende Besorgnis. Steckte ich den Hals in eine Schlinge? Ich sah Selena an. Sie grinste. Ich dachte an die letzte Nacht und war überhaupt nicht mehr nervös.

Mr. Petherbridge kam hinter dem Dienstmädchen herein. Vom dramatischen Gesichtspunkt aus hätte er ein großer, düsterer Mensch mit stählernem, durchdringendem Blick sein müssen. Doch in Wirklichkeit war Mr. Friends Anwalt klein und aufgeregt und hatte eine rosa schimmernde Glatze und blaue, wässrige Augen. Er sah aus wie einer dieser Schmetterlinge, die irgendwie den Winter überdauert haben und nun jämmerlich durch die ersten paar Frühlingstage flattern.

Mrs. Friend erhob sich. »Mr. Petherbridge.«

»Ah, Mrs. Friend.«

Mrs. Friend nahm seine Hand und führte ihn herum. »Ich glaube, Sie kennen alle. Meine Mutter. Marny, Selena. Gordy... oh, nein, ich glaube, Gordy kennen Sie noch nicht. Mr. Petherbridge, das ist mein Sohn.«

Mr. Petherbridge betrachtete den Gipsverband um meinen rechten Arm, schien unentschlossen, ob er meine linke Hand schütteln sollte oder nicht, und gab dann auf.

»Ah, ja. Ich habe von Ihrem Unfall gehört. Wie erfreulich, daß Sie ihn überstanden haben.«

Er lächelte unbeholfen. Die ganze Situation schien ihm äußerst peinlich zu sein.

Mrs. Friend legte die Hand auf seinen Arm. »Lieber Mr. Petherbridge, ich weiß, wie unangenehm Ihnen das ist. Ehrlich gesagt, ich glaube, dieses Testament ist etwas lächerlich, meinen Sie nicht auch? Doch wir müssen ihm nachkommen. Sie müssen das Haus inspizieren. Sie wissen doch noch? Kommen Sie. Bringen wir wenigstens das hinter uns, bevor unsere tugendhaften Gäste eintreffen.«

»Tugendhafte Gäste.« Mr. Petherbridge kicherte. »Ich muß eingestehen, daß ich die Begeisterung Ihres armen Gatten für die Liga für einen sauberen Lebenswandel niemals ganz verstanden habe. Ich genieße immer ein Glas Sherry vor dem Abendessen.«

»Wie ungezogen, Mr. Petherbridge.« Mrs. Friend drohte ihm scherzhaft mit dem Finger. »Nun wollen wir das Haus nach Spuren der Verderbtheit durchsuchen – Sie und ich.«

Sie führte ihn hinaus. Nach einem Augenblick gackerte Großmutter.

»Lustiger als Jack Benny«, sagte sie.

Keiner von uns anderen sagte etwas. Jan kam herein und setzte sich steif auf einen der Holzstühle. Bald kehrten Mrs. Friend und Mr. Petherbridge zurück.

Mrs. Friend wirkte ruhig und zufrieden. »Na also. Das wäre geklärt«, sagte sie. »Mr. Petherbridge ist der Ansicht, daß unser Haus nicht sündiger ist als ein durchschnittliches amerikanisches Heim, nicht wahr, Mr. Petherbridge?«

»Äh, ja, Mrs. Friend. Mir ist hier nichts unangenehm aufgefallen. Nichts, was den armen Mr. Friend gestört haben würde.«

Er setzte sich neben Mrs. Friend. Seine kleinen Hände fuhren die Nadelstreifenhosen auf und ab. Er wurde immer nervöser. Ich fragte mich wieso.

Mit großem Geschick hielt Mrs. Friend das Gespräch aufrecht, bis auf der Einfahrt das Geräusch eines Fahrzeugs erklang.

»Ah, das werden sie sein. Die Liga. Wie ich mir habe sagen lassen, hat Mr. Moffat einen Bus gemietet, damit sie alle gleichzeitig kommen können. Sie unternehmen gern etwas als Gruppe. In einer Gruppe ist doch alles fröhlicher.«

Bald kam das Mädchen – ziemlich verwirrt – herein, sagte: »Sie sind da, Mrs. Friend!« und lief wieder hinaus.

Dann strömten Menschen – dreißig oder vierzig – in den großen Raum. Aus irgendeinem Grund hatte ich erwartet, daß die Liga für einen sauberen Lebenswandel genauso verdrießlich und kummervoll wie wir in unserer Trauerkleidung aussehen würde. Ich lag völlig falsch. Die meisten von ihnen, Männer wie Frauen, trugen Weiß – eine rücksichtsvolle Geste, fühlte ich, Trauernden gegenüber. Aber sie waren alles andere als kummervoll.

Prächtig war das richtige Wort für sie. Obwohl sie, als sie sich uns näherten, Gesichter aufsetzten, die dem Anlaß angemessen waren – sie begrüßten schließlich eine Familie, die einen Verlust erlitten hatte –, waren sie bis zum Bersten mit einer Art innerer Herzlichkeit erfüllt. Ich hatte den Eindruck, daß sie von einem schönen, fröhlichen Ausflug kamen – wahrscheinlich einer zum Strand, wo sie sich Bälle zugeworfen hatten, geschwommen waren und vielleicht einen der kräftigeren Männer im Sand vergraben hatten und um ihn herumgetanzt waren.

Obwohl sie so aussahen, als würden sie sich viel in frischer Luft aufhalten, wirkte keiner von ihnen besonders umwerfend. Die Männer waren entweder fett und im mittleren Alter oder jung und hager und mit einer hübschen Sammlung von Pickeln. Von den Frauen und Mädchen hätte keine auch vom betrunkensten Seemann einen anerkennenden Pfiff bekommen. Und sie rochen auch nach Selbstgefälligkeit. Sie waren Aurora offensichtlich für ihre eigene Reinheit dankbar, die sie weit über diese Unglücklichen erhob, deren Streben einzig und allein dem Tabak, Alkohol und Sex galt. Ich begriff nun, was Mrs. Friend am Abend zuvor gemeint hatte. Die Aussicht, daß diese Leute mehrere Millionen Dollar zugesprochen bekämen, ließ mir in der Tat das Blut in den Adern erstarren.

Respektvoll leise miteinander plaudernd, sich gegenseitig in die Rippen knuffend und schlicht und rein miteinander kokettierend, schwärmten sie zu den Holzstühlen und setzten sich unserer Familie gegenüber.

Bis dahin hatte ich keine Spur von Mr. Moffat gesehen. Ich vermutete, daß er seinen Auftritt gut vorbereitet hatte, und behielt recht. Einen Augenblick nachdem die Aurora-Liga für einen sauberen Lebenswandel schließlich Platz genommen hatte, erschien ein Mann an der Tür, blieb dort eine Sekunde lang stehen und schritt dann schnell zwischen seinen sitzenden Anhängern hindurch direkt zu Mrs. Friend hinauf.

Er ergriff ihre Hand und schüttelte sie heftig.

»Mrs. Friend, Mrs. Friend. Ein trauriger Anlaß. Ein sehr trauriger Anlaß. Aber wir wissen, daß er noch bei uns ist, nicht wahr? Ein Teil des funkelnden Sommerlichts. Ein Teil der wunderbaren Gartenblumen. Ein Teil des prächtigen Sonnenuntergangs.« Er strahlte. »Es gibt keinen Tod, Mrs. Friend.«

Mr. Moffat war unerträglich dynamisch. Groß, jungenhaft, mit dichtem, gekräuseltem rötlichem Haar und roten Haaren auf den dicken Handgelenken, strahlte er eine Persönlichkeit aus, als würde er aus einer Batterie aufgeladen, die er unter seinem zerknitterten Leinenanzug verborgen hatte. Er war auch unerträglich freundlich.

Er drehte sich zu mir um, ergriff meine linke Hand und schüttelte sie heftig. »Und das ist Gordy.« Er musterte die Gipsverbände. »Ein Unfall, was Junge? Na ja, manchmal brauchen wir einen echten Schock, der uns zum Durchbruch verhilft. Ah, Alkohol, dieser Verführer mit brünst'ger Koketterie. Er hat schon viel schlimmere Tragödien verursacht als einen zertrümmerten Arm, ein gebrochenes

Bein. Du hattest Glück, Junge. Und wir haben auch Glück, denn wie ich gehört habe, ist heute ein großer Tag. Heute hast du deinen Durchbruch.«

Er beugte sich über mich. An den schwachen Bewegungen seiner großen Nasenlöcher erkannte ich, daß er nach Alkohol in meinem Atem suchte. Durchbruch war anscheinend bei der Aurora-Liga für einen sauberen Lebenswandel der Begriff für Bekehrung.

Ich lächelte schwach. »Ich habe meinen Durchbruch«, sagte ich.

Mr. Moffat schlug mir auf den Rücken. »Schön, wunderbar.« Seine hellen, schmutzigbraunen Augen versuchten ohne Erfolg, eine Freude vorzutäuschen, die er angesichts meines Durchbruchs offensichtlich nicht empfand. »Seien wir offen, Junge. Wir haben heute ein kleines Problem. Geld, Junge. Eine Frage der Geldzuteilung.« Er verbeugte sich vor dem kichernden Mr. Petherbridge. »Stellen wir eins klar, Junge. Glaub nicht – und deine liebe Mutter auch nicht –, Geld sei wichtig für uns. Mr. Friend war ein guter Mann, ein ausgezeichneter Mann, aber manchmal hat er nicht verstanden. Was ist schon Geld – wenn die besten Dinge im Leben doch kostenlos sind? Die rollende Brandung, Gordy. Der Sonnenschein über der kleinen Kirche auf dem Berg. Die Freude, Junge, in den Augen deiner Mutter, wenn du von deinen Wanderungen nach Hause kommst. Das sind die Dinge, die dich stärken. Für uns, für uns alle, ist es eine Million Mal schöner, einen neuen Freund willkommen zu heißen, der den Durchbruch erzielt hat, als diesen Freund zu missen und in finanziellen Begriffen etwas reicher zu sein.«

Bei seinem Lächeln blitzten große, unregelmäßige Zähne auf. »Wir waren immer glücklich, Junge. Wenn Schmalhans herrscht, gibt es immer einen guten Freund, der für uns in die Taschen greifen wird. Profitgier nannten die alten Bibelleute es. Gemeine Profitgier. Und das war auch immer meine Meinung. Wir lassen nicht zu, daß gemeine Profitgier zwischen uns und – einem Freund steht.«

Nachdem er sich von der Last dieser unheilvollen Rede befreit hatte, schlug Mr. Moffat mir wieder auf den Rükken, drehte sich mit einer dramatischen Bewegung zu den Stuhlreihen um, hob beide Arme, als wolle er die aufgehende Sonne begrüßen, und rief hallend:

»Auf, Jungs und Mädels. Auroras Lied.«

Einer seiner erhobenen Arme wurde zum Taktstock. Ein elend aussehendes Mädchen hatte sich an den Flügel gesetzt. Es spielte eine Tremolooktave, und wie ein Mann erhob sich die Gruppe und stimmte ein lautes, fröhliches Lied an. Ich bekam nur einige Wortfetzen mit... *Aurora... fröhlich... Sonnenschein... kein Tod... Durchbruch...*

Nachdem Auroras Lied gesungen war, machte sich Mr. Moffat an seine Trauerrede für Mr. Friend. Aus ihr ging die scharfe Trennung zwischen jenen hervor, die den Durchbruch geschafft hatten, und jenen, die ihn nicht geschafft hatten. Die, die den Durchbruch nicht geschafft hatten, waren arme, fehlgeleitete Sünder, die zu einem Leben der blinden Ausschweifung auf dieser Welt und der völligen Vernichtung nach dem Tod verdammt waren. Die, die den Durchbruch erzielt hatten, hatten sich das unschätzbare Privileg verdient, sowohl auf dieser Welt zu

Mr. Moffats Gesellschaft zu gehören wie auch auf ewig nach dem Tod zu irgendeinem fröhlichen Walhalla der Sauberkeit.

Mr. Friend hatte den Durchbruch eindeutig erzielt.

Ich versuchte, mir den grimmigen alten Mann vorzustellen, den ich auf den Fotos gesehen hatte, wie er fröhlich mit Mr. Moffats Herde frohlockte und dann von dem Streifzug zurückkehrte, um seiner Familie die Verderbtheit auszutreiben. Der Gedanke erzeugte eine schwache Übelkeit in mir. Mr. Moffat strich Mr. Friends zahlreiche Tugenden heraus und endete mit seinem Talent als Dichter. Plötzlich, bevor ich richtig wußte, was geschah, drehte er sich mit den energischen Bewegungen eines Zirkusdirektors zu mir herum und rief:

»Und nun haben wir das große Vergnügen, seinen leibhaftigen Sohn zu hören, der den Durchbruch zu uns erzielt hat, wie er uns sein wahrscheinlich inspirierendstes Werk vorträgt – seine *Ode an Aurora.*«

Heftiger Applaus erklang.

Mr. Moffat hob die Hand. »Doch zuerst will ich euch etwas sagen, von dem Gordy bestimmt möchte, daß ihr alle es erfahrt.« Seine Stimme senkte sich zu einem ehrfurchtgebietenden Flüstern. »Bis vor kurzem war er auf dem falschen Weg – raste er den falschen Weg entlang. All die Schwächen, die Fehltritte. Alkohol, Jungs, dieser Verführer mit brünst'ger Koketterie. Noch schlimmer, Jungs. Doch nun, Mädels, hat er das Stoppschild gesehen. Nun hat er auf die Bremse getreten und die Spur gewechselt. Wenn er nun die Ode aufsagt« – er hielt inne, hob beide Hände über den Kopf und schlug sie zusammen wie ein siegreicher

Boxmeister – »dann hat er nun, Mädels und Jungs, an diesem prachtvollen Sonnentag, an dem die Vögel aus lauter Freude singen, den Durchbruch erzielt – zu mir, zu euch.«

Der Applaus war tosend. Großmutter unterdrückte neben mir hinter einem kleinen Taschentuch ein Gackern. Ich sah verzweifelt Selena und dann Mrs. Friend an. Beide saßen still und mit gesenktem Blick da. Einen Augenblick der Panik lang konnte ich keinen klaren Gedanken fassen. Dann hob Selena leicht den Kopf und blinzelte, und ich war wieder in Ordnung.

In der Tat fühlte ich mich so mutig, daß ich mich entschloß, die zurückhaltende Vortragsweise, die Mrs. Friend vorgeschlagen hatte, aufzugeben und etwas von Mr. Moffats forschem Auftreten zu übernehmen. Ich bellte:

Sieben Sünden führten uns're Söhne
Ins Verderben. Sieben Sünden, die
Die Jugend locken wie eine schöne ...

Ich hatte mein Publikum fest im Griff. Ruhig und wortwörtlich arbeitete ich mich durch die Ode und verstärkte die Leidenschaft meines Vortrags von Strophe zu Strophe. Als ich geendet hatte, brandete Applaus auf. Mr. Moffat drehte sich mit einem Blick des unverhüllten Zorns in den Augen herum und schlug mir auf den Rücken. Bevor ich es richtig mitbekam, hatte er ein Dokument und einen Stift hervorgeholt und hielt mir beides hin. Ich warf einen Blick auf die erste Zeile.

Ich erkläre hiermit, daß ich mich von diesem Tage an aller Unreinheiten enthalte, der Versuchung des Alkohols, dem ...

Ich mußte nicht weiterlesen, um zu wissen, daß ich den Abstinenz-Eid vor mir hatte. Ich hielt den Stift in der linken Hand über dem Dokument. Einen Augenblick lang zögerte ich. Das war die Entscheidung. Sobald ich mit dem falschen Namen unterschrieb, hatte ich mein Schicksal auf Gedeih und Verderb den Friends anvertraut.

In dieser Sekunde, die ich zögerte, sprang Selena auf, als habe der Reinlichkeitstaumel auch sie befallen. Mit vor bekehrender Inbrunst leuchtenden Augen ergriff sie meinen Arm.

»Unterschreib, Gordy-Boy«, rief sie. »Oh, sag für immer dem Alkohol ab, diesem Verführer mit brünst'ger Koketterie.«

Mr. Moffat schien vor diesem unerwarteten Ausbruch zurückzuschrecken. Als ich von ihm zu Selena sah, verdrängte die Notwendigkeit, einen unwiderstehlichen Drang zum Kichern zu beherrschen, jeden anderen Gedanken aus meinem Verstand. Ich senkte den Kopf über das Dokument und kritzelte unter den Schwur unbeholfen die Worte Gordon Renton Friend der Dritte.

Selena setzte sich mit einem Seufzer. Mr. Moffat ergriff das Dokument und schwang es.

Ich hatte den Durchbruch erzielt.

Die Liga klatschte noch immer. Mit einer Kopfbewegung gab Mr. Moffat das Zeichen für die Musik. Die Klavierspielerin quälte dem Flügel die Tremolooktave ab. Die

Liga erhob sich und stimmte den Abschlußgesang für Aurora an.

Es war alles genauso schnell und genauso leicht vorbei. Entweder beugte sich Mr. Moffat dem Unausweichlichen, oder er hatte sich entschlossen, etwaige juristische Schritte vorerst noch zu verschieben.

Als ich ihn musterte und herauszufinden versuchte, was in ihm vorging, kam ich zum unbehaglichen Schluß, daß Mr. Moffat kein Mann war, der sich dem Unausweichlichen so schnell beugte.

Bei mir stellte sich das Gefühl ein, daß er außer diesem dichten rötlichen Haar noch etwas anderes im Ärmel hatte.

Es war ein Gefühl, das mir ganz und gar nicht gefiel.

18

»Und jetzt, Jungs und Mädels«, sagte Mr. Moffat strahlend zur Versammlung, »gönnen wir uns etwas Spaß. Mrs. Friend hat uns eingeladen, unsere heitere Stunde an ihrem prachtvollen Swimmingpool zu verbringen. Wir haben doch alle unser Aurora-Badezeug dabei?«

Ein Chor der Zustimmung erhob sich.

Mit einem Klappern der Stühle standen die Mitglieder der Liga auf und umschwärmten mich, herzlichst ihren neuen Freund begrüßend. Als mich einer nach dem anderen mit aufmunternden Worten bedachte, stellte ich fest, daß zwei Fremde den Raum betreten hatten und unsicher an der Tür standen. Der eine war schon älter, stand in gebückter Haltung, hatte eine rotgeäderte Nase und weißes Haar. Der andere war jung, sehr stämmig und wirkte wachsam und selbstsicher, womit er eindeutig jemand war, der nicht den Durchbruch zu Mr. Moffat erzielt hatte.

Während mir die Jungs und Mädels kichernd ihre Hoffnung zum Ausdruck brachten, ich möge mich bald soweit erholt haben, daß ich eine aktive Rolle bei ihren lustigen Unternehmungen spielen konnte, sah ich, daß sich Mr. Petherbridge von Mrs. Friend entfernt hatte und zu den beiden Männern an der Tür gegangen war. Die drei unterhielten sich leise und verschwörerisch miteinander.

Allmählich strömten die Mitglieder der Aurora-Liga für einen sauberen Lebenswandel durch die Bibliothek und die Verandatüren zum Pool. Als mir das letzte Mitglied seine Aufwartung gemacht hatte, schüttelte Mr. Moffat wieder meine Hand.

»Willkommen bei uns, Gordy, Junge. Ich bin sicher, es liegen viele prachtvolle Vergnügungen vor uns. Ah, dein wunderschönes Landhaus – ein idealer Versammlungsort für die Liga. Ein idealer Treffpunkt.« Das Lächeln dehnte sich nun auch auf Mrs. Friend aus, die in der Nähe stand. »Und die gemeine Profitgier?« Er lachte voll und falsch. »Wohin gehören die Einkünfte des Lebens eines Vaters, wenn nicht in den Schoß seiner Witwe und seiner vaterlosen Kinder – vorausgesetzt, sie haben sich als würdig erwiesen?«

Als er diese leicht drohende Bemerkung aussprach, blitzten die unregelmäßigen Zähne auf. Dann warf er die Schultern zurück. Mr. Moffat schritt viel fröhlicher, als ein Mann eigentlich sein sollte, der gerade mehrere Millionen Dollar verloren hatte, hinaus, um die heitere Stunde zu überwachen. Bevor er ging, schaute er kurz zu den beiden Männern bei Mr. Petherbridge hinüber, wandte dann schnell den Blick ab und tat so, als habe er sie nicht gesehen.

Mir fiel das auf, doch Mrs. Friend anscheinend nicht. Ihr Gesicht strahlte, und sie drückte leicht meinen Arm.

»Sie haben es geschafft«, flüsterte sie. »Lieber Junge, Sie waren einfach wunderbar. Wir haben es geschafft.«

Sie eilte Mr. Moffat hinterher, wahrscheinlich, um am Pool die Pflichten einer Gastgeberin zu erfüllen. Selena und Marny hatten Großmutter auf ihr Zimmer zurückgebracht, und Jan war verschwunden. Ich nahm an, daß auch ich wohl am Pool erwartet wurde. Doch die Vorstellung, die Aurora-Damen in ihren Aurora-Badeanzügen zu sehen, war zuviel für mich. Ich blieb, wo ich war.

Ich hatte das Zimmer jetzt für mich allein, abgesehen von Mr. Petherbridge und den beiden Fremden, die noch immer an der Tür standen. Ich sah zu ihnen hinüber, dachte an Mr. Moffat und verspürte ein seltsames Unbehagen. Als sei mein Blick ein Zeichen gewesen, kamen die drei Männer auf mich zu.

Mr. Petherbridge schien vor Nervosität mittlerweile außer sich zu sein. »Ah, Mr. Friend, Sie ... äh ... scheinen Ihre Pflichten, wie das Testament sie vorgesehen hat, erfüllt zu haben. Die Bedingungen sind klar. Sie haben sie auf den Buchstaben genau erfüllt.«

»Dann kann Mr. Moffat nichts mehr unternehmen?« fragte ich.

»Soweit es die Bedingungen des Testaments betrifft, äh ... nein.« Mr. Petherbridges zierliches Gesicht war fast knallrot vor Verlegenheit, für die ich noch immer keinen

Grund sehen konnte. »Aber ... Mr. Friend, bevor wir diese Angelegenheit weiterhin besprechen, gibt es etwas ... etwas ... ziemlich Unangenehmes ... Ich frage mich, ob Sie für mich und diese Herren einen Augenblick Zeit hätten.«

»Natürlich«, sagte ich, und meine Nervosität wurde durch die seine noch vergrößert.

»Eine peinliche Sache. Sehr peinlich, gelinde gesagt.« Mr. Petherbridge deutete mit einer kleinen, unsicheren Bewegung auf den älteren der beiden Männer, den gebückt gehenden mit der rotgeäderten Nase und dem weißen Haar. »Das ist Dr. Leland, Mr. Friend. Ich weiß nicht, ob Sie sich kennen. Dr. Leland ist der Arzt, der bei Ihrem Vater war, als er ... äh ... verschied.«

Meine Nervosität grenzte fast an Panik. Mrs. Friend hatte Dr. Leland nicht eingeplant.

Dr. Leland musterte mich aus müden, schwerlidrigen Augen. Nach einem schier unendlichen Augenblick streckte er die Hand aus.

»Ich glaube, ich hatte noch nicht das Vergnügen, Mr. Friend.«

Erleichterung durchflutete mich. Ich schüttelte die trokkene, schwielige Hand.

»Und das«, Mr. Petherbridge wieherte fast, als er auf den zweiten Mann deutete, »ist Inspektor Sargent.«

Ein Inspektor! Mein Schuldbewußtsein war wie eine verhaftende Hand, die meine Schulter umfaßte.

Der junge Inspektor Sargent gab mir nicht die Hand. Er lächelte mir zu, ein ruhiges, bedeutungsloses Lächeln, das jeden enthüllenden Blick aus seinen Augen verbannte.

»Vielleicht gibt es ein Zimmer, in dem wir uns ungestörter unterhalten können, Mr. Friend«, schlug er vor. »Was wir zu sagen haben, ist... na ja, es ist von vertraulicher Natur.«

Mrs. Friend war nicht da. Niemand war da. Ich war jetzt auf mich allein gestellt. Den Männern bedeutend, mir zu folgen, rollte ich den Stuhl aus dem Wohnzimmer über den Gang in ein kleineres Wohnzimmer, in dem ich noch nie gewesen war. Die Situation war kritisch. Ich kannte mich in dem Haus, das angeblich mir gehören sollte, kaum aus. Ich erinnerte mich an meine Besorgnis, als Mr. Petherbridge heute morgen eingetroffen war. Ich erinnerte mich daran, was ich gedacht hatte: *Stecke ich meinen Hals in die Schlinge?*

Hatte ich meinen Hals bereits in diese Schlinge gesteckt?

Ich dachte an Mr. Moffats verstohlenen Blick auf den Inspektor, als er gegangen war. Mit großer Wahrscheinlichkeit hatte dies etwas mit Mr. Moffat zu tun, mit irgendeinem verrückten Schachzug seinerseits, das Testament anfechten zu lassen. Wenn ich ruhig blieb, müßte alles in Ordnung kommen.

Inspektor Sargent schloß die Tür. Die drei Männer bauten sich um mich herum auf. Ich fühlte mich ganz ruhig. Das war eine Sache. Die mögliche Gefahr hatte meine Nervosität gebannt.

»Nun, meine Herren?« sagte ich.

»Ich glaube... äh...« flötete Mr. Petherbridge. »Na ja, ich glaube, Inspektor Sargent ist derjenige, der...« Er brach mitten im Satz ab.

Der Inspektor hatte sich gesetzt, ohne dazu aufgefordert worden zu sein. Er holte ein Notizbuch und einen Stift aus der Tasche. Er lächelte mich noch immer an.

»Entschuldigen Sie das Notizbuch, Mr. Friend. Nur eine Vorschrift.«

»Natürlich.«

Der Stift, der von einer großen, kantigen Hand umschlossen wurde, schwebte über dem aufgeschlagenen Buch.

»Ihr Name ist Gordon Renton Friend der Dritte?«

»Ja.«

»Sie sind natürlich der Sohn des verstorbenen Mr. Friend, der vor einem Monat in diesem Haus verschieden ist?«

»Ja.«

Jetzt hatte ich es gesagt. Ich hatte mich ausgeliefert. Es gab kein Zurück mehr.

»Wie ich gehört habe, sind Sie und Ihre Frau etwa zwei Wochen vor dem Tod Ihres Vaters aus Pittsburg hier eingetroffen. Ist das richtig?«

Wenn überhaupt, war es jetzt an der Zeit, die Amnesie zu erwähnen. Sie mochte sich gegen nicht zu beantwortende Fragen sehr nützlich erweisen. Und doch hatte Mrs. Friend sie Mr. Petherbridge gegenüber verschwiegen. Es würde höchst verdächtig klingen, wenn ich sie jetzt plötzlich erwähnte. Ich entschloß mich, abzuwarten, bis ich wußte, worauf der Inspektor hinauswollte.

»Ja«, sagte ich.

Der Blick der grauen, nüchternen Augen des Inspektors traf den meinen. »Am Tag, als Ihr Vater starb, sind Sie nach Los Angeles gefahren?«

»Ja.«

»Um jemanden zu besuchen?«

Obwohl ich es nicht gewagt hatte, die Amnesie zu benutzen, konnte ich zumindest den Alkohol vorschieben, um kritischen Fragen auszuweichen. Gordys Trinkgewohnheiten waren schon allein durch das Testament, wenn nicht überhaupt, allgemein bekannt. Ich konnte dem Inspektor nicht in die Hände spielen, wenn ich dies eingestand.

Ich grinste. »Ich kann genausogut offen sein«, sagte ich. »Ich habe getrunken. Ich bin nicht nach Los Angeles gefahren, um jemanden zu besuchen. Ich fuhr einfach ... auf eine Sauftour.«

»Ich verstehe.« Nun, da wir zum ersten Mal hätten rechtens erheitert sein können, hörte der Inspektor auf zu lächeln. »Zu welcher Tageszeit sind Sie losgefahren?«

Marny hatte es mir gesagt. Wann war es noch gleich gewesen? »Irgendwann am Abend.«

»Bevor bekannt wurde, daß Ihr Vater sterben würde?«

»Natürlich.«

»Aber während des früheren Teils des Tages waren Sie hier?«

»Ja.«

»Ist Ihnen aufgefallen, daß irgend etwas Ungewöhnliches passiert ist?«

Ich spürte Unbehagen in meinem Magen – wie eine Ratte, die an einem Dielenbrett nagt.

»Ich fürchte, mir wäre rein gar nichts aufgefallen«, sagte ich mit demselben Grinsen, das unbesorgt wirken sollte. »Ich hatte schon ziemlich viel Whisky geladen.« Ich zögerte. »Warum?« fragte ich dann.

Inspektor Sargent schloß sein Notizbuch und legte seine schweren Hände auf seine großen, muskulösen Schenkel.

»Das ist keine angenehme Sache, Mr. Friend. Mir gefällt es nicht, Sie damit belästigen zu müssen.« Seine Stimme sollte entschuldigend klingen, tat es aber nicht. »Es ist nur so, daß eine gewisse Partei ... na ja, das macht, was man Ärger nennen könnte.«

»Mr. Moffat?« fragte ich.

Eine leichte Röte legte sich auf sein Gesicht und ließ ihn plötzlich sehr jung aussehen. »Um genau zu sein, ja.«

Nun, da er eingestanden hatte, daß Mr. Moffat dahinter steckte, war ich etwas beruhigt. Mrs. Friend hatte eindeutig gesagt, daß der Präsident der Liga auf keinen Fall wissen konnte, daß ich ein Betrüger war. Ich war mir jetzt sicher genug, um in die Offensive zu gehen.

»Es müßte doch offensichtlich sein«, sagte ich, »daß jeder Ärger, den Mr. Moffat macht, einen bestimmten Zweck erfüllen soll.«

»Natürlich. Ich weiß, daß eine beträchtliche Geldsumme auf dem Spiel steht.« Inspektor Sargent war ein höflicher junger Mann. »Aber ein Polizist muß Beschwerden nachgehen. Das verstehen Sie doch?«

»Das verstehe ich.«

»Ich bin einer nachgegangen«, sagte der Inspektor. »Da ich die trauernde Familie nicht stören wollte, wenn es nicht unbedingt nötig war, habe ich mich an die beiden einzigen Männer außerhalb der Familie gewandt, die mir helfen konnten.«

Er deutete auf Mr. Petherbridge, der zitterte, und Dr. Leland, der in düsteren Tagträumen versunken zu sein schien.

»Und was ich von diesen beiden Herren erfahren habe«, fuhr Inspektor Sargent fast traurig fort, »führte mich zu dem Schluß, daß Mr. Moffats Beschwerde nicht ohne weitere Untersuchungen abgewiesen werden konnte.«

Die Ratte nagte wieder an dem Dielenbrett. »Und Mr. Moffats Beschwerde?« fragte ich.

»Ich glaube«, sagte Inspektor Sargent, »es wäre besser, wenn Mr. Petherbridge und Dr. Leland Ihnen zuerst sagen, was sie mir bereits mitgeteilt haben.«

»Bitte, Mr. Friend, bitte verstehen Sie, wie unangenehm mir das ist.« Mr. Petherbridge war atemlos in das Gespräch gestolpert. »Ich versichere Ihnen, ich habe mir nichts dabei gedacht. Ich hatte es fast schon vergessen, bis Inspektor Sargent mich danach fragte. Doch an dem Tag, an dem Ihr armer Vater starb, in der Tat nur ein paar Stunden bevor Dr. Leland gerufen wurde, hat Ihr armer Vater mich angerufen. Er schien sich in einem Zustand höchster Aufregung zu befinden. Er vereinbarte mit mir einen Termin. Er wollte am nächsten Morgen kommen, um, wie er sagte, sein Testament zu ändern. Da ich Ihren Vater natürlich kannte, seine ziemlich jähzornige Natur und seine ständigen ...«

»Nun, Dr. Leland«, warf Inspektor Sargent ein, »erzählen Sie Mr. Friend vielleicht, was Sie mir erzählt haben.«

Zum ersten Mal schaute Dr. Leland nicht mehr düsterverträumt drein und zeigte eine ähnliche, wenn auch besser beherrschte Verlegenheit wie Mr. Petherbridge.

»Es ist so, Friend«, sagte er. »Ihr Vater war bei mir in Behandlung, seit er nach Kalifornien kam. Er war seit einiger Zeit krank, hatte ein schwaches Herz. Als er das erste Mal einen Anfall hatte und ich ihn ins Bett steckte – na ja, es hätte mich nicht überrascht, wenn ich am Morgen erfahren hätte, daß er in der Nacht gestorben sei. Sie verstehen mich?«

Ich nickte und versuchte gar nicht erst, etwas zu verstehen, das in meiner Vorstellung wie eine Gewitterwolke aussah.

»Nun, an dem Abend, an dem mich Ihre Mutter rief, fand ich Mr. Friend in einem schlechten Zustand vor. Sein Herzschlag ging beschleunigt und unregelmäßig; er hatte Atemnot; er delirierte. Das alles waren Symptome eines ernsten Anfalls. Ich blieb mehrere Stunden bei ihm und tat, was ich konnte. Dann trat ein plötzliches Herzversagen ein, und er war innerhalb weniger Minuten tot.«

Er hielt inne, und die schweren Lider senkten sich über seine Augen. »Sie sind kein Arzt, Mr. Friend. Es ist sinnlos, in die medizinischen Einzelheiten zu gehen. Geben wir uns damit zufrieden, daß Ihr Vater allem Anschein nach im natürlichen Verlauf der Ereignisse einen weiteren Anfall erlitten hatte, der sich als tödlich erwies. Da mir sein Zustand bekannt war, akzeptierte ich diese Diagnose. Ich stellte den Totenschein ohne den leisesten Verdacht aus, etwas könne nicht in Ordnung sein – und ich behaupte, daß jeder andere Arzt an meiner Statt genauso gehandelt hätte.«

Er hielt erneut inne. Es war eine unheilvolle Pause. »Doch nachdem Inspektor Sargent zu mir kam und ich darüber nachzudenken anfing, bereiteten mir einige Symptome Kopfzerbrechen. Und dann hatte sich Ihr Vater während der Tage, die seinem Tod vorausgingen, überraschend gut erholt. Da war dies, Friend, und das. Und jetzt«, er streckte die Hände aus, »ich will nicht sagen, daß ich mit dem, was der Inspektor vorgebracht hat, einverstanden bin. Das sage ich keineswegs. Es ist nur so, daß ich mir meiner Diagnose nicht mehr sicher bin. Ich bin durchaus zu dem Eingeständnis bereit, daß ich mich geirrt haben könnte. Ich muß die Möglichkeit eingestehen, daß Mr. Friend vielleicht an einer Überdosis des Digitalis gestorben ist, das ich ihm verschrieben habe.«

»Sie verstehen, Mr. Friend«, sagte Inspektor Sargent ganz leise. »Das ist Mr. Moffats Beschwerde. Er kam gestern in mein Büro und gab zu Protokoll, er vermute, Ihr Vater sei – ermordet worden.«

Da war sie – die Schlinge.

»Sie verstehen also, Mr. Friend«, fuhr der Inspektor fort, »daß ich unter diesen Umständen gezwungen bin, wegen Mr. Moffats Beschwerde gewisse Schritte einzuleiten. Ich fürchte, bevor wir den Fall abschließen können, wird es eine Autopsie geben müssen.« Er zog ein Dokument aus seiner Tasche und legte es auf die Lehne seines Stuhls. »Ich habe eine Exhumierungsanordnung mitgebracht. Sie muß von einem Mitglied der Familie unterschrieben werden. Ich dachte, es ist für Sie weniger schmerzhaft, sie zu unterschreiben, als für Ihre Mutter.«

Ich suchte in Gedanken nach einem Ausweg, den es nicht gab. Ich versuchte, meiner Stimme einen zynischen Klang zu geben, und sagte: »Und was, wenn ich Ihnen sage, daß die Beschuldigung lächerlich ist und ich mich weigere, meinen Vater ausgraben zu lassen, nur weil Mr. Moffat mir eins auswischen will?«

»Ich würde Ihnen raten, das Formular zu unterschreiben, Mr. Friend. Schließlich könnte eine Weigerung andeuten, daß Sie dem Ergebnis der Autopsie beunruhigt entgegensehen.«

Inspektor Sargent beobachtete mich mit stählerner Intensität. Ich erwiderte den Blick. Es war keiner meiner besseren Augenblicke.

»Mein rechter Arm ist in einem Gipsverband«, sagte ich. »Die Unterschrift wird nicht sehr leserlich sein.«

»Bei diesen beiden Herren als Zeugen wird alles genügen, sogar ein Kreuz.«

Inspektor Sargent zog einen Füllfederhalter hervor. Er kam mit dem Formular herüber, legte es auf die breite Lehne meines Rollstuhls, gab mir den Federhalter und deutete auf die Linie, auf der ich unterschreiben sollte. Zum zweiten Mal an diesem Tag kritzelte ich mit der linken Hand Gordon Renton Friend der Dritte. Mr. Petherbridge und Dr. Leland unterschrieben ebenfalls. Der Inspektor steckte das Formular wieder ein.

»Ich weiß, daß Sie keine Ruhe finden werden, bis die Autopsie vorüber ist, Mr. Friend. Ich versuche mein Möglichstes, die Dinge zu beschleunigen. Ich müßte imstande sein, Ihnen das Ergebnis in etwa vierundzwanzig Stunden mitzuteilen.«

Mr. Petherbridge und Dr. Leland eilten zur Tür wie zwei Haushunde, die verzweifelt hinaus mußten.

Inspektor Sargent schüttelte meine linke Hand und lächelte sein breites, unergründliches Lächeln.

»Machen Sie sich keine Sorgen, Mr. Friend. Wahrscheinlich haben Sie recht. Mr. Moffat hat wohl nur einen Sprung ins Ungewisse getan – ein letzter verrückter Zug, um dieses

Geld doch noch zu bekommen. An Ihrer Stelle würde ich der Familie gegenüber nicht einmal etwas davon erwähnen. Sie würden sie nur nervös machen. Und es wäre doch eine Schande, wenn sie nervös würden, und es wurde noch nicht einmal ein Mord begangen, nicht wahr?«

»Ja«, sagte ich.

Er öffnete die Tür. Mr. Petherbridge und Dr. Leland schossen hinaus. Inspektor Sargent folgte ihnen.

Er schloß die Tür respektvoll hinter sich.

19

Als ich den Rollstuhl auf den Korridor, der mit goldenem Sonnenlicht überflutet war, schob, hatte ich den Eindruck, als scheine die Sonne ununterbrochen auf das Haus der Friends. Ich sehnte mich nach einem dichten, schwarzen Nebel oder einem Wirbelsturm – nach irgend etwas, das diese sanfte, sonnige Atmosphäre des Friedens und guten Willens zunichte machen würde.

Ich arbeitete mich ins Wohnzimmer voran und fand dort die Familie Friend allein und bester Laune vor. Selena hatte das formlose schwarze Kleid schon gegen einen farbenfrohen hawaiianischen Badeanzug eingetauscht. Sie hatte ihr Haar von den lächerlichen Flechten befreit, und es fiel locker auf ihre Schultern und leuchtete im Sonnenlicht. Marny hatte sich auch umgezogen. Sie hockte auf dem einen Ende der Couch und rauchte heftig. Mrs. Friend saß, noch demütig und witwenhaft, mit ihrem Strickzeug und einer Schachtel Pralinen auf dem breiten Schoß, am Fenster.

Sie alle blickten beiläufig auf, als ich hereinfuhr. Mrs. Friend lächelte ihr mütterliches Lächeln.

»Hallo, mein Lieber. Die Liga für einen sauberen Lebenswandel hat gerade ihre heitere Stunde beendet und ist fröhlich in ihrem Bus davongefahren. Mein lieber Junge, es war aber ziemlich unanständig von Ihnen, nicht herauszukommen und sich von dem armen Mr. Moffat zu verabschieden. Schließlich hat er seine bittere Pille mit ziemlich guten Manieren geschluckt.« Sie hielt inne und suchte sich eine besonders saftige Praline aus. »Übrigens, mein Lieber, wer war dieser gutaussehende Junge bei Mr. Petherbridge und Dr. Leland? Sie waren schon wieder verschwunden, bevor ich mit ihnen sprechen konnte.«

Mrs. Friends Ruhe war mir niemals unerträglicher vorgekommen. »Dieser gutaussehende Junge bei Mr. Petherbridge und Dr. Leland«, sagte ich, »war ein Polizist.«

Alle drei starrten mich an.

»Und was hat er gewollt?« murmelte Mrs. Friend in bedacht beiläufigem Tonfall.

»Er wollte, daß Gordy Friend eine Exhumierungsanordnung unterschreibt.« Ich knallte es ihnen direkt vor den Bug. »Er glaubt, daß der alte Mr. Friend ermordet wurde.«

Marny drückte ihre Zigarette in einem Aschenbecher aus. Selena stand auf. Selbst Mrs. Friends Reaktion war so stark, daß ihre Hand mit der Praline mitten in der Luft verharrte.

Mehr als alles andere fühlte ich mich in diesem Augenblick erschöpft.

»Ihr müßt euch keine Sorgen machen«, sagte ich. »Ich habe meine Rolle als Gordy Friend bewunderungswürdig gespielt.« Ich hielt inne. »Ihr müßt euch auch nicht die Mühe machen, überrascht zu wirken.«

»Überrascht?« Selena fuhr zu mir herum. »Was um Gottes willen meinst du damit?«

»Ich habe es von Anfang an vermutet. Dann ließ ich es mir vom berühmten Charme der Friends wieder ausreden. Ihr habt schon immer gewußt, daß Mr. Friend ermordet wurde. Ihr habt immer gewußt, daß es herauskommen würde. Deshalb habt ihr mich geholt.«

»Aber...« setzte Selena an.

Mrs. Friend warf ihr einen Blick zu. Sie stand auf. Sie baute sich gewaltig vor mir auf und sah mir direkt in die Augen. »Geholt – weshalb?«

»Natürlich, damit ich die Sache ausbade. Wo ist Gordy übrigens? Ich nehme an, ihr habt ihn irgendwo versteckt, bis die ganze schmutzige Angelegenheit vorbei ist und ich verurteilt worden bin.«

»Du Narr«, fauchte Selena.

»Ja, mein Lieber.« Mrs. Friend sah mir noch immer in die Augen. »Wenn Sie das glauben, sind Sie wirklich ein Narr, fürchte ich.« Mit einer gelassenen Handbewegung winkte sie die beiden Mädchen herbei. Sie traten neben sie. Die drei sahen mich an.

»Ich weiß, daß Sie jeden Grund haben, meinem Wort keinen Glauben zu schenken«, sagte Mrs. Friend sehr langsam. »Aber ich sage Ihnen das, weil es wahr ist. Keiner von uns hat die geringste Ahnung von dieser unglaublichen Behauptung, die über meinen Gatten erhoben wurde. Keiner von uns hat die geringste Ahnung, wo Gordy ist. Und Sie – Sie wurden einzig und allein aus dem Grund geholt, wie Sie es so merkwürdig ausdrücken, den wir Ihnen genannt haben, und aus keinem anderen.« Sie hielt inne. »Glauben Sie mir?«

»Spielt es eine Rolle, ob ich Ihnen glaube oder nicht?«

»Es spielt eine Rolle, weil ich Sie mag.« Sie nahm Selenas Hand. »Und auch die Mädchen mögen Sie. Ich möchte nicht, daß Sie uns für – Teufel halten.«

Da war das Wort erneut gefallen.

»Vielleicht«, fuhr Mrs. Friend fort, noch immer mein Gesicht musternd, »vielleicht glauben Sie mir, wenn ich an Ihre Vernunft appelliere. Ich weiß nichts über diesen Mordvorwurf, und ich bin mir sicher, daß er ziemlich lächerlich ist. Aber wie im Namen der Vernunft könnten wir, selbst wenn wir es wollten, Ihnen die Schuld in die Schuhe schieben? Es ist vorstellbar, daß wir damit vielleicht durchgekommen wären, hätten wir Sie überzeugen können, daß Sie wirklich Gordy sind. Aber wir haben Sie nicht überzeugt. Sie müßten lediglich der Polizei sagen, daß Sie ein Opfer sind, das unter Amnesie leidet und das wir nach dem Tod meines Mannes hierher gelockt und in einer Verschwörung benutzt haben, um der Liga für einen sauberen Lebenswandel das Geld vorzuenthalten. Sobald Sie einmal ausgesagt haben, daß Sie nicht Gordy sind, wird die Polizei jede Menge Zeugen auftreiben, die bestätigen, daß Sie die Wahrheit sagen. Die alten Dienstboten zum Beispiel, die den echten Gordy gekannt haben. Leute aus Pittsburg, wo Gordy gearbeitet hat. Leute aus St. Paul, wo Gordy aufgewachsen ist. Mein lieber junger Mann, Sie wären entlastet, bevor Sie Aurora sagen könnten.«

Sie lächelte nun, dieses unglaublich aufrichtige Lächeln.

»O nein, nicht Sie befinden sich in unserer Gewalt, es dürfte genau andersherum sein.« Sie hatte ihre Praline die ganze Zeit über in der Hand gehalten. Nun steckte sie sie in den Mund. Sie kaute. Sie mußte eine Nougatfüllung gehabt haben. »Es hat für mich den Anschein, als wären wir völlig Ihrer Gnade ausgeliefert.«

Mrs. Friend hatte es natürlich wieder einmal geschafft. Ihre Logik war makellos. Wie immer hatte sie dafür gesorgt, daß ich mir wie ein Trottel vorkam.

Sie lächelte noch immer. Genau wie Selena – strahlend. Jeder Zorn hatte sich verflüchtigt. Nur Marny schaute noch mißtrauisch und vorsichtig drein.

»Also, mein Lieber?« fragte Mrs. Friend.

Ich zuckte die Schultern. »Na schön«, sagte ich. »Es tut mir leid.«

»Schon in Ordnung, mein Lieber. Ich bin sicher, das Gespräch mit dem Polizisten war überaus unangenehm. Kein Wunder, daß Sie etwas aufgebracht sind.« Eine leise Geste schickte die Mädchen auf ihre Plätze zurück. Mrs. Friend setzte sich wieder hinter den Sekretär am Fenster. »Hoffentlich haben wir uns jetzt alle beruhigt. Ich habe gelernt, daß man viel besser dran ist, wenn man sich nicht aufregt.« Als wolle sie beweisen, daß es unerwünscht sei, sich aufzuregen, nahm sie das Strickzeug wieder auf und machte sich mit den Nadeln an die Arbeit. »Und jetzt, mein Lieber, sagen Sie uns genau, was passiert ist.«

Ich sagte ihr genau, was passiert war. Alle drei hörten aufmerksam zu. Als ich fertig war, legte Mrs. Friend das Strickzeug wieder ab und lächelte.

»Sehen Sie jetzt ein, mein Lieber, wie recht ich hatte? Es

besteht kein Grund zur Aufregung. Offensichtlich handelt es sich um eine lächerliche Beschuldigung, die Mr. Moffat erhoben hat. Es liegt kein Gramm Wahrheit darin. Was für ein abscheulicher Mensch. Wäre ich doch nicht so freundlich zu ihm gewesen! Aber ein Gutes hat die Sache zumindest. Welche Skrupel ich auch gehabt haben mochte, ihm das Geld abzuluchsen – sie sind jetzt weggewischt, völlig weggewischt.«

Ihre unerschütterliche Ruhe schien nun an Schwachsinn zu grenzen.

»Sie sind so gottverdammt bemüht, nicht ›Wolf‹ zu rufen«, sagte ich aufgebracht, »daß Sie noch ›kleines Kätzchen‹ murmeln würden, wenn Sie schon in ein aufgerissenes Maul schauen.«

Mrs. Friend lachte. »Was für ein niedlicher Vergleich.«

»Hören Sie um Gottes willen auf, so erhaben zu sein. Ob Mr. Moffats Anklage nun erstunken und erlogen ist oder nicht, gegen die Familie Friend wird zur Zeit wegen Mordes ermittelt – und die Familie Friend schließt im Augenblick mich ein. Wir müssen auf alles vorbereitet sein. Wenn Sie nicht genug Verstand haben, die Sache ernst zu nehmen, werde ich mich auf meine Weise darum kümmern.«

»Ja«, sagte Marny plötzlich. »Du hast recht. Natürlich hast du recht.«

»Ich bin mir sicher, mein Lieber«, murmelte Mrs. Friend, »daß Sie sich auf bewundernswerte Art und Weise darum kümmern werden. Männer erledigen solche Dinge immer viel besser als Frauen.« Sie sah auf, und in ihren Augen lag ein ganz schwacher Schimmer der Erheiterung. »Na schön. Was wollen Sie für den Anfang wissen?«

»Sie können damit anfangen, mir genau zu sagen, was am Tag von Mr. Friends Tod passiert ist.«

»Nun ja, nichts ist passiert, mein Lieber.«

»Ich weiß, daß zumindest eins passiert ist. Er hat Jan gefeuert. Warum?«

Mrs. Friend kniff die Augen zusammen. »Ich habe nicht die geringste Ahnung. Mein Gatte war ziemlich launisch. Er hatte oft seine ganz spontanen Einfälle. Wahrscheinlich hat Jan an diesem Morgen nicht fröhlich genug ausgesehen.«

Ich sah zu den Mädchen hinüber. »Weiß es eine von euch?«

Marny beobachtete Selena. Selena zuckte die Schultern.

»Nein, Baby. Ich hatte sogar vergessen, daß er gefeuert wurde.« Ihr Blick begegnete dem Marnys. »Aber das läßt sich doch ganz leicht herausfinden. Frag ihn.«

»Ja«, sagte Mrs. Friend, »wenn Sie es wirklich wissen wollen – fragen Sie ihn. Marny, Liebes, lauf los und such ihn.«

Marny stieß sich vom Sofa ab und ging hinaus. Ich hatte Jan bereits gefragt, weshalb er gefeuert worden sei, und war nicht weitergekommen. Ich hatte keine große Hoffnung, es sei denn, die Friends hatten ein besseres Kommunikationssystem als ich entwickelt. Bald kam Marny mit dem Holländer zurück. Er trug noch immer den respektablen Leinenanzug, und das blonde Haar klebte noch an seinem Kopf.

»Fragen Sie ihn«, sagte ich zu Mrs. Friend.

Sie stellte die Frage sehr langsam. Jan schien sie zu verstehen, genau wie es bei mir der Fall gewesen war. Und genau wie bei mir brüllte er vor Lachen los. Die drei Frauen bearbeiteten ihn weiterhin mit Fragen. Er reagierte darauf mit Gesten, die für mich unverständlich waren. Doch Mrs. Friend schien ihre Bedeutung klar zu sein. Sie nickte ihm zu, daß er gehen dürfe. Nachdem er weg war, drehte sie sich zu mir um.

»Tja, das hätten wir.«

»Sie haben ihn verstanden?«

»Natürlich, mein Lieber. Aber es hilft uns nicht gerade weiter. Jan weiß nicht, warum er gefeuert wurde.«

»Er weiß es nicht?«

»Das versuchte er uns zu übermitteln. Und es ist durchaus zu begreifen. Mein Gatte hat ihn hereingerufen, ausgeschimpft und gefeuert. Jan hat nicht verstanden, was das alles zu bedeuten hatte. Er hat die Situation einfach akzeptiert. Jan akzeptiert immer Situationen und lacht. Er ist wirklich ermüdend. Man sollte doch meinen, daß er sich die Mühe machen könnte, wenigstens ein paar Worte Englisch zu lernen, nicht wahr?« Sie blinzelte erneut mit schwacher Entschlossenheit. »Und welchen Weg schlägt die Untersuchung nun ein?«

»Hatte Mr. Friend eine Krankenschwester, als er starb?«

Mrs. Friend schüttelte den Kopf. »Er hatte natürlich eine, als er ernstlich krank war. Aber sein Zustand hatte sich so sehr gebessert, daß wir sie mehrere Tage vor seinem Tod fortschickten.«

»Wer hat sich dann um ihn gekümmert?«

»Wir alle, mein Lieber. Jan hat ihn hergerichtet. Die Mädchen und ich sorgten dafür, daß er seine Medizin bekam. Ich fürchte nur, keine von uns hat sich gern lange bei ihm aufgehalten.« Sie seufzte. »Hätten Sie Vater gekannt, würden Sie das besser verstehen. Er war kein sehr liebenswürdiger Patient.«

»Und seine Medizin war – Digitalis?«

Mrs. Friend zuckte die Achseln. »Das weiß ich wirklich nicht, mein Lieber. Es waren irgendwelche Tropfen. So viele Tropfen. Man nahm sie mit Wasser ein.«

»Es war Digitalis«, sagte Marny. »Du weißt ganz genau, daß es Digitalis war, Mimsey.«

»Ich habe diese schwierigen Namen vergessen, meine Liebe.« Mrs. Friend sah mich an. »Sonst noch etwas?«

»Wer hat Mr. Friend an diesem Tag seine Medizin gegeben?«

»Ich glaube, morgens habe ich sie ihm gegeben. Er mußte sie zweimal täglich nehmen.«

»Wer hat sie ihm abends gegeben?«

Mrs. Friend sah zu Selena. »Warst du das nicht, meine Liebe?«

»Nein«, sagte Marny, »ich war es. Wenigstens wollte ich sie ihm geben.«

»Du wolltest sie ihm geben?« echote ich.

Marny nickte. Sie sah bleich und unruhig aus; sie war sich der möglichen Gefahr wohl viel bewußter als Selena und Mrs. Friend.

»Kurz nach dem Abendessen ging ich auf sein Zimmer. Zu diesem Zeitpunkt nahm er immer die zweite Portion seiner Medizin. Da er Jan gefeuert hatte, hatte eins der Dienstmädchen ihm das Essen gebracht und wieder weggeräumt. Er hatte eine fürchterliche Laune, ich glaube, das Mädchen hatte Tomatensaft auf die Bettdecke geschüttet. Ich bot ihm an, ihm seine Medizin zu geben, doch er schrie mich an, ich solle verschwinden und Gordy zu ihm schicken.«

»Gordy?«

Sie nickte. »Ich ging zu seinem Zimmer hinauf. Er war schon ziemlich voll. Ich holte ihm etwa Lavoris, versuchte, ihn so vorzeigbar wie möglich zu machen, und schickte ihn zu Vater hinunter.«

»Hat dein Vater gesagt, weshalb er Gordy sprechen wollte?«

»Nein. Aber er wollte Gordy immer sprechen, wenn er schlechte Laune hatte. Er hoffte immer, Gordy betrunken zu erwischen und endlich einen Grund für eine Rede über Satan zu haben. Ich habe mir nichts dabei gedacht.«

»Und nachdem er zu seinem Vater gegangen war, bist du ihm in der Halle begegnet, und er sagte, er habe die Nase voll und fahre nach Los Angeles?«

»Genauso war es.«

»Hast du ihn gefragt, was passiert ist?«

»Nein. Ich habe nur gesagt: ›Benimmt er sich wie üblich?‹, und Gordy fluchte heftig und ging zur Garage.«

»Und du?«

»Ich ging zu Vater zurück, um ihm seine Medizin zu geben.«

»Hast du sie ihm gegeben?«

»Nein, Selena war bei ihm.«

Ich wandte mich an Selena. »Stimmt das?«

»Ja, Baby. Ich war dort, als Marny hereinkam.«

»Und du hast Mr. Friend seine Medizin gegeben?«

Sie streckte die Hand nach einer Zigarette aus und zündete sie an. »Nein, Liebling, ich habe ihn gefragt, ob ich sie ihm geben solle, und er sagte, er habe sie schon bekommen.«

Ich erschauerte beunruhigt. »Also hat Gordy sie ihm gegeben?«

»Ich nehme es an.«

Ich wandte mich wieder an Marny. »Wann genau war das?«

»Gegen halb neun. Es begann um halb neun und endete irgendwann gegen neun.«

»Und dein Vater schien ganz in Ordnung zu sein, als du mit Selena bei ihm warst, nachdem Gordy gegangen war?«

»Ja. Wir blieben aber nur ein paar Minuten.«

Ich wandte mich an Mrs. Friend. »Und wann haben Sie herausgefunden, daß er einen Anfall hatte, und nach Dr. Leland geschickt?«

»Lassen Sie mich überlegen. Es muß gegen halb elf gewesen sein, würde ich sagen. Ja. Er schlief normalerweise gegen elf Uhr ein. Ich schaute nur noch mal herein, ob er etwas bräuchte, und – fand ihn.«

Es paßte natürlich alles zusammen. Ich wußte nur nicht ganz genau, was ich davon halten sollte.

»Mr. Petherbridge hat gesagt, euer Vater habe ihn ein paar Stunden bevor Sie Dr. Leland riefen, angerufen und ihm gesagt, er wolle sein Testament ändern. Das bedeutet, daß er angerufen haben muß, als Gordy bei ihm im Zimmer war.«

Ich schaute auf meine Hände und dann schnell wieder auf. »Versteht ihr, was ich meine? Mr. Friend war in einer schlechten Stimmung. Er hat nach Gordy gerufen. Gordy war betrunken. Mr. Friend hat ihm offensichtlich die

Meinung gesagt. Dann rief Mr. Friend Mr. Petherbridge an und sagte, er wolle sein Testament ändern.«

Mein Blick fiel auf Mrs. Friend. »Und das wollen Sie einfach abtun? Mr. Friend droht Gordy, ihn ein für alle Mal aus seinem Testament zu streichen. Dann bittet Mr. Friend um seine Medizin. Jeder weiß, daß eine Überdosis Digitalis für einen Mann mit einem schwachen Herzen tödlich ist. Sofort darauf verläßt Gordy das Haus. Er sagt, er fahre nach Los Angeles, und ward nie wieder gesehen.«

Ich hielt inne, noch immer Mrs. Friend fixierend.

»Worum wetten wir, daß Gordy nie auf eine Sauftour ging? Worum wetten wir, daß er seinen Vater ermordet, kalte Füße bekommen und sich nach Mexiko abgesetzt hat?«

Ich fühlte mich niedergeschlagen und schrecklich müde.

»Wenn sich bei der Autopsie herausstellt, daß eine Vergiftung vorliegt, wird jeder Polizist auf der Welt das Verbrechen innerhalb von zwanzig Minuten Gordy Friend anhängen.«

Ich lachte hohl. »Und für Inspektor Sargent bin ich Gordy Friend. Ich habe den Abstinenz-Eid unterschrieben. Ich habe die Exhumierungsanordnung unterschrieben. Selbst wenn Sie es nicht so geplant haben, läuft es darauf hinaus.«

Ich hielt inne. »Ich nehme an, ich sollte ganz ruhig sein. Schließlich ist man doch besser dran, wenn man sich nicht aufregt, nicht wahr?«

20

Mrs. Friends plötzliche Wutanfälle kamen immer völlig überraschend für mich. Jetzt überkam sie einer. Sie starrte mich an, und ihr stattliches Gesicht errötete.

»Also wirklich, meinen eigenen Sohn des Mordes zu beschuldigen – unter meinem eigenen Dach. Und das von Ihnen, der Sie ihn noch nicht einmal kennen.«

»Es ist nicht meine Schuld, daß ich unter Ihrem eigenen Dach weile«, sagte ich. »Und ich wäre heilfroh, hätte ich nie von Ihrem eigenen Sohn gehört. Aber da ich dank Ihnen im Augenblick den Ersatzmann für ihn spiele, habe ich zumindest das Recht zu Spekulationen darüber, was er nun getan haben oder nicht getan haben könnte.«

Marny lachte kurz und mißgelaunt auf. Selena ging zu Mrs. Friend hinüber, setzte sich neben sie auf das Sofa und tätschelte ihre Schulter. »Mimsey, Darling, sei nicht eingeschnappt. Er hat recht. Wir müssen auf alles vorbereitet sein. Ich glaube genauso wenig wie du, daß Vater ermordet wurde. Aber falls doch, werden sie bestimmt sagen, es sei einer von uns gewesen. Ich habe ihn ganz bestimmt nicht ermordet. Und du?«

Mrs. Friend befreite ihre Schulter mit einem mürrischen Achselzucken. »Mach dich doch nicht lächerlich, Selena.«

Selena sah Marny an. »Hast du es getan?«

»Klar«, sagte Marny gedehnt, »wenn Mimsey sich dann besser fühlt.«

»Siehst du, Mimsey?« Selena warf ihr Haar zurück und betrachtete Mrs. Friend ernst. »Wer außer Gordy hätte es gewesen sein können? Schließlich ist er der einzige, der die

Gelegenheit hatte. Und wahrscheinlich ein Motiv. Natürlich glaube ich genau wie du, daß Gordy ein Lämmchen ist. Aber wäre er auf einer normalen Sauftour, wäre er doch bestimmt schon wieder zurück. Und – na ja, ich meine, man kann nie wissen, was Menschen tun, wenn sie ... wie heißt noch gleich das höfliche Wort für sternhagelvoll? Ich kann mich nie daran erinnern.«

Mrs. Friend war ganz die Mutter geworden. »Ich weiß«, sagte sie, »daß mein Gordy niemals absichtlich ...«

»Vielleicht war es nicht absichtlich«, schlug Selena vor. »Vielleicht hat Vater um seine Medizin gebeten. Gordy war betrunken. Er hat die Tropfen nicht richtig abgezählt. Er hat ihm versehentlich eine Überdosis gegeben. Dann hat er es gemerkt, bekam es mit der Angst zu tun und lief davon. Gordy läuft immer vor Schwierigkeiten davon.« Sie drehte sich hoffnungsvoll zu mir um.

»Vielleicht«, sagte ich. Es war durchaus eine Möglichkeit.

Selena lachte fast so fröhlich, als sei alles geklärt und als bestehe kein Grund zur Sorge mehr. »Na also«, sagte sie.

»Und jetzt leben wir alle glücklich bis zum Rest unserer Tage.« Marny beobachtete Selena durch den Zigarettenrauch; ihre Augen waren dunkel und spöttisch. »Da du ja so klug bist ... was sollen wir jetzt mit diesem armen Burschen hier anstellen? Wir haben ihn nun mal für Gordy ausgegeben. Was sollen wir jetzt tun? Das, was er uns vorgeworfen hat? Sollen wir ihm einen Mord anhängen, den er nicht begangen hat?«

Selena erwiderte das Lächeln freundlich. »Aber natürlich, Liebes.«

Ich starrte sie an.

Selena erhob sich von der Couch, kam zu mir, ließ sich zu meinen Füßen auf den Teppich sinken und legte ihre Hände auf meinen Schoß. Sie lächelte strahlend zu mir hoch.

»Liebling, es ist doch völlig klar, was wir jetzt tun müssen. Wenn du den Polizisten jetzt wissen läßt, daß du in Wirklichkeit gar nicht Gordy Friend bist, verlieren wir jede Chance, diesem widerwärtigen Mr. Moffat das Geld abzuluchsen, und kommen alle in die schrecklichsten Schwierigkeiten. Ich meine, die Dinge, die wir getan haben, sind doch schrecklich illegal, nicht wahr? Also mußt du einfach damit weitermachen, Gordy zu sein. Und falls die Autopsieergebnisse ungünstig sein sollten, werden wir die Wahrheit sagen müssen, und der Polizist wird dich erst recht in Verdacht haben. Also kannst du auch direkt offen vortreten und behaupten, du wärest betrunken gewesen und hättest Vater vielleicht versehentlich eine Überdosis gegeben und ...« Sie hob unsicher die Schultern. »Und, na ja, das ist ja gar nicht so schrecklich, oder? Ich meine, sie werden verstehen, daß es nur ein Versehen war.«

»Und mir mit vielen Küßchen und leisen, gurrenden Lauten des Mitgefühls vergeben?«

»Na ja, wieso denn nicht, Liebling? Außerdem werden wir schrecklich reich sein. Wenn nötig, können wir ihnen fette Schecks und neue Autos und so weiter geben.«

Ich konnte nie sagen, ob Selena ihre unglaubliche Naivität nur vortäuschte oder nicht.

»Es tut mir leid«, sagte ich. »Ich fürchte, ich liebe die Friends nicht so sehr, daß ich zehn Jahre wegen Totschlags für sie absitzen würde.«

Selenas Augen bewölkten sich. »Dazu würden sie dich also verurteilen?«

»Ich könnte von Glück sprechen, mit zehn Jahren davonzukommen.«

Sie liebkoste nachdenklich mein Knie. »Das würde mir nicht gefallen, ganz bestimmt nicht.« Sie seufzte. »Dann werden wir uns etwas anderes einfallen lassen müssen. Was sollen wir uns einfallen lassen, Baby?«

Trotz der Düsterkeit der Lage wurde mir schwach bewußt, daß sich die Berührung ihrer Finger an meinem Knie genauso erregend wie eh und je anfühlte. Nicht daß es eine Rolle spielte. Die Dinge standen viel zu schlecht für mich, daß ich mich noch länger von ihr zum Narren halten lassen konnte. Ich wußte sowieso schon genau, was ich mir »einfallen lassen« würde.

»Wenn der Autopsiebericht in Ordnung ist«, sagte ich, »bleibe ich hier und ziehe die Sache durch. Wenn er nicht in Ordnung ist, könnt ihr nur eins tun.«

Selena schaute interessiert drein. »Und das wäre?«

»Mich hier herauszubringen – aber schnell.«

»Dich hier herauszubringen?«

»Wenn ihr wißt, was gut für euch ist.« Es lag ein gewisses Vergnügen darin, mit den Friends endlich hart umspringen zu können. »Ich mag vielleicht nicht wissen, wer ich bin, aber ich weiß, daß ich kein Opferlamm bin. Falls Inspektor Sargent glaubt, Gordy habe euern Vater umgebracht, und mich als Gordy verhaften will, rücke ich mit der ganzen Geschichte heraus. Das wird mich natürlich in eine mißliche Lage bringen, aber wenigstens bin ich dann kein Kandidat für den elektrischen Stuhl mehr.«

Selena riß die Augen auf. »Aber was wird aus uns? Ich meine, wenn du auspackst, wird man uns der Verschwörung bezichtigen, und Gott allein weiß, was dann passiert.«

»Deshalb habe ich ja gesagt, ihr sollt mich schnell hier wegbringen.«

»Aber...«

»Es ist keine ideale Lösung, aber für die Art von Zwickmühlen, die die Friends sich ausdenken, gibt es keine Ideallösungen. Ihr müßt mich irgendwo verstecken, wo die Polizei mich nicht finden wird. Dann müßt ihr sie auf die Spur des echten Gordy bringen. Sollen sie ihn suchen. Und wenn sie ihn gefunden haben – der Rest hängt von euch ab.«

»Aber Inspektor Sargent hat dich gesehen«, sagte Selena. »Wenn er Gordy gefunden hat, wird er wissen, daß das nicht der Gordy ist, der den Abstinenz-Eid geleistet hat.«

»Er hat mein Gesicht nur verbunden gesehen. Gordy und ich ähneln uns einigermaßen.« Ich grinste. »Du und deine Schwiegermutter, ihr könntet Einstein überzeugen, daß die Erde eine Scheibe ist. Gemeinsam könnt ihr den Inspektor bestimmt überzeugen, daß er Probleme mit den Augen hatte.«

Selena schmollte. »Wirklich, Baby, ich glaube, du bist ziemlich selbstsüchtig.«

»Selbstsüchtig. Um Gottes willen, habe ich nicht schon genug für die Familie Friend getan?«

Marny hatte uns seit einiger Zeit beobachtet. Plötzlich lachte sie. »Also wirst du endlich grob zu ihr. Ich hätte nicht gedacht, daß das in dir steckt.«

»Halt die Klappe, Marny«, sagte Selena.

»*Ihn* müßtest du jetzt zum Schweigen bringen.« Marny

kam zu uns und setzte sich liebevoll auf die Lehne meines Rollstuhls. »Das gefällt mir. Der Wurm hat endlich aufbegehrt. Mach weiter so. Du bist jetzt der Boß. Sag ihnen, was sie tun sollen. Sie werden dir gehorchen müssen.«

Ich grinste sie an. Wenn ich Marny brauchte, war sie immer da. »Kennt ihr einen Ort, wo ihr mich verstecken könntet – bis die Gipsverbände abkommen?«

»Klar.« Marny schaute zu Selena hinab. »Selenas leidenschaftlicher Arzt hat eine Hütte oben in den Bergen. Wenn wir dich erst einmal dorthin gebracht haben, wird dich wochenlang niemand finden.«

»Genau – wenn ihr mich erst einmal dorthin gebracht habt«, sagte ich. »Ein Krüppel mit ein paar gebrochenen Gliedern kann nicht gut allein reisen.«

»Das ist kein Problem. Wir werden dich von Jan hinfahren lassen. Er kann sogar bei dir bleiben und sich um dich kümmern. Du kannst ihm vertrauen. Wenn du ihn bittest, eine Leiche zu begraben, wird er es tun und fünf Minuten später schon wieder vergessen haben. Und falls der Polizist fragt, wo er ist, sagen wir, wir hätten ihn gefeuert. Wir haben noch immer das Recht, unsere Dienstboten zu feuern.«

Sie drehte sich zu den anderen um. »Irgendwelche Einwände?«

Zu meiner Überraschung schienen sowohl Selena als auch Mrs. Friend einverstanden. »Ich glaube«, sagte Selena, »wenn man darüber nachdenkt, ist es wirklich sehr clever.«

»Ja, meine Liebe«, murmelte Mrs. Friend, die wieder völlig ruhig war. »Wenn man alle Dinge in Betracht zieht, ist es von jedem Standpunkt aus der vernünftigste Plan.« Sie lächelte mir zu. »Sie werden den Autopsiebericht natürlich abwarten, nicht wahr, mein Lieber? Wenn Sie fliehen, bevor es wirklich sein muß – ich meine, bevor Inspektor Sargent offensichtlich beabsichtigt, Sie zu verhaften –, würden Sie uns alle unnötig verdächtig erscheinen lassen.«

»Klar«, sagte ich. »Ich warte, bis Inspektor Sargents Bericht vorliegt. Aber Sie bereiten lieber schon alles vor.«

»Selena wird Nate fragen. Er wird bestimmt einverstanden sein.« Mrs. Friend schien Marnys Plan als ihren eigenen akzeptiert zu haben. »Wie angenehm, die Dinge wieder in Ordnung gebracht zu haben. Nicht daß ich mir Sorgen mache, denn ich bin sicher, diese ganze Mordtheorie ist nur ein Hirngespinst Mr. Moffats, dieses Verführers der verlornen Kinder.« Sie sah auf ihre Uhr. »Gott im Himmel, die Essenszeit ist schon längst vorbei. Ich frage mich, was sie in der Küche aufgehalten hat.«

Sie erhob sich. »Ich muß nachsehen. Und du, Marny, schaust nach Großmutter. Sie wird immer so gereizt, wenn sie Hunger hat. O je, ob wir das alles auch Großmutter erklären müssen? Es ist ziemlich kompliziert für sie, nicht wahr? Aber da sie sich im Verbrechen wohlzufühlen scheint wie ein Fisch im Wasser...«

Ihre Stimme verhallte, als sie das Zimmer verließ. »Na schön, wenn es sein muß«, murmelte Marny und eilte hinaus, um sich mit Großmutter zu befassen.

Selena und ich waren allein.

Sie saß noch immer zu meinen Füßen und ließ die Hand liebkosend über mein Knie gleiten. Plötzlich sah sie auf. Sie hatte das Gesicht verzogen.

»Liebling, war ich gerade abscheulich? Ich meine, vorzuschlagen, daß du bleibst und die Schuld auf dich nimmst. Du mißtraust uns doch nicht noch immer, oder? Es war nichts. Nur eine Idee.«

»Keine von deinen besseren.«

»Baby«, seufzte sie, »ist das nicht schrecklich?«

»Das ist das richtige Wort dafür.«

»Hoffentlich mußt du nicht verschwinden und dich in Nates Hütte verstecken. Jan hat mich manchmal zu sündigen Stelldicheins mit Nate dorthinauf gefahren. Es sollte romantisch sein. Es war unglaublich abscheulich – nur Bäume und Aussicht.« Ihre Hand bewegte sich zu meinem Arm. »Liebling, würdest du dich da oben nicht schrecklich langweilen, nur mit Jan und ohne Gedächtnis? Wäre es nicht schöner, wenn ich mitkäme?«

Ich lächelte sie an. »Für ein kluges Mädchen bist du fast schwachsinnig, nicht wahr?«

»Bin ich das, Baby?« Sie lachte. »Ich glaube schon.« Ihr Gesicht, warm und berauschend wie ein Sommernachmittag, war plötzlich ganz dicht vor meinem. »Aber, Liebling, all diese Dinge, die ich gestern abend gesagt habe, habe ich auch so gemeint.«

»Welche Dinge?«

»Wie du mich erregst. Wie gern ich dich berühre. Es ist wahr. Das ist anders als je zuvor. Ich denke an dich, wenn du nicht da bist. Es spielt keine Rolle, wer wen ermordet hat, oder... Baby.«

Ihre Lippen lagen sengend auf meinen. Sie wand sich hoch, so daß sie halb auf meinen Knien saß. Ihre Arme schlangen sich um mich. Ich zog sie näher. Ihr helles, auf die Schultern fallendes Haar kitzelte meine Lider. Durch das

Haar sah ich, wie sich etwas im Zimmer bewegte. Sie noch immer küssend, schob ich ihr Haar zurück.

Dr. Nate Croft stand auf der Schwelle.

Er stand ganz steif da und starrte uns an. Seine Augen funkelten in einem wutverzerrten Gesicht.

»Selena!«

Selena zuckte zurück, stand auf und sah ihn an. Sie schob ihr Haar hinter die Schultern zurück und lächelte ihn fröhlich an.

»Hallo, Nate, Lieber.«

Die meisten Männer, die so empfanden, wie er offensichtlich empfand, hätten sich zu einer Gewalttat hinreißen lassen. Dr. Croft zählte anscheinend nicht zu der Sorte. Er ließ sich in einen Sessel fallen, als wären seine Beine plötzlich geschmolzen.

»Muß es denn einfach jeder Mann sein, Selena?« sagte er mit gequälter Stimme.

»Was meinst du damit?« Sie sah ihn mit weit aufgerissenen Augen an. »Wirklich, bist du nicht ziemlich kompliziert?«

Er sah mit hagerem, erschöpftem Gesicht auf. Das passiert, wenn man Selena liebt, dachte ich.

»Ich dachte, diesmal könnte nichts passieren. Ich habe die Gipsverbände angelegt. Ich ... Ach, welche Rolle spielt das noch.«

»Darling, bitte. Sei nicht so spießig.«

»Spießig?« Zorn und eine Art müde Hoffnungslosigkeit ließen seine Stimme zittern. »Ich habe alles aufs Spiel gesetzt, um dir zu helfen, weil du gesagt hast, du liebst mich. Erinnerst du dich daran? Du hast gesagt, du würdest dich von Gordy scheiden lassen und mich heiraten, weil du mich liebst.« Ein gezwungenes Lachen kam über seine bleichen Lippen. »Du wirst mich niemals heiraten, nicht wahr?«

Selena trat zu ihm und tätschelte seinen Arm. »Darling, es ist doch so dumm, über die Zukunft nachzudenken.«

»Und wenn du mich heiratest, wird es noch immer jeder Mann sein, der dir unter die Augen kommt.« Sein Blick begegnete zum ersten Mal dem meinen. »Es ist wunderbar. Ich kann es nur empfehlen. Versuchen Sie es mal – wenn Sie es nicht schon versucht haben. Versuchen Sie, sich in eine Schlampe zu verlieben.«

»Nate!«

Er fuhr zu ihr herum. »Das ist doch das richtige Wort für dich, nicht wahr?«

Selena lachte ihr tiefes Lachen aus vollem Herzen. »Es kommt schon hin, Baby, aber ich glaube, du hättest dir ein schöneres einfallen lassen können.« Sie küßte ihn flüchtig aufs Ohr. »Darling, du machst immer so einen Aufstand. Bist immer so argwöhnisch. Ich habe ihn nur geküßt, weil er fortgeht.«

Nate versteifte sich. »Fortgeht?«

»Ja, Schatz. Es ist zum Schlimmsten gekommen. Du kannst es genausogut direkt hören, dann haben wir es hinter uns. Das Aufsagen des Gedichts und so weiter ging glatt über die Bühne. Wir dachten, wir hätten schon alles in der Tasche. Dann hat dieser schreckliche Mr. Moffat ...«

Sie erzählte ihm mit einer Gefühllosigkeit, die mich schockierte, genau, was der schreckliche Mr. Moffat getan hatte. Ohne ihm auch nur einen Augenblick lang Gelegenheit zu geben, wieder zu Atem zu kommen, fuhr sie mit meiner Theorie über Gordy und dem Plan fort, mich aus dem Haus zu schaffen, falls der Autopsiebericht ungünstig ausfiel.

Nate hatte mir schon vorher leid getan. Als ich jetzt sah, wie sein Gesicht zusammenfiel und seine Lippen zu zittern anfingen, tat er mir fast unerträglich leid. Ich hatte eine Menge von den Friends hingenommen, aber ich hatte nicht viel zu verlieren. Nate hatte alles zu verlieren. Sein hoffnungsloses Verlangen, aus Selena eine monogame Ehefrau zu machen, hatte ihn bereits dazu verlockt, seine gesamte Karriere aufs Spiel zu setzen. Nun sah er sich mit der Möglichkeit konfrontiert, als Komplize in einem Mordfall entlarvt zu werden. Ein Zusammenhang mit Mord, wie schwach er auch sein mochte, bedeutete das Ende der beruflichen Existenz eines jeden Arztes.

»Du verstehst also, Baby?« kam Selena fast geistesabwesend zum Schluß. »Falls die Polizei morgen nicht beruhigt sein sollte, werden wir ihn irgendwie von Jan aus dem Haus schmuggeln und in deine Hütte bringen lassen. Du hast doch nichts dagegen, oder? Ich meine, du hast nichts dagegen, daß er deine Hütte benutzt?«

»Aber, Selena«, stammelte er, »wenn die Polizei ihn findet, während er sich in *meiner* Hütte versteckt...«

»Und später, nach ein paar Tagen, wenn es an der Zeit ist, ihm den Gips abzunehmen, fährst du einfach hinauf und erledigst das. Danach wird er auf sich allein angewiesen sein.«

Sie legte die Arme um ihn und drückte sich an ihn, ihre Lippen ganz nah an den seinen.

»Ich weiß, daß du ein lieber Schatz sein wirst, nicht wahr?«

»Selena …«

»Und du darfst nicht selbstsüchtig sein, Baby.« Sie liebkoste sein Ohr. »Schließlich hast du ihn in diese Klemme gebracht. Das mindeste, was du tun kannst, ist, ihm wieder herauszuhelfen.«

In diesem Augenblick kam Mrs. Friend herein. Sie lächelte erst mich und dann Nate an.

»Hallo, Nate, mein Lieber. Gerade rechtzeitig zum Mittagessen. Wie nett.«

»Mittagessen«, wiederholte er schwach. »Wie können Sie vom Mittagessen sprechen, wenn Mr. Friend …«

Mrs. Friend hob die Hand. »Mein Lieber, ich habe mir von den anderen versprechen lassen, nicht mehr darüber zu reden. Wenn die Dinge morgen schiefgehen sollten, sind wir darauf vorbereitet. Es ist sinnlos, ständig über Unannehmlichkeiten zu sprechen.«

Sie kam zu meinem Stuhl herüber und schickte sich an, mich ins Eßzimmer zu fahren. Sie summte irgendeine leise Melodie.

»Wir müssen uns jetzt in Geduld üben, bis der Inspektor morgen kommt. Ich bin so froh, daß Nate zum Mittagessen gekommen ist. Die Köchin hat eine ziemlich ausgefallene Sülze gemacht …«

21

Wir aßen die ziemlich ausgefallene Sülze und übten uns in Geduld. So unbefriedigend unser Plan in fast jeder Hinsicht auch sein mochte, er hatte wenigstens den Vorteil, einfach zu sein. Nate gestand ein, einen beträchtlichen Vorrat an Konserven in seiner Berghütte aufzubewahren. Wir kamen zum Schluß, daß wir, falls der Autopsiebericht morgen nachmittag auf Mord hinwies, die Polizei irgendwie bis zum darauffolgenden Tag von ernsthaften Ermittlungen abhalten würden. Unmittelbar nach Anbruch der Dunkelheit würde Jan mich dann aus dem Haus und zu der Hütte schmuggeln, und zwar über einen nicht mehr benutzten Weg, der sich hinter dem Haus der Friends in die unwirtlichen, unbewohnten Berge wand. Jan mußte auf seine Rolle vorbereitet werden. Das war alles.

Marny und ich entschlossen uns, es selbst zu tun. Sie rollte mich den Gang entlang, vorbei an ihrem und Mimseys Zimmer zu dem des Holländers. Nachdem er auf unser Klopfen geantwortet hatte, traten wir ein. Wir fanden ihn vor, wie er aus dem Bett stieg und den Gürtel eines blauen Frotteebademantels um seine Taille verschnürte. Nachdem die Liga für einen sauberen Lebenswandel abgezogen war, war er offensichtlich zu seinem bequemen Nudismus zurückgekehrt.

Er grinste Marny zu, sah mich fragend an und strich das blonde Haar aus seinen Augen.

»Wenn ich langsam spreche, versteht er mich«, sagte Marny. »Laß mich das regeln.«

Sie legte die Hand auf seinen breiten Arm. »Jan, morgen du ihn«, sie deutete auf mich, »fahren in Wagen. Klar?«

Er nickte, noch immer grinsend.

»Du ihn fahren in Berge – Hütte in Bergen, wo du Selena hingefahren hast. Erinnerst du dich?«

Er nickte erneut.

»Wenn ihr dort ankommt, bleibst du bei ihm. Bei ihm bleiben.«

Die blonde Locke fiel ihm ins Gesicht, als er nickte.

»Und niemandem etwas sagen. Nichts sagen. Nie, nie sagen.«

Seine große, bronzefarbene Hand bewegte sich über die ihre und bedeckte sie vollständig.

»Ja«, sagte er. »Ja.«

Marny sah mich an. »Er hat's begriffen«, sagte sie. »Ich bin mir ziemlich sicher.«

»Es gibt nur eine Hütte in den Bergen, zu der er Selena gefahren hat?«

»Ja. Nur Nates Hütte. Er hat sie zweimal dorthinauf gefahren.«

»Na schön.«

»Oh, einen Augenblick noch.« Sie wandte sich wieder an Jan. »Wenn du zu Bergen fährst – nicht über Auffahrt. Hintere Straße nehmen.«

Sein Gesicht verdunkelte sich.

»Hinten. Der Weg hinter dem Haus. Die alte Straße.«

Jan drückte mit einem Stirnrunzeln sein Unverständnis aus.

»Hier.« Marny nahm einen Stift, fand ein Stück Papier und entwarf eine grobe Skizze des Hauses, auf der sie die Auffahrt und die gewundene Straße hinter dem Haus einzeichnete. Sie zeigte sie ihm.

»Nicht die Auffahrt«, erklärte sie. »Hinten herum. Nimm die Straße hinter dem Haus.« Sie zeigte darauf. »Den Weg, den Gordy immer genommen hat. Gordys Weg.«

Das Verstehen glättete die Falten auf seiner Stirn. Er

nahm Marny den Stift ab und malte auf halber Strecke der hinteren Straße ein Kreuz. Dann sah er sie fragend an.

Marny starrte das Kreuz an. »Nein, Jan. Nicht dort. Nur die Straße hinter dem Haus. Gordys Straße. Nimm den Wagen und …« Sie schob den Stift über den Weg und dann vom Papier, womit sie ihm erklären wollte, daß er mich direkt vom Grundstück fahren sollte. »Zu den Bergen. Zu Selenas Hütte. Verstanden?«

Nun begriff er. Es war offensichtlich. Er grinste zufrieden mit sich selbst über das ganze Gesicht. Er grinste noch immer, als Marny und ich gingen.

Es war schön zu wissen, daß jemand unsere Lage erheiternd finden konnte.

Nach unserem Besuch bei Jan konnten wir nur noch warten. Wir verbrachten den Rest des Tages mit Warten, und trotz Mrs. Friends Entschlossenheit, nur die angenehmen Seiten zu sehen, wurde unsere Stimmung immer düsterer. Gordys Schatten als Mörder oder zumindest wahrscheinlicher Mörder lag wie ein Leichentuch über mir. Nate mußte ziemlich früh wieder zu seinem Sanatorium zurück. Den drei Friends und mir gelang es, das Abendessen zu überstehen und den Abend mit unkonzentrierten Kartenpartien zu verbringen. Doch ich konnte mich nicht auf Rommé konzentrieren. Ich sah so viele Fußangeln voraus, so viele Dinge, die geschehen und meine sehr notdürftigen Pläne durcheinanderbringen konnten.

Obwohl die Friends versuchen würden, den Inspektor auf die Spur des wirklichen Gordy zu setzen, war ich der Gordy, den er kannte, und meiner aus dem Haus führenden Spur würde er zuerst folgen. Sargent würde, wenn er es nicht schon wußte, bald erfahren, daß Nate ein Freund der Familie war. Falls er auch herausfinden sollte, daß ihm eine Hütte in den Bergen gehörte, würde er dort bestimmt zuerst suchen. Mein Plan war eigentlich gar kein Plan. Er war lediglich eine schmähliche Flucht vor einer mißlichen Lage, die man unmöglich bereinigen konnte. Und meine einzige echte Hoffnung, meine und – nebenbei – die Haut der Friends zu retten, bestand darin, mich versteckt zu halten, bis die Gipsverbände abkamen, und dann unter meiner wirklichen Identität mein Leben wieder aufzunehmen.

Aber das bedeutete, daß ich mein Gedächtnis zurückbekommen mußte. Davon hing alles ab. Von meinem Gedächtnis.

Ich sah über den Kartentisch zu Selena, die mir gegenüber saß. Ihr schöner Kopf war über die Karten gebeugt; ihre Haut war weich und hatte die Farbe von braunem Zucker. Ich wußte absurderweise, daß ich sie vermissen würde, obgleich sie aus Nate Croft ein Wrack gemacht hatte und ich mir selbst jetzt noch sicher war, daß sie mich als Sündenbock der Polizei ausliefern würde, ohne auch nur im geringsten darüber nachzudenken, ob sie damit durchkommen würde. Selbst ein an Gedächtnisschwund leidender Mann weiß, daß Selenas nicht oft in sein Leben treten.

Sie ertappte mich, wie ich sie beobachtete, und grinste.

»Ich habe die nötige Bettschwere. Keine Ahnung, wie es mit den anderen ist.«

Mrs. Friend, die an Marnys Karten angelegt hatte, legte eine Karte ab, nahm sie dann mit einem leisen Glucksen wieder auf und legte eine andere ab. »Selena, Liebes, willst du noch immer in demselben Zimmer schlafen wie dieser nette junge Mann? Es kommt mir ziemlich komisch vor, und ich weiß nicht, ob es Nate gefallen würde.«

Selena lachte. »Natürlich werde ich dort schlafen, Mimsey. Er ist doch noch so hilflos. Selbst wenn ihr ihn einfach im Stich laßt, braucht er noch eine Krankenschwester.« Sie wandte sich an mich. »Nicht wahr, Baby?«

»Ja«, sagte ich.

Marny warf mir einen sarkastischen Blick zu. »Na ja«, sagte Mrs. Friend, »auf lange Sicht spielt es wohl wirklich keine Rolle. O je, ich wollte diesen Kreuzbuben doch gar nicht ablegen. Wie töricht. Mit ihm hätte ich so schön auslegen können.«

Obwohl sie den Kreuzbuben abgelegt hatte, gelang es Mrs. Friend doch noch, sehr schön auszulegen, und grinsend beendete sie das Spiel. Sie hatte ganz nett von uns allen gewonnen. Ich hatte kein Geld, also konnte ich ihr keins geben. Doch sie beharrte darauf, daß die Mädchen ihre Spielschulden beglichen. Selena ging, um ihr Portemonnaie zu holen, und sagte mir, ich solle den Gedichtband mitbringen, wenn ich käme. Marny holte das graue Buch und schlug es willkürlich auf.

Mit tiefer, dröhnender Stimme las sie vor:

Sex, Sex, Sex
Wo das liederliche Frauenzimmer
Sex, Sex, Sex
Zieht dich in den Dreck mit ihrem Glimmer…

»Oh, Gott, was für eine schmutzige Phantasie Vater doch hatte.« Sie warf das Buch wieder auf den Flügel, und das eingerahmte Foto des alten Mr. Friend kippte um.

»Marny, wirklich«, rief Mrs. Friend.

»Ach was, stimmt doch.« Marny starrte ihre Mutter an. »Wieviel schulde ich dir?«

»Drei Dollar und fünfundsiebzig Cent, Liebes.«

»Na schön. Ich hole das Geld, oder du liegst mir noch tagelang damit in den Ohren.«

Marny eilte hinaus. Mrs. Friend bedachte mich mit einem leisen, reuevollen Lächeln.

»Wissen Sie, es geht ums Prinzip. Ich habe immer versucht, den Mädchen begreiflich zu machen, daß eine Schuld etwas ist, was man begleichen muß.« Sie seufzte. »Manchmal frage ich mich, ob ich nicht gegen Windmühlen ankämpfe. Entschuldigen Sie mich, mein Lieber. Wenn ich nicht aufpasse, werden sie das Geld wahrscheinlich einfach aus meinem eigenen Portemonnaie nehmen und es mir wieder zurückgeben.«

Sie verließ das Zimmer, um den Mädchen nachzueilen, und schob dabei geistesabwesend einige widerspenstige Haarsträhnen hoch.

Es war schön zu wissen, daß sich Mrs. Friend bemühte, ihrer Tochter und Schwiegertochter einen gewissen Moralbegriff beizubringen. Sie hätte sich besser auch um ihren Sohn bemüht.

Bei dem Gedanken an morgen hatte ich eine Heidenangst. Ich dachte, es könnte mich vielleicht beruhigen, wenn Selena mir Mr. Friends abscheuliches Gedicht vorlas. Ich rollte zum Flügel und nahm das Buch. Automatisch stellte ich Mr. Friends Bild wieder auf. Dabei löste sich der Rücken des Rahmens, der bei dem Fall verschoben worden sein mußte, und ein weißer Umschlag glitt heraus, der zwischen dem Rahmen und der Rückseite des Fotos verborgen gewesen war. Ich hob ihn auf. Jemand hatte mit der Maschine ein Wort auf den Umschlag geschrieben:

Mimsey

Der Umschlag war nicht zugeklebt, und ich sah, daß sich ein Blatt Papier darin befand. Es war kein Brief, der mit der Post gekommen war. Jemand aus dem Haus mußte ihn geschrieben und, aus irgendeinem Grund, hinter dem Foto versteckt haben.

Da ich alles, was im Haus der Friends vor sich ging, mit angeborenem Argwohn betrachtete, wollte ich das Blatt Papier herausholen. Ich hörte, wie sich in der Halle Schritte näherten. Schnell steckte ich den Umschlag in die Tasche meiner Leinenjacke, drückte den Rücken wieder auf das Foto, stellte es hin, wie es gestanden hatte, und rollte vom Flügel fort.

Mrs. Friend kam herein, in einer Hand Dollarscheine und Münzen.

»Ich habe es«, sagte sie triumphierend. »Ich habe die Mädchen zu Bett geschickt. Soll ich Sie auf Ihr Zimmer fahren, oder schaffen Sie es allein, mein Lieber?«

»Ich schaffe es allein.«

Sie trat zu mir, lächelte mich an und nahm meine Hand in die ihre.

»Wissen Sie, ich habe Sie sehr lieb gewonnen. Sie kommen mir fast vor wie mein eigener Sohn.«

»Hoffentlich benehme ich mich nicht wie er.«

Ihre Braue hob sich. »Wirklich, ich wünschte, Sie würden mir glauben, mein Lieber. Ich weiß, daß hinter Mr. Moffats skurrilen Andeutungen nichts steckt. Überhaupt nichts. Ich bin froh, daß wir Pläne geschmiedet haben, doch es besteht kein Grund zur Sorge.« Sie sah wehmütig zu dem Foto ihres Mannes auf dem Klavier hinüber. »Wissen Sie, er war ziemlich nett, als er noch ein Junge war. Er hatte den göttlichsten Schnurrbart... wie eine junge, hilflose Robbe... Ich werde den Abend nie vergessen, an dem er mich bat, ihn zu heiraten. Er kniete vor mir nieder, streckte sich dann irgendwie in die Höhe und küßte mich. Der Schnurrbart kitzelte faszinierend. Ich bin nie zuvor von einem Mann mit schönem großem Schnurrbart geküßt worden. Wirklich, ich glaube, deshalb habe ich ihn geheiratet.«

»Und das beweist«, sagte ich, »daß er nicht ermordet worden sein kann?«

»Sie!« Mrs. Friend gab mir einen Klaps auf die Hand. »Sie sind so schwermütig, weil Sie in diesem Rollstuhl sitzen müssen. Mir ist gerade etwas eingefallen. Letztes Jahr hat sich mein Mann den Knöchel verstaucht, und er hat zwei protzige Krücken gekauft. Sie liegen irgendwo in dem Abstellraum neben der Bibliothek. Morgen werden wir sie herausholen. Mal sehen, ob Sie mit ihnen laufen können. Wäre das nicht schön?«

Sie beugte sich herüber und küßte mich, und ihr schweres, teures Parfum war mir sehr nah.

»Sie vertrauen mir jetzt, nicht wahr?«

Ich grinste. »Tue ich das?«

»Ein sehr lieber Junge«, sagte sie. »Wir werden uns noch lange an Sie erinnern.«

Sie schritt majestätisch hinaus, die Dollars und Cents noch immer in der Hand.

Sie hatte recht damit, daß sie sich lange an mich erinnern würden. Wir alle würden uns aneinander erinnern, bis wir in unseren Betten oder auf dem elektrischen Stuhl starben.

Ich rollte mich in das graugoldene Schlafzimmer. Das Zischen des Wassers im Badezimmer verriet mir, daß Selena gerade duschte. Ich warf das Buch mit den Gedichten auf ihr Bett und holte dann, nachdem ich den Rollstuhl an mein eigenes Bett gerollt hatte, den Umschlag aus der Tasche. Ich wußte, daß er wichtig war. Man versteckt nicht einfach aus einer Laune heraus Briefe hinter Fotos. Mit wachsendem Unbehagen zog ich das Blatt Papier heraus. Ich entfaltete einen maschinengeschriebenen Brief.

Er lautete:

Liebe Mutter,
ich habe darüber nachgedacht und bin zum Schluß gekommen, daß es sinnlos ist, auf den Autopsiebericht zu warten. Dann wird sowieso alles herauskommen. Warum soll ich das Elend nur in die Länge ziehen? Ich habe mir überlegt fortzulaufen, doch wie kann ich das? Es gibt nur einen Ausweg. Bitte glaub mir, daß ich nicht von vornherein vorgehabt habe, Vater zu töten. Auf die Idee kam ich erst, nachdem er mich ausgeschimpft und Mr. Petherbridge angerufen und gesagt hatte, er wolle mich aus dem Testament streichen. Er hat mich sogar um seine Medizin gebeten. Es war so einfach,

ihm die halbe Flasche ins Glas zu schütten. Er hat es nicht gemerkt. Und als Dr. Leland dann den Totenschein unterschrieb, dachte ich, ich wäre damit durchgekommen. Doch das bin ich natürlich nicht. Ich komme nie mit etwas durch. Na ja, ich glaube, das war es dann. Hoffentlich bekommst du das Geld. Ich denke, es steht dir zu. Ob du es nun glaubst oder nicht, ich habe es nämlich auch für dich getan, um dir das Leben etwas weniger unerträglich zu machen. Wie dem auch sei, leb wohl. Und mach dir um mich keine Sorgen. Die Methode, die ich mir ausgedacht habe, wird nicht schmerzhaft sein.

Meine Nackenhaare hatten zu jucken begonnen. Benommen warf ich einen Blick auf die mit Bleistift geschriebene Unterschrift, die schwerfällig anmutete, als hätte ein Rechtshänder mit der linken Hand unterschrieben.

Der Brief war mit *Gordy* unterzeichnet.

Als ich die ersten Zeilen dieser teuflischen Mitteilung gelesen hatte, hatte ich ein paar Sekunden lang geglaubt, es handle sich um den echten Abschiedsbrief der Person, die Mr. Friend ermordet hatte. Dieser Ansicht blieb ich natürlich nicht lange. Mit einem Schauer des Entsetzens dämmerte mir die Wahrheit. Dieser Brief, der verkündete, Mr. Friends Mörder wolle Selbstmord begehen, war mit *Gordy* unterschrieben – doch er war nicht für den echten Gordy bestimmt, den Gordy, der in der Todesnacht verschwunden und nie wieder aufgetaucht war.

Er war für den falschen Gordy bestimmt.

Es war ein Brief an Mrs. Friend von *mir*, der besagte, daß *ich* Selbstmord begehen würde.

Als ich ihn fassungslos anstarrte, hielt mich ein Wort in seinem Bann, ein falsch geschriebenes, verräterisches Wort.

Nähmlich.

Es gab keinen Zweifel, es konnte keinen Zweifel darüber geben, wer diesen Brief geschrieben hatte.

Dann begriff ich, wie begründet mein Argwohn gewesen war. Als ich noch bewußtlos in Nates Sanatorium lag, mußten die Friends schon dieses Schicksal für mich vorgesehen haben. Sie hatten mich gebraucht, um die Liga für einen sauberen Lebenswandel und Mr. Petherbridge zu täuschen, ja. Aber das war *wirklich* nur der Prolog zu ihrem Plan gewesen. Sie hatten gewußt, daß man Mr. Friends Tod für einen Mord halten würde. Sie *hatten* gewußt, daß sie ein Opfer brauchen würden. Das war schon immer die Rolle gewesen, die für mich beabsichtigt war. Mrs. Friend hatte mich an diesem Abend erneut mit einer brillanten Halbwahrheit getäuscht. Sie hatte die »Opfer-Theorie« lächerlich erscheinen lassen, indem sie mich darauf hinwies, wie leicht ich alles aufklären konnte, sobald die Polizei mich verhaftet hatte. Doch es war niemals beabsichtigt gewesen, daß die Polizei mich verhaftete. Bevor sie morgen eintraf, sollte ich Selbstmord begangen haben.

Ich begriff nun, warum Mrs. Friend und Selena so schnell mit meinem und Marnys schwachen Plan einverstanden gewesen waren, mich in Nates Hütte zu verstekken. Es lag ihnen lediglich daran, mich für den Augenblick zu beruhigen, denn sie wußten, daß ich tot sein würde, bevor ich irgendeinen Plan ausführen konnte.

Man hatte mich doppelt, dreifach, vierfach hereingelegt.

Marny hatte recht. Es gab nur ein Wort für die Friends.

Sie waren Teufel.

Denn es hieß mit Sicherheit *sie*. Selena hatte diesen Brief geschrieben; das *»nähmlich«* hatte sie verraten. Aber das bedeutete nicht, daß sie die Sache allein betrieb. Ich konnte mir genau vorstellen, wie Mrs. Friend den Brief fand, während sich Inspektor Sargent über meine Leiche beugte. Ich konnte mir genau vorstellen, wie sie ihn mit feuchten Augen und zitternden Lippen las und »Der arme Junge, der liebe, arme Junge!« murmelte.

Der Brief besagte, daß ich nicht auf das Autopsieergebnis warten wollte. Das bedeutete, daß ich mich vorher töten würde – wahrscheinlich heute nacht.

Die Methode, die ich mir ausgedacht habe, wird nicht schmerzhaft sein.

Sie hatten sich auch schon überlegt, wie sie mich töten wollten. Aber wie konnte ich mich dagegen wehren, wenn ich nicht wußte, was sie vorhatten?

Ich saß dort in dem Rollstuhl und wurde mir schrecklich des unbeweglich machenden Gipsverbandes um mein Bein bewußt.

Ich bekam es mit der Angst zu tun – mit wirklicher Angst.

Plötzlich merkte ich, daß das Rauschen des Wassers im Badezimmer schon vor einiger Zeit aufgehört hatte. Ich steckte den Brief in den Umschlag und beides wieder in die Tasche meiner Anzugjacke zurück.

Mir fiel etwas ein, was Marny am Tag zuvor gesagt hatte. *Eines Tages wirst du herausfinden, was Selena vorhat, und dann schreiend zu mir gelaufen kommen.*

Marny . . .

Die Badezimmertür öffnete sich. Selena kam heraus. Sie

hatte ein scharlachrotes Badetuch wie eine Toga um ihren Körper geschlungen. Eine goldene Schulter war nackt. Ihr helles Haar hatte sie hochgesteckt. Sie sah großartig aus, wie eine römische Göttin.

»Hallo, Baby.« Sie lächelte betörend. »Hier kommt deine Pseudo-Frau.«

Sie war nicht meine Pseudo-Frau, dachte ich.

Sie war meine Henkerin.

22

Selena trat in den weichen Lichtkegel der Lampe zwischen den Betten. Sie zündete zwei Zigaretten aus ihrem Platinetui an und drückte mir, sich lässig über mein Bett ausstrekkend, eine davon zwischen die Lippen.

»Da.«

Einen Augenblick lang blieb sie auf dem Rücken liegen, streckte sich sinnlich über die silberne und goldene Bettdecke und lächelte mich an. Das Handtuch war vom gleichen Scharlachrot wie ihre Lippen.

»Unsere letzte Nacht.«

Dann stand sie auf und setzte sich, die nackten Beine anziehend, neben meinen Stuhl auf die Bettkante. Ihre weichen Lippen streiften mein Ohr.

»Ich rufe lieber Jan und lasse dich von ihm zu Bett bringen. In diesem Stuhl komme ich nicht an dich ran.«

Sobald ich aus dem Rollstuhl war und im Bett lag, war ich in der Falle. Ich erwiderte das Lächeln. »Noch nicht, Baby. Wenn ich sitze, komme ich mir männlicher vor.«

»Du!« Sie glitt auf meinen Schoß und schlang die Arme um meinen Hals. Sie roch schwach nach Badesalzen und warmen Handtüchern. »Ist das schrecklich unbequem?«

»Nein.«

»Tut es deinem schlimmen Bein nicht weh?«

»Nein.«

Sie streichelte meine Wange.

Ich riskierte es und sagte: »Was glaubst du, wo Gordy wohl wirklich ist?«

»Ach, Gordy. Sprich nicht von diesem schrecklichen Gordy. Wen interessiert das schon?« Sie sah mir in die Augen, und ihre Finger zogen die Linie meiner Nase nach. »Hat Nate sich heute abend nicht kindisch benommen?«

»Hat er?«

»Ich meine, so einen Aufstand zu machen. So prüde zu sein. Baby?«

»Ja.«

»Du bist nicht böse, daß ich ihn geküßt habe, oder? Schließlich brauchen wir ihn doch, nicht wahr? Ich mußte nett zu ihm sein.«

»Ich habe nichts dagegen, daß du Nate küßt.«

Sie schmollte. »Ich wünschte, du hättest etwas dagegen. Ich möchte, daß du eifersüchtig bist. Ich will, daß du eifersüchtig bist, wenn mich ein anderer Mann anfaßt. Liebling, sei eifersüchtig.«

Ihre Lippen glitten über meine Wange zu meinem Mund und küßten mich leidenschaftlich. Trotz ihres Zaubers dachte ich: *Ist das der Anfang? Ist das die Einleitung zu der »Möglichkeit, die nicht schmerzhaft sein wird«?* Ich dachte auch an Marny – Marny, die kalt und jung im anderen

Flügel in ihrem Bett lag, Marny, die gesagt hatte: *Sie sind Teufel.*

»Liebling.« Selenas Mund war jetzt an meinem Ohr. »Wenn das alles vorbei ist, holst du mich, ja? Du schreibst mir. Du sagst mir, wo du bist. Du hast es versprochen. Hast du es mir versprochen?«

»Klar, Selena.«

»Oh, ich weiß, daß du mich für dumm hältst. Du hältst mich für schwachsinnig, nicht wahr? Du hast es gesagt. Du wirst mich wahrscheinlich herumstoßen, auf mir herumtrampeln. Aber bitte sag ja.«

»Ich habe ja gesagt.«

»Liebling.«

Ich legte die Hand um ihr Genick und zog ihren Kopf zurück, so daß wir uns in die Augen sahen.

»Weißt du, was dein Problem ist, Baby?« sagte ich. »Du hast dich in mich verliebt.«

»Ja, ja. Das habe ich. Ich glaube, ich habe es wirklich.«

Es war unglaublich, doch als sie mich ansah, schimmerten Tränen auf ihren dichten Wimpern. Ihr Zauber war so berauschend wie Wodka. Ich fragte mich, wie ich mich wohl fühlen würde, wenn ich ihr geglaubt hätte. Plötzlich verzog sie das Gesicht.

»Mein Gott, was für eine Närrin bin ich doch. Ich will einen Drink. Ich bringe dir auch einen mit.«

Sie glitt von meinem Schoß und eilte hinaus. Ich fühlte mich seltsam hohl und zittrig. Sollte es auf diese Art geschehen? Mit einem Drink? Auf die alte, einfache Methode – mit einem vergifteten Drink? Ich wünschte, ich wäre ruhiger gewesen. Aber solch eine Lage war der Ruhe nicht gerade förderlich – wenn man wußte, daß einen die Frau, die man fast liebte, ermorden wollte.

Ich war besessen von dem Gedanken an Marny. Ich brauchte jetzt mehr als meinen Verstand. Ich brauchte eine Verbündete. Konnte ich Marny vertrauen? Sie war auch eine Friend. Doch wem sonst konnte ich vertrauen? Ich dachte an ihre dunklen, sarkastischen Augen und fühlte mich schon etwas besser.

Doch ich konnte mich nur heimlich mit Marny treffen. Selena durfte nichts davon wissen. Das Tablett mit den Medizinflaschen, ein Überbleibsel der Tage, als Mrs. Friend die Krankenschwester gespielt hatte, stand noch auf dem Tisch neben meinem Bett. Ich sah das kleine Fläschchen mit den roten Schlaftabletten. Ich griff danach, nahm zwei heraus und stellte die Flasche zurück. Unter Schwierigkeiten gelang es mir, die Kapseln mit den Fingern der linken Hand zu öffnen und das weiße Pulver auf meine Handfläche zu schütten. Ich schob die leeren Hülsen in meine Jackentasche.

Selena kam mit den Drinks herein.

Ich stellte zufrieden fest, daß sich in den Gläsern purer Whisky befand. Lächelnd kam sie zu mir. Einen Drink stellte sie auf den Tisch, den anderen hielt sie mir hin.

»Trink, Baby.«

»Noch nicht.«

»Warum nicht?«

Ich schlug mit der geschlossenen Hand leicht auf mein Knie. »Zuerst zurück mit dir, wohin du gehörst.«

Sie lachte heiser. Sie stellte meinen Drink fünfzehn Zentimeter neben dem ihren auf den Tisch. Sie glitt auf meinen

Schoß. Ich hielt den linken Arm hinter ihr und ließ die Hand zu den Drinks schwingen. Sie saß mit dem Rücken zum Tisch und konnte es nicht sehen.

Sie lehnte ihre Wange gegen meine. Das weiche, geschmeidige Haar streifte mein Ohr. Ich schüttete das Pulver in mein Glas und rührte mit dem Finger um. Ich vertauschte die beiden Gläser. Es war ganz einfach.

»Liebling«, murmelte sie, »es wird so wunderbar sein, von hier wegzukommen. Ich hasse die Friends wirklich. Ich habe sie schon immer gehaßt.« Sie hob die Hand und streichelte mein Haar. »Ich habe Gordy nur geheiratet, weil ich pleite war und ihn für reich hielt. Er ist wirklich so ein widerlicher, dummer Mann. Und Marny ist eine kleine, hinterhältige Ratte. Und Mrs. Friend! Sie ist nicht ehrlich zu dir, Liebling. Eine große, fette, aufgeblasene Schwindlerin!« Sie rückte noch näher. »Oh, Baby, die Friends endlich loszuwerden.«

»Trinken wir darauf«, sagte ich. »Die Friends endlich loszuwerden.«

Sie lachte, drehte sich um und nahm die beiden Gläser. Sie gab mir jenes, das sie für meins hielt. Wir hoben unsere Gläser. Ihre dunkelroten Lippen waren liebevoll geöffnet. *Wenn in dem Drink Gift war,* dachte ich, *bin ich ein Mörder.*

»Ex und hopp«, sagte ich. Meine Stimme klang seltsam und hart.

Sie hob das Glas an die Lippen und trank es aus. Ich tat es ihr gleich.

»Brr, war der stark.« Sie verzog das Gesicht, nahm die beiden leeren Gläser und stellte sie auf den Tisch. Als sie sich dann umdrehte, um wieder den Arm hinter meinen Nacken zu schieben, wirkte ihr Gesicht ernst, fast wehmütig.

»Baby?«

»Ja, Selena?«

»Weißt du, ich habe das ernst gemeint.«

»Was?«

»Daß ich dich liebe.« Sie lachte seltsam leise auf. »Weißt du was? Ich habe noch nie jemanden geliebt. Ich bin wirklich ein schreckliches Miststück. O ja, ich bin eins. Ich weiß es. Verstehst du, ich war arm.« Ihre Hand fuhr über meine Krawatte. »Ich habe immer gedacht, die Welt sei mir ein gutes Leben schuldig. Ich habe alle Männer verachtet und benutzt. Und dann kamst du.«

Ich beobachtete sie, gespannt darauf, was passieren würde. Ich fühlte, wie sich die Haut auf meiner Stirn spannte.

»Dann kam ich?« fragte ich.

»Bei dir ist es anders. Liebling, das ist etwas anderes. Ich habe mich noch nicht daran gewöhnt. Es tut weh. Baby, es tut weh.« In ihren Augen, die mich beobachteten, lag ein fast bitterer Blick. »Sag mir, das ist Liebe, nicht wahr? Wenn es weh tut?«

»Woher soll ich das denn wissen?«

Ihre Lider fielen zu, als seien sie zu schwer für sie. Ihr Blick wurde benommen.

»Du liebst mich nicht, oder? Komisch. Das wurde mir gerade klar. Du liebst mich nicht. Das ist komisch, oder?« Sie lachte. Es war ein breites, häßliches Lachen. »Aber das spielt keine Rolle. Wenn man jemanden liebt, ist es egal, ob er einen auch liebt. Denn du willst mich. Das weiß ich. Es wird wie in diesen Songs sein. Darling, wird es nicht wie in diesen Songs sein?«

»Was für Songs, Selena?«

»Songs. Du kennst diese Lieder doch. Er kann so spät nach Hause kommen, wie er will... er ist mein Mann... Cindy Lou gehört zu Joe... kann nichts dafür...«

Sie beugte sich vor. Ihre Lippen fanden die meinen und drückten sich gegen sie.

»Schatz, ich liebe dich. Ich liebe dich. Ich...«

Sie saß warm und schwer auf mir. Durch das scharlachrote Handtuch konnte ich das Gewicht ihrer Brüste fühlen. Ihre nackte Schulter berührte mein Kinn. Sie hatte noch immer eine Hand um meinen Hals gelegt. Dann fühlte ich, wie die Finger ihre Kraft verloren. Ihre Hand rutschte über meine Kehle. Mit einem leisen Seufzen fiel sie zurück und glitt von meinem Schoß.

Sie lag zu meinen Füßen. Das scharlachrote Handtuch hatte sich geöffnet. Ihr Haar hatte sich gelöst und wie glühende Metallfäden über den grünen Teppich ausgebreitet.

Sie schlief nur, war nicht vergiftet.

Sie hatte nicht versucht, mich zu ermorden, und ich hatte sie nicht ermordet.

Ich verspürte eine ungeheure Erleichterung.

Doch was ich auch für Selena empfinden mochte, es war zu kompliziert, um berücksichtigt zu werden. Jetzt gab es nur die Gefahr. Ich rollte meinen Stuhl um sie und die Betten herum zum Tisch, in dessen Schublade Gordys Revolver lag. Ich würde mich mit einem Revolver viel sicherer fühlen.

Ich zog die Schublade auf. Der Revolver war nicht da. Obwohl ich mir der Vergeblichkeit bewußt war, durchsuchte ich jedes mögliche Versteck im Zimmer, einschließlich Selenas unordentlicher Wäsche.

Ich fand natürlich nichts.

Jetzt war mir nur allzu klar, daß nicht Selena, sondern ein anderer die Methode ausführen sollte, »die nicht schmerzhaft war«. Es war genauso klar, daß »die Methode, die nicht schmerzhaft war«, mit Gordys Revolver ausgeführt werden sollte.

Gordy beging mit seinem eigenen Revolver Selbstmord. Welche Methode könnte Inspektor Sargent morgen stärker beeindrucken?

Ich rollte den Stuhl hinaus auf den Gang und schloß die Tür hinter mir. Es brannte kein Licht, doch es gab viele Fenster und draußen einen kalifornischen Mond. Es war kein Problem, den Weg zu finden und geräuschlos über den schweren Teppich zu rollen. Ich erreichte die Ecke, die zum anderen Flügel führte, und bog ab. Marnys Tür war die erste links. Mrs. Friends Zimmer lag daneben. Darauf hatte ich geachtet, als Marny mich zu Jan gefahren hatte.

Ich drehte geräuschlos den Knopf von Marnys Tür und stieß sie auf. Das Zimmer lag dunkel vor mir. Ich rollte den Stuhl hinein und schloß die Tür genauso leise hinter mir. Ich schob mich zum Bett. Mondlicht fiel durch die nicht ganz geschlossenen Vorhänge. Ich konnte die Umrisse von Marnys Gesicht ausmachen, das im Schlaf jung und ruhig wirkte.

Ich berührte sie leicht an der Schulter. Sie bewegte sich nicht. Ich berührte sie erneut und fühlte, wie ihr Körper starr wurde. Ich wußte, daß sie wach war und gleich zu schreien anfangen würde.

»Schon in Ordnung«, sagte ich. »Ich bin's.«

»Du ...« Ihre Stimme klang unsicher. Sie drehte sich auf die Seite und schaltete eine Nachttischlampe ein.

Das schwarze Haar lag zerzaust um ihr ovales Gesicht. Ohne ihr Make-up sah sie wie fünfzehn aus. Sie schaute zu mir hoch, und in ihren Augen regte sich der Argwohn. Ich brachte ihr genauso viel Argwohn entgegen. Ein in diesem Stadium des Spiels falsch gesetztes Vertrauen würde mich das Leben kosten.

Als wir einander ansahen, bemerkte ich, daß hinter ihr im Bett etwas lag, an die Wand gedrückt. Es war ein großes rosa Stoffkaninchen mit schäbigen, herabhängenden Ohren. Sie hatte mit einem Stoffkaninchen neben sich geschlafen! Plötzlich hatte sich mein Argwohn aufgelöst.

»Erinnerst du dich an unsere Vereinbarung?« sagte ich. »Wenn Selena mich vergiftet, soll ich doch angelaufen kommen und nach einem Gegenmittel schreien.«

Ich zog den »Abschiedsbrief« aus meiner Tasche und warf ihn ihr zu. Sie holte das Blatt aus dem Umschlag, hielt ihn unter die Lampe und überflog ihn. Dann blickte sie langsam und mit bleichem Gesicht auf.

»Du – du hast ihn gefunden?«

Ich erzählte ihr alles darüber. »Selena hat ihn geschrieben«, kam ich zum Schluß. »Das erkenne ich an der Rechtschreibung. Du hast gesagt, sie habe etwas vor. Weißt du jetzt, was es war? Ich sollte heute nacht Selbstmord begehen, und dann wäre morgen, wenn Sargent mit dem Autopsiebericht kommt, alles in bester Ordnung gewesen.«

Sie schien mir nicht zuzuhören, während ich ihr erzählte, was ich mit Selena angestellt hatte und daß der Revolver verschwunden war. Sie saß einfach da, sah mich an und hielt den Brief fest.

Plötzlich ließ sie den Brief fallen und warf mir die Arme um den Hals. »Gott sei Dank hast du es rechtzeitig herausgefunden.« Sie schluchzte leise auf. Ihre Lippen drückten sich, jung und unbeholfen, gegen meine Wange.

»Und du bist zu mir gekommen, nicht wahr? Als du in Schwierigkeiten warst, bist du zu mir gekommen.«

23

Sie klammerte sich an mich. Es war, als habe sich ein Traum erfüllt, an den sie niemals wirklich geglaubt hatte. Hinter meiner Angst fühlte ich mich ziemlich stolz und ziemlich beschämt. In den letzten paar Tagen war meine Männlichkeit von Selena und Mrs. Friend katastrophal ausgehöhlt worden. Als sich dieses junge Mädchen nun besorgt und zitternd gegen mich drängte, kehrte mein Selbstvertrauen zurück. Das Leben schien nun mal so zu sein. Die Leute, auf die man etwas gab, betrogen einen. Die Leute, die einem gleichgültig waren, warteten auf einen, wenn man sie brauchte.

»Keine Angst, Baby.« Ich streichelte ihr dichtes, schwarzes Haar. »Ich bin noch nicht tot.«

Sie sah zu mir hoch, die Augen vor Entsetzen weit aufgerissen. »Aber so schlimm können sie nicht sein. Nicht so schlimm.«

»Du warst es doch, die sie Teufel genannt hat. Weißt du noch? Du hattest das nicht vermutet?«

»Natürlich nicht. Ich wußte, daß Selena etwas vorhatte, doch ich hätte mir nie träumen lassen ...«

»Sie haben nicht die geringste Andeutung fallenlassen?«

»Als ob sie das jemals täten! Du hast doch gesehen, wie die Dinge zwischen uns stehen. Du weißt, daß sie es niemals wagen würden, die geringste Andeutung fallenzulassen.« Sie erschauerte. »Was hast du jetzt vor? Die Polizei rufen?«

»Und mich wegen Verschwörung gegen die Liga verhaften lassen? So schlimm ist es noch nicht.«

»Aber sie werden versuchen, dich zu töten.«

»Dazu müssen sie mich erst einmal erwischen. Aber ich bin auf der Hut.« Ich grinste sie an. »Außerdem habe ich jetzt eine Verbündete.«

Sie beantwortete mein Grinsen mit einem bleichen Lächeln. Sie hatte noch Angst. Das war offensichtlich.

Ich deutete mit dem Kopf zur Wand. »In dem Zimmer schläft Mimsey, oder?«

»Ja.«

»Mir gefällt die Vorstellung nicht, daß sie ihr Ohr gegen die Wand drückt. Zieh dir etwas über. Wir gehen ins Wohnzimmer.«

»Und tun was?«

»Reden.«

Gehorsam glitt sie aus dem Bett. Ihre kleinen Füße schlüpften in abgetragene Filzpantoffeln. Ein scheußlicher grauer Morgenrock, der genauso alt zu sein schien wie Marny, lag auf einem Stuhl. Sie zog ihn an und lächelte selbstbewußt.

»Ich habe mich noch nicht daran gewöhnt, auch privat so glanzvoll herumzulaufen.«

»Das freut mich. Ich habe gelernt, dem Glanz nicht zu vertrauen.«

»Aber mir vertraust du?«

»Ich glaube schon.«

Sie sah mich nachdenklich an. »Das mußt du wohl auch, oder? Sonst gibt es niemanden, dem du vertrauen kannst.«

Sie trat zur Tür, öffnete sie und sah den Gang entlang. Sie nickte wie eine Verschwörerin, und ich schob mich hinaus. Sie lief zurück, schaltete das Licht aus und schloß die Tür. Geräuschlos schob sie mich durch den mondhellen Gang ins Wohnzimmer. Es sah zu groß und exponiert aus. Wir begaben uns in das kleine Wohnzimmer, in dem ich das schicksalhafte Gespräch mit Inspektor Sargent geführt hatte. Marny schaltete eine Lampe an und schloß die Tür.

Ich dachte an Gordys Revolver. »Du schließt besser ab«, sagte ich.

Sie tat wie geheißen. Dann ging sie zu einem Stuhl, setzte sich und beobachtete mich. Sie hatte den Versuch aufgegeben, eine gebildete Imitation Selenas zu sein. Sie war nur ein stilles, hübsches Mädchen. So gefiel sie mir auch viel besser.

»Nun?« sagte sie.

Ich hatte nachgedacht. Die Dinge waren in meinem Verstand jetzt etwas klarer.

»Also gut«, sagte ich. »Zuerst einmal wissen wir aus dem Brief, daß Selena weiß, daß in dem Autopsiebericht morgen Gift zum Vorschein kommen wird. Das bedeutet, sie hat die ganze Zeit über gewußt, daß Mr. Friend ermordet wurde. Als du zu deinem Vater zurückkehrtest, nachdem du Gordy in der Halle getroffen hattest, war Selena dort, nicht wahr?«

»Ja.«

»Dann gibt es zwei Möglichkeiten. Entweder kam Selena gerade herein, als Gordy ihm die Überdosis gab, und hat es gesehen. Oder die beiden haben ihn gemeinsam ermordet. Ich halte es für wahrscheinlicher, daß sie zusammengearbeitet haben. Vielleicht haben sie nicht vorsätzlich gehandelt. Mr. Friend hat ihnen gesagt, daß er sie aus dem Testament streichen würde. Er rief Mr. Petherbridge an, um es zu beweisen. Er bat um die Medizin. Sie gaben ihm die Überdosis.«

Die Gedanken kamen nun mit einer fast hektischen Geschwindigkeit.

»Nachdem sie es getan hatten, erkannten sie die schreckliche Gefahr. Sie konnten offensichtlich nicht sicher sein, daß Dr. Leland im Totenschein Herzversagen angeben würde. Was werden sie also getan haben? Gordy, das schwarze Schaf, mußte als der wahrscheinlichste Verdächtige gelten, falls die Tat herauskommen sollte. Gordy war bekannt dafür, auf Sauftouren zu gehen. Falls mit Dr. Leland alles glatt ging, konnte er jederzeit zurückkommen. Falls der Mord herauskommen sollte, würde er sich irgendwo verstecken, wo die Polizei ihn nicht finden konnte. Damit wurde natürlich die ganze Gefahr auf Gordy abgewälzt, doch das ist typisch für Selena.«

Marny beobachtete mich aufmerksam und schweigend.

»Wie es sich herausstellte«, fuhr ich fort, »unterschrieb Dr. Leland den Totenschein. Nicht nur das. Als das

Testament verlesen wurde, begriff Selena, daß keiner von euch auch nur einen roten Heller bekommen würde, wenn Gordy nicht zurückkam. Das war jetzt verhältnismäßig ungefährlich, und er hatte es wahrscheinlich auch vor. Doch wie der Zufall es wollte, hat Nate mich aufgetrieben. Selena erkannte, daß es viel besser war, mich zu benutzen. Ich konnte die Sache mit der Liga durchziehen. Und falls der Mord doch noch herauskommen sollte, konnte man arrangieren, daß ich als Gordy Selbstmord beging. Damit wären dann alle zufrieden. Selena bekam das Geld. Gordy konnte nichts mehr passieren. Sie konnten irgendwo unter einem falschen Namen neu anfangen.« Ich hielt inne. »Ergibt das Sinn?«

»Ich glaube schon«, sagte Marny. »Es ist ein teuflischer Plan, wie Selena ihn sich ausdenken könnte.«

»Na schön. Dann läuft alles auf eine Frage hinaus. Wo ist Gordy? Hat deine Mutter wirklich in Los Angeles Privatdetektive auf ihn angesetzt? Oder war das nur so eine kleine Propaganda zu meiner Beruhigung?«

»Nein. Nein. Sie hat sie wirklich beauftragt. Sie kamen hierher. Ich habe sie gesehen – zwei heruntergekommene Männer mit Zigaretten.«

»Dann sieht es so aus, als sei Mimsey nicht beteiligt gewesen. Damals jedenfalls noch nicht.« Ein neuer Gedanke hatte sich eingestellt und brachte ein Prickeln der Erregung mit sich. »Falls Gordy wirklich in Los Angeles gewesen wäre, hätten diese Jungs seine Spur aufgenommen. Also war er wahrscheinlich nicht in Los Angeles. Und er muß irgendwo gewesen sein, wo er mit Selena in Kontakt bleiben konnte. Gibt es keinen Ort, wo er sein könnte? Irgendwo in der Nähe, wo aber gleichzeitig niemand auch nur im Traum nach ihm suchen würde?«

Sie sah mich verwirrt an. »Du meinst doch nicht, hier im Haus?«

»Nein. Aber irgendwo auf dem Grundstück. Deine Mutter hat mir gestern gesagt, daß es ein altes Farmhaus am Rand des Grundstücks gibt – ein Haus, das einem alten Bauern gehörte. Dein Vater hat es gekauft, als er hierher zog. Kennst du es?«

»Natürlich kenne ich es.«

»Es liegt irgendwo mitten im Nichts an der Straße, über die Jan mich zu Nates Hütte bringen wollte, nicht wahr?«

»Ja, es ...«

»Und als du heute abend versucht hast, Jan zu erklären, daß er mich morgen über die alte Straße wegbringen solle, sagtest du immer: ›Gordys Straße.‹ Erinnerst du dich? Und als du Gordy sagtest, zeichnete Jan ein Kreuz auf die Karte. Lag dieses Kreuz zufälligerweise in der Nähe des alten Hauses?«

Ihr Gesicht war dunkel vor Erstaunen. »Ja, ja, das stimmt. Aber wie könnte Jan ...?«

»Jemand muß Gordy mit Lebensmitteln versorgen«, sagte ich. »Und jemand muß ihm Nachrichten von Selena bringen. Du hast selbst gesagt, daß Jan für jeden alles tun würde, ohne Fragen zu stellen. Und falls Selena und Jan sich zusammengetan haben ...« Ich hielt unbeholfen inne. »Ich wette zehn zu eins, daß sich Gordy die ganze Zeit über in diesem Haus versteckt hat.«

Marny sprang aufgeregt auf. »Aber dann ... wenn du recht hast ... was dann?«

»Darüber denken wir später nach. Zuerst müssen wir herausfinden, ob ich recht habe oder nicht. Baby, du wirst mich dorthin fahren ... und zwar sofort.«

»Bist du verrückt?« sagte sie aufgebracht. »In diesem Gips? Du könntest noch nicht einmal aus dem Wagen aussteigen.«

»Eine Krücke«, sagte ich. »Es liegen zwei Krücken im Abstellraum gegenüber der Bibliothek. Mit einer Krücke kann ich es schaffen.«

»Aber falls er dort ist, hat er vielleicht den Revolver. Wie willst du dich mit nur einem Arm und einer Krücke schützen?«

»Das ist immer noch sicherer, als hier zu warten, daß sie mich abmurksen, wenn die richtige Gelegenheit gekommen ist, nicht wahr?«

Sie nahm meine Hand und hielt sie fest. »Bitte, bitte, laß mich mitkommen. Ich kenne das Haus. Ich kann mich ganz leise bewegen. Ich kann mich zum Haus schleichen und sehen, ob jemand dort ist.«

Ich schüttelte den Kopf. »Dieser Gefahr muß ich mich aussetzen. Ich komme mir schon mies genug vor, weil ich dich bitten muß, mich zu fahren.«

»Aber ...«

»Hör zu, Baby, du willst mir doch helfen, oder?«

Sie nickte energisch. »Natürlich. Natürlich will ich das.«

»Dann machen wir es auf meine Art, ja? Lauf los, zieh dir etwas an, hol die Krücke und eine Taschenlampe. Je eher wir losfahren, desto besser.«

Sie sah so verloren und besorgt aus, daß ich sie herabzog und auf die Wange küßte.

»Sei ein braves Mädchen. Beeil dich.«

Sie lächelte plötzlich lebhaft. Dann huschte sie zur Tür, schloß sie auf und schlüpfte davon.

Das Muster hatte sich so schnell zusammengefügt, daß mich meine eigenen Schlußfolgerungen noch immer etwas benommen machten. Falls Gordy sich dort versteckte, war er wahrscheinlich zum Henker erkoren. Ich fragte mich, wie sie es anstellen wollten. Sollte sich Gordy in unser Schlafzimmer schleichen und meinen »Selbstmord« durchführen, während Selena im anderen Bett schlief? Es wäre viel leichter für Selena, es selbst zu tun. Ich dachte daran, wie sie auf meinem Schoß gesessen, ihre honigbraunen Arme um mich geschlungen und mir gesagt hatte, daß sie mich liebt. War sie davor zurückgeschreckt, mich selbst zu töten? Hatte sie zumindest noch so viele Skrupel?

Ich schaute mich in dem Zimmer nach irgendeiner behelfsmäßigen Verteidigungswaffe um. Auf dem Schreibtisch am Fenster sah ich einen Brieföffner. Ich fuhr hinüber und nahm ihn. Es war eigentlich mehr als ein Brieföffner. Es war ein Dolch in einer Lederscheide – wahrscheinlich ein Erinnerungsstück aus dem Pazifikkrieg. Ich zog das Messer aus der Scheide und prüfte die Klinge an meinem Daumen. Sie war tödlich scharf.

Ich steckte den Dolch ein und fühlte mich schon beträchtlich erleichtert.

Marny kam bald zurück. Sie trug einen schwarzen Rock und eine weiße Bluse und hatte eine Taschenlampe und eine Krücke dabei.

Ich probierte sie aus. Nach ein paar Minuten hatte ich den Bogen raus. Mit der Krücke unter dem linken Arm kam ich, wenn ich das Bein hinter mir herzog, sehr langsam voran. Es war eine Menge Kraft dazu nötig, doch es klappte.

»Also gut, Baby«, sagte ich. »Gehen wir.«

Marny ging voraus. Als ich ihr ins Wohnzimmer folgte, nahm sie eine Whiskyflasche vom Tisch und legte sie neben mir auf den Rollstuhl.

»Irgend etwas sagt mir, daß wir sie vielleicht brauchen.«

Sie ging voran durch die Bibliothek, auf die Terrasse und um sie herum zu einem Kiesweg, der zu den Garagen führte.

Im Mondlicht konnten wir genau sehen, was wir taten, und da die Garagen genau gegenüber von Selenas und Mimseys Zimmern lagen, bestand kaum ein Risiko, sie zu wecken.

Marny fuhr einen Wagen rückwärts heraus. Mit ihrer Hilfe und der Krücke gelang es mir, mich auf den Beifahrersitz zu hieven. Marny gab mir den Whisky, legte die Krücke auf den Rücksitz und schob den Rollstuhl in den Schatten, wo er nicht entdeckt werden würde, sollte während unserer Abwesenheit jemand zur Garage gehen.

Sie setzte sich hinter das Lenkrad und sah mich fragend an.

»Alles klar«, sagte ich.

Marny lenkte den Wagen von dem kiesbedeckten Parkbogen die Auffahrt hinab. Keiner von uns sagte etwas, als wir von der Auffahrt auf einen alten Weg abbogen, der vom Haus zu der gewaltigen, kargen Bergkette führte. Ich konnte jetzt klarer denken. Ich sah jetzt ein, daß die Gefahr, die uns von Gordy drohte, nicht so groß war, wie wir es uns vorgestellt hatten. Schließlich beruhte der ganze Plan darauf, mich verstohlen auf eine Art und Weise zu töten, die Inspektor Sargent morgen überzeugen würde, daß es sich um einen Selbstmord handelte. Das bedeutete, daß er mich nicht einfach erschießen konnte – besonders nicht mit Marny als Zeugin.

Ich fühlte mich jetzt nicht mehr ganz so mies, sie in diese Unternehmung verstrickt zu haben. Zumindest am Anfang würde es sich bei dem Kampf mit Gordy eher um einen Kampf des Verstandes als um einen der Waffen handeln.

Die Fahrt schien endlos zu dauern. Wir befanden uns in einem jener Teile Südkaliforniens, in denen man sich in dem Augenblick, in dem man besiedelte Gebiete verläßt, wie auf einem anderen Planeten fühlt. Karges, nur mit Sträuchern bewachsenes Land erstreckte sich auf beiden Seiten, und die verlassenen Berge drängten sich wie die Skelette prähistorischer Ungetüme um uns.

»Da hinten liegt eine kleine Schlucht«, sagte Marny. »Er hatte dort einen Avocadohain.«

»Wir sind ganz in der Nähe?«

»Ja.«

»Dann schalt die Scheinwerfer aus.«

Sie gehorchte. Ein paar Minuten fuhren wir im Mondschein. Dann machte der Weg eine Linkskurve.

»Hier unten ist es«, sagte sie.

Wir hatten die Öffnung einer kleinen Schlucht erreicht. Vor uns, blaß schimmernd, konnte ich ein Gebäude ausmachen.

»Halt hier an. Wir wollen doch nicht, daß er den Wagen hört.«

»Schaffst du diese Strecke mit der Krücke?«

»Ich muß.«

Vor uns erhob sich dichtes Gebüsch. Marny fuhr den Wagen von der Straße, um ihn dahinter zu verbergen. Sie stieg aus, gab mir die Krücke, zog die Schlüssel in ihrem schwarzen Lederetui aus dem Zündschloß und hielt sie zusammen mit der Taschenlampe in der Hand. Ich klemmte die Krücke unter die Achselhöhle, und sie half mir hinaus. Im Mondschein war ihr Gesicht weiß und angespannt.

»Du bist verrückt«, sagte sie, »mit dieser Krücke zu gehen. Du wirst dich umbringen.«

Ich tätschelte ihre Hand. »Keine Angst. Folg mir einfach. Das wird ein Kinderspiel.«

Gemeinsam gingen wir mühsam den Weg zu dem Haus entlang. Sie stützte mich auf der rechten Seite. Das half mir beträchtlich. Als der weiße Fleck näherkam, konnte ich einen alten Bungalow und ein daran angebautes zweites Gebäude erkennen.

»Eine Garage«, flüsterte Marny. »Der hintere Teil des Hauses ist eine Garage.«

In den Fenstern zeigte sich kein Licht. Das Haus lag wie tot da. Es sah aus, als sei es jahrelang von keinem Menschen mehr betreten worden. Wir gingen weiter. Ein verfallener Lattenzaun trennte das, was einst der Hof gewesen war, von der Wildnis. Ein kleines Tor hing schräg in seinen Scharnieren, und wo die Auffahrt zur Garage führte, fehlte ein großes Stück im Zaun.

»Zuerst die Garage«, flüsterte ich.

Wir verließen den Kiesweg. Im hohen Gras erzeugte meine Krücke kein Geräusch. Wir erreichten die Garage.

Die Doppeltür war zugeschoben. Vorsichtig zog Marny sie auf, bis sie sich hindurchzwängen konnte. Sie drehte sich um und zog mich hinein.

Es war dunkel drinnen, und die Luft roch abgestanden und staubig.

»Die Taschenlampe«, sagte ich.

Marny schaltete sie ein. Ein Lichtstrahl erhellte einen Wagen vor uns – eine neue, dunkelblaue Limousine, keineswegs ein Wagen, wie man ihn zurückgelassen in einem unbewohnten Haus vorzufinden erwartet. Marny schrie vor Überraschung leise auf.

»Das ist der Wagen, mit dem er wegfuhr. Gordys Wagen.«

Sie lief zur Windschutzscheibe und leuchtete mit der Lampe hinein. Ich folgte ihr. Die Schlüssel steckten noch im Zündschloß. Der Wagen war verlassen. Marny drehte sich um.

»Du hattest recht. Er muß hier sein – im Haus.« Ihre Stimme zitterte. »Was sollen wir jetzt tun?«

»Es war kein Licht an. Er wird entweder schlafen oder betrunken sein. Wie viele Türen hat das Haus?«

»Eine vorn, eine hinten.«

»Wie viele Zimmer?«

»Nur eine Küche, ein Wohnzimmer und ein Schlafzimmer. Im Schlafzimmer steht eine alte Pritsche.«

»Weißt du, durch welches Fenster man hineinsehen kann?«

Sie nickte.

»Na schön.«

»Was werden wir jetzt tun?«

»Uns überzeugen, daß er hier ist. Wenn er schläft und wir ihn nicht wecken – um so besser.«

»Und was dann?«

»Dann«, sagte ich grimmig, »weißt du mit Sicherheit, daß du einen Mörder zum Bruder und eine Mörderin zur Schwägerin hast. Angst?«

Ihre Hand fand meinen Arm und drückte ihn. Sie schaltete die Taschenlampe aus und ging leise aus der Garage. Ich folgte ihr humpelnd.

Sie ging um die Garage herum zum hinteren Teil des Hauses. Im Mondlicht konnte ich drei blinde Fenster und eine im Schatten liegende Tür ausmachen. Marny schlich zum Fenster ganz links. Wir spähten gemeinsam hindurch. Das hereinfallende Mondlicht enthüllte einen kleinen, kahlen Raum. An einer Wand stand eine alte Pritsche mit einer Matratze. Niemand schlief darauf. Bettzeug konnte ich nicht sehen. Es hatte den Anschein, als sei sie nicht mehr benutzt worden, nachdem das Haus aufgegeben worden war.

Wir traten zum Küchenfenster und dann zum letzten Fenster, durch das wir in das unmöblierte Wohnzimmer sehen konnten. Die drei Fenster boten uns einen vollständigen Blick auf das Innere. Eins war sicher. Weder Gordy Friend noch sonst jemand hielt sich hier auf.

»Wenn der Wagen in der Garage steht, kann er nicht weg sein.« Marny erschauerte. »Ob er uns wohl gehört hat und sich hier irgendwo versteckt?«

»Sehen wir mal im Haus nach.«

Sie lief voraus. Die Tür knarrte, als sie sie aufzog. Eine einzige Stufe führte hinauf. Es fiel ihr nicht gerade leicht, mich hinaufzuhieven. Dann standen wir in der Küche. Die Luft war faulig und sauer – als läge irgendwo eine tote Ratte.

Marny leuchtete mit der Taschenlampe herum. Es gab keine leeren Dosen, keinen Abfall, kein Anzeichen dafür, daß hier jemand gewohnt hatte. Das Schlafzimmer erzählte dieselbe Geschichte. Ein gewaltiges Spinnennetz erstreckte sich von der Decke bis zu dem Bettpfosten, an dem es verankert war.

»In diesem Zimmer kann seit einem Monat niemand mehr gewesen sein«, sagte ich.

»Aber wieso dann der Wagen?« fragte Marny zitternd. »Wenn sich Gordy nicht hier versteckt hat – wieso dann der Wagen?«

Sie drehte sich zu der Tür um, die zum Schlafzimmer führte, die Wagenschlüssel noch in der Hand. Als ich hinterherhumpelte, kam mir ein neuer Gedanke – ein Gedanke, der unsere gesamte Theorie aus den Angeln hob und eine Gänsehaut auf meinem Rücken erzeugte.

Wir standen gemeinsam auf der Schwelle des Wohnzimmers und sahen im Lichtstrahl von Marnys Taschenlampe diesen vermodernden, leeren Raum. Der Gestank war hier noch stärker.

Die Dielenbretter hingen durch und waren teilweise gebrochen. Das Holz hatte sich darüberhinaus verbogen. Man hatte den Eindruck, über Wellen zu schreiten.

»Verschwinden wir von hier.«

Marny gab ein leises Geräusch des Abscheus von sich und drehte sich um. Dabei schwang sie die Taschenlampe in einem Bogen.

Eine Sekunde lang, bevor der Lichtstrahl wieder ins

Schlafzimmer deutete, hatte er die Ecke zu unserer Rechten erhellt.

»Marny!«

»Was?«

»Leuchte noch einmal in diese Ecke.«

Als das Licht wieder in die Ecke fiel, sah ich, daß der erste Blick mich nicht getäuscht hatte. Zwei dieser lockeren Dielenbretter waren zersplittert. Die hellen Stellen, an denen das Holz abgebrochen war, ließen darauf schließen, daß der Schaden erst vor kurzem eingetreten war. Ich konnte sogar die abgerissenen Stücke selbst sehen, die auf dem staubigen Boden verstreut lagen.

»Siehst du?« Meine Stimme klang hart und fremd.

»Aber...«

»Du mußt es tun«, sagte ich. »Ich würde es nie schaffen, gottverdammt. Du mußt es tun.«

Es war einer dieser seltsamen Augenblicke, in denen wir einander verstanden, ohne zu sagen, was wir meinten. Marny drückte die Taschenlampe in meine linke Hand, die den Griff der Krücke umklammert hielt. Ich richtete die Lampe auf die Stelle. Sie lief zu der Ecke und zerrte an einem Brett. Es gab sofort nach. Sie warf es zur Seite, riß ein zweites Brett los, dann ein drittes. Sie arbeitete wie verrückt, als würde ihr die gewaltige Anstrengung irgendwie helfen.

Ich machte ein paar Schritte auf sie zu. Sie hatte mittlerweile vier Dielenbretter gelöst. Ich sah in die flache Grube hinab, die sie freigelegt hatte. Sie war wieder an meine Seite getreten. Sie drückte heftig meinen Arm. Und sie wimmerte leise.

Ich war mir fast sicher gewesen, was ich sehen würde,

doch das machte es nicht einfacher. Ich schaute nicht lange hin – nur so lange, um zu sehen, daß die Leiche eines Mannes dort lag, eines Mannes, dem man in die Brust geschossen hatte.

Marnys Finger gruben sich in mein Fleisch. Das Wimmern verstärkte sich zu einem harten, gequälten Schluchzen.

»Gordy!« sagte sie. »Gordy! Gordy!«

Ich hatte natürlich auch das gewußt.

Wir hatten gefunden, was wir gesucht hatten.

24

Marny hielt sich an mir fest. Mein Instinkt forderte mich auf, sie aus diesem Leichenhaus zu bringen. Doch ich konnte es nicht. Sie war diejenige, die mich hinausbringen mußte. Ich haßte meine Behinderung. Nach einer Sekunde oder zwei hatte sie sich wieder in der Gewalt. Sie legte ihren kleinen Arm um meine Taille, und gemeinsam schwankten wir hinaus, an die frische Luft, ins Mondlicht. Die Krücke hatte die Haut unter meiner Achsel aufgescheuert. Ich lehnte mich gegen die Hauswand, die Krücke stellte ich neben mich.

»Hast du Zigaretten?« fragte ich.

Es schien sie zu erleichtern, eine Aufgabe zu haben. Sie holte eine Schachtel Zigaretten aus ihrer Jackentasche, zündete zwei an und steckte mir eine zwischen die Lippen. Nach dem Gestank war der scharfe Geruch des Rauchs wunderbar. Aber mir war noch halbwegs schlecht vom

Schock, nicht, weil wir die Leiche eines ermordeten Mannes gefunden hatten, den ich gar nicht gekannt hatte, sondern, weil die Entdeckung etwas nach sich zog, worüber ich einfach nicht nachdenken wollte.

Im Mondlicht war Marnys Gesicht leichenblaß.

»Alles in Ordnung, Baby?« fragte ich.

»Ja. Ich bin in Ordnung.«

»Es tut mir schrecklich leid – daß ich dich da reingezogen habe.«

»Mach dich doch nicht lächerlich. Als ob das etwas mit dir zu tun hätte.« Sie hielt inne, und ich wurde mir der Stille der ausgestorbenen Welt um uns herum sehr deutlich bewußt. »Wir haben uns geirrt, nicht wahr?« sagte sie dann leise. »Wir haben uns alles falsch zusammengereimt.«

»Nicht falsch, Baby«, sagte ich verbittert. »Nur nicht vollständig.«

»Vollständig?«

»Hast du es nicht mitbekommen?« Ich hätte schon an die Vorstellung gewöhnt sein müssen, daß Selenas Verderbtheit grenzenlos war; doch nun, wo die volle Wahrheit offensichtlich geworden war, empfand ich eine absurde Niedergeschlagenheit, als hätte ich sie sehr geliebt. »Zuerst dachten wir, Gordy hätte den alten Herrn umgebracht und Selena ihn versteckt. Dann dachten wir, sie hätten ihn gemeinsam ermordet. Wir sind einfach nicht weit genug gegangen. Selena hat ihm die Überdosis gegeben und wurde dabei von Gordy überrascht. Er begriff, was sie getan hatte. Man kann einem Trunkenbold nicht so ein Geheimnis anvertrauen – nicht einmal, wenn er es für sich behalten will. Man kann nie wissen, ob er sich nicht doch verplappern wird, wenn er betrunken ist. Also«, ich zuckte mit den Schultern, »hat sie ihn hierher gelockt und erschossen. Ob nun ein Mord oder zwei ...«

»Selena!« Marnys Stimme klang verbittert. »Aber warum sollte Selena Vater selbst ermorden? Er wurde ermordet, weil er jemanden aus seinem Testament streichen wollte. Wollte er sie aus dem Testament streichen?«

»Verstehst du nicht? Mr. Friend hat Jan an diesem Tag gefeuert. Warum? Weil er Jan und Selena zusammen gesehen haben muß, genau wie du. Seine fromme Schwiegertochter trieb es mit seinem Hausdiener, dem Inbegriff des sauberen Lebenswandels, den Mr. Moffat persönlich ihm besorgt hatte. Was hätte ihn mehr aufbringen können?«

»Und Jan – deshalb hat Jan das Kreuz gemalt? Jan hat ihr geholfen?«

»Du hast selbst gesagt, daß er helfen würde, eine Leiche zu begraben, und es ein paar Stunden später schon wieder vergessen hätte. Bei den Morden hat er ihr wahrscheinlich nicht geholfen. Sie hat ihn wahrscheinlich nur benutzt, um hinterher die Spuren zu beseitigen – vielleicht, um die Dielenbretter loszureißen oder um den Wagen in die Garage zu fahren.«

»Aber Gordy – wenn Gordy nicht mehr lebt, hätte sie doch keinen roten Heller von dem Testament bekommen.«

»Damals wußte sie noch nichts von der Klausel im Testament. Keiner von euch wußte davon.« Ich lachte barsch. »Als Mr. Petherbridge am nächsten Tag das Testament verlas, waren sowohl Gordys wie auch ihre Aussicht auf ein Vermögen hier unter dem Boden begraben. Es muß ihr ziemlich schlecht gegangen sein, bis Nate mich hervorzauberte und ihr damit aus der Patsche half.«

»Dann ... dann glaubst du nicht, daß Nate und Mimsey etwas davon gewußt haben?«

»Ich bin sicher, daß sie nichts wußten. Nate ist viel zu feige, einen Mord zu begehen, selbst für Selena. Und deine Mutter? Sie hätte doch wohl niemals zugelassen, daß Gordy umgebracht wird, oder?«

»Nein«, sagte Marny nachdrücklich. »Nie im Leben.« Die Glut ihrer Zigarette leuchtete in der Dunkelheit. »Sie muß dich auch umbringen, nicht wahr?« sagte sie plötzlich. »Selena. Sie konnte die Schuld nicht auf den echten Gordy abwälzen, denn selbst, wenn sie den Mord wie einen Selbstmord dargestellt hätte, hätte der Polizeiarzt herausbekommen, daß er schon lange tot war, bevor der Abstinenz-Eid unterschrieben wurde, und damit wäre die ganze Verschwörung aufgeflogen.«

»Genau«, sagte ich. »Mein Selbstmord ist die einzige Möglichkeit, wie doch noch alles glücklich für sie ausgehen kann. Verstehst du, sie setzt auf die Tatsache, daß ihr beide – du und Mimsey – zu tief in der Sache steckt, um noch aufzumucken, wenn Sargent meine Leiche als die Gordys identifiziert.« Ich lachte wieder. »Zu schade, daß ich ihr diesen Gefallen nicht tun werde, nicht wahr?«

Marny beobachtete mich aufmerksam im Mondschein. »Tut es weh?«

»Tut was weh?«

»Über Selena die Wahrheit erfahren zu haben?«

»Tut es weh, erfahren zu haben, daß dein Vater und dein Bruder ermordet wurden?«

»Entschuldige. Es war eine schrecklich dumme Frage.« Sie rückte näher heran und schob ihre Hand in die meine. »Tja, Boß, was machen wir nun?«

»Wir haben keine große Wahl. Morgen wird Inspektor Sargent kommen und uns sagen, daß dein Vater ermordet wurde. Wir könnten ihm genausogut die Mühe ersparen, auf den Autopsiebericht zu warten, und ihn sofort anrufen. Sagen wir ihm, daß es noch ein corpus delicti für seine Sammlung gibt.«

»Und erzählen wir ihm alles über Selena?«

»Was erwartest du denn von mir? Soll ich Harakiri begehen, um ihre Haut zu retten? Du hast mich doch felsenfest mit Selena zusammengeschmiedet, oder?«

»Warst du das nicht schon?« Sie zog die Hand schnell zurück. »Ach, was für eine Rolle spielt das noch?« Sie ließ die Zigarettenkippe fallen und drückte sie mit der Ferse aus. »Die Verschwörung gegen die Liga wird natürlich auffliegen. Du, ich, Mimsey, Nate – wir alle werden Schwierigkeiten bekommen.«

»Klar. Aber vielleicht wird Sargent nicht zu streng mit uns umspringen, weil er ein paar Morde aufklären konnte. Außerdem ist es ja nicht so, daß wir mit irgend etwas durchgekommen sind.« Ich warf ihr einen Blick zu. »Aber mit dem guten Leben ist es wohl vorbei. Jetzt gibt's kein Geld. Du wirst doch den Job in der Kneipe annehmen müssen.«

»Das ist mir egal«, sagte sie heftig. »Ich werde mich freuen, die ganze Familie endlich für immer loszusein. Es paßt mir ausgezeichnet, in einer Kneipe zu arbeiten.«

»Du hast Mut, nicht wahr?«

»Ich?« Sie fuhr herum und sah zu mir hoch. »Du bist derjenige mit dem Mut. Du bist derjenige, der die Prügel bezogen hat.«

Sie legte die Hände auf meine Arme, reckte sich und küßte mich auf den Mund. Dann gab sie ein leises Lachen von sich, das fast ein Schluchzen war.

»Was für einen Ort du dir ausgesucht hast, um dein Gedächtnis zu verlieren.«

Ihre Lippen waren süß; ihr Körper drückte sich jung und fest gegen den meinen. Einen Augenblick lang ließ sie mich vergessen, was für eine schreckliche Nacht es war.

»Wir fahren lieber zurück.« Sie löste sich von mir. »Du wartest hier. Ich hole den Wagen.«

»Nein.«

»Warum nicht? Du wirst doch nicht das ganze Stück laufen wollen.«

»Ich brauche keine Krankenschwester. Ich laufe, und damit basta.«

Ich schob die Krücke unter meinen Arm. Ich wußte, daß sie mich für unvernünftig und stur hielt. Ich war es wahrscheinlich auch. Doch zum Wagen zurückzuhumpeln half mir, mich unabhängig zu fühlen. Als wir ihn erreicht hatten, war ich müde, und die Haut unter meinem Arm brannte. Sie half mir hinein, legte die Krücke auf den Rücksitz und setzte sich hinter das Lenkrad.

Ihre Hand griff nach dem Zündschloß und fiel dann auf ihren Schoß zurück. Sie suchte in ihren Taschen und sah mich unsicher an.

»Die Schlüssel«, sagte sie. »Habe ich sie dir gegeben?«

»Nein. Du hattest sie in der Hand, als wir zum Haus gingen. Ich habe sie gesehen.«

»Dann muß ich sie ...«

»Du hast sie verloren?«

»Als – als wir ihn fanden, muß ich sie fallen gelassen haben. Ich ... ich muß sie holen.«

»Du willst zurück in dieses Zimmer?«

»Es macht mir nichts aus. Wirklich nicht.« Sie schenkte mir ein flüchtiges Lächeln. »Es wird nicht lange dauern. Hier.« Sie gab mir die Whiskyflasche. »Trink einen. Du wirst es brauchen. Ich bin sofort zurück.«

Sie glitt aus dem Wagen, drehte sich dann um und nahm mir die Flasche ab. »Ich trinke besser auch einen.«

Sie hob die Flasche an die Lippen, gab sie mir zurück und eilte zum Haus. Ich beobachtete ihre schlanke, gerade gewachsene Gestalt, bis sie im bleichen Mondschein verschwamm.

Sie hat wirklich Mut, dachte ich.

Als ich allein war, begann ich darüber nachzudenken, was uns erwartete. Dort oben vor dem alten Haus, während Gordys Leiche hinter den dünnen Mauern lag, war uns alles so einfach vorgekommen. Jetzt kam es mir nicht mehr so einfach vor. Ich würde Selena natürlich der Polizei ausliefern müssen. Doch wenn ich dies tat, würde es Nates Ende als Arzt, Mimseys und Marnys Verarmung und wahrscheinlich unser aller Verhaftung bedeuten. Der gesamte Haushalt der Friends würde zusammenbrechen wie die Mauern von Jericho.

Ich dachte darüber nach, ob es irgendeine Möglichkeit gab, zumindest noch etwas aus den Trümmern zu retten. Während meine Gedanken unproduktiv umherstreiften, hörte ich ein Geräusch, das meinen Herzschlag beschleunigte. Es erklang hinter mir auf dem Weg, der vom Haus der Friends hierher führte, und es war das Brummen eines näherkommenden Wagens.

Das Dröhnen wurde lauter. Da unser Auto hinter dem Gebüsch verborgen war, konnte ich den Weg nicht sehen. Doch bald hatte der Wagen mich erreicht, und das Licht der Scheinwerfer fiel durch die Blätter, über den Wagen und glitt weiter. Das Ziel des Autos war das alte Farmhaus.

Einen Augenblick später hörte ich, wie es anhielt. Ich hörte das Klicken, mit dem sich eine Tür öffnete, und ein weiteres Klicken, mit dem sie wieder geschlossen wurde. Ich glaubte, sogar Schritte auf dem Kies hören zu können.

Beunruhigende Gedanken jagten einander. Es konnte sich wohl kaum um die Polizei handeln. Zu diesem Zeitpunkt der Ermittlungen hätte Inspektor Sargent unmöglich die Wahrheit über Gordy vermuten können. Aber wenn es nicht die Polizei war... wer war es dann? Selena, die sich von den Schlaftabletten erholt hatte? Oder, wahrscheinlicher, Jan. Da begriff ich mit grimmiger Wut, was geschehen sein mußte.

Falls meine Leiche morgen der Polizei gegenüber als die Gordys ausgegeben werden sollte, konnte Selena unmöglich das Risiko eingehen, daß Sargent eine zweite Leiche fand, die so unzulänglich in dem alten Farmhaus versteckt war. Und doch hätte sie es nicht gewagt, Gordys Leiche schon vorher zu vernichten, denn falls der Plan mit mir fehlschlug, wäre der Versuch, den echten Gordy als Vater- und Selbstmörder hinzustellen, für sie besser als nichts, selbst wenn dadurch die Verschwörung aufgedeckt werden sollte. Doch nun war sie meiner so sicher, daß sie es sich leisten konnte, Gordy endgültig verschwinden zu lassen.

Doch falls sie aus ihrem Betäubungsschlaf erwacht sein und festgestellt haben sollte, daß ich verschwunden war, konnte sie meiner nicht mehr sicher sein. Wahrscheinlich hatte sie ihr Vorgehen zuvor geplant. Wahrscheinlich hatte sie die Aufgaben verteilt. Ihre Aufgabe war es gewesen, mich zu töten. Jans Aufgabe war es gewesen, Gordy loszuwerden. Ohne zu wissen, daß Selena ihren Teil der Aufgabe nicht erfüllt hatte, machte er mit seinem weiter.

Als mir die Wahrheit klar wurde, erfüllte mich Besorgnis um Marny. Ich versuchte, mich mit dem Gedanken zu beruhigen, daß sie den Wagen auch gehört haben mußte. Selbst wenn sie gerade im Haus gewesen sein sollte, hätte sie Zeit genug gehabt, durch die Hintertür hinauszuschlüpfen und sich vor jeder Gefahr in Sicherheit zu bringen. Doch die Minuten verstrichen, und sie kam nicht zurück. Die Besorgnis wuchs, von wilden Spekulationen genährt.

Was, wenn sie die Schlüssel nicht gefunden und im Haus geblieben und weitergesucht hatte, bis es zu spät war? Oder was, wenn sie versucht hatte, klug zu sein, und Jan irgendeine Falle gestellt hatte, die nicht funktioniert hatte?

Nein, sagte ich mir. Falls ich recht hatte und es Jan war, würde Marny schon mit ihm fertig. Doch stimmte das auch? Jan als Helfer bei einem Doppelmord war eine ganz andere Sache als der grinsende, freundliche Jan, den sie im Haus gekannt hatte.

Meine Hilflosigkeit quälte mich wie die aufgescheuerte Haut unter meinem Arm. Ich wußte, daß es töricht war, ihr auf der Krücke hinterherzuhumpeln. Anstatt eine Hilfe wäre ich nur eine zusätzliche Last für sie. Doch als eine Minute nach der anderen verstrich, wurde die Spannung unerträglich. Schließlich drehte ich mich auf dem Sitz um und sah über die Schulter zurück. Die Krücke lag hinter mir auf dem Rücksitz. Wenn ich den Arm ausstreckte und mich zurücklehnte, konnte ich sie gerade eben berühren. Mit großer Anstrengung gelang es mir, mich noch weiter zurückzulehnen. Meine Finger schlossen sich um die Krücke. Doch als ich sie nach vorn zog, entglitt sie meinem Griff und fiel zu Boden. Ich versuchte, sie zu erreichen, doch die Lehne meines Sitzes war zu hoch. Mit einem Gefühl der Verzweiflung sank ich in den Sitz zurück.

Vor Ärger und Erschöpfung keuchend, saß ich da und sammelte meine Kräfte für einen zweiten Versuch. Die Flasche Whisky lag auf dem Sitz neben mir. Ich griff danach und nahm einen großen Schluck. Es war reines Glück, daß ich den Schnaps nicht sofort herunterschluckte. Als eine kleine Menge der Flüssigkeit meine Kehle hinunterrann, schlug mein Geschmackssinn plötzlich Alarm. Ich nahm noch einen kleinen Schluck. Er schmeckte falsch, er war dickflüssig und bitter. Ich spuckte den Rest aus.

In dem Whisky war ein Schlafmittel.

Mit aufbrandender Verzweiflung begriff ich, wie es sich zugetragen haben mußte. Bevor wir gingen, hatten wir die Flasche von einem Tisch im Wohnzimmer mitgenommen. Selena hatte den Whisky dorthin gestellt. Das Wohnzimmer war der Ort, den sie für meinen »Selbstmord« ausgesucht hatte. Wäre unsere Szene im Schlafzimmer planmäßig verlaufen, hätte sie einen Grund gefunden, ins Wohnzimmer zu wechseln. Sie hätte mir ein Glas von dem Whisky gegeben. Sobald ich ohnmächtig geworden wäre, hätte sie den Abschiedsbrief aus seinem Versteck hinter Mr. Friends Bild hervorgeholt, mir Gordys Revolver in die linke Hand gedrückt, sie an meine Schläfe gehoben und geschossen. Wenn nach dem Schuß der gesamte Haushalt zusammengelaufen wäre, wäre sie wahrscheinlich auch gerade entsetzt hineingestürmt.

So wäre es passiert. Doch in einem Anfall der Besorgnis begriff ich, daß das, was gerade passiert war, fast genauso schlimm war. Marny hatte aus der Flasche getrunken. In der Eile war ihr der Geschmack bestimmt nicht aufgefallen. Marny war nicht zurückgekommen, weil sie eingeschlafen war. Sie würde irgendwo wehrlos dort draußen in der Dunkelheit liegen – zwischen dem Wagen und diesem Zimmer, in dem Gordys Leiche in seinem scheußlichen Grab unter den Bodenbrettern lag.

Der äußerste Notfall mußte meine Sinne geschärft haben. Als ich mich erneut streckte, um vergeblich nach der Krücke zu greifen, glitt uneingeladen ein Bild vor mein geistiges Auge. Es war ein Bild von Mrs. Friend, die sagte, wie sie es am Tag zuvor gesagt hatte, was für ein Glück es für ihren Plan doch sei, daß mein rechter Arm in einem Gipsverband lag; so könne ich den Abstinenz-Schwur ganz legitim mit der linken Hand unterzeichnen. Glück! Ohne diesen Glücksfall wäre ihr ganzer Plan zum Scheitern verurteilt gewesen. Hätte ich den Eid mit der rechten Hand unterschrieben, wäre bei einem Vergleich der Unterschrift mit irgendeiner von Gordys Unterschriften der ganze Schwindel sofort aufgeflogen.

Sie hatten schon gewaltiges Glück gehabt, mich überhaupt zu finden. Bei Gott. War die Tatsache, daß mein rechter Arm zufällig in einem Gipsverband lag, nicht etwas zu glücklich, um ein Zufall zu sein? Und dann kam mir plötzlich ein anderes Bild vor Augen – ein Bild von Nate Croft, bleich und verzweifelt an diesem Nachmittag, als er ins Wohnzimmer gekommen war und Selena überrascht hatte, wie sie mich küßte. Er hatte gesagt:

»Muß es denn jeder Mann sein, der dir über den Weg läuft? Ich dachte, diesmal könnte nichts passieren. Ich habe die Gipsverbände angelegt …«

Ich habe die Gipsverbände angelegt …

Nate hatte mir am Anfang gesagt, daß mir weder der Arm noch das Bein Schmerzen bereiten würde. Ich hatte sein Wort als das eines Arztes hingenommen. Doch war es nicht möglich, daß die Gipsverbände genauso eine Lüge waren wie alles andere, was mit dieser Familie zu tun hatte? Was, wenn Nate nur vorgetäuscht hatte, mein rechter Arm sei gebrochen, um mit Sicherheit eine linkshändige Unterschrift zu bekommen? Und der Gipsverband um das Bein? *Ich dachte, diesmal könnte nichts passieren.* Ich erinnerte mich an seine verbitterte Liebe für Selena, seine Kenntnis von ihrer Promiskuität und seinen leidenschaftlichen Drang, sich ihrer Treue zu vergewissern. Was, wenn er ohne Wissen der Familie auch um mein Bein einen überflüssigen Gipsverband angelegt hatte, damit zwischen mir und Selena nichts »passieren« konnte? Einen Keuschheitsgürtel für den Mann.

Bevor ich die Entscheidung nüchtern abwägen konnte, zog ich in der ersten Erregung den Brieföffner aus der Tasche. Ich zerrte mein weites Hosenbein hoch und fing an, auf den Gips einzustechen. Als er abzubröckeln begann, wurde mir klar, daß ich einen ernsten Bruch riskierte, wenn ich mit meiner Vermutung falsch lag, doch es war mir egal. Die Möglichkeit, zu Marny zu kommen, war mir wichtiger als alles andere.

Ich brauchte nicht lange, um den Gipsverband vollständig aufzubrechen. Die Zeit war zu kostbar, als daß ich auch noch den Arm befreien konnte. Im Augenblick brauchte ich lediglich zwei Beine und einen Arm.

Ich glitt aus dem Wagen und belastete das linke Bein mit meinem Gewicht. Es war steif und schwach, doch ich hatte keine Schmerzen. Ich bog das Knie durch. Ich hatte noch immer keine Schmerzen. Ich entfernte mich ein paar Schritte vom Wagen. Ich ging zittrig, doch ich konnte gehen.

Erregung stieg in mir empor, vermischt mit Erbitterung. Gegen die Friends hatte ich mich behauptet, doch von Nate, dem eifersüchtigen Liebhaber, hatte ich mich fast bis zur letzten Minute überlisten lassen. Wäre ich klug genug gewesen, früher darauf zu kommen, hätte ich das gefahrenverseuchte Haus der Friends schon vor Tagen verlassen können.

Die Angst um Marny verdrängte alles andere. Ich nahm das Messer und steckte es in meine Tasche. Vorsichtig ging ich um die Büsche und auf den Weg.

Im Mondlicht konnte ich den anderen Wagen vor mir sehen; er stand direkt vor dem Farmhaus. Anhand der langgezogenen, massigen Silhouette erkannte ich, daß es sich um einen Kombi handeln mußte. Als ich mich ihm vorsichtig näherte, machten meine Augen, die sich nun an das schwache Licht gewöhnt hatten, eine Gestalt aus, die aus der Vordertür des Farmhauses trat. Ich glitt in den Schatten eines Busches. Ich konnte keine Einzelheiten erkennen, doch als die Gestalt zu dem Kombi ging und sich mir dabei näherte, konnte ich aufgrund ihrer Größe und Bewegungen sehen, daß ich recht gehabt hatte. Es war Jan.

Während ich ihn beobachtete, brannte die Angst um Marny wie Jod auf einem Schnitt. Jan erreichte den Wagen und ging um ihn herum. Er blieb stehen und schien hineinzugreifen. Dann drehte er sich um, und ich sah, daß er in jeder Hand einen dunklen, eckigen Gegenstand hielt. Ohne innezuhalten, kehrte er wieder zum Haus zurück.

So schnell und geräuschlos, wie es mir mit meinem steifen Knie möglich war, folgte ich ihm. Marny würde mit großer Sicherheit denselben Weg genommen haben wie wir nun. Ich hielt die Augen offen, doch meine Hoffnung, sie irgendwo neben dem Weg liegen zu sehen, erfüllte sich nicht. Ich erreichte den Lattenzaun und schlich auf Zehenspitzen über das Gras, das an die Auffahrt zur Garage grenzte. Marny wäre nicht in die Garage gegangen. Sie hatte nur die Schlüssel aus dem Wohnzimmer holen wollen. Während kalter Schweiß auf meiner Stirn stand, schlich ich um die Garage hinter das Haus.

Wo früher der Hof gewesen war, standen keine Bäume. Das Mondlicht schien grausam hell herab und beleuchtete die gesamte Fläche. Von Marny war keine Spur zu sehen. Ich lief über die freiliegende Stelle zum Schatten des Hauses und tastete mich an der Wand entlang, bis ich das Wohnzimmerfenster erreicht hatte. Vorsichtig bewegte ich den Kopf, bis ich hineinsehen konnte.

Die Strahlen des Mondes warfen ein schwaches Licht in den Raum. Mein Blick suchte instinktiv die Ecke, in der wir Gordys Leiche zurückgelassen hatten, den Stapel Bodenbretter neben seinem Grab. Zu meinem Erstaunen sah ich, daß sie die Bretter wieder an Ort und Stelle gelegt hatte. Von Gordy war nichts zu sehen. Als mein Blick dann zur anderen Seite des Zimmers ging, machte ich Jans große Gestalt aus. Er stand an der Küchentür und bückte sich, um zwei eckige Gegenstände neben einer Gruppe von vier oder fünf ähnlichen Gegenständen auf den Boden zu stellen.

Zuerst konnte ich nicht erkennen, worum es sich handelte. Doch dann kam mir die Erkenntnis, daß es Benzinkanister waren.

Während ich sie betrachtete, tauchte auf der Schwelle hinter Jan die Gestalt einer Frau auf. Ihre weiße Hand bewegte sich zu seinem Arm. Er drehte sich um, verdeckte sie vor meinen Blicken, und an der Art, wie er sich bückte, erkannte ich, daß er sie küßte.

Sie blieben eine Weile in einer heftigen Umarmung verschlungen. Ich sah, wie die beiden weißen Hände des Mädchens über Jans breiten Rücken strichen. Und ich dachte mit einem Haß, der mich benommen machte und sogar meine Angst um Marny verdrängte: *Also hat Selena ihn begleitet. Er hat sie geweckt, und sie ist mitgekommen.*

Und während ich sie beobachtete, dachte ich düster: *So muß sich Nate die ganze Zeit über gefühlt haben. Armer Nate.*

Dann waren sie plötzlich verschwunden. Ich hörte, wie sich die Vordertür öffnete. Es folgte eine kurze Pause.

Dann hörte ich, wie völlig überraschend der Motor des Kombis ansprang und der Wagen wegfuhr.

Es war alles so schnell geschehen, daß ich mir keinen Reim darauf machen konnte. Warum hatten sie das Benzin hierher gebracht und waren dann wieder gefahren? Marny? Hatte es etwas mit dem zu tun, was sie mit Marny angestellt hatten?

Als ich starr dort stand, hörte ich, wie sich leise, weibliche Schritte von der Küche näherten. Und ich begriff. Sie hatte Jan fortgeschickt. Jan hatte also nicht an der Verschwörung teilgenommen. Er war nur ein unschuldiger Helfershelfer. Deshalb lagen die Bodenbretter wieder an Ort und Stelle. Seine einzige Aufgabe war es gewesen, die schweren Benzinkanister herzubringen. Und seine Belohnung war dieser Kuß gewesen. Sie benutzte ihn, genau wie sie Gordy, Nate und mich benutzt hatte.

Von jetzt an arbeitete Selena allein weiter.

Da wußte ich, was ich zu tun hatte. Ich würde warten, bis ich sie wieder im Wohnzimmer sah. Dann würde ich zur Hintertür schlüpfen. Der Schock, ihr vorgesehenes Opfer in das Haus kommen zu sehen, würde sie völlig unvorbereitet treffen. Ich würde sie auf frischer Tat erwischen.

Die schattenhafte Gestalt erschien erneut in der Küchentür. Sie zögerte einen Augenblick lang. Dann lief sie in die andere Ecke des Zimmers und zerrte die Bodenbretter los. Es war schrecklich, sie auf den Knien zu sehen, wie sie heftig an den Brettern riß, von denen ich wußte, was sie enthüllen würden.

Sie brauchte nicht lange. Nach einem Augenblick stand sie auf und eilte durch den Raum. Sie nahm einen der schweren Benzinkanister. Halb trug, halb zerrte sie ihn zu der anderen Ecke. Ich hörte ein leises, scharrendes Geräusch, als sie den Deckel löste. Sie schwang den Kanister hoch und hielt ihn schräg. Ich hörte ein platschendes Geräusch – das Geräusch des Benzins, das sie in die flache Grube unter dem Boden goß.

Der Plan war teuflisch einfach. Bei all diesem Benzin konnte ein einziges Streichholz das leicht entflammbare Haus vernichten, Gordy, den Wagen, einfach alles. Und da es so abgelegen war, würde niemand den Feuerschein bemerken. Eines Tages, irgendwann in der Zukunft, würde jemand bemerken, daß das alte Haus endlich abgebrannt war. Und das war es dann.

Als der Kanister leer war, ließ sie ihn fallen. Die Benzindämpfe mußten ihr den Atem genommen haben, denn sie drehte sich um und ging direkt zum Fenster.

Kurz bevor sie es erreicht hatte, duckte ich mich. Aber ich hatte genug gesehen, daß mir die Nackenhaare zu Berge standen, genug, daß mir der Boden unter meinen Füßen unwirklich vorkam.

Denn als sie sich zum Fenster bewegte, trat sie direkt in das Mondlicht. Ich konnte sie zum ersten Mal deutlich sehen.

Und es war nicht Selena.

Es war Marny.

25

Ich lehnte mich gegen die Schindelwand. Meine Gedanken drehten sich wie das Feuerwerk eines Kindes. Als sie sich beruhigten, begriff ich, wie schrecklich ich die Wahrheit verdreht hatte. Ich hatte den gesamten Mordplan in allen Einzelheiten rekonstruiert. Erneut war ich vollständig hereingelegt worden. Ich hatte genau das getan, was man von mir erwartet hatte. Ich war in die tödlichste aller Fallen gestolpert, die man mir gestellt hatte.

Nun fiel es mir natürlich wie Schuppen von den Augen, daß jede Tat, jedes Motiv, das ich Selena zugeschrieben hatte, genausogut auf Marny paßte. Der alte Mr. Friend hatte Marny und Jan überrascht. Er hatte Marny zu sich gerufen. Er hatte gedroht, Marny aus dem Testament zu streichen. Marny hatte ihm die Überdosis gegeben, und in diesem Augenblick war der betrunkene Gordy hereingekommen. Marny hatte Gordy hier in dieses alte Haus gelockt und ihn erschossen – und hatte später Jan benutzt, alle anfallenden schmutzigen Arbeiten zu erledigen.

Das Gewirr ihrer Listen klärte sich nun für mich. Wie hatte ich an diesem Abend den »Abschiedsbrief« gefunden? Ganz einfach, weil Marny, die wußte, daß ich die Gedichte des alten Mr. Friend mit auf mein Zimmer nehmen würde, das Buch auf das Klavier geworfen und das Bild umgestoßen hatte, damit ich finden würde, was sie darin versteckt hatte. Das war natürlich der erste Schritt des skrupellosen Plans gewesen, der damit enden sollte, daß ich im Wohnzimmer Selbstmord beging. Sie hatte meine Gedanken so deutlich wie die Schlagzeilen der Tageszeitung lesen können, bevor ich sie selbst gedacht hatte. Sie wußte, daß ich neugierig sein und den Brief an mich nehmen würde. Sie wußte, daß ich ihn lesen würde. Sie wußte, daß ich wegen des absichtlich falsch geschriebenen »nämlich« glauben würde, Selena habe ihn geschrieben. Sie wußte, daß ich mich, sobald mir dieser Gedanke gekommen war, an meine Abmachung mit ihr erinnern und mich irgendwie von Selena wegschleichen würde.

Es war riskant gewesen, den Brief hinter dem eingerahmten Foto zu verstecken. Es bestand die Möglichkeit, daß ich ihn doch nicht fand. Doch sie war dieses Risiko eingegangen, denn sie mußte mich unbedingt aus dem Schutz von Selenas Zimmer locken. Wäre dieser Plan fehlgeschlagen, hätte sie einen anderen bereit gehabt.

Doch ich hatte den ersten Köder geschluckt; und nachdem ich mich im Stuhl zu Marny als meiner einzigen Verbündeten gerollt hatte, war ihr der Rest ganz einfach erschienen. Sie hatte Gordys Revolver bereits gestohlen. Sie hätte mich ins Wohnzimmer schieben, mir ein Glas aus der mit dem Schlafmittel versetzten Flasche anbieten können, und nachdem ich ohnmächtig geworden wäre...

Doch dank einer Fügung war es nicht so gekommen. Ich war so klug gewesen, mir zusammenzureimen, daß Gordy in dem Farmhaus war, und hatte darauf bestanden, dorthin zu fahren, um es zu beweisen. Sie konnte sich nicht weigern, mich zu fahren, ohne meinen Argwohn zu erregen. Von da an mußte sie bei meinem Vorhaben mitmachen und improvisieren.

Sie hatte jedoch brillant improvisiert. Sie mußte schon vorher Vorkehrungen getroffen haben, daß Jan das Benzin brachte, Vorkehrungen, die sie jetzt nicht mehr ändern konnte. Sie wußte, selbst wenn sie mich begleitete, mußte sie den Holländer allein im Haus empfangen, wenn er kam, damit er nicht herumschnüffelte und die Leiche fand. Also gab sie vor, die Wagenschlüssel verloren zu haben und zum Haus zurückkehren zu müssen, um sie zu holen. Sie hatte so getan, als habe sie aus der Whiskyflasche getrunken, die *sie* mitgenommen hatte, damit ich ihrem Beispiel folgte und ebenfalls daraus trank.

Während sie nun mit peinlicher Genauigkeit ihrer Aufgabe nachkam, Gordys Leiche endgültig zu beseitigen, ging sie davon aus, daß ich betäubt im Wagen lag.

Sobald sie das alte Farmhaus angezündet hatte, mußte sie mich nur noch zurückfahren, in den Rollstuhl verfrachten, mich ins Wohnzimmer schieben und den Selbstmord vortäuschen, mit Brief und allem. Selbst, wenn die Polizei eine Autopsie durchführen und Spuren des Schlafmittels finden sollte, würde sie keinen Verdacht schöpfen. Schließlich nahm ich als Bettlägeriger regelmäßig Schlaftabletten.

Und wie sie selbst gesagt hatte, war vom Rest der Familie nichts zu befürchten. Sobald ich tot war, und das würde niemand verhindern können, waren Mimsey, Selena und Nate zu tief in die Verschwörung gegen die Liga verstrickt, um zu enthüllen, daß ich nicht der echte Gordy war.

Ja. Das war wirklich brillant improvisiert.

Ich dachte an die Marny, wie sie sich am Anfang gegeben hatte – Marny, die mir die Aufrichtige vorspielte, die nur unter Zwang bei der Verschwörung mitmachte,

Marny, die mit Warnungen und Lügen über Jan geschickt meine Beziehung zu Selena vergiftet hatte, Marny, die die Rolle der kleinen Helferin spielte, damit ich ihr vertraute und, wenn die Zeit gekommen war, fügsam wie ein Lamm zum Schlachter folgte.

Ein Schaudern ließ meinen Körper erbeben. Aus dem Zimmer vernahm ich gedämpfte Geräusche, als Marny einen zweiten Benzinkanister über den Boden zerrte. Ich konnte es nicht über mich bringen, durch das Fenster zu sehen.

Marny hatte von Teufeln gesprochen. Eine Gänsehaut lief wieder mein Rückgrat hinauf.

Es hatte schließlich nur einen Teufel im Haus der Friends gegeben.

Ich zwang mich zum Nachdenken, denn die Gefahr war noch immer groß. Da sie den Revolver hatte, wäre es sinnlos, zu ihr ins Haus zu stürmen. Sie würde ihn benutzen, lange bevor ich sie erreichen konnte.

Allmählich wurde mir klar, daß ich einen Vorteil hatte. Sie wußte nicht, daß ich herausgefunden hatte, daß die Gipsverbände überflüssig waren.

Sie nahm an, daß ich im Wagen lag, in den Gipsverbänden bewegungsunfähig und von dem Whisky betäubt.

Na schön. Sie nahm an, daß ich dort lag. Und dort würde ich liegen.

Ich schlüpfte verstohlen weg vom Haus und um die Garage zum Weg. Leise lief ich durch das kalte, trostlose Mondlicht zum Wagen zurück. Die Gipsbrocken schimmerten weiß auf dem Gras, auf das ich sie geworfen hatte. Ich sammelte sie ein und versteckte sie unter einem Busch.

Ich stieg in den Wagen, nahm vom Rücksitz einen Bademantel und legte ihn über meine Beine, um zu verbergen, daß ich den Gips entfernt hatte.

Ich überlegte, ob ich auch den rechten Arm vom Gips befreien sollte, und entschied mich dagegen. Ich würde nicht verbergen können, daß dieser Verband verschwunden war, und die zusätzliche Mobilität war den Verlust des Überraschungsmoments nicht wert. Mit zwei Beinen, einem Arm und dem Vorteil, vorbereitet zu sein, müßte ich ihr mehr als nur ebenbürtig sein.

Ich legte die Whiskyflasche gut sichtbar auf meine Knie und ließ mich mit geschlossenen Augen und geöffnetem Mund gegen das Polster zurücksinken. Sie würde bald kommen. Ein Streichholz mußte genügen, um das ganze Haus in eine Flammenhölle zu verwandeln. Dann würde sie schnell zurückfahren und ihre scheußliche Aufgabe im Wohnzimmer hinter sich bringen wollen.

Ich hörte sie nicht kommen. Plötzlich wurde ich mir ihres Gesichts am Wagenfenster bewußt, nur ein paar Zentimeter von meinem entfernt.

Einen unendlichen Augenblick lang blieb sie dort ganz still stehen und beobachtete mich. Durch zusammengekniffene Lider konnte ich das schwarze, schimmernde Haar sehen, das weiße Oval ihres Gesichts und ihre Augen. Sie glänzten hart.

»Bist du wach?« flüsterte sie.

Zur Antwort stöhnte ich undeutlich, als reagiere ich in meiner Betäubung schwach auf Geräusche.

Sie beugte sich noch näher. Ich fühlte ihren Atem warm und schnell an meiner Wange. Dann kicherte sie. Es war ein hohes, zitterndes Geräusch, wie von einem kleinen Mädchen, das versucht, in der Kirche eine unbezähmbare Heiterkeit zu unterdrücken.

Sie zog den Kopf vom Fenster zurück. Ich hörte, wie sie um den Wagen herumging. Die Tür öffnete sich, und sie rutschte neben mir auf den Fahrersitz. Sie kicherte erneut, aufgeregt und sprudelnd. Ich hatte noch nie zuvor solch ein Geräusch gehört, und es ließ mir das Blut in den Adern gefrieren.

Sie griff hinab, um den Schlüssel in die Zündung zu stekken, und streifte dabei mein Knie. Ich konnte die hektische Wärme ihrer Hand sogar durch den Bademantel spüren.

Meine Gedanken rasten. Sie hatte den Revolver. Es gab nur zwei Stellen, an denen sie ihn versteckt haben konnte, in der rechten oder der linken Jackentasche.

Da sie ihn in der rechten Hand halten wollte, falls sie ihn benutzen mußte, würde sie ihn wahrscheinlich auch in der rechten Tasche aufbewahren. Und die rechte Tasche war auf meiner Seite.

Etwas zur Seite rutschend, als bewegte ich mich im Schlaf, drehte ich den Kopf und sah hinab. War dort eine schwache Auswölbung im schwarzen Flanell der Tasche?

Sie hatte den Motor angelassen. Sie würde auf den Weg zurückfahren. Das war der Augenblick, in dem ich handeln mußte – wenn ihre Hände beschäftigt waren.

Der Wagen rollte zurück. Ich tat so, als kippte ich gegen sie. Schnell griff ich mit der linken Hand nach der Tasche.

Sie schrie, es war ein überraschter, scharfer Schrei. Ihre rechte Hand fuhr hinab, und lange Fingernägel gruben sich in meinen Handrücken. Der Wagen schlingerte. Die Nägel gruben sich immer tiefer in mein Fleisch. Mit der anderen Hand schlug sie nach meinem Gesicht. Ich spürte, wie die Nägel wild über meine Wange kratzten. Eine Sekunde lang hatte ich den Revolver fast. Dann entwand sie ihn meinem Griff.

Ich sah die auf mich gerichtete Mündung. Ich riß ihr Handgelenk nach oben. Der Schuß dröhnte, und dann klirrte zersprungenes Glas. Ich hielt ihr Gelenk nun mit meiner einzigen Hand fest. Sie kämpfte mit der grausamen Wildheit eines Dämons – und schrie, gab jenen schrillen, kratzenden Schrei von sich, der nicht Angst, sondern Zorn ausdrückte.

Plötzlich fuhr sie mit ihren Nägeln nach meinen Augen. Ich duckte mich, und in diesem Augenblick riß sie ihr Handgelenk frei. Ich griff sofort wieder danach. Und in dem Augenblick, in dem ich danach griff, ertönte ein zweiter Schuß. Und ein dritter.

Ihr Schrei riß ab, als habe jemand einen Tonstreifen mit einem Messer durchtrennt. Der Revolver schepperte zu Boden. Marny schlug mit den Händen wild um sich. Eine bekam mein Handgelenk zu fassen und umklammerte es. Ich spürte, wie der Druck stärker wurde, bis er fast unerträglich war. Dann glitt ihr Körper langsam nach unten. Allmählich lösten sich die Finger von meinem Gelenk. Sie lag jetzt auf dem Boden des Wagens. Ich sah, wie sich etwas Dunkles ausbreitete und unter ihrer linken Brust die weiße Bluse tränkte. Ihr Kopf lag auf dem Sitz. Ihre Augen starrten ins Leere, und ein leises, gurgelndes Geräusch kam über ihre Lippen.

Ich beugte mich über sie. Meine Hand suchte nach

ihrem Gelenk und fühlte den Puls. Eine der Kugeln mußte sie ins Herz getroffen haben.

Sie war in weniger als einer Minute tot.

Ich stieg aus dem Wagen. In meinem Kopf drehte sich alles. Benommen ging ich um die Büsche herum auf den Weg. Ich sah zum Farmhaus. Hinter den Fenstern flackerte ein bedrohliches rotes Licht. Es hatte angefangen.

Gordys Scheiterhaufen war angezündet worden.

Ich ging zum Wagen zurück. So hatte es nicht kommen sollen. Der hohe, kratzende Schrei gellte noch immer in meinen Ohren. Hinter Marny lag etwas Weißes auf dem Boden. Ich beugte mich über sie und hob es auf. Es war der Abschiedsbrief. Ich steckte ihn ein.

Ich mußte weg von hier, weit, weit weg. Das war mir klar. Aber wie? In diesem Wagen mit der zersplitterten Windschutzscheibe und Marnys Leiche auf dem Boden?

Ich dachte eigentlich gar nicht nach, ich erinnerte mich nur. Ich erinnerte mich an den anderen Wagen, an den, mit dem Gordy hierher gefahren war, der in der Garage stand, den Schlüssel im Zündschloß. Ich lief auf das brennende Gebäude zu. Flammen züngelten jetzt durch die Fenster, doch die Feuersbrunst hatte die Garage noch nicht erreicht. Es konnte aber nicht mehr lange dauern. In ein paar Minuten würde das Feuer das Haus, die Garage, einfach alles verzehrt haben.

Ich erreichte die Garage, zog die alte, knarrende Doppeltür auf und lief zu dem Wagen. Unbeholfen ließ ich mit der linken Hand den Motor an und fuhr den Wagen rückwärts hinaus, ein gutes Stück über den Schotterweg, weg von der Bedrohung der Flammen.

Ich blieb eine Minute lang hinter dem Lenkrad sitzen und zwang mich zum Nachdenken. Ich sah in das Handschuhfach. Darin lagen Zigaretten. Ich steckte mir eine an und lehnte mich wieder gegen das Polster.

Der Schrecken war vorbei, doch er hatte Chaos hinterlassen. Marny hatte ihren Vater und ihren Bruder ermordet, und nachdem sie auch versucht hatte, mich zu ermorden, war sie nun tot. Doch wie sollte ich das Inspektor Sargent erklären, ohne mich dabei selbst zu belasten?

Ich würde verschwinden müssen. Das war mir sofort klar. Wenn die Polizei erfuhr, daß es zwei Gordy Friends gegeben hatte, würde es für jeden fatale Folgen haben. Und ich konnte mit diesem Wagen fliehen. Gordy war angeblich vor Wochen damit verschwunden. Niemand würde ihn vermissen. Ich konnte so weit fahren, wie ich wollte. Was spielte es schon für eine Rolle, daß ich nicht wußte, wer ich war oder wohin ich gehörte? Das war ein Kinderspiel im Vergleich zu dem, was mir bevorstehen würde, wäre ich im Haus der Friends geblieben.

Doch was würde aus Selena und Mimsey werden, selbst wenn meine peinliche Anwesenheit sie nicht mehr belastete? Nachdem Marny und der Mann, den sie für Gordy hielten, verschwunden waren, würde die Polizei nach ihnen suchen. Bald würde sie die Überreste einer männlichen Leiche in dem niedergebrannten Farmhaus und Marnys Leiche in dem zweiten Wagen finden. Ohne die Informationen, die nur ich geben konnte, würde Inspektor Sargent Mimsey und Selena höchstwahrscheinlich verhaften, und nicht nur wegen des Mordes an Mr. Friend, sondern auch wegen denen an mir und Marny.

Nun, da ich wußte, daß sie genauso wie ich Opfer eines teuflischen Plans waren, kehrte meine alte Zuneigung für Mimsey und Selena zurück. Ich konnte nicht einfach verschwinden und sie einer Anklage wegen dreier Morde aussetzen, die sie nicht begangen hatten.

Als ich mich vorbeugte, um die Zigarette aus dem Fenster zu werfen, knisterte der Abschiedsbrief in meiner Tasche. Dieses leise Geräusch brachte mich auf eine Idee. Ich holte den Umschlag hervor, nahm den Brief heraus und las ihn im flackernden Licht des brennenden Gebäudes.

Ja. Es gab doch noch einen Ausweg.

Mein Verstand arbeitete jetzt ganz klar. Ich lief zu dem anderen Wagen zurück. Grob, damit ich nicht an sie denken mußte, schob ich Marnys Leiche zur Seite. Ich fuhr rückwärts auf den Weg und an Gordys Auto vorbei direkt in die Garage. Das Haus selbst brannte nun lichterloh, und die Flammen leckten bereits am Garagendach.

Ich hob den Revolver vom Boden des Wagens auf und vergewisserte mich, daß keine Reste des Gipses auf der Matte lagen. Dann nahm ich die Krücke vom Rücksitz.

Als ich die Garage verließ, züngelten Flammen über das ganze Dach. In ein paar Minuten würde die Garage lichterloh brennen wie das Haus.

Ich nahm die Krücke und den Revolver hinter das Haus mit. Ich konnte noch das klaffende Loch ausmachen, das das Fenster des Zimmers gewesen war, in dem Gordys Leiche lag. Ich näherte mich ihm, so weit ich es wagte. Die Hitze war schrecklich. Ich warf die Krücke und den Revolver durch das Fenster in die Flammen.

Ich durfte die Gipsverbände nicht vergessen. Ich wußte

nicht, was mit Gips passierte, wenn er Feuer ausgesetzt wurde, doch ich wollte kein Risiko eingehen. Ich war mir sicher, daß der Gips an meinem Arm genauso überflüssig wie der an meinem Bein war. Mit dem Brieföffner brach ich ihn auf. Ich bog meinen Arm. Wie das Bein war er steif, doch ich hatte keine Schmerzen. Der Arm war offensichtlich gesund. Ich warf die Gipsbrocken und die Schlinge durch das Fenster. Dann ging ich zu der Stelle hinter den Büschen zurück, wo Marny den Wagen abgestellt hatte. Ich sammelte alle Reste des Beinverbandes ein, lief zum Haus zurück und warf sie ebenfalls hinein.

Ich blieb einen Augenblick lang stehen und überlegte, ob ich an alles gedacht hatte. Zufrieden ging ich zu Gordys Wagen und fuhr zum Haus zurück. Jetzt mußte ich nur noch eins erledigen.

Als ich das Haus erreicht hatte, stellte ich den Wagen vor den Garagen ab, ging zur Terrasse und durch die Glasflügeltür in die dunkle Bibliothek. Als einziges Mitglied des Haushalts war wahrscheinlich Jan wach, und sein Zimmer lag im anderen Flügel. Es bestand kein großes Risiko, seine Aufmerksamkeit zu erregen. Ich tastete nach der Lampe auf dem Schreibtisch und schaltete sie ein. Die Schreibmaschine stand dort, wo sie immer gestanden hatte – neben dem Telefon. Es lag auch Papier dort.

Ich spannte ein Blatt ein. Den Text hatte ich mir auf der Rückfahrt überlegt. Ich wußte genau, was ich schreiben würde. Die Schreibmaschine hatte eine Gummitastatur. Ich wußte nicht, ob es der Polizei möglich sein würde, Fingerabdrücke von den Tasten zu bekommen. Ich nahm an, daß der Abdruck eines jeden Fingers, der eine Taste anschlug, hoffnungslos mit dem der früheren Benutzer verschmieren würde. Doch erneut wollte ich kein Risiko eingehen. Bei dem Brief, den ich schreiben würde, gab ich mich als Mann aus, dessen rechter Arm in einem Gipsverband lag. Also tippte ich nur mit der linken Hand.

Und ich schrieb:

Liebe Mimsey,

das ist schrecklich wichtig. Sag es Sargent. Marny hat Vater getötet. Ich wußte es von Anfang an. Ich kam gerade herein, als sie ihm die Überdosis gab. Ich wußte, wenn Vater tot war, würde ich reich sein. Marny zwang mich, ihr zu versprechen, es niemandem zu sagen. Deshalb ging ich auf eine Sauftour. Ich hatte Angst, im Haus zu bleiben, mich zu verplappern. Ich wollte es nicht sagen, aber jetzt, wo Sargent Verdacht geschöpft hat, ist es etwas anderes. Marny hat das auch begriffen. Ich mußte ihr versprechen, sie heute abend, nachdem ihr alle schlafen gegangen seid, in der Bibliothek zu treffen. Ich mußte Selena mit Schlaftabletten betäuben. Das war die einzige Möglichkeit, wie ich mich hinausschleichen konnte. Marny hat auf mich gewartet. Sie sagte, Sargent würde bei der Autopsie Gift in der Leiche finden, und alles würde herauskommen. Sie sagte, wenn ich verriet, daß sie es getan hatte, würde sie mich beschuldigen, ihr geholfen zu haben. Ich sagte, es sei hoffnungslos. Sargent würde die Wahrheit sowieso herausfinden. Sie sagte, vielleicht hätte ich recht, und die einzige Chance sei, zu fliehen, solange wir es noch könnten. Aber da sie wußte, was ich über sie wußte, wollte sie mich nicht zurücklassen. Sie hatte meinen Revolver gestohlen und holte ihn hervor. Sie sagte, ich müsse im

Wagen mitkommen oder sie würde mich erschießen. Ich tat so, als sei ich einverstanden. Ich bin in den Gipsverbänden völlig hilflos. Aber ich sagte, ich käme ohne eine Krücke nicht in den Wagen hinein. Ich sagte, sie müsse mir eine Krücke holen. Dann sagte ich, sie seien auf dem Dachboden und nicht im Abstellraum, um mehr Zeit zu haben, das hier zu schreiben, während sie weg ist. Sie hat mich hier eingeschlossen. Sie wird jeden Augenblick zurückkommen. Sie sagt, sie wolle nach Mexiko fliehen und mich mitnehmen. Ich glaube nicht, daß sie mich mitnehmen wird. Sie erwähnte das alte Farmhaus und schaute dabei ganz seltsam drein. Sie hat den Revolver. Ich glaube, sie wird bei dem alten Farmhaus anhalten und versuchen, mich umzubringen. Niemand würde dort nach mir suchen. Ich muß sie aufhalten. Aber wenn es mir nicht gelingt, wenn ich morgen nicht hier bin und auch nicht anrufe, fahr zum Farmhaus. Bitte, Mimsey, bitte. Sie wird jeden Augenblick zurückkommen, ich muß aufhören. Ich …

Ich nahm einen Bleistift in die linke Hand und unterschrieb am Fuß der Seite mit einem unbeholfenen, gekritzelten *Gordy*. Dann schob ich den Brief unter die Schreibmaschine und ließ eine Ecke hervorschauen, damit sie ihn am Morgen finden mußten.

Etwas Besseres als diese Geschichte, die aus Wahrheiten, Halbwahrheiten und Lügen bestand, bekam ich nicht hin. Zumindest beschuldigte ich die richtige Person der Verbrechen und lenkte Sargents Aufmerksamkeit auf das Farmhaus. Der Brief war so verschwommen gehalten, daß er sich, wenn er die Trümmer durchsuchte und Marnys Überreste in der Garage und Gordys Überreste im Haus fand, seine eigene Theorie zusammenreimen konnte, ob nun Marny oder Gordy den Brand gelegt und ob Marny zuerst Gordy oder Gordy zuerst Marny getötet hatte. Nachdem die Flammen ihr Werk verrichtet hatten, konnte er unmöglich feststellen, daß Gordy schon seit über einer Woche tot war, und ich hatte meine Beweise so arrangiert, daß selbst wenn durch irgendeine Laune des Feuers etwas nicht vernichtet werden sollte, die richtigen Dinge an den richtigen Stellen lagen – die Krücken und Gipsverbände in dem Zimmer bei Gordys Leiche.

Ich hätte den Revolver auch bei Marny liegen lassen können. Doch ich hatte mich für Gordy entschieden, weil mir diese Geschichte plausibler erschien. Marny hatte Gordy tödlich verletzt. Gordy war es gelungen, den Revolver zu nehmen, sie zu töten und war dann ins Haus gewankt und dort gestorben.

Zwischen den Zeilen fand sich in dem Brief auch eine Nachricht an die Friends. Sie würden begreifen, daß ich ihnen indirekt mitteilen wollte, daß Marny am selben Tag wie ihren Vater auch Gordy ermordet und seine Leiche in dem Farmhaus versteckt hatte. Ich ließ sie die Wahrheit wissen und gab ihnen deutliche Hinweise darauf, wie sie sich gegenüber der Polizei verhalten sollten. Wenn sich das Glück nicht völlig gegen sie gewandt hatte, würden sie sich von jedem Verdacht befreien können.

Vielleicht bekamen sie sogar noch das Geld, dachte ich mit einer leichten Erheiterung. Die Polizei würde niemals erfahren, daß es einen falschen Gordy gegeben hatte oder die Unterschrift auf dem Abstinenz-Schwur eine Fälschung war. Wenn sie davon ausgingen, daß Marny ihren Vater getötet hatte, gab es keinen legalen Haken, mit dem sie Mimsey und Selena um ihre Erbschaft bringen konnten. Die beiden würden natürlich ihre Schwierigkeiten mit Mr. Moffat bekommen. Doch Mimsey und Selena waren Frauen, die es ausgezeichnet verstanden, mit Schwierigkeiten umzugehen.

Vor meinem inneren Auge sah ich ein Bild Selenas. Nicht ein bestimmtes, sondern ein Dutzend Bilder, die zu einem verschmolzen. Ich dachte an meinen ersten atemberaubenden Blick auf sie. Ich dachte daran, wie sie heute abend gewesen war, als sie die Arme um mich geschlungen hatte, ihre dunkelblauen Augen tief in die meinen sahen und diese unwahrscheinlichen Tränen an ihren Wimpern hingen.

»Ich liebe dich. Ja, wirklich. Diesmal ist es anders. Diesmal tut es weh. Es muß Liebe sein, wenn es weh tut, nicht wahr, Baby?«

Ich hatte sie für eine Mörderin gehalten, eine verlogene Mörderin mit einem schwarzen Herzen. Nun dachte ich mit einem seltsamen Schmerz:

Vielleicht hat sie es ehrlich gemeint. Vielleicht war sie zum ersten Mal ehrlich zu mir.

Ich wollte die Treppe hinauflaufen, sie noch einmal sehen, meine Arme um sie legen und die samtene Wärme ihrer Haut an der meinen spüren.

Aber ich wußte, daß das nicht sein durfte. Wie konnte ich sie verlassen, wenn ich sie noch einmal sah?

Und ich mußte gehen.

Ich kehrte zum Schreibtisch zurück und öffnete die Schublade, in der Mrs. Friend die Geldkassette aufbewahrte. Ich konnte nicht ohne jeden Penny in die Welt hinaus. Ich nahm fünfzig Dollar. Wenn Mrs. Friend erst begriff, was ich für sie getan hatte, würde sie nichts dagegen einzuwenden haben.

Ich schaltete das Licht aus. Gegenüber lag ein Badezimmer. Ich war schmutzig und rußig, und es war Blut – zum Glück nur ein bißchen – an meinem Ärmel. Ich wusch mich. Das Handtuch nahm ich mit, um es später mit Marnys falschem Abschiedsbrief zu vernichten. Ich eilte zu der Garage zurück, stieg in Gordys Wagen und fuhr los.

Ich wußte nicht, wohin ich fahren sollte. Es war mir auch egal.

Nur weg von hier... nur weg.

Epilog

Ich saß in der heruntergekommenen Lobby eines billigen kleinen Hotels in Los Angeles, als ich die Zeitung las. Ich war schon seit einer Woche dort, weil ein billiges Hotel in einer großen Stadt ein gutes Versteck war.

Nicht daß ich Grund hatte, mich noch länger zu verstekken. Seit der sensationelle Mordfall in Lona Beach bekannt geworden war, hatte ich eifrig Zeitung gelesen, und die Dinge nahmen genau den Verlauf, den ich erhofft hatte. Sargent war überzeugt, daß Marny ihren Vater ermordet hatte, und obwohl das Farmhaus völlig zerstört worden war, so daß man fast unmöglich rekonstruieren konnte, was dort geschehen war, hatte man Teile des Gipsverbandes gefunden, die Sargent überzeugten, daß Gordys Leiche die meine war. Mimsey und Selena, die eine großartige Show geboten hatten, waren von fast jedem Verdacht befreit. Selbst Mr. Moffat hatte, vor unterdrücktem Zorn kochend, bei einem Presseinterview angedeutet, alle Ansprüche auf das Friend-Vermögen aufgeben zu wollen.

Lediglich dank der Verbindung mit Mimsey und Selena durch die Zeitungen fühlte ich mich noch lebendig. Als meine fünfzig Dollar fast aufgebraucht waren, war mein Verstand noch so leer wie eh und je, was meine eigene Identität betraf. Tausend Mal am Tag sagte ich mir: *Peter. Iris. Ein Flugzeug. Jemand fliegt davon.*

Doch diese Worte, die einst eine so wichtige Bedeutung gehabt zu haben schienen, erinnerten mich nun nur an die Friends. An Selena, wie sie den schwarzen Spaniel aus dem grauen und goldenen Schlafzimmer trug. An Selena, wie sie sich über die Vase mit den Iris beugte, das helle Haar schimmernd, die roten Lippen zu einem Lächeln geöffnet.

Die Zukunft war so leer und ohne bestimmte Merkmale wie das Gesicht eines Ertrunkenen.

Es war Abend, als ich diese besondere Zeitung kaufte. Ich setzte mich verdrossen in einen der abgescheuerten roten Ledersessel in der Lobby und warf einen Blick auf die Titelseite, ob es Neuigkeiten über die Friends gab. Das Foto eines Mannes über einer Druckspalte stach mir ins Auge. Kam mir dieses junge, schmale Gesicht mit den eng beieinanderliegenden Augen und der ungepflegten schwarzen Mähne nicht irgendwie vertraut vor? Unter dem Foto stand die Legende:

GESTEHT ÜBERFALL UND BERAUBUNG DES MANNES
EINES FILMSTARS EIN

Zuerst halbherzig begann ich zu lesen, daß der Junge, der Louis Crivelli hieß, in San Diego wegen Wagendiebstahls verhaftet worden war und bei dem Polizeiverhör gestanden hatte, vor einem Monat einen gewissen Peter Duluth, der ihn mitgenommen hatte, niedergeschlagen und seinen Wagen gestohlen zu haben. Diese Aussage, so stand dort zu lesen, vertiefe nur das Geheimnis von Peter Duluths Verschwinden, der vor kurzem aus der Navy entlassen worden war und mit der berühmten Filmschauspielerin Iris Duluth verheiratet sei. Nachdem er sich vor einem Monat von seiner Frau verabschiedet habe, die mit der USO zur Aufmunterung der Moral der amerikanischen Besatzungstruppen nach Tokio geflogen sei, habe Mr. Duluth den Flughafen Burbank verlassen und sei danach spurlos verschwunden. Die Polizei begleite Crivelli zu dem Ort, an dem er angeblich Mr. Duluth liegengelassen habe, und würde von dort aus eine neue Suchaktion starten. Man nehme nun an, daß Duluth wahrscheinlich unter Amnesie leide, die von dem Schlag auf den Kopf herrühre, den Crivelli ihm versetzt habe.

An dieser Stelle stand, ich solle auf Seite 3 in der Spalte 7 weiterlesen. Nun alles andere als halbherzig blätterte ich zur Seite 3 um. Über der Fortsetzung von Crivellis Story befand sich ein Bild mit der Unterschrift:

DAS LETZTE FOTO VON PETER DULUTH

Ein Bomber der Army stand mit sich drehenden Propellern auf einem großen Landestreifen. Davor verabschiedeten sich gerade ein wunderschönes dunkelhaariges Mädchen und ein Mann.

Für mich waren es natürlich nicht einfach ein wunderschönes Mädchen und ein Mann. Und das Flugzeug war auch nicht einfach ein Flugzeug.

Ich erinnerte mich an das Flugzeug. Ich kannte das Mädchen. Und das Gesicht des Mannes war mir so vertraut wie mein eigenes – aus einem sehr guten Grund.

Es war mein eigenes.

Eine unglaubliche Erleichterung durchströmte mich.

Nicht daß in diesem einen Augenblick die Erinnerung an mein gesamtes Leben über mich hereingebrochen wäre. So vollständig war es nicht. Doch jede Einzelheit dieses auf dem Foto festgehaltenen Augenblicks wurde für mich lebendig. *Jemanden davonfliegen sehen ... Peter... Iris ...* Wie der Wind des Propellers an Iris' Rock zerrte. Wie sich der Sonnenschein anfühlte. Iris' Stimme: *Peter, Darling, denk an mich.*

Ich erinnerte mich an alles, als hätte ich den Flughafen erst vor zehn Minuten verlassen. »Iris.« Ich sprach ihren Namen laut aus. Es war wunderbar.

Es stand noch mehr in der Zeitung. Am Ende der Spalte las ich:

> *Iris Duluth, die erst letzte Woche vom Verschwinden ihres Mannes erfahren hat, flog augenblicklich von Japan zurück und traf gestern morgen in ihrem Haus in Beverly Hills ein.*

Das war alles, worauf ich gewartet hatte. In einer trostlosen Ecke der Lobby stand eine Telefonzelle. Ich lief hin. Meine Hände hatten beträchtliche Schwierigkeiten, eine Münze in den richtigen Schlitz zu befördern. Das Fräulein von der Vermittlung schlug Iris Duluths Nummer nach und wählte sie. Die Stimme einer Frau sagte:

»Hallo?«

Ich wollte fragen: *Spreche ich mit Iris Duluth?* Doch dazu bestand kein Grund. Diese Stimme war genauso Teil von mir wie meine Finger.

»Hallo, Baby«, sagte ich. »Dachte, ich lasse dich wissen, daß ich in einer Stunde zu Hause bin.«

»Peter.« Es lag ein Stocken in ihrer Stimme, das mein Herz einen Satz machen ließ. »Peter, ich kann es nicht glauben.«

»Ich auch nicht.«

»Darling, ich war halb verrückt vor Sorge. Wo bist du?«

»In der Innenstadt von L.A. In einem beschissenen Hotel.«

»Aber was ist passiert?«

»Ich bekam wohl einen Schlag auf den Kopf.«

»Das weiß ich. Natürlich weiß ich das. Und ich habe dir noch gesagt, du solltest vorsichtig sein. Ich hätte es wissen müssen. Aber das spielt jetzt keine Rolle mehr. Peter, Darling, halb Kalifornien ist auf der Suche nach dir. Wo um Himmels willen bist du gewesen?«

Wo war ich gewesen? Ich dachte an Selena. Im Vergleich mit dieser Stimme löste sich ihre Pracht wie Nebel auf. Plötzlich kam mir Selena schäbig vor.

»Peter, sag es mir. Bitte sag es mir. Wo bist du gewesen?«

»Ach, das«, sagte ich.

»Ich muß es wissen, Darling. Mich belagert ein halbes Dutzend Reporter.«

»Wimmel sie ab – schnell.«

»Ich versuch's. Aber ich muß ihnen zuerst einen Brocken vorwerfen – wie Zerberus.«

»Wer ist Zerberus?«

»Etwas, dem jemand einen Brocken vorwerfen mußte.«

Ich überlegte, ob ich ihr sagen sollte, ich hätte Freunde besucht. Das wäre eine schöne Halbwahrheit gewesen.

Aber ich hatte von den Friends gelernt, welch hinterhältige Fußangeln den Verbreiter von Halbwahrheiten erwarteten. Um Selenas willen wie auch um meinetwillen mußte ich lügen. Und diese Lüge war besser einfach.

»Sag ihnen«, meinte ich, »daß ich mich nicht erinnere. Plötzlich wanderte ich durch die Straßen von Los Angeles. Mehr weiß ich nicht.«

»Das ist alles?«

»Ja. Du weißt ja. Alles wurde schwarz.«

»Na schön. Ich sag ihnen das.« Sie hielt inne und fügte dann mit einer Spur von Beunruhigung hinzu: »Und ich soll das auch glauben?«

Ich fragte mich, ob ich noch das Geld für ein Taxi hatte oder sie anpumpen mußte, wenn ich zu Hause war.

»Versuch's, Baby«, sagte ich. »Wenn es zuviel von dir verlangt ist, denke ich mir etwas anderes aus.«

»Wie zum Beispiel die Wahrheit?«

»Man weiß nie«, sagte ich. »Wenn ich mit dem Rücken an der Wand stehe, sage ich dir vielleicht sogar die Wahrheit.«

Patrick Quentin im Diogenes Verlag

Bächleins Rauschen tönt so bang...
Geschichten. Aus dem Amerikanischen von
von Günter Eichel. detebe 20195

Familienschande
Roman. Deutsch von Helmut Degner
detebe 20917

Puzzle für Spinner
Roman. Deutsch von Alfred Dunkel
detebe 21690

Puzzle für Spieler
Roman. Deutsch von Matthias Fienbork
detebe 21870

Puzzle für Söhnchen
Deutsch von Uwe Anton
detebe 22552

Cornell Woolrich im Diogenes Verlag

Rendezvous in Schwarz

Roman. Aus dem Amerikanischen
von Matthias Müller. Mit einem Nachwort
von Wolfram Knorr. detebe 21874
Neuübersetzung

Jeden Abend um acht, am Platz vor dem Drugstore, treffen sie sich – Johnny und seine große Liebe Dorothy. Doch schon bald wird Schluß sein mit den allabendlichen Rendezvous, der Tag der Hochzeit naht – das große Rendezvous fürs Leben.
Doch dann geschieht etwas, was diese Idylle ein für allemal zerstört… Johnny, der freundliche, harmlose junge Mann, wird zum gnadenlosen Racheengel: er schwört bei seiner getöteten Liebe, daß diejenigen, die schuld sind an seinem Schmerz, genauso Schmerz erfahren sollen wie er…

»In Woolrichs Geschichten spielt die Liebe eine große Rolle, eine totale und ausschließliche Liebe, die, wenn sie zerstört ist, unersetzlich bleibt.« *François Truffaut*

Verfilmt mit Boris Karloff, Larraine Day und Franchot Tone in den Hauptrollen.

Der schwarze Vorhang

Roman. Aus dem Amerikanischen
von Signe Rüttgers. detebe 21625
Neuübersetzung

Nach einem leichten Unfall im Vergnügungsviertel geht Frank Townsend nach Hause – um festzustellen, daß er seit Jahren nicht mehr dort gewesen war. An Gedächtnisschwund leidend, des Mordes angeklagt und Opfer mörderischer Verfolgungen, muß er die ›Strafe‹ überstehen, die die Zeit über ihn verhängt hat.

»Unmöglich, das Buch vor dem Ende aus der Hand zu legen.« *The New York Times*

Verfilmt von Jack Hively mit Burgess Meredith, Claire Trevor, Louise Platt und Sheldon Leonard in den Hauptrollen.

Der schwarze Engel

Roman. Aus dem Amerikanischen von
Harald Beck und Claus Melchior. detebe 21626
Neuübersetzung

Ihr Mann nennt sie Engel, und als er wegen Mordes an seiner Geliebten verhaftet wird, wird sie es tatsächlich: ein schwarzer Todesengel. Um die Unschuld ihres Gefährten zu beweisen, steigt sie in die schwarze Welt der Spielhöllen, der Drogen und Prostituierten und bringt allen, die mit ihr in Berührung kommen, Unglück und Verderben.

»Woolrich gewinnt mehr Entsetzen, mehr Spannung und zitterndes Nägelkauen aus den allergewöhnlichsten Ereignissen als fast alle seiner Kollegen und Zeitgenossen.« *Ellery Queen*

Verfilmt von Roy William Neill mit Peter Lorre, June Vincent und Dan Duryea in den Hauptrollen.

Der schwarze Pfad

Roman. Aus dem Amerikanischen von
Daisy Remus. detebe 21627

Scotty und Eve konnten zwar vor Eves verbrecherischem Ehemann flüchten, nicht aber vor seiner Rache. In einer überfüllten Bar in Havanna wird die schöne Frau ermordet, und Scotty sitzt in einer mörderischen Falle, bleibt allein zurück in einem fremden Land, das nichts von ihm will als den Beweis, daß er die Frau, die er liebte, nicht umgebracht hat.

»Ein satanisches, scharfsinniges Plot.«
The New York Times

Verfilmt von Arthur Pripley mit Michèle Morgan und Robert Cummings in den Hauptrollen.

Das Fenster zum Hof

und vier weitere Kriminalstories
Aus dem Amerikanischen von Jürgen Bauer
und Edith Nerke. detebe 21718
Neuübersetzung

»Rein technisch betrachtet sind viele von Woolrichs Werken schrecklich; man vermißt in ihnen jeglichen Sinn. Und genau das ist es: wie im Leben. Dennoch finden einige seiner Geschichten, gewöhnlich infolge merkwürdiger Zufälle, ein glückliches Ende. Aber da er niemals einen Serien-Helden eingeführt hat, weiß der Leser auch nie im voraus, ob die Woolrich-Geschichte, vor der er gerade sitzt, hell oder dunkel, ob sie *allègre* oder *noire* ist – einer von vielen Gründen dafür, daß seine Geschichten so packend und spannungsgeladen sind. Wie die fünf in diesem Band vereinten.« *Francis M. Nevins jr.*

Die Titelgeschichte wurde verfilmt von Alfred Hitchcock mit Grace Kelly und James Stewart in den Hauptrollen.

Walzer in die Dunkelheit

Roman. Aus dem Amerikanischen von
Jobst-Christian Rojahn. detebe 21719
Neuübersetzung

Die Geschichte beginnt – wie so viele von Woolrichs Geschichten – mit einem einsamen Mann. Louis Durand, 37 Jahre alt, wohlhabender Kaufmann, hat nur noch einen Gedanken: seiner Einsamkeit zu entfliehen. Die Frau, die er heiraten will, kennt er nur aus Briefen. Doch dann taucht sie persönlich auf, die namenlose *femme fatale*, die für Durand zum Schicksal wird…

Verfilmt von François Truffaut unter dem Titel *La Sirène du Mississippi;* in den Hauptrollen Jean-Paul Belmondo und Catherine Deneuve.

Die Nacht hat tausend Augen

Roman. Aus dem Amerikanischen von
Irene Holicki. detebe 21720
Neuübersetzung

Er war ein merkwürdiger alter Mann, der am liebsten schwieg, denn was er sagte, traf mit erschreckender Gewißheit ein. Harlan Reid, Witwer und erfolgreicher Geschäftsmann, war ganz versessen auf seine Worte, und auch seine einzige Tochter Jean hörte auf seine Ratschläge. Bis eine letzte entsetzliche Prophezeiung alle zu Tode erschreckte: Reids unmittelbar bevorstehenden Tod im Rachen eines Löwen.

»Lassen Sie das Licht an, falls Sie beabsichtigen, dieses Buch im Bett zu Ende zu lesen!« *The New York Times*

Verfilmt von John Farrow, mit Edward G. Robinson, Gail Russell und Virginia Bruce in den Hauptrollen.

Im Dunkel der Nacht

Kriminalstories. Aus dem Amerikanischen
von Signe Rüttgers. detebe 21759
Deutsche Erstausgabe

»Woolrich schreibt Psychotope, Etüden der Angst und der Einsamkeit, voll cooler Bildentwürfe und grandioser Stimmungsmalerei.« *Die Weltwoche, Zürich*

Titelgeschichte verfilmt mit Edward G. Robinson in der Hauptrolle.

Ich heiratete einen Toten

Roman. Aus dem Amerikanischen von
Matthias Müller. detebe 21742
Neuübersetzung

»Ein verschollener Klassiker des amerikanischen Kriminalromans kommt im Diogenes Verlag in neuen deutschen Übersetzungen ans Licht: Cornell Woolrich, der ›dritte Mann‹ neben *Dashiell Hammett* und *Raymond Chandler.*« *Der Spiegel, Hamburg*

Verfilmt mit Barbara Stanwyck in der Hauptrolle.

Die wilde Braut

Roman. Aus dem Amerikanischen von Jürgen Bürger. detebe 21873
Deutsche Erstausgabe

Wer war sie, die dunkle, exotische Schönheit, die in einem Haus in Baltimore von der Schlafkrankheit geheilt und dann gefangen gehalten wurde, bis ein energischer junger Mann sie entführte und heiratete? Und was faszinierte sie so an dem einsamen, verschlafenen, brütend heißen und von Urwald umgebenen Kaff am Pazifik, in dem sie auf ihrer Schiffsreise nach Acapulco steckenblieben? Woolrich – wer zweifelt noch daran – lehrt einem ein Gruseln, das nicht von dieser Welt ist...

CORNELL WOOLRICH, neben Hammett[1] und Chandler[2] einer der größten der ›Schwarzen Ära‹, wurde 1903 in New York geboren, wohin er nach einem Aufenthalt in Hollywood, einer kurzen Ehe und ein paar homosexuellen Episoden wieder zurückkehrte, um fortan mit seiner Mutter in billigen Hotels zu wohnen. Viele seiner Romane und Stories wurden verfilmt, u.a. von Alfred Hitchcock, Sidney Pollack, François Truffaut. Trotz dieser Erfolge starb er 1968 verbittert und einsam in einem heruntergekommenen New Yorker Hotel.

[1] *Dashiell Hammett,* sämtliche Werke in 10 Bänden. Vollständig und neu übersetzt von Hellmuth Karasek, Gunar Ortlepp, Walter E. Richartz, Harry Rowohlt, Wulf Teichmann, Hans Wollschläger u. a.

[2] *Raymond Chandler,* Werkausgabe in 13 Bänden. Vollständig und neu übersetzt von Hellmuth Karasek, Gunar Ortlepp, Walter E. Richartz, Wulf Teichmann, Urs Widmer und Hans Wollschläger.

Celia Fremlin im Diogenes Verlag

Die Stunden vor Morgengrauen

Roman. Aus dem Englischen von Isabella Nadolny
detebe 21515

Nacht um Nacht schreit das Baby, ohne ersichtlichen Grund. Schlaflose Nächte lang beobachtet Louise ihr Baby und hofft auf Ruhe – für sich, ihre Familie und die neue Untermieterin, Miss Brandon. Aber aus ihrem halbwachen Dämmerzustand gibt es kein Entrinnen, sie gleitet hinüber in einen langen, quälenden Alptraum.

Wer hat Angst vorm schwarzen Mann?

Roman. Deutsch von Otto Bayer
detebe 21302

»Kein Anblick konnte dieser Tage mehr Schrecken einflößen als der eines gutgekleideten Mannes mit Notizbuch in der Hand beim Betrachten eines Grundstücks.« So beginnt ein psychologisch ebenso hinterhältiger wie spannender Roman rund um eine ganz gewöhnliche Familie auf dem Land: eine mißtrauische, etwas schwerhörige Großmutter, ihre zu Höherem berufene Tochter Claudia und das Enkelkind Helen.

Klimax

oder Außerordentliches Beispiel von Mutterliebe
Roman. Deutsch von Dietrich Stössel. detebe 20916

Stellen Sie sich eine ganz normale Familie aus Ihrer Nachbarschaft vor: nette, ruhige Leute, der Mann in guter Position, manchmal etwas mürrisch, aber man weiß ja, was im Beruf verlangt wird, die Frau reizend, spontan, hilfsbereit, die ihre zwei Töchter geradezu vergöttert, vielleicht etwas übertrieben. Eines Tages verlobt sich die älteste mit einem tüchtigen Buchhalter – und langsam zieht ein ganz gewöhnliches Grauen ein…

Die Spinnen-Orchidee

Roman. Deutsch von Isabella Nadolny
detebe 21727

Etwas muß geschehen, wenn eine aufregende Affäre plötzlich zur häuslichen Zweierkiste wird… Mit Entsetzen stellt Adrian fest, daß es vorbei ist mit seiner kostbaren Privatsphäre, als seine ›Frau für schöne Stunden‹, Rita, plötzlich bei ihm einzieht. Mit ihr hält auch der Haß Einzug: Adrian beginnt Rita zu hassen, Rita haßt dafür Amelia, Adrians 14jährige Tochter, die seine ungeteilte Liebe genießt, und Amelia – liebt ihren Lehrer. Als Rita eines Tages das Tagebuch des Mädchens, voller erotischer Tagträumereien, findet, sieht sie ihre Chance. Denn etwas muß geschehen – etwas wie Mord zum Beispiel…

Rendezvous mit Gestern

Roman. Deutsch von Karin Polz
detebe 21603

Milly macht sauber bei Leuten in Seacliffe. Diskret und gründlich räumt sie täglich die Reste von Mrs. Days wilden Nächten auf, versorgt Mrs. Grahams Baby mit ungeliebten Vitaminen, verleiht dem Haushalt von Mrs. Lane einen Hauch vom ehemaligen großbürgerlichen Glanz. Allabendlich kehrt sie müde und allein in ihre billige Pension zurück. Bei ihr ist nur die Erinnerung an ein ganz anderes Leben, an die Hölle vor dem Tod, die Ehe hieß. Doch vor der Hölle flieht man nicht so leicht…

»Eine Psycho-Krimi-Gruselstory von einer Spezialistin für die Abgründe im ganz alltäglichen Hausfrauendasein.« *Frankfurter Rundschau*

Ein schöner Tag zum Sterben

Erzählungen. Deutsch von
Ursula Koester-Roth
detebe 21985

»Der Engländerin Celia Fremlin könnte es gelingen, der verehrten Spannungsautorin Margaret Millar den Rang abzulaufen. Wie die Millar versteht sie es, das Unheimliche in höchst reputierlichen Wohnstuben auszumachen, die Nähe von Normalem und sogenanntem Abnormalem auszuloten und die Leser ihrer Geschichten ganz langsam ins Dickicht des lange Zeit Unerklärbaren zu locken. Spannungslektüre für Feinschmecker.« *Wochenpresse, Wien*

Gibt's ein Baby, das nicht schreit?

Roman. Deutsch von
Isabella Nadolny
detebe 22430

Ein verträumtes fünfzehnjähriges Schulmädchen aus ›gutem Hause‹ wird schwanger und ist furchtbar stolz, Mutter zu werden. Da ihre besorgten Eltern aber glauben, daß Miranda gar nicht absehen kann, was es heißt, mit fünfzehn ein Kind zu bekommen, überreden sie sie zu einer Abtreibung. Danach beginnt sie ihre Eltern zu hassen und läuft von zu Hause weg. Fast wie von selbst entsteht durch Mirandas Tagträume eine verhängnisvolle Lüge: Sie behauptet, wegen ihrer Schwangerschaft von zu Hause ausgerissen zu sein. Diese Lüge zieht andere nach sich.

»Eine ausgezeichnete, geschickt angelegte Puzzle-Story, die sich einmal nicht um einen Toten, sondern um eine Geburt dreht. Ein scharfsinniger, witziger Roman.« *The Times, London*

Henry Slesar
Das Phantom der Seifenoper

Erzählungen. Aus dem Amerikanischen
von Jobst-Christian Rojahn, Barbara Rojahn-Deyk
und Edith Nerke. detebe 22409

Im New Yorker Fernsehstudio 43, in dem eine Seifenoper-Serie gedreht wird, häufen sich heimtückische und meuchlerische Anschläge. Daß die Jubiläumstorte von der Decke herab auf die Schauspieler klatscht, ist mit einem gewissen Sinn für Humor fast noch zu goutieren. Daß aber Mitarbeiter verschwinden – und vor allem, wie sie wieder auftauchen –, findet keiner mehr komisch…

»Literarisch ausgefeilte Horrorminiaturen, die das Böse in statu nascendi zeigen. Die Moral, die Slesar seinen Geschichten mitzugeben pflegt, ist diejenige von der Grube, die man anderen gräbt, um dann selbst hineinzuplumpsen. Kabinettstückchen knapper, präziser, pikant-perfider und hintergründig ironischer Charakterzeichnung.«
Neue Zürcher Zeitung

»Nicht die Moral, die millimetergenau gesetzte Pointe triumphiert.« *Der Spiegel, Hamburg*

»Henry Slesar gebührt das Verdienst, einem überwiegend ernsthaft-nüchternen Genre einen gehörigen Schuß Selbstironie verpaßt zu haben.«
Frankfurter Allgemeine Zeitung

»Slesar ist ein friedfertiger Mann mit ungewöhnlicher krimineller Begabung (natürlich nur auf literarischem Gebiet).« *Alfred Hitchcock*